Stacey Halls

Stacey Halls est une journaliste anglaise née dans le comté du Lancashire, où a eu lieu le funeste procès des sorcières de Pendle, en 1612. Fascinée par cette histoire, elle se documente, retrace les événements et écrit un roman historique acclamé par la critique : *Les Sorcières de Pendle* (2020). Il est suivi de *L'Orpheline de Foundling* (2021), *La Nurse du Yorkshire* (2022) et *Le Refuge des femmes perdues* (2024). Tous ses ouvrages ont paru aux éditions Michel Lafon et sont repris chez Pocket.

LE REFUGE DES FEMMES PERDUES

ÉGALEMENT CHEZ POCKET

Les Sorcières de Pendle

L'Orpheline de Foundling

La Nurse du Yorkshire

Le Refuge des femmes perdues

STACEY HALLS

LE REFUGE DES FEMMES PERDUES

Traduit de l'anglais
par Fabienne Gondrand

Michel LAFON

Titre original :
THE HOUSEHOLD

ISBN : 978-2-266-35140-9
Dépôt légal : septembre 2025

Pour Keith

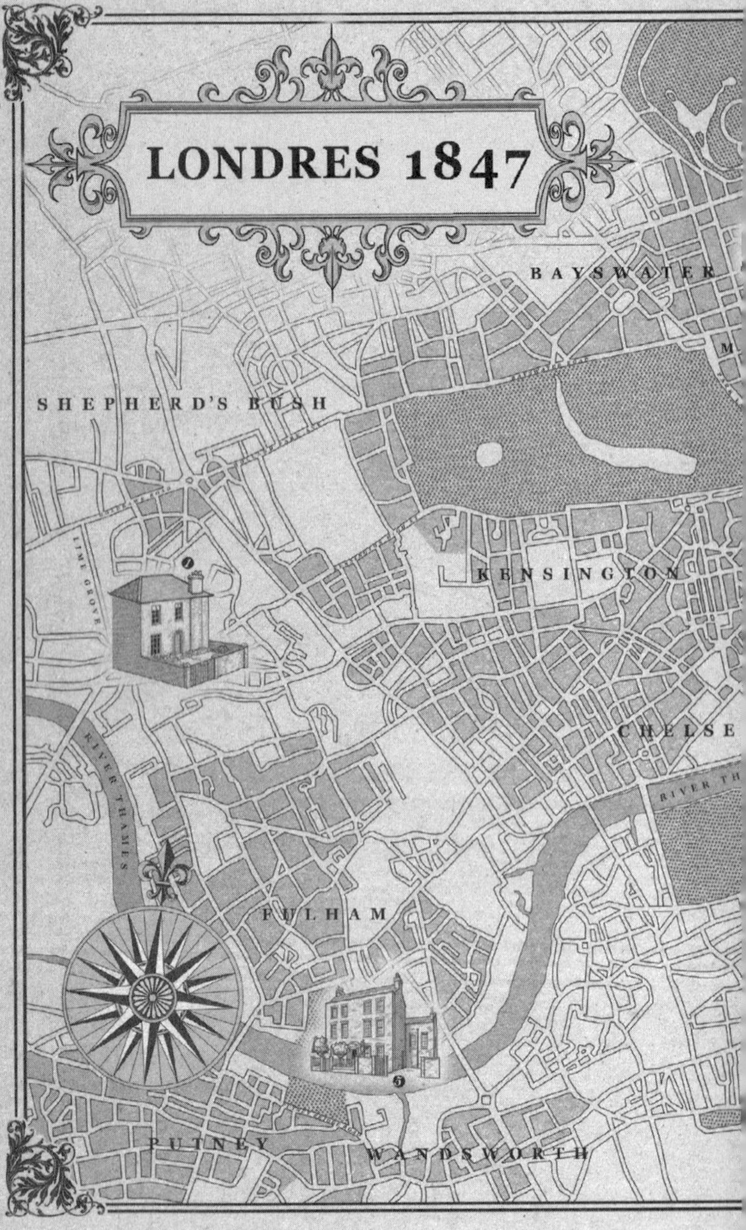

LONDRES 1847
BAYSWATER
SHEPHERD'S BUSH
LIME GROVE
KENSINGTON
CHELSE
RIVER THAMES
FULHAM
PUTNEY
WANDSWORTH

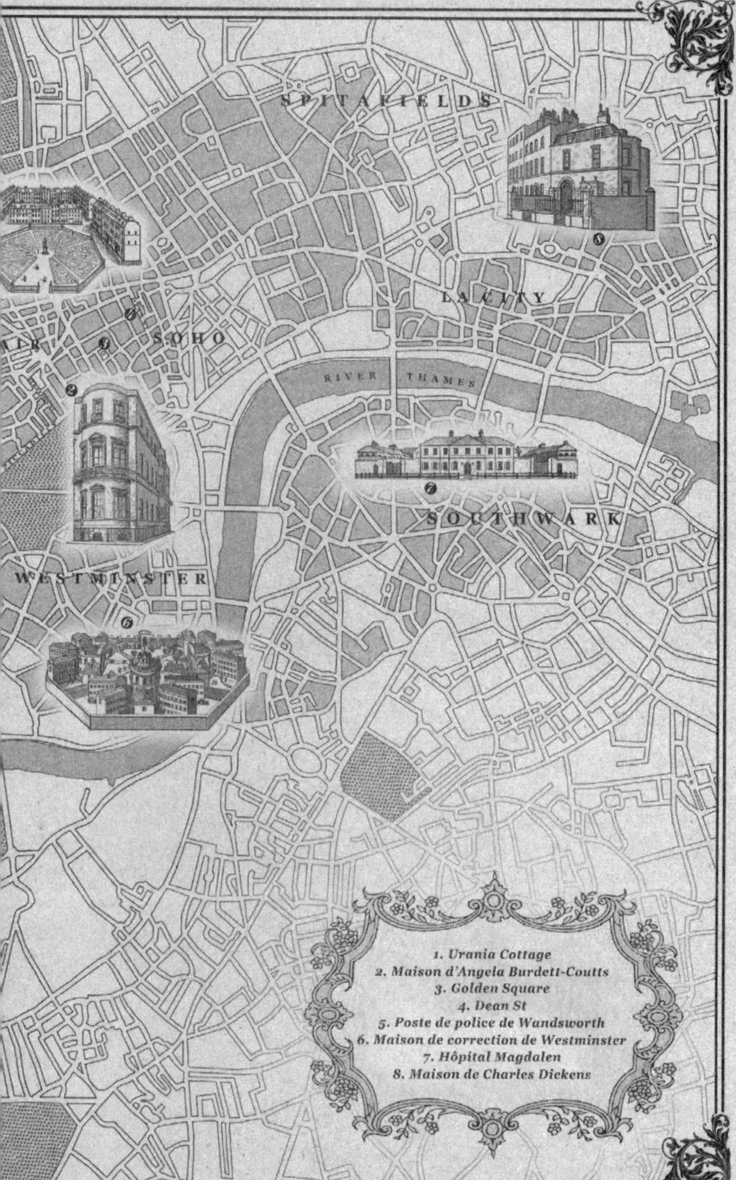

SPITAFIELDS
LA CITY
SOHO
RIVER THAMES
SOUTHWARK
WESTMINSTER
1. Urania Cottage
2. Maison d'Angela Burdett-Coutts
3. Golden Square
4. Dean St
5. Poste de police de Wandsworth
6. Maison de correction de Westminster
7. Hôpital Magdalen
8. Maison de Charles Dickens

S'élever est une chose inconnue.
C'est impossible.
Tout n'est que déchéance.

Ralph Wardlaw,
Lectures on Female Prostitution (1842)

Il y a une dame dans cette ville qui, par les fenêtres de sa maison, a regardé passer des femmes telles que vous la nuit, et a senti son cœur saigner à cette vue. Elle est ce qu'on appelle une grande dame, mais elle vous a considérée avec compassion puisque vous êtes de son sexe et de sa nature, et la pensée de ces femmes déchues l'a troublée dans son sommeil.

Elle a décidé d'ouvrir à ses propres frais un lieu de refuge près de Londres pour un petit nombre de femmes [...] et de leur offrir un FOYER.

Charles Dickens,
An Appeal to Fallen Women (1847)

« Martha désire aller à Londres », dit-elle à Ham.

« Pourquoi à Londres ? » répondit Ham.

Ils parlaient tous deux comme si cette femme était malade, d'une voix douce et contenue qui s'entendait clairement, bien qu'elle s'élevât à peine au-dessus d'un murmure.

« Plutôt là-bas qu'ici », dit une troisième personne à haute voix… C'était Martha, qui n'avait pourtant pas bougé. « Personne ne me connaît là-bas. Tout le monde me connaît ici. »

Alors Martha se leva, ramena son châle autour de son corps, en couvrit son visage, et se dirigea lentement vers la porte en pleurant de façon perceptible. Elle s'arrêta un instant avant de sortir, comme si elle allait dire quelque chose ou revenir en arrière ; mais aucun mot ne franchit ses lèvres. Et, laissant toujours échapper sous son châle les mêmes gémissements sourds, lugubres et misérables, elle s'en alla.

Charles Dickens,
David Copperfield (1849-1850)
(trad. Sylvère Monod)

Chapitre 1

Le cacatoès blanc

Martha est toute seule dans la maison. Une autre fille, Mme Holdsworth l'a annoncé au petit déjeuner, arrivera avant le souper. C'est un matin maussade de mi-novembre et, parce qu'elle le peut, elle allume une lampe. La flamme tourbillonne et vacille tandis qu'elle la porte d'une pièce à l'autre, se familiarisant avec l'agencement de la maison – ou du *cottage*, comme l'appelle Mme Holdsworth, quoique le lieu soit sans grand rapport avec la modestie d'un simple cottage. Les pièces à haut plafond sont claires et spacieuses. L'escalier est doté d'une rampe en bois de noyer lisse. Dehors se trouvent une buanderie aux murs peints en blanc, une large pelouse et un verger. Le jardin est mort et morne. Il n'y a aucune habitation de part et d'autre et à l'arrière, par-delà la clôture, une dizaine de vaches paissent tranquillement sans prêter la moindre attention à la bâtisse de briques grises ou à ses habitants. Au loin, des briqueteries et des pépinières tavellent la plaine comme des marques de vérole. La veille, durant le voyage de Martha jusqu'ici, l'obscurité précoce avait agi comme un bandeau sur ses yeux ; elle n'a aucune idée de l'endroit où se trouve Shepherd's Bush, si ce n'est que Londres est plutôt proche.

Mme Holdsworth est partie au bureau de poste au bout de la ruelle. Martha a entendu la porte d'entrée se fermer, la clé tourner dans la serrure, le claquement distingué de ses bottines sur les pierres. Elle est accoutumée au bruit ; elle a l'habitude d'être enfermée dans des lieux clos. En revanche, elle n'a pas l'habitude du silence, car au Magdalen Hospital, même en plein cœur de la nuit résonnaient toux, reniflements et éternuements, au son des corps qui changeaient de position. Ici, à Urania Cottage, le silence est ouaté comme une coiffe de laine. Sont bruyants des objets qui ne devraient pas l'être : les chaises grincent ; les châssis tremblent ; les bougies crépitent dans les courants d'air. Martha ne se souvient pas de la dernière fois où elle a été absolument seule et s'en trouve déstabilisée.

Elle se tient dans la chambre – *sa* chambre, qu'elle partagera avec deux autres filles. Les stores sont baissés, et la petite lampe jette un voile lugubre sur le mobilier : des lits en cuivre, une bibliothèque, une armoire à pharmacie et une table de toilette. Sous chacun des lits repose un pot de chambre flambant neuf. Parce que la cheminée est vide, à utiliser uniquement en cas de maladie, la pièce est froide, mais Martha n'y prête pas attention. Elle glisse l'ongle de son pouce entre ses dents, comme à son habitude, et mordille.

Pour l'heure, Martha et Mme Holdsworth, la directrice, sont les seules occupantes des lieux, ce qui leur a valu d'endurer une soirée fort embarrassante la veille au petit salon. Martha a passé la majeure partie du temps à rallonger la chemise de nuit que Mme Holdsworth lui a donnée, en faisant un joli gâchis. Elle n'a jamais été douée en couture, en dépit du talent de sa propre mère, et sait pertinemment qu'elle doit faire des progrès.

C'est Mme Holdsworth en personne qui est allée chercher Martha au Magdalen Hospital, dans le quartier de Blackfriars, comme si elle était un colis urgent. Tandis qu'elles parcouraient les rues, Martha avait contemplé Londres se parer d'obscurité – on aurait dit qu'on éteignait une grande lampe –, consciente qu'une partie de sa vie prenait fin et qu'une autre commençait. Après une année passée à la blanchisserie Magdalen, à s'affairer au blanchissage, au pressage et au repassage, les brûlures sur ses mains ne forment plus qu'un entrelacs de fines cicatrices. L'homme qui l'a recrutée à Urania Cottage – M. Dickens, qui semblait briller de l'énergie d'un enfant –, en voyant ses mains, lui avait demandé ce qu'elle pensait du métier de domestique. Elle lui avait répondu qu'elle ne rechignait pas à la tâche et s'était retrouvée à confesser que le travail manuel apaisait son esprit. M. Dickens avait eu l'air d'apprécier sa réponse, qu'il avait prise en note sur une feuille de papier bleu pâle dorée sur la tranche.

Le petit salon est situé à l'entrée de la maison. La lampe à la main, Martha descend les escaliers, s'arrête dans l'embrasure de la porte et jette un œil à l'intérieur. Richement meublée dans des tons prune, la pièce est trop majestueuse pour qu'on y reste sans toucher à quoi que ce soit. Une toile cirée carmin recouvre la table centrale, et les murs sont parés de peintures de sermons encadrées. C'est un vrai défi que de se trouver seule face à toutes ces richesses : les livres en vélin, les tiroirs débordant d'assiettes en argent, les taies d'oreiller d'une blancheur de neige. Martha se surprend à évaluer chaque objet de manière obsessionnelle, car à Urania Cottage tout est flambant neuf, du papier peint aux petits sachets de lavande à l'intérieur des tiroirs en bois de pin. Chaque chose porte en elle son odeur distincte de luxe et de promesse.

Une pensée lui traverse l'esprit : et si cette première matinée seule en ces lieux était une mise à l'épreuve ? Même la personne la plus fiable serait tentée de subtiliser un chandelier en le glissant dans sa manche. Elle sort de la pièce, prenant soin d'essuyer la poignée de la porte avec un mouchoir.

La veille au soir, au coin du feu, après un souper silencieux de côtelettes et de pommes de terre sautées, Martha avait demandé à Mme Holdsworth si elle avait le droit d'écrire à ses sœurs. L'aînée, Mary, est pâtissière dans une boutique près d'Oxford Street ; la cadette, Emily, est bonne dans la ville de Reading, pas très loin de l'endroit qui les a vues grandir. Cela fait plus d'un an qu'elle ne leur a pas parlé ; lorsqu'elle travaillait au Magdalen, elle était trop fière pour envoyer son adresse à Mary, trop honteuse pour en faire part à Emily.

— Bien sûr, avait répondu Mme Holdsworth en levant le nez de son ouvrage de couture. J'aurais dû vous dire plus tôt que vous pouviez écrire à qui vous vouliez, mais sachez que je lis toutes les correspondances qui entrent et qui sortent. Vous pouvez utiliser le papier à lettres qui se trouve dans la salle à manger, et je vous fournirai les timbres.

Martha rédigea deux mots identiques, s'appliquant à être brève, et resta délibérément vague quant au lieu de résidence qui avait été le sien au cours des douze derniers mois. Si elle s'était laissée aller à songer à l'inquiétude de ses sœurs, au mal qu'elles s'étaient vraisemblablement donné pour la retrouver, elle aurait sans doute renoncé à leur écrire, si bien qu'elle se hâta de transmettre les missives à Mme Holdsworth avant de changer d'avis.

Elle entre dans la cuisine, la plus humble de toutes les pièces, celle dans laquelle elle se sent le plus chez elle. Elle tire une chaise de la grande table et s'assied sur ses mains, les yeux sur le garde-manger, dont les étagères sont soigneusement ordonnées, remplies de nouveaux pots propres et de marmites encore exemptes de traces de doigts. À côté se dresse l'arrière-cuisine, froide comme une glacière. Avant la cuisine, dans l'entrée, une porte située sous l'escalier mène à la cave où sont entreposés le vin, la bière et le charbon. Mme Holdsworth en conserve la clé autour de sa taille tel un talisman. Quoique Urania Cottage donne l'impression d'être une demeure ordinaire, quantité de choses sont tenues à l'écart des mains indiscrètes : l'armoire à linge, les timbres, la cave. Certains tiroirs ne s'ouvrent pas, certaines portes restent fermées à double tour. Le lieu lui fait penser à une maison de poupée, à une mise en scène de la vie domestique dans laquelle, en y regardant de plus près, le feu de cheminée n'est qu'une pile de rubans et les fenêtres sont fermées par un point de colle.

La demeure, lui a-t-on promis, est la première page blanche d'un nouveau livre pour les filles comme elle, qui souhaitent recommencer leur vie. Même maintenant, Martha ne croit pas encore totalement en la possibilité d'une telle charité. Il y a forcément un piège, un prix qu'elle sera contrainte de payer à un moment donné. Elle a clairement fait savoir qu'elle n'avait pas d'argent et aucune compétence autre que le blanchissage du linge.

En jetant un regard à la porcelaine qu'elle a déballée la veille au soir, aux ramequins et au couvre-feu, au piège à insectes flambant neuf tapi tel un crapaud à côté des fourneaux, aux rangées de tabliers soigneusement accrochés à leurs patères comme des points d'interrogation, le désir de réussir ce nouveau départ menace de l'engloutir. Seule dans la demeure, elle a l'impression d'être un fantôme.

Elle a envie de faire du bruit, de laisser son empreinte sur la maison, de prouver qu'elle existe, ne serait-ce que pour elle-même. Se rappelant la livraison de l'épicier qu'elle n'a pas encore déballée, elle traverse la pièce jusqu'à l'arrière-cuisine et sort d'un carton une bouilloire à thé en cuivre. Un énorme buffet couleur crème longe le mur derrière la porte ; elle dispose la bouilloire au centre d'une étagère vide et reste un instant à la contempler. Elle la retire, efface avec son tablier les traces laissées par ses doigts sur la surface polie. Puis elle la repose au même endroit, s'essuie de nouveau les doigts et commence à empiler les pots.

Au premier étage d'une grande demeure proche de Piccadilly, une femme de haute taille, à la toilette ravissante, dispose un cacatoès en porcelaine sur un perchoir devant la fenêtre, et contemple le jour morne depuis son salon.

Dans le parc de l'autre côté de la rue, les arbres sont nus, mais l'artère en contrebas ne connaît pas de saison. À minuit comme à midi, au cœur de l'hiver comme dans la paume serrée de l'été, elle déborde de charrettes et de calèches, d'animaux et de gens. En France, elle se languissait du cliquetis des roues et des sabots, de la proximité de la vie de l'autre côté de la vitre. Elle est arrivée chez elle il y a un peu plus d'une heure et se sent mal à l'aise sous la pellicule de saletés qu'elle a ramenées du voyage.

— Mademoiselle Angela, l'interpelle sa dame de compagnie, Hannah Brown, depuis le minuscule séjour adjacent. M. Faraday vous a conviée à dîner au Royal Institute samedi en huit.

Le séjour est la pièce favorite d'Angela. Les murs sont couverts de livres et, depuis un cadre doré accroché au-dessus du manteau de cheminée, son père la suit du regard tandis que Mme Brown s'affaire sans relâche à venir à bout des piles de courriers qui sont arrivés en leur absence.

Mme Brown continue :

— Il aimerait en outre beaucoup avoir la recette de la soupe aux huîtres et vermicelles de Mme Wild.

— Je pense que Mme Wild serait flattée de la lui fournir, répond Angela sans bouger de son poste devant la large fenêtre.

Le cacatoès lui a été offert par un ami, et elle l'utilise facétieusement pour signifier ses allées et venues. Sa présence sur le perchoir signale qu'elle est à Londres.

— Et l'école maternelle de St Stephen aimerait savoir si vous seriez disposée à financer une lanterne magique et des plaques de verre pour leur fête du Jour de l'an.

— Pourquoi pas. Répondez-leur oui.

Angela contemple le mouvement fluide de la rue en contrebas. Si Londres a une couleur, pense-t-elle, c'est le brun. Paris est gris pâle.

— Toujours aucune nouvelle de la part du duc ? demande-t-elle d'une voix qui se veut détachée.

— Pas depuis Douvres. Attendez-vous quelque chose ?

La sonnette retentit depuis les profondeurs du vestibule.

— Non, non. J'espérais plutôt – peu importe. Je ferais mieux de prendre un bain. Et vous de vous reposer.

Mais elle sait bien que la vieille femme n'en fera rien. Mme Brown est sa dame de compagnie depuis qu'Angela, alors âgée de treize ans, s'apprêtait à se lancer dans son premier tour d'Europe avec sa mère. Toutes trois ont entrepris un long voyage, à côtoyer des œuvres picturales à Munich, des sculptures à Lausanne et des volcans à Naples. À son retour à Londres deux ans plus tard, Angela n'avait plus rien de la créature grêle qui disparaissait dans les fauteuils des amies de sa mère. Depuis, près de deux décennies se sont écoulées, et si les livres d'instruction d'Angela ont été donnés il y a bien longtemps, Mme Brown est toujours là, avec en sus son époux, le médecin à la retraite William Brown, qui avait accepté qu'Angela accompagne sa femme comme une dot.

Les Brown habitent un appartement au dernier étage de l'hôtel particulier d'Angela dans Stratton Street. Ils tiennent plus de parents dévoués que de domestiques, à se chamailler en présence d'Angela, à omettre de se faire part de toutes sortes d'informations, mais en règle générale ils sont très agréables à vivre. Agréables pour Angela, en tout cas, qui se montre aimable et attentive à leurs besoins. Ses propres parents sont morts il y a près de quatre ans, et les Brown occupent tout à fait confortablement le vide laissé par leur absence. Le Dr Brown distribue les courriers d'Angela et supervise la livraison du vin. Le plus souvent, on le trouve en train de déambuler dans les boutiques aux alentours de Regent Street, en quête d'un mécanisme pour sa montre, ou attablé à son club en compagnie de généraux. Mme Brown passe le plus clair de son temps avec Angela. Dans une autre vie, elle aurait pu être métayère, avec son caractère bien trempé et son mépris flagrant pour les aléas du climat. Sa principale compétence consiste à canaliser les sentiments d'Angela, aussi tempétueux soient-ils. Elle est le thermomètre qui contient le mercure d'Angela.

Quand de temps à autre les Brown partent en voyage sans Angela, sa demeure lui semble bien vide. Elle est trop vaste pour une seule personne, si bien qu'elle la remplit d'amis, de connaissances, et de connaissances d'amis, faisant servir plusieurs fois par semaine un dîner pour douze. Le carillon ne cesse de retentir, l'argenterie de tourner, et la procession constante des bottines a poli les marches d'escalier à force d'usure. La demeure, quatre étages de briques brunes, percée de plus de fenêtres que quiconque irait s'aventurer à en compter, forme comme un prolongement de Piccadilly : une auberge animée sur une route passante.

Angela a reçu la demeure de Stratton Street en héritage de sa grand-mère, Lady St Albans, ainsi qu'une somme si extraordinaire que les chiffres, à première vue, semblaient dévaler sur la page comme des roulements à billes. Par une journée chaude et poussiéreuse d'août, Angela se tenait avec sa famille dans une pièce sombre à l'auberge de la Chancellerie de Furnival's Inn lorsque l'avoué de son père fit la lecture des dispositions du testament de Lady St Albans. Angela devenait l'unique héritière de ses biens : une décision si controversée que les journaux d'opinion se précipitèrent pour l'annoncer. Ses cinq frères et sœurs, tous plus âgés qu'elle, n'eurent droit à rien, comme pour les deux tantes, et sa mère reçut une petite somme seulement, car Lady St Albans, en qualité de deuxième épouse du grand-père d'Angela, n'entretenait pas de liens du sang avec la famille. Pas plus qu'elle n'était acceptée de ses membres. Le souhait de Lady St Albans était qu'Angela, le plus jeune bourgeon de l'arbre généalogique, touche l'intégralité de sa fortune ; un demi-million de livres sterling, une rente annuelle de cinquante mille, plus la moitié des parts dans la banque Coutts & Co., l'entreprise familiale fondée par le grand-père d'Angela, sans parler de ses bijoux, propriétés, actions, parts et titres. Le testament énonçait la condition qu'elle devait prendre le patronyme de son grand-père maternel, *Coutts*, devenant de fait Angela Burdett-Coutts. Avec le passage des années, elle finit par abandonner « Burdett », car ayant porté deux noms la majeure partie de sa vie, trois lui semblaient trop ; ainsi commença-t-elle à signer ses courriers du nom d'Angela Coutts et les autres suivirent le pas.

Les journaux clamèrent que l'héritage faisait d'elle la femme la plus riche de Londres. Son effigie, dessinée à l'encre sur papier, la représenta sous les traits d'une femme séduisante et pleine de charme, ruisselante de diamants, ses soupirants tombant à ses pieds. Ce que ni eux ni le reste de la nation n'étaient toutefois disposés à accepter, c'était Angela telle qu'en elle-même : une femme intelligente, discrète, sans une once d'ostentation. Mais surtout, c'était une jeune femme endeuillée par le décès de sa grand-mère, qu'elle aimait tendrement. Les visites à la maison de campagne de Lady St Albans à Highgate, où elle élevait des cochons, et où à Noël Angela ramassait des branches de sapin et de houx dans le jardin ; les voyages sur la côte, où elles logeaient dans des chambres avec vue sur la mer ; les soirées au théâtre ; les promenades à cheval dans la lande – tout avait pris fin en même temps qu'Angela s'était vue contrainte de paraître aux yeux du monde, phénomène dont elle se désintéressait et dont elle découvrirait plus tard qu'il était assorti d'un lourd tribut qu'aucune traite bancaire ne pouvait résorber.

Angela ajuste le cacatoès et époussette un grain de saleté imaginaire de sa queue. Les bonnes ont fait le ménage ce matin, et l'oiseau est impeccable. Assise au même niveau que les omnibus qui défilent dans la rue, Angela tombe souvent nez à nez sur des regards curieux qui scrutent à travers les vitres sales. Un jour, un gentleman de Putney avait écrit à la dame de Stratton Street pour l'interroger sur l'authenticité de l'oiseau. Il avait parié avec un ami persuadé qu'il s'agissait d'une décoration, et Angela avait été navrée de le décevoir.

— Je crois que je vais reprendre du café, dit-elle d'une voix trop basse pour que Mme Brown l'entende.

La vieille femme apparaît dans l'encadrement de la porte, une lettre bleu pâle serrée entre ses mains.

— La maison de Shepherd's Bush est enfin prête, et M. Dickens vous invite à la visiter. Il est « à regret, très occupé », lit-elle à voix haute, mais « espère que tout sera à votre convenance ».

— J'irai peut-être la voir cette semaine. Je vais prendre mon bain, à présent.

Mme Brown se retire devant le bureau sous la fenêtre et au même moment Stockton, le valet de pied, apparaît dans le salon. Il exécute une légère révérence et lui tend une carte de visite.

— Excusez-moi, mademoiselle, annonce-t-il. J'ai dit au monsieur que vous vous reposiez mais il a insisté en disant que c'était urgent.

— Parkinson, dit-elle en prenant la carte. Je me demande ce qu'il peut bien vouloir…

Mais en son for intérieur, elle connaît la réponse. Un nœud se resserre au plus profond d'elle, et quand Stockton s'éclipse pour aller chercher le visiteur, elle ferme les yeux par automatisme et inspire profondément. Elle regagne précipitamment l'étroite salle de séjour.

— M. Parkinson est ici. Il a dit à Stockton que c'était urgent, dit Angela.

Elle n'a pas besoin d'en dire plus.

— Rien ne nous dit que cela le concerne *lui*, répond Mme Brown avec autorité. À chaque visite de l'avocat, vous vous imaginez qu'il sera question de cela, alors que ce n'est quasiment jamais le cas. Il a vraisemblablement quelque papier à vous faire signer.

Angela jette un œil au portrait de son père qui pare le manteau de cheminée. Elle n'aime pas ce tableau, trop obscur ; il y est presque de profil, la moitié de son visage dans l'ombre, et elle aimerait qu'il tourne la tête pour la regarder. Sa mère lui manque beaucoup, mais le fait d'être la plus jeune, en plus d'être une fille, lui donnait l'impression d'être un cadeau de Noël aux yeux de son père. Sa mère gratifiait tous ses enfants du même sourire ; celui de son père n'était que pour elle.

Parkinson les attend. C'est un homme quelconque, d'un âge indéterminé, quelque part entre quarante et soixante ans, qui semble ne pas devoir vieillir depuis qu'Angela le connaît.

— Mademoiselle Burdett-Coutts, dit-il en prenant sa main dans la sienne.

Parkinson est parmi les rares personnes à l'appeler par son nom complet, par respect pour son père, ce qu'elle respecte chez lui.

— Merci de me recevoir. J'espère que vous avez passé un agréable séjour en France ?

Angela retire sa main et resserre sa cape autour d'elle.

— Très, merci, monsieur Parkinson. Le jardin des Tuileries est magnifique sous le gel de l'hiver.

— En effet. Mes plus sincères excuses de me présenter si tôt après votre retour, mais il est nécessaire que je vous avertisse de…

— A-t-il été libéré ?

Le visage de Parkinson s'assombrit.

— Je le crains, oui.

Angela tire sur ses manches et expire à travers ses lèvres serrées.

— Je l'ai senti, dès que je suis rentrée à Londres. Je l'ai senti.

Elle lance un regard inquiet à Mme Brown, qui lui prend les mains comme si elle était de nouveau une fillette de treize ans.

— Je suis navrée, ma très chère.

Mme Brown lui caresse le dos avant de se retourner face à l'avocat.

— Savez-vous *pourquoi*, Parkinson ? Cette libération survient beaucoup trop tôt, n'est-ce pas ?

— Oui. Il s'est rendu compte qu'il avait une chance de sortir s'il déclarait faillite, c'est ainsi qu'il a adressé une requête au tribunal et obtenu gain de cause. Son pardon lui a été accordé en début de semaine.

— Cette semaine ! Je ne serais pas rentrée si je l'avais su. Je serais restée en France. Comment l'avez-vous appris ?

— Le commissaire en chef m'a fait part de la nouvelle en personne, il y a moins d'une heure, à l'étude. Je suis venu aussitôt.

Angela lance instinctivement un regard vers la fenêtre.

— Quand ? demande-t-elle.

— Il sera libéré de la prison de Clerkenwell dans la matinée.

Un lourd silence retombe le temps qu'elles assimilent la nouvelle.

— Avez-vous reçu des courriers de sa part ? demande Parkinson.

Angela coule un regard en biais à Mme Brown, qui répond :

— Rien depuis quelques mois.

— Faites-moi suivre la moindre correspondance, madame Brown. Cela pourrait nous éclairer quant à ses projets.

— Il était censé purger une peine de quatre ans ! s'écrie Angela. Je ne comprends pas qu'ils l'aient laissé sortir une fois encore. Comment la loi peut-elle servir ses intérêts et pas les miens, alors qu'il ne vit que pour me tourmenter ? En quoi cela peut-il être juste, alors que sa libération fait de moi une prisonnière ?

— Je suis sincèrement désolé, mademoiselle.

— Je ne pourrai jamais lui échapper, n'est-ce pas, Parkinson ? soupire-t-elle. Je ne puis imaginer être un jour totalement débarrassée de Richard Dunn.

Mme Brown lui étreint le bras, elle a elle aussi les joues écarlates d'indignation, tandis qu'elle secoue la tête.

— Ce n'est pas bien, vous savez. Ce n'est pas bien du tout, que cet homme réussisse à se frayer un chemin dans les failles du système. La justice devrait être intraitable envers lui.

— Je suis entièrement de votre avis, madame Brown.

Le Dr Brown apparaît dans l'encadrement de la porte du salon.

— Que se passe-t-il ?

— Richard Dunn, crache Mme Brown, a été une fois encore libéré de prison.

— Non ! C'est impossible. Parkinson ?

— J'ai bien peur que Mme Brown dise vrai.

— Dans ce cas, la justice est vraiment idiote. (Et s'adressant à Angela :) Ma chérie, ne vous laissez pas abattre. Il ne s'approchera pas de vous à moins de dix mètres si j'ai mon mot à dire sur la question. (Puis, tournant les yeux vers Parkinson :) Ballard va reprendre son poste ? J'imagine que vous l'avez déjà averti ?

— Je vais immédiatement envoyer une note au commissariat.

— Rédigez-la donc ici, ordonne le docteur. Je la remettrai en main propre à la police.

Une heure plus tard, dans la baignoire, Angela fait sa toilette sans entrain tandis que les souvenirs les plus désagréables lui reviennent en mémoire. Cette année marque le passage d'une décennie depuis l'annonce de l'héritage – un cadeau assorti d'une malédiction. Peu de temps après cette journée étouffante à Furnival's Inn, son père avait fait suivre à Angela deux lettres d'un dénommé Richard Dunn qui déclamait son amour si librement que son père en avait conclu à tort qu'elle avait un amant. Déconcertée et quelque peu flattée, aussi, Angela avait présumé qu'il s'agissait là de missives rédigées par un fou, et l'incident lui était sorti de l'esprit.

Cet automne-là, Angela partit avec Mme Brown prendre les eaux à Harrogate. Un ou deux jours après leur arrivée, Angela trouva une carte de visite dans sa chambre d'hôtel, et reconnut instantanément le nom. Elle interrogea un portier et apprit avec effroi que Dunn était descendu dans la chambre en face de la sienne.

Dès cet instant commença le jeu infernal du chat et de la souris. Avoué assez médiocre de son état, homme grand et mince d'une vingtaine d'années de plus qu'Angela, Dunn ne se laissa pas démonter quand cette dernière quitta le Queen's Hotel avec toutes ses affaires pour s'installer à l'autre bout de la ville. En moins d'une heure, une autre lettre se glissait sur son paillasson. Elle la jeta au feu et s'aventura en promenade à travers les sources d'eau minérale en compagnie de Mme Brown, mais à leur deuxième passage entre les massifs de fleurs, Dunn surgit à ses côtés, et pendant tout le reste de leur séjour il ne se passa pas une journée sans qu'il ne se manifestât.

L'homme ne se laissait décourager ni par sa froideur ni par les rudesses dont elle faisait preuve à son endroit et Angela, ne souhaitant pas inquiéter ses parents, s'adressa par courrier à Edward Marjoribanks, associé principal chez Coutts & Co. et ami proche de son père, qui lui conseilla de faire une demande de protection auprès du juge local. Un policier, le très fiable Ballard, fut mandé de Londres jusqu'au North Riding et, armé du mandat du juge, procéda par une matinée froide et ensoleillée à l'arrestation de Dunn dans la rue devant la maison. Si la mesure paraissait drastique, Angela s'en trouva soulagée, car une partie d'elle craignait qu'il ne devînt violent ; il y avait quelque chose dans son apparence lisse et placide qui l'effrayait. Depuis une fenêtre à l'étage, elle le vit invectiver Ballard, et l'apercevant, il vociféra qu'elle était une catin, en hurlant avec une telle méchanceté qu'elle en trembla. Cette expérience se révéla si désagréable qu'elle n'attendit pas de le voir condamné à une amende, et quitta le Yorkshire immédiatement.

Mais Dunn ne paya pas. À la place, il fut envoyé en prison pendant un peu plus d'un mois, pendant lequel Angela retourna à Londres auprès de ses parents. Elle avait vingt-trois ans.

Bien évidemment, Dunn ne se volatilisa pas, contrairement à ce qu'espérait Angela. Cloîtrée dans les différentes pièces d'Harrogate, perturbée et frustrée par le bouleversement qu'il causait dans son existence par ailleurs tranquille, elle s'imaginait toutefois que cette mésaventure était temporaire. Elle n'aurait jamais pu se figurer la suite ; une décennie passée à regarder par-dessus son épaule, à sentir le picotement de la peur sur sa peau.

Les cris de Dunn lui reviennent en mémoire à chaque fois qu'elle jette ses lettres au feu et regarde le papier qui se racornit dans les flammes. Parkinson lui a demandé de lui remettre tous les courriers, mais elle ne supporte pas de savoir qu'un objet touché par Dunn se trouve sous son toit. Même cachetées, ses missives crient leurs menaces et leur fiel, les mots marquant le papier comme des balafres.

L'eau de la baignoire refroidit et elle s'efforce de ne plus penser à Dunn pour lui préférer le duc, qui est chez lui à Londres. Si Dunn est libéré demain, elle ferait bien de rendre visite à son ami ce soir même, malgré son corps tout ankylosé et souillé par le voyage en dépit du savon dont elle s'était enduite. Déjà, la nuit commence à tomber et, au matin, la sonnette retentira de plus belle, tandis que la petite coupelle de l'entrée se remplira de cartes de visite, sa vie reprendra son cours ; alors elle n'a d'autre choix que d'y aller.

À la maison de correction de Westminster[1], dès que le coup de canon du matin est tiré, la porte de la cellule numéro six s'ouvre à la volée.

1. Westminster House of Correction, également appelée Tothill Fields Bridewell, Westminster Bridewell, House of Correction, Westminster County Gaol ou Westminster Prison, fut en service

— Debout ! aboie la geôlière, une femme déplaisante dont la peau brille d'un éternel éclat gris, comme de la viande avariée. Tracey veut vous voir.

Dans une heure, ce sera l'aube et il règne un froid glacial entre les quatre murs. Sur la couchette du haut, deux jeunes femmes se frottent les yeux avant de regarder la flaque de lumière sinistre que projette la lampe de la gardienne. Josephine se lève la première, laissant entrer l'humidité froide de la cellule dans leur petit nid de laine. Sa compagne de lit pousse un grognement plaintif.

— Elle est où, l'autre ?

La geôlière se tient sur le seuil, ses yeux plissés comme des raisins secs sous son bonnet crasseux.

— Ici, répond Josephine dans un grand bâillement en inclinant la tête vers son épaule pour indiquer Annie.

La geôlière lève la tête d'un air soupçonneux mais ne fait pas l'effort d'entrer plus avant dans la pièce.

— Debout, toutes les deux. Tracey veut vous causer.

Si la lueur lugubre de l'hiver s'était levée en même temps qu'elles, elle aurait révélé une pièce faite de briques, d'à peine un mètre sur trois, et deux lits étroits superposés contre le mur adjacent à la porte. Sous la fenêtre bardée de barreaux et percée trop haut pour pouvoir regarder dehors, un tabouret bas est rangé devant un bureau si frêle qu'il a l'air fait d'allumettes. Une bible, à laquelle personne n'a touché, repose dessus. Cette table est bien superflue pour Josephine et Annie

---

de 1834 à 1884. En 1850, elle accueillait exclusivement des détenues femmes et des jeunes hommes de moins de dix-sept ans. En 1861, cette maison de correction devint un centre pénitentiaire pour femmes. (Toutes les notes sont de la traductrice.)

qui ne savent pas bien lire et écrivent encore plus mal, et aucune des deux ne s'en est jamais servie pour écrire la moindre bribe de courrier.

Elles se laissent tomber comme des pierres depuis la couchette du haut et enfilent leur robe de grosse laine et leurs bottes. L'heure indue et l'obscurité leur ont ôté toute curiosité quant à cette convocation. En silence, elles suivent la geôlière jusqu'à la vaste salle vide des ateliers d'étoupe, où, dans trente minutes, des centaines de femmes iront s'asseoir côte à côte et démêler des cordes enduites de goudron.

Pour l'heure, des lanternes éclairent une étrange scène. Le directeur de la prison, Augustus Tracey, un homme mince de haute stature aux cheveux argentés entassés comme de la cendre sur sa tête, se tient appuyé contre la plate-forme, ses longues jambes croisées. Devant lui, regroupées sur les première et deuxième rangées de bancs, sont assises cinq de leurs codétenues, certaines connues de Josephine et Annie. Des tonneaux et des paniers remplis de cordes sont tassés contre les murs sombres comme des passagers clandestins. Dans la lumière d'avant l'aube, la scène n'est pas sans rappeler un groupe de prière à bord d'un navire.

— Ce sera tout, monsieur ? demande la geôlière.

Tracey la remercie, et elle referme les grandes portes. Au-delà, dans le passage, on entend les détenues se déplacer de leur pas traînant vers les salles d'eau pour la toilette.

— Je vous en prie, dit Tracey en indiquant aux nouvelles arrivées de prendre place sur les bancs devant lui.

Josephine surprend le regard du directeur se poser sur l'épaisse cicatrice qui sillonne ses deux lèvres jusqu'à sa mâchoire ; tout aussi vite, il détourne le regard. Elles s'asseyent serrées l'une contre l'autre à côté d'une fille de petite taille à l'air frêle, et Tracey prend une pile de feuilles et en distribue une à chacune. Dans la pénombre, elles louchent sur les petits caractères, tandis qu'une voix bourrue s'élève du devant de la salle.

— Je sais pas lire, monsieur.

La voix appartient à une jeune femme assise sur le premier banc, dont les cheveux d'un roux doré frisottent sous sa cape.

— Ah, répond Tracey. Merci, mademoiselle…

— Walker, monsieur.

— Mademoiselle Walker. Peu importe. Mon intention a toujours été de vous lire l'annonce. Ces copies vous permettront d'y revenir dans votre temps libre.

Josephine étouffe un bâillement et regarde alentour les piliers en fer peint. Elle purge une peine de six mois, et sera libérée dans treize jours. C'est la première fois qu'elle fait de la prison, et l'expérience ne l'a pas dérangée, mais seulement parce qu'Annie était là. Vive, chaleureuse et brillante, Annie avec ses mains douces, son cœur d'or et sa langue bien pendue. Un coup de chance les a placées dans la même cellule le premier jour, et si elles ne se sont rencontrées qu'une fois leur travail accompli et le souper englouti dans le réfectoire glacial, le soir venu Josephine était tombée amoureuse. Annie lui a instantanément donné l'impression d'être une amie et à partir de ce jour-là, elles ne se sont plus quittées. Pendant plus de cinq mois, elles ont travaillé, prié, mangé et fait de l'exercice l'une à côté de l'autre, raflant des étoiles rouges pour leur diligence. La nuit, elles partagent un lit superposé et se couvrent la bouche de leurs mains.

À la fin de la première semaine, elles ont inscrit leurs numéros de détenues dans la brique, là où le matelas touche le mur humide, là où ils resteront gravés pour toujours.

La force de ses sentiments pour la jeune femme est telle que Josephine n'a pas envie de retrouver le monde extérieur. Par-delà la sécurité de sa cellule de prison règnent chaos et péril. Ici, elles ont tout ce dont elles ont besoin ; dehors, elles n'ont rien. Annie doit être libérée dans cinq jours, mais elle a demandé à rester afin de pouvoir partir en même temps que Josephine. Pour sa part, Josephine pourrait rester encore un, deux, cinq ans du moment qu'elle est auprès d'Annie. La maison de correction de Westminster, surnommée Tothill Fields, est un endroit épouvantable : balayée d'un froid mordant en hiver, écrasée d'une chaleur étouffante l'été. Les gangs y sévissent avec la même violence que les rats qui détalent à travers le dédale de couloirs sans air. Les couvertures sont minces ; le travail est fastidieux et transforme leurs mains en chair à pâté. Mais il leur permet de rester assises l'une à côté de l'autre et, dans le silence, Josephine a tout le loisir de rêver à la vie qu'elle aura avec son amoureuse. Pour Annie, elle supporterait ce calvaire des milliers de fois.

— Vous êtes sans doute curieuses de savoir pour quelle raison on vous a tirées de votre lit, dit Tracey par-dessus le concert de reniflements et de bâillements.

Sa question est accueillie par une marée de regards vides d'expression ; à l'évidence, il n'a jamais dormi sur un lit de prison, puisqu'il suppose qu'on y dort suffisamment bien pour le quitter à regret.

— Vous êtes rassemblées ici parce que votre libération est imminente, et qu'il existe une opportunité, pour celles que cela intéresse, lorsque le jour arrivera. Un ami de ma connaissance a ouvert une maison, pas très loin d'ici, pour les femmes telles que vous-mêmes, qui souhaitent continuer leur voyage de repentance loin des circonstances et des tentations qu'elles ont laissées derrière elles.

Dans le silence qui suit, une femme demande :

— C'est quoi, la repentance ?

De ses longs doigts, Tracey écarte légèrement la lanterne de son visage.

— La repentance ? Ah, c'est une forme de réparation.

— Comme les travaux de couture ?

— Non, dit-il. Cette opportunité vous offrirait une place dans cette maison, pas très loin de Londres, dont l'objectif est d'aider les femmes déchues. Là-bas, vous vivrez toutes ensemble, et vous vous formerez aux tâches domestiques pour à terme – à terme, répète-t-il avec emphase – partir à l'étranger et commencer une nouvelle vie dans un pays lointain.

Une demi-douzaine de visages se voilent d'un éclair de méfiance.

— Vous nous déportez ?

— *Non*, non.

Tracey ne parvient pas à dissimuler son exaspération.

— Alors c'est quoi ?

— Écoutez attentivement. Vous sept qui êtes là devant moi, vous êtes toutes en possession d'étoiles rouges sur vos brassards.

Par automatisme, plusieurs mains se lèvent pour aller effleurer les pièces de tissu grossièrement cousues qui les différencient des autres détenues.

— Vous êtes de bonnes ouvrières et votre comportement vous distingue de vos pairs. Parmi les six cents autres femmes qui passent chaque année dans cet établissement, vous avez été choisies pour votre potentiel à vous repentir. Vous avez le potentiel d'infléchir la trajectoire de votre existence. Des inclinations vertueuses ont été remarquées chez vous, non seulement par moi-même mais par les gardiens, et vous ont élevées au rang de candidates pour cette nouvelle entreprise. Il ne vous en coûtera rien. Vous avez tout à y gagner.

— Mais c'est quoi ? demanda la détenue rousse. C'est pas encore une prison ?

— C'est une maison. Un lieu de refuge. Le genre d'endroit joyeux et confortable que certaines d'entre vous n'ont peut-être jamais connu au cours de leur jeune vie. On m'assure qu'en ce lieu vous serez traitées avec la plus grande gentillesse. Vous apprendrez à tenir une maison, afin qu'un jour vous puissiez avoir la vôtre. Vous apprendrez beaucoup de choses très utiles. Vous serez formées au travail domestique, et une fois que vous aurez démontré votre valeur, tant d'un point de vue moral que pratique, votre traversée vers un nouveau pays dans lequel vous serez *émigrées*[1] et non prisonnières sera payée. Vous entrerez dans ce nouveau territoire en tant que femmes libres, libres de travailler, de vous marier, de fonder une famille. Les possibilités sont infinies.

Dans la grande salle enveloppée d'obscurité, les femmes sont silencieuses et pensives. Le petit doigt de Josephine trouve celui d'Annie et s'enroule autour de lui.

1. En français dans le texte d'origine.

Chapitre 2

L'atelier d'étoupe

Jean Holdsworth fait basculer son panier sur son bras gauche pour pouvoir maintenir ouverte la grille peinte en blanc pour la jeune femme qui la suit. Cette dernière, qui fait encore moins que son âge, tient dans son poing les extrémités d'un châle recouvrant sa tête, comme pour se protéger de la pluie. Mme Holdsworth, qui vient d'entrer dans la cinquantaine, est habillée en demi-deuil.

En janvier, elle pourra remiser le gris et le violet pour reprendre des teintes ordinaires, lesquelles pour l'heure semblent aussi étranges et criardes que les habits que les filles sont supposées porter au cottage : popeline framboise, satin lilas, carreaux audacieux de bleus et verts. Autant de couleurs plus appropriées à une sortie au théâtre qu'à un refuge pour femmes déchues, plus proches de leur passé que de leur avenir. Le tissu a été acheté chez un marchand de Tottenham Court Road, et il n'y a pas de doute sur la dépense. Mme Holdsworth a fait part de son inquiétude au comité concernant l'apparence que risquaient d'avoir les filles, engoncées de soies et de satins avec leurs visages quelconques et leurs mains rugueuses. Quelles idées, à tout le moins, allait-on donner aux voisins ?

Mais ses inquiétudes ont été écartées. On s'est appliqué à lui rappeler que les détenues – ou *résidentes*, telles que le comité préfère les nommer – auront peu de raisons de quitter le cottage. Mme Holdsworth, n'ayant pas pour coutume qu'on lui oppose un refus, avait avancé que l'argent du budget serait utilisé à meilleur escient pour l'achat de linge, voire l'embauche d'une bonne ; moyennant quatre livres, deux jeunes filles du village pourraient venir faire la lessive et la cuisine. Lorsque cette proposition fut balayée, elle joua sa dernière carte en soulignant que des tenues si coûteuses risquaient d'entraîner des vols. Mais elle ne tarda pas à comprendre que le comité n'attendait rien d'autre d'elle que de chaperonner les résidentes.

Les robes ne constituent qu'une partie de ses appréhensions initiales. Aucune disposition n'a été prise pour répondre aux besoins des filles en matière religieuse. Le comité a décidé qu'elles ne quitteraient la maison sous aucun prétexte, y compris pour aller à l'église, de sorte qu'il conviendra de trouver un aumônier. Mme Holdsworth, l'air de rien, suggéra que les filles, dont elle était la seule responsable, risquaient de devenir instables si on les obligeait à rester enfermées dans la maison à toute heure. On la rassura donc sur le fait que les résidentes n'auraient aucune *envie* d'aller dehors dans leur temps libre, avec toutes les corvées, les livres de leçons et les travaux de couture qui s'offriraient à elles, sans parler d'un approvisionnement inépuisable en charbon. Le comité est convaincu qu'en les extrayant tout bonnement de la métropole, de tous ses vices et toutes ses occasions d'y pécher, les filles se transformeront comme par magie en dociles grenouilles de bénitier.

Mme Holdsworth demanda s'il était prévu de les autoriser à faire de l'exercice dans le jardin.

— Bien évidemment qu'elles pourront faire de l'exercice dans le jardin ! répondit un membre présent. Ce n'est pas une prison.

— Monsieur, si vous permettez, dit Mme Holdsworth. Il y a le risque que les filles trouvent l'existence ici… (Elle chercha un instant le mot approprié et finit par jeter son dévolu sur :)… ennuyeuse.

— Ma chère madame Holdsworth…

— Laissez-la parler.

— Je veux simplement dire que ces filles auront obtenu leur liberté tout récemment. Elles viendront de leur propre gré, et si c'est pour trouver de nouveau leurs libertés restreintes… l'entreprise sera un échec, c'est le moins qu'on puisse dire. Je ne peux prédire le nombre d'entre elles qui décidera de rester, le cas échéant. Je serais bien étonnée s'il en reste une seule avant Noël.

Son doux accent écossais roulant lui permet de dire les choses sans ambages en froissant le moins de susceptibilités possible.

À la fin du mois d'octobre, tous les membres du comité d'Urania Cottage, à l'exception d'un seul, se réunirent autour de la table cirée de la salle à manger de Devonshire Terrace, engloutie dans un nuage de fumée de tabac. Outre Mme Holdsworth, la présente compagnie comprenait M. Dickens, deux pasteurs, un pédagogue et le Dr Brown. Angela Burdett-Coutts, qui avait convié Mme Holdsworth, était absente, au grand désespoir de celle-ci. Elle trouvait du réconfort dans le fait que le comité comptât une autre femme : c'était chose rare. Mais faire directement appel à Mlle Coutts, c'était un peu comme si un modeste fonctionnaire de justice sollicitait une audience avec la reine. Dans l'environnement typiquement masculin dont elle est coutumière, au milieu des moustaches et des verres de brandy, Mme Holdsworth sent sa vieille peau rugueuse durcir comme une armure. Contrairement à elle, aucun de ces hommes n'a de sa vie travaillé dans une prison ou un hospice. Mme Holdsworth connaît pourtant bien leur genre. Au cours de sa vie professionnelle, elle a croisé quantité de conseils et de comités qui sont davantage habitués aux salles de réunion, avec leurs épais tapis et leur air vicié par la fumée de tabac, qu'aux pavillons et aux infirmeries des étages inférieurs.

Pour ce poste, elle a quitté un bon emploi en tant que directrice à la maternité de la maison de correction de Bridewell. Ce n'est pas elle qui a trouvé le poste d'infirmière en chef à Urania Cottage et qui a postulé ; c'est une lettre qui l'y a conviée, rédigée sur un papier bleu pâle, remise en main propre par l'administrateur de Bridewell, un homme du nom de Sharpe. Le courrier de M. Dickens était flatteur, mais ne l'a pas bouleversée. Bien évidemment, elle avait entendu parler de ses romans, même si elle n'avait guère le temps pour ce genre de choses. Dickens était un ami de Sharpe et, à force de douce persuasion, elle finit par se trouver au domicile de l'administrateur, assise en face des deux hommes. Manifestement, Sharpe souhaitait tout autant que son ami qu'elle prît le poste, si bien qu'elle accepta, car un refus aurait donné l'impression qu'elle refusait une faveur. De toute façon, elle avait envie de changer de décor, de changer de routine. Depuis que son mari était mort sept ans plus tôt et qu'elle avait fermé la maison de Greenwich, elle n'avait conservé aucun poste plus de deux années d'affilée et la nouvelle échéance approchait. Une maison calme à la campagne, un petit groupe de détenues qu'elle finirait par connaître intimement, voilà exactement ce dont elle avait besoin, même si elle avait bien conscience que le chaos et la cohue des prisons de la ville finiraient tôt ou tard par se rappeler à son bon souvenir.

En cet après-midi de novembre donc, la jeune femme et elle se pressent à l'intérieur du cottage et, à peine entrée, elle sent aussitôt que les feux du rez-de-chaussée sont éteints. Elle jette un œil dans le petit salon et dans la salle à manger qui fait office de salle de classe, avant d'appeler Martha. Un instant plus tard, la jeune femme de haute taille apparaît dans le couloir qui mène à la cuisine, l'air affolé.

— Martha, n'avez-vous pas surveillé les feux ? Ne me dites pas que le fourneau est éteint !

La réponse se lit sur le visage de Martha. Puis cette dernière pose son regard gris et silencieux sur la jeune femme qui se tient dans la pénombre, serrant son châle.

Mme Holdsworth pousse un soupir.

— Voici Polly. Polly, je vous présente Martha, notre première résidente.

Les deux filles s'observent avec circonspection. Polly a une allure épouvantable. Le tissu de sa robe est élimé, les manches et le col sont usés et effilochés, et le châle enroulé autour de ses épaules n'offre que peu de chaleur. Les cernes violets sous ses yeux lui confèrent un teint très pâle ; quant à ses cheveux bruns, ils sont aussi ternes que filasse. Mme Holdsworth demande à Martha de conduire Polly à sa chambre le temps qu'elle aille chercher ses habits et son emploi du temps, et les deux filles montent à l'étage, le sac de toile de Polly rebondissant contre ses jupes.

Le linge de maison, les habits d'extérieur, les bonnets et les bottines sont rangés dans deux grandes presses sur le palier, dont Mme Holdsworth garde la clé accrochée à une ceinture en soie. Chargeant ses bras de draps, de couvertures et d'un jeu de corsets qu'elle prend sur une pile de l'étagère, elle se rappelle aussitôt qu'elle a oublié de passer la commande d'os et de viande de porc auprès du boucher. Elle se dit pour la centième fois qu'elle aurait grandement besoin d'une assistante.

Dans la chambre à coucher du fond, Martha est assise sur son lit, Polly debout à côté d'elle, son sac toujours serré contre elle. Mme Holdsworth a terminé de le coudre la veille au soir à onze heures, après s'en être souvenue une minute après avoir soufflé sa bougie ; elle a travaillé sous ses couvertures, les yeux fatigués.

Il y a une gêne entre les deux filles, toutes les choses dont elles n'ont pas le droit de parler emplissent le silence : d'où elles viennent, pourquoi elles sont ici. Ce qu'elles laissent derrière elles. Une dizaine de sujets de conversation restent proscrits et il faut faire des efforts pour engager la conversation. Les choses seront plus simples, songe-t-elle, quand d'autres arriveront et qu'elles auront de quoi s'occuper.

— Voici des serviettes, des draps, un tablier et une robe. Vous pourrez l'ajuster après le souper, dit-elle en tendant le paquet à Polly.

Celle-ci tend les mains et ses manches élimées se retroussent, laissant voir des bandages jaunissants à chaque poignet, assombris de taches de couleur rouille. Le rouge lui mange instantanément le cou, envahit ses joues. Martha se détourne pudiquement tandis que Polly recouvre ses bras.

— Il y a du bouillon de mouton sur la cuisinière, annonce Mme Holdsworth après une hésitation. Martha, voulez-vous bien vous occuper de relancer les feux ? Et cette fois-ci veillez à ce qu'ils ne s'éteignent pas.

— J'me disais qu'on pourrait partir faire la cueillette du houblon cet été. J'l'ai fait une fois avec mon cousin, il y a des années. Dans le Kent, que c'était. On a marché depuis sa maison tout du long jusqu'à là-bas. Sur des miles ! On dormait dehors toutes les nuits.

Elles marchent dans la cour de la prison, sous la pluie. Les prisonnières sont censées faire de l'exercice par tous les temps, sans se voir octroyer de vêtements supplémentaires pour autant, quoique la température soit à peine plus élevée à l'intérieur. La pluie ne gêne pas Josephine. Le pire c'est qu'en l'absence de feu leurs robes imbibées d'humidité ne sèchent jamais complètement, et le soir venu elles sentent la froidure jusque dans leurs os.

Annie, qui n'a pas prêté attention à ce que Josephine vient de dire, observe :

— Il doit faire chaud en Australie, non ? C'est obligé si c'est de l'autre côté du monde. Ce qu'on a nous, ils l'ont à l'envers. S'il pleut ici, là-bas il fait soleil.

Depuis que le directeur leur a parlé d'Urania Cottage la veille au matin, Annie n'a que ça à la bouche. La nuit dernière, au lit, à la lueur mourante d'un bout de chandelle, elle a longuement plissé les yeux devant les petits mots noirs sur la feuille que Tracey leur a distribuée, rédigés par son fameux ami, qui avait d'ailleurs signé *leur* ami. Ni elle ni Josephine ne savent vraiment lire, mais elle n'a pas détaché les yeux de la feuille comme si, à force de les scruter intensément, elle allait finir par résoudre l'énigme de tous ces mots.

— Je te parlais du Kent, espèce de dinde, dit Josephine.

— Je sais bien, répond Annie. Ça m'a fait penser à des endroits où il fait chaud.

— Le Kent, c'est pas si loin que ça.

Elles terminent un énième tour de la cour. Josephine sait qu'Annie veut qu'elles aillent dans le cottage, la maison pour les femmes déchues. Est-elle une femme déchue ? Elle trouve l'expression ronflante. À chaque fois qu'Annie aborde le sujet, Josephine s'efforce de l'en détourner délicatement pour explorer d'autres possibilités. Elle ne croit pas un seul instant que les femmes qui iront vivre dans cette maison auront la même liberté que celles qui quitteront la prison. La description du lieu lui fait penser à un *no man's land*, un purgatoire entre maison de correction et liberté. Mais Annie est intéressée, ce qui inquiète Josephine. Ce n'est pas le fait qu'il s'y trouvera d'autres filles ou que le lieu est situé hors de la ville ; c'est qu'elles ne pourront pas être libres l'une avec l'autre. Leur amour, cette chose vivante, restera piégé comme une souris sous une tasse à thé pendant toute la durée de leur résidence dans cette maison. Et visiblement, cette réalité semble avoir échappé à Annie.

— Je n'aimerais pas habiter ailleurs qu'en Angleterre, affirme Josephine.

— Pourquoi pas ?

— Parce que c'est ici que tu vis.

Ce matin-là, au petit déjeuner, Annie s'était fait la remarque qu'elle n'avait jamais quitté Londres. Elle avait interrogé Josephine sur les endroits qu'elle avait habités avec sa famille. Son père était fossoyeur et les Nash avaient passé leur temps à déménager – Kensal Green, Norwood et Bow, suffisamment proche de Londres pour ne pas être véritablement à la campagne, tout en étant calme et dénué d'intérêt malgré tout. Josephine lui avait répondu franchement. Elle n'a aucune envie de quitter Londres, dont elle a le sentiment que c'est le centre de l'univers, où le sang coule dans les caniveaux et où le fleuve, grouillant de vie, est la plus grande artère. Le Londres qu'elle connaît est si éloigné des maisonnettes de pierre humides de son enfance, son père étendu sur le tapis rapiécé, la boue incrustée sous ses ongles, en train de boire du thé trop infusé tandis que le feu s'éteint. Tous ses frères et sœurs sont morts, emportés comme les bouts de charbon qui s'effondrent dans la grille. Leur mère était partie bien avant eux tous.

La ville a beau être cruelle, elle ne manque pas de cœur ; elle offre toujours une marche où s'asseoir, un coin où se caler à la dérobée. Elle compte des milliers de personnes exerçant des milliers d'emplois, des beaux parcs et des rues larges dans lesquelles riches et pauvres peuvent se côtoyer. À Londres, un chat de gouttière peut regarder un roi.

Et Annie est une vraie Londonienne, née à Soho au-dessus de la boutique d'un prêteur sur gages, dans une de ces grandes familles aimantes que Josephine considère avec envie. Les frères et sœurs d'Annie se sont éparpillés, qui comme domestique, main-d'œuvre, bonne d'enfants. Sa mère, femme de ménage, souffrait d'une mauvaise santé et vivait avec Maud, la sœur aînée d'Annie. Annie envoyait de l'argent quand elle le pouvait, mais à la suite de frais médicaux conséquents, elle décida de décharger la maison qui l'embauchait de quelques articles de teinturerie : deux nuisettes, un jupon ou deux dont elle pensait qu'ils ne manqueraient à personne. À tort. M. et Mme Howard de Charlotte Street assistèrent à l'audience, posant un regard impassible depuis la galerie sur l'annonce du verdict à l'encontre de leur bonne : une peine de neuf mois dans la maison de correction de Westminster. Il n'y avait plus personne pour payer le médecin. La mère d'Annie mourut, et la famille vola en éclats comme du petit bois.

— N'empêche, dit Annie comme si la conversation s'était poursuivie (et d'une certaine manière c'était le cas), on n'aurait pas à trouver le gîte.

Josephine, qui n'avait pas pensé à cela, sent quelque chose réagir en elle. Elle a bien conscience que leurs options, si elles doivent être honorables, sont limitées. C'est le plus vraisemblablement dans une blanchisserie qu'elles trouveront à embaucher, sachant que les emplois ne courent pas les rues. Elles sont des milliers de jeunes femmes comme elles à chercher à Londres, et plus encore à y affluer chaque jour. Annie n'en a aucune idée, elle qui a travaillé comme bonne la moitié de sa vie. À présent, en l'absence de références et avec l'opprobre attachée à son nom, elle ne sera plus la bienvenue dans les vaste demeures qu'elle a appris à connaître. Si elles se retrouvent blanchisseuses à Bethnal Green, peut-être, ou Cambridge Heath, Josephine se demande combien de temps Annie pourra supporter les brûlures et l'humidité.

Plus tard, alors qu'elles sont étendues sur la couchette supérieure, confortablement blotties l'une contre l'autre au son périlleux des lattes du matelas qui craquent sous leur poids, Josephine sent que quelque chose la tourmente.

— Je ne comprends pas pourquoi c'est nous qu'ils ont choisies, dit-elle à Annie en effleurant du bout du doigt la courbe de sa joue.

— Moi non plus, répond Annie.

— Ils ont dû nous observer de près. Pas de trop près, j'espère, ajoute Josephine malicieusement.

Elle enfouit son nez dans le cou d'Annie. Le parfum de sa peau est sans pareil.

— Douze jours, dit-elle comme Annie se fait silencieuse.

Elles chuchotent, car il est strictement interdit de parler après la fermeture des cellules. Elles ont appris à tout faire sans bruit. La main d'Annie trouve les siennes dans le noir.

— Il faut qu'on donne notre réponse à Tracey demain matin.

Josephine ne dit rien. La lettre que Tracey a lue parlait de pays lointains. Les colonies, qu'il appelait ça. Pas un seul territoire mais tout un groupe, plus vaste que les confins de leur imagination. Comme d'essayer de se représenter une nouvelle couleur.

— Moi je dis qu'on y va, Jo. Ensemble.

— La partie sur le fait de devenir les fidèles épouses d'honnêtes hommes…, observe Josephine avec un soupçon d'anxiété dans la voix.

— Ils peuvent pas nous marier de force. Ils peuvent nous obliger à rien. Quel meilleur endroit pour repartir à zéro, Jo, sinon loin, très loin ? dit-elle en dessinant le contour des doigts de Josephine. Et si je te faisais une promesse ? On ne prendra pas de bateau si tu n'en as pas envie. Et on ne partira jamais si tu ne te sens pas prête.

Josephine est de nouveau mutique, et Annie approche son visage du sien, de sorte que leurs fronts se touchent presque et que leur souffle n'en forme plus qu'un.

— Si ça ne te plaît pas, on reviendra à Londres. Mais je crois que ça te plaira.

Josephine fronce les sourcils.

— Je ne comprends pas pourquoi ils ont choisi Sarah Brigham, dit-elle. Je détesterais habiter avec elle.

Annie rit.

— Elle part pas – elle me l'a dit aujourd'hui. Aucune d'elles ne part, je crois.

Ce qui ne fait que confirmer les doutes de Josephine.

Parfois, elle s'autorise à rêver : elles sont assises de part et d'autre d'une cheminée, un après-midi d'hiver. Par-delà les fenêtres, le ciel s'obscurcit. Annie fredonne une mélodie, les pieds sur les genoux de Josephine. La petite chaumière qu'elles habitent ressemble vaguement à toutes celles qu'elle a connues dans sa vie, si ce n'est que celle-ci est bien chauffée et éclairée, avec partout des preuves de leur vie commune.

Annie patiente dans l'immobilité la plus totale, jusqu'à ce que Josephine finisse par pousser un soupir.

— Dis-lui oui.

— En vrai ? sourit Annie dans l'obscurité.

— Oui. On va le faire. On va y aller.

Dès qu'elles en informent Tracey, les événements s'accélèrent. Il y a une entrevue dans les quartiers du directeur, sorte d'habitation incongrue au milieu de l'enceinte de la prison, avec des pensées d'hiver qui égayent les rebords de fenêtres et un heurtoir en laiton qui brille comme une flamme au milieu de tout ce gris. La première rencontre, à laquelle elles assistent ensemble, se fait en présence de Tracey et de l'un des fondateurs d'Urania Cottage, un homme mince et plein d'entrain du nom de M. Dickens. La deuxième entrevue est une session plus intense en tête à tête avec ce même homme.

Josephine répond honnêtement à ses questions. L'intérêt qu'il porte à son histoire la surprend quelque peu ; elle pose avec calme ses yeux sombres sur les siens, lesquels s'égarent de temps à autre vers sa cicatrice. Il note tout ce qu'elle dit sur des feuilles de papier bleu, et à la fin de la conversation ses doigts sont maculés d'encre. Il parle longuement de la maison, et elle a l'impression qu'il en a déposé une image dans sa tête, et qu'elle peut l'emmener partout avec elle pour l'examiner comme un souvenir.

On prend leurs mesures pour leur confectionner de nouvelles robes et on les informe qu'elles seront attendues à la sortie de la prison le jour de leur libération. On leur demande de ne parler à personne aux grilles et de ne rien dire de leur destination. Instantanément, les jours raccourcissent ; les journées passées à trimer, dans la chapelle, à faire de l'exercice, se précipitent vers l'inconnu. Josephine est bien plus nerveuse qu'elle veut bien l'admettre. Son esprit est occupé par un grand espace vide qui marque l'avenir, et si elle a peu de choses qui la retiennent en Angleterre et toutes les raisons de partir, l'irrévocabilité de la décision l'effraie.

Un matin, dans l'atelier d'étoupe, quelques jours avant leur libération, Josephine est perdue dans ses pensées. À ce stade, ses mains travaillent par automatisme, même si sa peau est meurtrie là où les plaies se rouvrent jour après jour, et que les menues éruptions cutanées vont et viennent. Elle n'a pas non plus confié à Annie qu'elle n'a aucune envie d'être domestique, de faire des lits et préparer des repas à longueur de journée.

Les bancs de l'atelier d'étoupe n'ont pas de dossiers, obligeant les femmes à arquer leur colonne vertébrale comme des ammonites. Même à midi, la lumière est faible, préférant rester accrochée près des hautes fenêtres comme si elle demandait à ressortir. L'air est saturé par la poussière et la filasse des cordes, qui flottent comme un brouillard tout autour d'elles. Les nouvelles arrivantes pleurent souvent tant leur nuque et leurs yeux sont douloureux. Pour la plupart, elles restent une semaine ou deux avant de disparaître ; certaines en sont à leur sixième, septième, huitième peine, comme si Tothill Fields était un hôtel dans lequel on pouvait retourner à loisir. Au-dessus de l'estrade, un panneau peint proclame que « LES DETENUES N'ONT PAS LE DROIT DE SE PARLER ». Le calme qui règne dans la salle n'est jamais entièrement silencieux, constamment ponctué par un soupir, un éternuement, une toux. Nous sommes en novembre, l'infirmerie est pleine et la morgue en dessous patiente comme un oisillon le bec ouvert.

Josephine perçoit une agitation aux limites de son champ de vision. Un directeur entre dans la salle et s'adresse à un gardien, qui descend du point d'observation de son estrade pour gagner les bancs à grandes enjambées. Josephine tourne son attention sur les résidus de cordes entassés sur son tablier et est occupée à réarranger le crochet fixé au-dessus de son genou lorsque quelque chose l'incite à tourner la tête.

La poussière qui lui tombe sur le visage lui fait cligner des yeux mais elle aperçoit Annie qui se lève du banc derrière le sien, à une douzaine de places sur la gauche, et suit le gardien jusqu'à l'avant de la salle. Le sol de briques est recouvert de fibres qui s'entortillent sur cinq, dix, quinze mètres dans le sillage d'Annie, en tourbillonnant jusqu'à ses pieds. Le directeur s'adresse à voix basse à la jeune femme qui hoche la tête.

— On baisse les yeux, aboie une surveillante qui rôde sur l'estrade comme un mastiff.

Josephine empoigne les résidus de cordes sur son tablier, mais ses doigts lui font un drôle d'effet, comme s'ils ne lui appartenaient pas. Sous sa coiffe baissée, elle suit du regard Annie qui emboîte le pas au gardien jusqu'aux épaisses portes à deux battants qui donnent sur le corridor.

— J'ai dit : on baisse les yeux !

Mais Josephine n'écoute pas, parce qu'en cet instant Annie jette un rapide coup d'œil en arrière vers la salle bondée de femmes courbées, impossibles à discerner les unes des autres dans leurs robes bleu et blanc et leurs bonnets, et ses yeux trouvent ceux de Josephine. Plus tard, Josephine rejouera la scène encore et encore dans sa tête, persuadée d'avoir décelé de l'incertitude, voire de la peur, dans le regard d'Annie.

Ce n'est que bien plus tard que Josephine se rendra compte qu'il ne s'agissait ni d'incertitude ni de peur et qu'en réalité, d'Annie Ledbury, prisonnière 847, elle ne savait strictement rien.

Lorsque la deuxième lettre sur papier bleu pâle arrive à Stratton Street, Angela sait qu'elle va devoir se rendre à Shepherd's Bush. Voilà bientôt une semaine qu'elle est rentrée, et elle a eu le temps d'aller au théâtre, à une assemblée, un dîner et un bal. Sa sœur Sophie lui a rendu visite ; elle-même est allée voir Clara, son autre sœur. L'essentiel de la correspondance restée en souffrance durant son séjour à Paris a été traitée, les livres empruntés aux amis au cours du voyage ont été restitués et les cadeaux distribués. Une fois à la maison, elle a du mal à rester en place ; une fois couchée, malgré les draps chauffés par la bassinoire, le sommeil se fait désirer.

Alors qu'elle était obnubilée par le sujet avant son départ, elle a laissé le cottage s'abîmer dans les strates de son esprit. Les filles ont déjà commencé à s'y installer, et elle n'a toujours pas vu la maison dans sa version finale, avec les rideaux aux fenêtres et les draps rangés en piles bien repassées sur les lits. Elle n'a fait que repousser l'échéance sans prendre le temps de se demander pourquoi, même si elle connaît en partie la réponse : à présent que le cottage est terminé, elle ne sait pas trop quel rôle elle est censée jouer, si ce n'est celui d'une sorte d'invitée. En coulisse, sa contribution est claire : elle finance les provisions, les médicaments, le linge, le savon et toutes les choses nécessaires au bon fonctionnement de la maison. Elle n'a aucune envie que les filles se sentent mal à l'aise en sa présence ou qu'elles interrompent leurs tâches pour prendre le thé en sa compagnie. Elle se demande de quoi elles pourraient bien parler et ne voit pas ce qu'elles auraient en commun. Il est bien plus simple de signer une traite bancaire une bonne fois pour toutes.

Bien évidemment, elle ne peut pas dire ce genre de choses devant son ami Charles sans passer pour une femme insensible et désobligeante. Aussi n'a-t-elle d'autre choix que d'y aller.

Angela et Mme Brown souhaitent le bonjour au constable Ballard, qui a pris son poste habituel au sommet des escaliers menant à la porte d'entrée, et les accompagnera dans le Middlesex. Ballard est un homme courtois aux moustaches rousses qui approche de la cinquantaine ; de petite taille et d'un tempérament affable, il a des airs de noblesse, bien que fils d'un cordonnier du Leicestershire. Il a assuré la protection d'Angela à plusieurs occasions au fil des années ; occasions douces-amères, car elle déplore d'avoir besoin de lui mais se sent mieux quand il est là.

En échange de sa protection, elle manifeste de l'intérêt à son endroit, prend toujours soin de lui demander des nouvelles de son épouse et de ses trois filles, sans oublier ses deux vieux chats, qui n'étaient encore que des chatons quand elle a fait sa connaissance. Cela fait bien longtemps qu'il n'est pas venu, mais le personnel de cuisine se rappelle comment il prend son chocolat chaud, et Mme Wild, la cuisinière, fait monter des sacs de sable chaud pour mettre dans ses poches. Ballard connaît Dunn sous toutes ses coutures, et tant qu'il est là Angela se sait à l'abri, même s'il attire davantage l'attention sur son domicile. De temps en temps, des passants demandent ce qu'il fait à Stratton Street, s'imaginant quelque crime scandaleux.

Par un matin froid et rose, Angela part pour Shepherd's Bush à bord de la calèche en compagnie de Mme Brown et de Ballard. Les lauriers des jardins de Kensington fument dans les rayons du soleil d'hiver, et sans y prendre garde elle penche le buste en avant pour mieux voir à travers la vitre le torrent de visages qui défile. Mme Brown a apporté un sachet de noix pour grignoter pendant le trajet. Lorsque la calèche atteint le sud de Hyde Park et dépasse la caserne de la cavalerie, là où son père avait coutume de l'emmener lorsqu'elle était petite, Angela relâche enfin sa respiration.

Du vivant de son père, toute cette fâcheuse affaire autour de Dunn, quoique cauchemardesque, était encore supportable. Son père s'occupait des avocats ; d'aller parler à Dunn au milieu de la rue ; d'épargner le pire à sa mère. C'est lui qui accompagna Angela à la chapelle privée d'Albemarle Street après que Dunn l'eut suivie jusqu'à celle de St George. C'est lui qui insista pour qu'un haut valet de pied la suive partout où elle allait. Au début, elle se montra réticente, parce que cela l'obligeait à renoncer à ses promenades dans les jardins de Kensington, où les domestiques n'avaient pas droit d'entrée. Mais son père en imposait, au point qu'Angela elle-même était parfois intimidée. Pour son vingt-sixième anniversaire, ses parents l'emmenèrent dans un hôtel à Norwood où, le dimanche matin, le valet reconnut Dunn au sein de la congrégation. Vêtu de ses habits du dimanche, son père le prit en chasse dans l'allée et le fit fuir jusque dans le parc, retournant auprès de sa femme et de sa fille à bout de souffle mais victorieux. Ensemble, ils parvinrent à en rire, et même Angela finit par voir le côté amusant de la scène lorsqu'elle la racontait à leurs amis. D'une certaine manière, la présence de son père donnait à Dunn des allures de nuisible plus que de véritable menace, à l'instar d'une mouche ou d'un cancrelat qu'il était tout à fait en mesure d'écraser sous son talon.

Pendant longtemps, ses parents durent la secourir de l'obscurité moite et suffocante qui l'engloutissait souvent, avec la même facilité qu'elle l'aurait fait d'une enfant aux prises avec les monstres de ses rêves, entortillée dans ses draps. L'intrusion de Dunn dans son existence était épouvantable, mais ses parents se trouvaient juste là, dans la demeure de St James's Place, à moins de cinq minutes à pied de chez elle.

Et puis, tout aussi soudainement, ils disparurent. Sa mère mourut la première, son père un peu plus d'une semaine après. Le jour de leurs funérailles communes, St James se para de noir, comme si une tempête de suie s'était abattue sur toutes les manchettes et les cols. La perte de sa mère avait été effroyable, mais son père mourant si rapidement après la laissa dans un état de choc dont elle ne s'était pas encore totalement remise. Elle aurait voulu lui dire à quel point elle avait besoin qu'il reste en vie pour elle. Elle aimerait pouvoir lui dire qu'elle ne s'est toujours pas mariée, parce que cela reviendrait à accepter un collier en étain quand on a grandi toute sa vie parée de diamants. Une partie d'elle culpabilise encore de ne pas avoir passé chaque seconde à son chevet tandis qu'il se laissait affamer par le chagrin d'avoir perdu sa femme, de ne pas avoir suffisamment insisté pour qu'il accepte de se sustenter. Il ne résistait jamais à ses accès de colère ; si elle avait cédé à l'un d'eux, il se serait assis à sa place à côté du feu au lieu d'être désormais encadré sur le manteau de cheminée, un sourire distant aux lèvres.

Depuis que le protecteur d'Angela n'est plus, Dunn se fait de plus en plus menaçant et elle doit maintenant l'affronter seule.

Sur Kensington Gore, la calèche prend enfin de la vitesse et Angela se rencogne contre son siège. Une coquille de noix esseulée roule sous son talon, qu'elle broie sur le sol.

Sa première impression d'Urania Cottage est celle d'une maison des faubourgs sans intérêt. Sa superficie conviendrait à une famille modeste, mais Angela ne voit pas comment une douzaine de filles et une surveillante pourront y loger. Le toit en croupe à faible pente se détache sous un ciel gris et plat, et au-dessus de la porte d'entrée une imposte en demi-cercle projette sa faible lueur dans la pâleur du matin. Sous les rebords de fenêtres les parterres sont nus et sans vie et pas une lampe ni un visage n'est visible de l'extérieur. Elle s'interrompt un instant pour lever les yeux sur la façade ; une des croisées est ouverte à l'étage, tandis que des volutes de fumée s'échappent de la cheminée. Difficile de faire maison plus ordinaire, mais sans doute était-ce là un choix délibéré de la part de son ami Charles, qui est après tout l'homme le plus rigoureux et réfléchi qu'elle connaisse.

— Bonjour, mademoiselle Coutts, madame Brown, les salue Mme Holdsworth en ouvrant grand la porte. Et qui est-ce ?

Angela cligne des paupières.

— C'est le constable Ballard. Il m'accompagne pour une affaire. Il restera à l'extérieur de la maison, si cela vous convient.

Mme Holdsworth fronce les sourcils.

— J'ai bien peur que non. Un constable posté devant le seuil de la maison fera mauvaise impression. Vous pouvez entrer, monsieur.

— Mais personne n'emprunte vraiment cette ruelle, n'est-ce pas ?

Mme Holdsworth reste coite, et Angela pousse un soupir.

— Fort bien. Ballard, si vous voulez bien attendre dans la voiture ? Je n'en ai pas pour longtemps.

L'homme s'incline d'un bref hochement de la tête et tourne les talons en direction de la grille.

Mme Holdsworth les fait entrer, lasse déjà, comme si elle risquait à tout instant de demander à Angela et à Mme Brown de s'occuper des filles le temps qu'elle aille se reposer. On présente à Angela les trois résidentes dans la cuisine où elles préparent le plateau de thé pour le petit salon. Elles aussi ont la mine fatiguée, le teint blême, les joues striées de charbon et de traces de farine. C'est à peine si elles la saluent, jetant un rapide coup d'œil vers l'encadrement de la porte avant de reprendre leur tâche, comme s'il s'agissait tout au plus du rémouleur. L'air est chargé d'une tension sans équivoque.

Mme Holdsworth lui demande de bien vouloir les précéder jusqu'au petit salon, et dans l'étroit corridor sombre en profite pour lui dire qu'une fille les a quittées ce matin après le petit déjeuner, à peine deux nuits après son arrivée. La maison était trop silencieuse, et le travail trop ennuyeux à son goût.

Angela est stupéfaite.

— Trop ennuyeux ? Ne savait-elle pas à quoi s'attendre ?

— Il me semble que si, rétorque Mme Holdsworth, en faisant signe à Angela de prendre place sur un fauteuil près de la cheminée. Et bien entendu, elle n'a pas du tout pris le temps de s'adapter. Elle était de corvée de lessive hier, et j'avais pourtant pris grand soin de lui expliquer que ce ne serait pas le cas tous les jours, puisque les tâches étaient distribuées selon un roulement, mais évidemment elle n'a pas écouté et s'est contentée de continuer son petit bonhomme de chemin.

— Où est-elle allée ? demande Angela tandis que les autres filles arrivent chargées de plateaux pour le thé.

— Elle a affirmé avoir une tante à Lee Green.

— Voilà qui est très préoccupant, commente Mme Brown.

Angela est quelque peu en admiration devant Mme Holdsworth, dont elle sait qu'elle a travaillé dans des prisons. Elle rappelle à Angela une gouvernante qui s'occupait de ses sœurs et qui était si redoutable qu'elles n'osaient pas même s'en plaindre entre elles.

Mme Holdsworth sert le thé et les filles s'installent. Leurs regards sont directs, voire effrontés, leur posture médiocre. Après quelques instants de silence, Angela se rend compte qu'on attend d'elle qu'elle prenne la parole.

— J'espère que vous vous êtes acclimatées à ce nouvel environnement, dit-elle.

Sa voix sonne faux, dénuée de sincérité. Leurs regards sont braqués sur elle – comme des yeux de chats, songe-t-elle. Elles n'ont pas peur d'évaluer chaque centimètre de sa personne, de ses bottines en peau de lapin aux plaques d'eczéma qui tavèlent son cou depuis quasiment toujours. Par automatisme, Angela lève sa main vers sa gorge, avant de la retirer.

Elle n'a posé aucune question, et personne ne parle. Une des filles semble plus vive et alerte que les autres, qui lui font une impression répugnante, tout particulièrement celle de petite taille avec les poignets bandés et les ombres mauves sous les yeux. Toutes affichent une mine méfiante dont Angela se dit qu'elle ne les quittera jamais, aussi douées soient-elles un jour pour préparer des soufflés et nettoyer les nappes.

— Aimez-vous vivre à Urania Cottage ?

Elle dirige la question vers la plus avenante, celle qui la regarde avec des yeux gris pleins de chaleur.

— Beaucoup, mademoiselle, répond-elle.

— Et comment vous appelez-vous ?

— Martha.

— C'est vous qui êtes arrivée la première ?

— Oui, mademoiselle.

Mme Holdsworth étouffe un bâillement, croise le regard de Mme Brown et la gratifie d'un sourire rassurant. Angela se fait la réflexion que la maison est impeccable.

— Mme Holdsworth, vous travailliez autrefois dans une prison, dit Angela.

— En effet.

L'intérêt des filles est éveillé.

— Mon père était un réformateur passionné du système pénitentiaire. Le quotidien ici doit vous sembler bien différent.

— Je connais le travail admirable de votre père, répond Mme Holdsworth. Je dois avouer que je…

Un tambourinement à la porte. Un moment de silence tandis que toutes les femmes réunies dans la pièce, dans un instant de curiosité spontané, échangent un regard.

Mme Holdsworth se lève promptement, et toutes attendent que s'élèvent des voix dans le vestibule. Au bout de quelques secondes, un cri de protestation retentit, puis le nom de Martha, et une jeune femme fait irruption dans la pièce.

Elle doit avoir vingt-deux ou vingt-trois ans, des vêtements simples et le même nez que Martha. Ses joues sont rougies par le froid. Martha bondit de sa chaise. Dans un tourbillon de jupons et de bras, les deux filles s'étreignent de façon si pressante, avec une telle ferveur, que l'émotion s'empare des femmes restées assises.

— Mary ! Oh, Mary.

Martha essuie les larmes de son visage et serre de plus belle la jeune femme dans ses bras.

— Oh, Martha ! Espèce de – oh, je pourrais te traiter de tous les noms. Où étais-tu passée ? Oh, espèce de dinde. (Elle fait reculer Martha à bout de bras avant de l'attirer de nouveau dans une étreinte féroce.) Je pourrais te donner une bonne correction. Tu ne l'aurais pas volée.

La nouvelle arrivante ne s'est pas rendu compte qu'elles n'étaient pas seules dans la pièce. Mme Holdsworth, qui a suivi Mary jusqu'au petit salon tel un nuage de tempête, referme la porte derrière elle, comme pour éviter de déranger le reste de la maisonnée.

— Qui diantre êtes-vous, et quelle idée de faire irruption de la sorte ? demande-t-elle d'une voix qui cache à peine sa fureur.

— Oh, dit Mary en remarquant pour la première fois le petit groupe éberlué par la scène. J'arrive au mauvais moment ? Je suis la sœur de Martha. Je me suis mise en route dès que j'ai reçu sa lettre.

— Peu importe que vous soyez la reine de Saba. Vous ne pouvez pas entrer comme ça sans invitation.

— Mais j'ai une invitation. Enfin, Martha m'a dit où elle était. Oh, Martha, je n'en croyais pas mes yeux. Laisse-moi te regarder.

— Je suis navrée, mademoiselle Coutts, déplore Mme Holdsworth quoique Angela soit amusée et que Mme Brown paraisse ravie.

— De joyeuses retrouvailles ! se réjouit Mme Brown en joignant la paume de ses mains. Cela fait-il longtemps que vous étiez sans nouvelles ?

— Plus d'un an, répond Martha.

Mary, la plus âgée des deux, ne détache pas un seul instant ses yeux ni ses mains de sa sœur.

— J'ai vraiment cru que tu étais morte, Martha.

— Non, seulement – eh bien, balbutie Martha, peu importe au fond. Je suis là maintenant.

— Je suis contente que tu aies écrit. J'ai tant à te raconter. Enfin, il y a une seule chose qui compte vraiment – désolée, vous permettez que je m'asseye un moment ? Merci, merci.

Elle prend le fauteuil laissé vacant par Mme Holdsworth, dénoue les cordons de son bonnet qu'elle rejette en arrière sous le regard abasourdi des autres jeunes femmes.

Mme Holdsworth en reste incrédule.

— Ma foi, puisque vous restez, je vais chercher d'autres rafraîchissements. Mademoiselle Coutts, je suis sincèrement navrée de…

Angela lève une main gantée.

— Nous devons mettre la jeune dame à son aise.

Ne faisant plus attention à elles, Mary tend de nouveau les mains vers Martha.

— Oh, Martha, c'est vraiment toi.

— Oui, c'est vraiment moi. J'ai écrit à Emily, aussi, continue Martha. Comment va-t-elle ? Tu as des nouvelles ?

— Oh, Martha, je ne sais pas comment te l'annoncer.

Un infime tintement de porcelaine accompagne le geste d'Angela lorsqu'elle repose sa soucoupe. Le visage de Martha bascule de la joie à l'inquiétude.

— Qu'y a-t-il, Mary ?

Mary plante ses coudes sur ses genoux et son visage entre ses mains. Tout aussi vite, elle se ressaisit et se redresse, se compose une expression déterminée et regarde Martha droit dans les yeux.

— Elle a disparu, elle aussi. Au début de l'année, elle a tout bonnement…, dit Mary en levant les mains vers le ciel. Elle a quitté la maison qui l'employait, sans donner d'adresse ni dire à personne où elle allait.

Elle ne m'a pas écrit, et comme nous ne savions pas où tu étais, alors elle n'a pas pu te prévenir toi non plus. Je suis sans nouvelles d'elle depuis février.

S'ensuit un lourd silence, interrompu par le craquement du feu de cheminée qui peine à survivre au manque d'attention de Martha.

— Eh bien, où pourrait-elle bien être ? demande cette dernière.

Les autres se tournent à l'unisson vers Mary, comme des visages dans un miroir brisé.

— Je ne sais pas, répond Mary d'une voix soucieuse. Elle a disparu. Tu imagines mal à quel point cette année a été terrible pour moi, sans savoir où vous chercher toutes les deux.

— Je suis désolée, Mary.

— C'est une bonne chose que maman ne soit pas là. Je n'aurais jamais pensé dire une chose pareille, mais c'est vrai. Elle m'aurait étripée de ne pas avoir veillé sur vous deux.

— Comment peux-tu dire ça ? Tu ne dois pas t'en vouloir, surtout pas à cause de moi. Ce qui est arrivé n'est la faute de personne.

— Eh bien si, je m'en veux. J'aurais dû faire le nécessaire pour que la famille reste unie. Qu'est-ce qui est arrivé, d'ailleurs ? Merci, dit-elle en prenant une tasse de thé des mains de Mme Holdsworth, qui semble faire preuve de davantage de sympathie à son égard. C'est quoi, cet endroit ? demande-t-elle en jetant un regard alentour.

— C'est un foyer pour les filles qui ont traversé des moments difficiles, répond Mme Holdsworth.

Mary regarde sa sœur avec une compassion manifeste et prend sa main.

— Et où étais-tu avant ?

— Une de nos règles à Urania Cottage est de ne rien dévoiler des histoires personnelles de ses habitantes, interrompt Mme Holdsworth. Bien que cette règle ne s'applique pas aux membres de la famille, je vous remercierai de ne pas en parler devant les autres. Je suis sûre que vous avez beaucoup de choses à vous dire, et je peux vous proposer d'utiliser la salle à manger pour ce faire, si mademoiselle Coutts n'y voit aucun inconvénient.

Elle lance un regard à Angela dans son fauteuil.

— Bien sûr que non, madame Holdsworth.

Mme Holdsworth hoche la tête, puis se tourne vers les sœurs.

— Je vous rappelle néanmoins, Martha, que les conversations privées avec les membres de sa famille ne sont pas autorisées à Urania Cottage, et que je suis contrainte de chaperonner. Je ne peux vous accorder qu'une demi-heure, je suis désolée. Mary, vous êtes la bienvenue pour rester à dîner. Lucinda prépare une soupe à la reine. Mademoiselle Coutts, madame Brown, peut-être nous ferez-vous l'honneur de vous joindre à nous ? Ou préférez-vous dîner une fois que les filles auront perfectionné leurs talents culinaires ?

Angela sourit.

— Merci, madame Holdsworth. Ce sera avec grand plaisir.

Chapitre 3

Middlesex

Ce soir-là, Annie ne revient pas dans la cellule numéro six, et n'est pas présente à l'atelier d'étoupe le matin venu. Tandis que les femmes font la queue à l'extérieur, Josephine frissonne du même froid qui lui glace les os depuis la veille. Quelqu'un lui demande où est Annie, et elle fait semblant de ne pas entendre. Quand vient son tour, elle prend sa livre et demie et dit au gardien :

— Je voudrais voir le gouverneur Tracey.

Le gardien ricane :

— Et moi j'aimerais avoir des dents en or.

— Pour lui parler du foyer.

— Quel foyer ?

Un autre gardien lève les yeux des paniers dont il distribue le contenu.

— Quoi, le foyer ?

— Il faut que je lui parle.

— Il faut que tu prennes ça et puis c'est tout, dit le premier gardien en hochant la tête en direction de l'infâme tas de filasse et de goudron. Avance, maintenant.

— S'il vous plaît. Il faut que je lui parle.

Le gardien la pousse en avant, mais une fois que toutes les femmes ont reçu leur lot de cordes et que les bancs sont remplis, Josephine comprend sa bévue. Il existe d'autres ateliers à Tothill, pour le tressage de la paille, où les détenues confectionnent des bonnets pour les aliénés, tricotent et s'occupent du blanchissage. Au petit déjeuner, Josephine a demandé aux femmes de ces ateliers si elles avaient vu Annie, et toutes lui ont répondu que non. Elle a passé la nuit entière à guetter le bruit de bottines se rapprochant de leur cellule.

Tracey ne vient la voir que le lendemain soir. Désormais, une nouvelle codétenue l'a rejointe, et elle a dormi dans l'ancien lit de Josephine, celui du bas. Elle a demandé son nom à Josephine, mais cette dernière est restée sous la couverture, face au mur, mutique.

— Comme tu veux, a maugréé Bertha, la nouvelle venue.

Bertha a ronflé toute la nuit, et les fines lattes protestaient bruyamment quand elle se retournait dans son sommeil. Le grabat a encore l'odeur d'Annie, et Josephine ne réussit à s'endormir que peu de temps avant le coup de feu du matin.

Quand la porte s'ouvre en grinçant, elle ne bouge pas. Et quand Tracey commence à lui parler en s'adressant à son dos, elle l'interrompt et se retourne à moitié :

— Où est Annie ?

Elle a pensé à cette question si souvent au cours des deux derniers jours, les mots enfouis et entassés dans son esprit comme des liasses de papier journal piétinées.

Il y a une seconde de silence étonné.

— Mlle Ledbury est arrivée au terme de sa peine, répond Tracey.

Josephine se retourne entièrement et s'assied sur le grabat. Tracey, une lampe à la main, l'observe.

— Ça, je sais, dit-elle lentement. Elle avait décidé de rester avec moi jusqu'à ce qu'on puisse partir ensemble. Vous étiez d'accord.

Tracey la fixe de ses yeux noirs avec perplexité.

— Annie a demandé à partir.

Nouveau silence. Josephine a l'étrange sensation qu'on lui déverse un seau d'eau glacée dans le dos.

— Quand ? demande-t-elle d'une voix épaisse.

Un froncement plisse les lourds sourcils de Tracey.

— Au cours de votre dernier entretien avec M. Dickens. Vous n'étiez pas au courant ?

Comme elle ne dit rien, il continue :

— Vous vouliez me parler du refuge ?

Elle ouvre la bouche comme si elle s'apprêtait à répondre, mais elle est prise de violents tremblements.

— Monsieur, dit Bertha depuis le grabat du dessous, puis-je me permettre de soulever une question qui concerne ma bonne personne et le jour de mon départ, lequel…

— Ce sera tout, mademoiselle Nash ?

Tracey ne l'a encore jamais appelée mademoiselle Nash, n'ayant pas pour coutume de reconnaître aux détenues un nom de famille, voire un prénom. Étrangement, c'est la seule chose à laquelle elle pense tandis qu'il sort à grands pas de la cellule, emportant la lumière avec lui.

Tandis que Bertha marmonne, la tête de Josephine retrouve le contact de l'oreiller froid. Ses lèvres sont restées entrouvertes, mais il n'y a rien d'autre à dire.

Deux jours avant la remise en liberté de Josephine, un paquet l'attend dans sa cellule après le souper. Bertha le remarque en premier et s'en approche avec une bougie.

— Qu'est-ce que c'est ? interroge-t-elle en soulevant l'étiquette reliée par une ficelle au colis enveloppé d'un papier brun.

Épuisée, Josephine se demande où elle va bien pouvoir trouver l'énergie de se hisser sur son lit. Une nouvelle journée se termine, semblable à la précédente – gruau, corde, bancs, pain, prière, silence. Bertha a lancé d'autres tentatives de conversation et, imperméable au mépris de Josephine, palabre sans fin sur une histoire de mauvais propriétaire et de sœur à Stepney.

— C'est pas mon nom écrit, alors ça doit être pour toi.

D'un geste indifférent, Josephine lui prend le colis des mains. Il est lourd et doux, comme un manteau qu'on aurait laissé sous la pluie.

— Ben alors, t'ouvres pas ?

Avec une lenteur étudiée, elle fait glisser la ficelle sur le coin du paquet et suit du doigt la surface lisse du papier brun. Des pas accélèrent dans le couloir ; Josephine se fige momentanément, mais ils poursuivent leur chemin.

Une fente rose, comme une bouche entrouverte. Celle de Josephine s'ouvre en réponse tandis que Bertha approche la bougie et avec, l'odeur aigre de sa personne. Les couleurs dégoulinent du papier brun, qui s'ouvre comme un bourgeon en même temps qu'une robe se matérialise devant leurs yeux. L'étoffe se défait de son emballage et semble se dresser devant elles comme au sortir d'un long sommeil, étirant un bras, repliant l'autre sur son ventre avec un soupir. Et la couleur ! Rose, mais pas un rose singulier, pas un rose délicat mais ardent, impudent et chaleureux, comme la langue d'Annie. Josephine étreint la robe contre sa poitrine.

— Quel joli tas de chiffons, déclare Bertha. Qui t'envoie ça ? Et ça, c'est quoi ?

Sa codétenue se penche de nouveau vers elle, et Josephine prend de ses mains une lettre pliée couleur crème qui contient à peine une poignée de mots. Ni elle ni sa camarade de cellule ne peuvent les lire. Josephine fourre la note dans son corset.

Elle ne saura jamais ce qu'elle contient. Deux jours plus tard, elle enlève ses habits pour la dernière fois et les restitue à la prison. Le papier couleur crème tombe par terre, et un intendant l'évacue d'un coup de balai dans l'instant. Josephine enfile sa nouvelle robe : une obscénité aux yeux du personnel de la prison, et tous secouent la tête en se moquant d'elle. Sa tenue brille comme une lanterne quand enfin, après ces longs mois, Josephine passe seule sous l'arche pour sortir dans la matinée nacrée de ce matin de novembre, et prend une profonde inspiration.

Là, un petit groupe de badauds attend des nouvelles des détenues, ou leur sortie. Plus bas dans la rue, un balayeur de passage sifflote à l'ouvrage. Un ruban blanc vole dans le ciel et la rue est saupoudrée de gel. Josephine fouille des yeux la foule misérablement vêtue et au-delà, jusqu'à l'extrémité de la rue, où les bâtisses sont hérissées d'échafaudages et où le martèlement des travaux se répercute jusque derrière ses yeux. Au loin, un chien aboie.

Alors, comme un miroir accrochant le soleil : l'éclat d'une chevelure couleur de sable, l'ourlet d'une cape qui se retire. Les bruits du quotidien se confondent pour créer une seule et unique note suraiguë tandis que Josephine observe intensément, et se rend compte qu'elle retient sa respiration.

— Josephine Nash ?

Une femme vêtue de gris se tient devant elle, les épaules au chaud sous un épais tissu de laine ourlé de soie, ses cheveux noirs striés d'anthracite.

— Je suis Mme Holdsworth, la directrice d'Urania Cottage. Je vais vous y conduire, si cela vous convient ?

Josephine attend que les yeux de Mme Holdsworth dérivent vers sa cicatrice, mais ils restent fixés sur les siens.

À ce moment-là, Mme Holdsworth a un geste inattendu : elle prend Josephine par le bras pour lui faire traverser la rue et l'aider à monter dans la calèche. Josephine se surprend à la laisser faire, remarquant la manière qu'ont leurs poignets de s'entremêler, à quel point sa main sortant de la popeline couleur framboise est d'un blanc cadavéreux. Mme Holdsworth aide Josephine à se hisser dans la voiture puis s'adresse au cocher avant de la rejoindre un instant plus tard et de fermer la porte derrière elle.

Elles roulent en silence à travers les rues froides et sales de Westminster, puis entre les champs, les jardins maraîchers et les briqueteries enfumées, et Josephine finit par s'endormir. Quand la calèche ralentit pour s'immobiliser dans une ruelle tranquille, elle se réveille et trouve une couverture posée sur ses genoux. À ses pieds, un petit panier de victuailles repose intact.

Les deux femmes sortent et Josephine emboîte le pas à Mme Holdsworth qui franchit un petit portail et remonte une allée en direction d'une belle maison en briques. C'est à peine si elle remarque quelque chose, tant la douleur lui donne l'impression que sa tête va se fendre en deux, mais elle a vaguement conscience de traverser un vestibule froid et sombre et de gravir des escaliers si hauts qu'elle pense ne jamais avoir la force d'en venir à bout tant son corps est fourbu et ses pieds glacés. Elle aperçoit la silhouette d'une jeune femme qui s'approche de l'encadrement d'une porte qu'elle emplit de son élégante robe de la couleur de l'herbe humide à l'automne, un nœud à son cou. À travers une autre porte, elle voit une fille assise à une grande table cirée devant un livre ouvert, et son visage pâle en forme de cœur tourné vers le vestibule.

Comme une enfant, elle monte les marches derrière Mme Holdsworth, trébuchant sur les longs pans de sa robe, qu'elle rassemble dans une main, se tenant à la balustrade de l'autre. En haut des marches, on la conduit à une chambre avec trois lits. Mme Holdsworth lui explique lequel est le sien et lui montre le petit meuble de rangement pour ses affaires ainsi que la presse et les tiroirs qu'elle partagera avec les autres. Josephine ne regarde rien de tout cela, ni la vue sur le grand jardin nu. Elle se contente de se tenir au pied du lit, les mains sur le cadre en cuivre, écrasée par une détresse si grande que la directrice reste à côté d'elle dans un silence gêné. Puis elle finit par lui laisser son intimité, et s'en va en fermant doucement la porte.

Le cabinet d'avocats de Parkinson est situé dans un petit coin humide de Furnival's Inn, un labyrinthe de bâtiments au cœur de Londres qui accueille les auberges de la Chancellerie. Quand Angela arrive sur les lieux par un matin venteux, elle apprend que Parkinson s'est absenté. Elle signifie au clerc qu'elle souhaite attendre, et on la fait entrer dans l'étude. Ballard monte la garde dans l'étroit couloir, dos au mur. Quelque garçon de bureau attentionné a entretenu un feu bas dans l'âtre dont elle s'approche pour réchauffer ses mains gantées. Puis elle jette un œil alentour.

La pièce dégage une atmosphère morose, comme toujours dans les études des avocats qu'elle a fréquentées. Les fenêtres fermées contre le brouillard jettent les moindres recoins dans le noir même en plein milieu de la journée, et des rafales glaciales se glissant par les fissures autour des carreaux font s'envoler comme des pigeons les feuilles des piles de dossiers. Une lampe brûle doucement sur un grand bureau, taché ici et là par l'encre et la cire antédiluvienne.

Parkinson n'a officié qu'un temps en qualité d'avocat de son père ; pendant quasiment toute la vie d'Angela, il a été celui de Marjoribanks, qui est devenu un proche de la jeune femme. Marjoribanks était très attaché à elle lorsqu'elle était enfant, et ne manquait jamais de lui offrir des poupées et des fruits secs pour Noël. À la maison, Noël était toujours une période magique, émaillée de soirées, de cadeaux, de lustres étincelants et de décors somptueux pour les pièces de théâtre qu'Angela montait avec ses sœurs. Les trois Noël qui se sont écoulés depuis le décès de ses parents ont été des occasions de grande sociabilité, Angela se jetant à corps perdu dans un flot d'assemblées et de dîners, s'appuyant sur la convivialité de son entourage pour tenter d'oublier l'absence de ses parents. Chez ses amis, la compagnie d'enfants virevoltant autour des queues-de-pie la remplit d'une grande joie.

Mais à ces trois occasions, elle s'est réveillée dans des états de chagrin plus ou moins prononcés. L'année passée, il l'enveloppait délicatement, telle la première gelée, mais l'année d'avant, il l'avait enfermée, ensevelie, lui donnant l'impression d'être allongée dans le cercueil de sa propre mélancolie. Rien de ce qu'elle fit ce jour-là ne réussit à chasser le chagrin, et elle rentra de bonne heure pour se soulager des larmes qui lui étaient montées aux yeux quand les enfants avaient commencé à chanter. Leurs jeux et leurs rires avaient déclenché une douleur déroutante dans sa poitrine, à laquelle elle avait longuement songé au cours des jours qui avaient suivi. Elle ne regrettait pas de ne pas avoir d'enfant ; les enfants étaient des créatures charmantes et exotiques qu'elle appréciait mais ne souhaitait pas avoir, un peu comme un ananas. Elle en conclut que ce sentiment douloureux venait de ce qu'elle n'était plus elle-même une enfant, et que l'innocence de cette époque lui manquait. Quoi qu'il en soit, le quatrième Noël sans ses parents se profile à l'horizon, et elle est presque certaine de vouloir le passer à l'étranger.

Près d'une heure s'écoule avant que Parkinson arrive, apportant un courant d'air froid dans son sillage. Il se confond en excuses en expliquant que son client voulait lui montrer le dépôt ferroviaire de la Compagnie du Sud-Est et qu'une charrette s'était renversée au beau milieu de Cheapside.

— Monsieur Parkinson, je suis inquiète, commence Angela après qu'ils se sont assis.

Parkinson préfère à son grand fauteuil confortable l'étroit appui de fenêtre dont la surface blanche est lisse à force d'être usée.

— Richard Dunn est sorti de prison depuis une semaine, or je n'en ai pas vu l'ombre. Le constable Ballard non plus. Il ne m'a pas approchée, à aucun des endroits habituels. À ma connaissance, il ne m'a pas suivie. Je suis sortie à pied, en calèche, au parc, au théâtre… J'ignore où il est. Ballard a demandé au *Gloucester*, de l'autre côté de la rue, si un homme correspondant à sa description y avait pris une chambre, mais ce n'est pas le cas. Il surveille les fenêtres d'en face – rien.

La dernière fois que Dunn avait été remis en liberté, il était descendu à l'hôtel de Stratton Street de l'autre côté de la rue. Elle était loin de s'en douter, jusqu'à ce qu'une de ses bonnes remarque qu'un drôle de bonhomme épiait la maison ; à plusieurs reprises, elle l'avait vu regarder à travers les rideaux d'une fenêtre sous les combles, trop haut pour que Ballard s'en rende compte. La nouvelle s'était répandue rapidement à l'étage. Ballard s'était rendu tout droit au Gloucester, mais Dunn avait fait valoir qu'en l'absence de mandat du juge, le constable ne pouvait pas procéder à une arrestation. Dunn refusa de quitter sa chambre et quand Ballard finit par s'en aller, il fit de même.

— Une fin heureuse, souligne Parkinson avec entrain. Peut-être a-t-il perdu son intérêt pour sa cible.

Angela trouve regrettable que Parkinson puisse se convaincre d'une chose pareille. S'il avance cette hypothèse, c'est uniquement parce qu'il en a soupé de cette situation, tout comme elle, bien évidemment – elle est plus fatiguée et usée qu'elle ne le pensait possible.

— Je doute que cela soit le cas, monsieur Parkinson, répond-elle posément, sans toutefois réussir à dissimuler son irritation.

— Vous n'avez reçu aucune correspondance ?

— Mme Brown affirme que non.

— Dans ce cas, profitez de votre liberté.

Il reste perché sur le rebord de fenêtre, les bras croisés, et Angela s'en trouve agacée.

— S'il a déclaré faillite, c'est bien qu'il avait une idée derrière la tête. Il souhaitait sortir de prison pour une bonne raison.

— Les prisons sont des lieux déplaisants. C'est un opportuniste, à n'en point douter. Mais vous ne pouvez être absolument certaine que ses raisons vous concernent.

— Bien sûr que si. Peut-être indirectement – peut-être n'a-t-il pas de projet – mais il va assurément continuer à me poursuivre. Les gens comme Dunn ne se contentent pas d'oublier ou de passer à autre chose.

— Certains le font, quand la chance finit par tourner.

Angela repositionne les mains sur ses genoux, passe la langue sur l'arrière de ses dents.

— Monsieur Parkinson, sa chance n'a pas tourné. Il vient d'être libéré de prison. Ce qui tend à indiquer, je dirais, que la chance est tout à fait de son côté.

Elle est allée trop loin et le visage de Parkinson se rembrunit.

— Eh bien, dit-il, vous êtes rompue à la procédure à suivre, à présent. Toutes les lettres sont à me faire suivre. Au moindre signalement, vous m'alertez et nous emprunterons les voies habituelles.

— Ce sont les voies habituelles qui nous ont conduits ici ! Les voies habituelles échouent à me protéger ou à mettre un terme à cette situation cauchemardesque. Dunn est un fou. N'y a-t-il pas de place pour lui dans un asile ? Ne peut-on pas envisager cette voie ?

Parkinson réprime une grimace.

— La folie est difficile à prouver.

— Chez les hommes, peut-être. (Angela, blême de rage, continue :) Monsieur Parkinson, je veux que ce soit la dernière fois. Nous devons trouver le moyen de le mettre en prison une bonne fois pour toutes, sans qu'il trouve le moyen de se défiler par je ne sais quelle faille juridique archaïque. Cette fois-ci, il a déclaré faillite ; quelqu'un a-t-il vérifié cette affirmation ? A-t-on vérifié où il logeait et comment il faisait pour payer ? A-t-il donné une adresse ?

— De graves accusations pèseraient sur lui si sa déclaration était frauduleuse.

— Plus graves que d'avoir harcelé une femme pendant dix ans, manifestement.

Parkinson fait mine de ranger des documents sur son bureau.

— À votre place, je ne m'inquiéterais pas indûment, mademoiselle.

— Et s'il s'introduit chez moi ? Et s'il me tue, monsieur Parkinson ?

— La loi ne se préoccupe pas de conjectures.

Angela éprouve souvent la sensation qu'elle bataille pour s'extirper d'une boîte. Des sceaux légaux de teinte rouge brillent comme des feux de détresse sur le bureau de Parkinson. L'espace de travail est chargé d'objets solides et sûrs de leur place dans ce monde : des buvards, du papier à lettres, des livres volumineux et de la cire à cacheter. Des armoires vitrées parent les murs et font étalage de leur savoir. Angela est cernée de preuves tangibles que la loi est respectée et exécutée dans tous les dossiers, sauf le sien. Un millier de précédents, cent mille clauses, deux cents avocats à pied d'œuvre dans la seule enceinte de cette auberge et pourtant rien, apparemment, qui puisse faire disparaître Richard Dunn de sa vie une bonne fois pour toutes. Angela ignore le nombre de clients que peut avoir un avocat tel que Parkinson. Elle est stupéfaite qu'il parvienne à traiter la gravité affolante de son cas avec un tel détachement. Elle est sidérée que les procès qui la concernent ne constituent qu'une infime fraction de son travail, soigneusement classés dans un dossier, réduits à une feuille d'honoraires.

Elle le remercie et rentre chez elle, le rideau tiré sur la vitre de la calèche, calfeutrée dans l'obscurité.

Le premier matin à Urania Cottage, Josephine se réveille lorsqu'elle entend ses camarades de chambre Martha et Polly se lever discrètement. L'intérieur de la fenêtre est recouvert d'une pellicule de condensation, mais ses pieds trouvent le tapis en lirette et, à sa grande surprise, l'eau que Polly apporte est chaude. Elles font leur toilette et s'habillent quasiment sans un mot. Polly a l'air timide mais Martha, avec ses gestes fluides, dégage une impression de calme. Au cours des prières du matin, son regard plein de douceur croise parfois celui de Josephine.

Elles se retrouvent dans la cuisine pour un petit déjeuner de porridge puis se dirigent vers la salle de classe pour les leçons. Mme Holdsworth donne une ardoise à Josephine et lui demande de copier l'alphabet écrit au tableau, mais les lettres se figent et dansent devant ses yeux. Josephine se garde bien de l'avouer, et cherche par tous les moyens à les faire voyager du tableau à son ardoise à l'aide de sa craie. Mme Holdsworth lui demande plutôt de tracer une lettre à la fois puis de l'effacer, en allant jusqu'à Z. Josephine écrit les seules lettres qu'elle connaît : le *A*, avec sa symétrie nette et le *J*, comme une salissure de charbon sur la joue, ou comme une plume. Elle les dessine l'une après l'autre, puis elle les efface à l'aide de son carré de toile, jusqu'à ce que leurs petits squelettes fantomatiques restent gravés sur l'ardoise.

Elle écrit de plus en plus vite, au son agréablement véloce de la craie qui se mue en un staccato, jusqu'à ce qu'elle appuie si fort que la craie se casse en deux.

Mme Holdsworth lui prend l'ardoise des mains, et alors seulement elle tourne la tête vers la fenêtre, et contemple le jardin corseté par le froid. Un merle sautille le long de la clôture et scrute au travers des branches nues comme s'il cherchait quelque chose. Josephine remarque que les doigts du pommier s'étirent vers le sommet de la clôture comme s'ils tentaient de s'échapper.

— Josephine ?

La voix arrive à elle depuis un lieu lointain, comme le fond d'un puits.

— Josephine.

Elle ne se rappelle pas la dernière fois qu'elle a contemplé la vue d'une fenêtre. Cela fait des mois qu'elle n'a pas regardé passer les nuages sans que l'horizon soit obstrué par des barreaux.

— *Mademoiselle Nash.*

Elle arrache son attention du jardin. Mme Holdsworth se tient dos à la cheminée, les mains sur les hanches, les coudes à angle droit. Josephine a oublié la question, à moins qu'elle ne l'ait pas entendue ; son cerveau lui fait l'effet d'une vanne d'écluse, engorgé de boue et d'eau stagnante, bloqué par les débris. Après un soupir, Mme Holdsworth dit :

— Vous pouvez aller aider Martha en cuisine.

Martha est appuyée contre la grande table récurée, occupée à retirer avec dextérité les veines d'un morceau de suif. Elle a de longs doigts de musicienne et, depuis l'encadrement de la porte, Josephine l'observe et se dit que la graisse d'animal pourrait aussi bien être un instrument tant elle est absorbée par sa tâche. Elle donne l'impression de savoir exactement comment s'y prendre, à croire qu'elle a passé sa vie à préparer des aliments dans cette maison. Quand elle lève les yeux, Josephine sent ses joues s'embraser.

— On m'a envoyée t'aider, annonce-t-elle en avançant dans la pièce.

— Je prépare un roulé à la confiture, dit Martha. Tu sais faire ?

Josephine répond d'un mouvement de tête négatif.

— C'est quoi ?

— Un dessert fastidieux qui demande trois heures de préparation, mais cette fois-ci je vais le réussir.

Josephine remarque que Martha parle mieux que les autres et utilise des mots qu'elle-même ne connaît pas. Elle noue un tablier autour de sa taille, et Martha lui montre comment retirer les veines et les membranes de la couenne. Le processus n'est pas sans rappeler le filage de l'étoupe à Tothill Fields, et quand Josephine se met au travail, Martha commente :

— Oh, tu as déjà fait ça, je vois.

— Non, répond Josephine.

Martha, amusée, la regarde d'un air curieux.

— Dans ce cas, tu ferais une excellente bouchère.

Josephine baisse les yeux et Martha s'interrompt un moment avant de reprendre sa tâche. Elles travaillent ensemble en silence, et de temps à autre une fille entre dans la cuisine pour chercher ceci ou cela, lançant une remarque en passant dans l'arrière-cuisine ou dans la cave. Martha répond à sa manière simple et Josephine est soulagée qu'elle ne tente pas d'engager la conversation. Les autres filles parlent trop fort, trop souvent. Elles se font fréquemment réprimander : à l'heure des repas parce qu'elles parlent en mangeant, parce qu'elles négligent leurs corvées, à se reposer accroupies, leur pelle à poussière à la main, à rire et échanger des potins. Polly fait figure d'exception. Elle est silencieuse, sur ses gardes, mélancolique, comme si elle venait de recevoir une mauvaise nouvelle.

Une fois le suif effiloché, Martha montre à Josephine comment incorporer la farine et remplit un petit bol d'eau froide qu'elle pose à portée de main.

— J'en mets combien ? demande Josephine.

— Autant que si tu faisais du pain.

La famille Nash n'a jamais possédé de four ; on avait l'habitude de faire cuire la miche au fournil voisin. C'était à Josephine qu'incombait la tâche de la rapporter à la maison, et elle la portait dans ses bras, comme un nouveau-né emmailloté dans une toile de lin. Il fallait attendre que son père soit rentré du travail avant de la manger, et elle supportait mal de voir ses mains crasseuses plier les tranches d'un blanc immaculé pour les mettre dans sa bouche.

Quand Josephine hésite, Martha ajoute l'eau et Josephine remue, bercée par le rythme de la cuiller qui heurte le bord du bol. Josephine est stupéfaite de voir à quel point elles ne manquent de rien dans cette maison. Dans le garde-manger, c'est à peine si une souris a la place de se faufiler entre le beurre frais, les confitures chatoyantes, les pots de cacao riche. Au petit déjeuner, la table débordait de victuailles pour lesquelles elle et ses sœurs se seraient battues : des brioches à la croûte dorée, du beurre frais, des œufs chauds et lisses. À Tothill, elle avait un appétit de moineau ; ici, il renaît, et ses sens sont aussi affûtés que ceux d'un chien de chasse, son nez et son palais submergés par des saveurs parfumées.

Martha saupoudre la table de farine, puis y jette la pâte comme pour la faire rebondir.

— Et maintenant, on l'étale, dit-elle en tendant un rouleau de pâtisserie à Josephine.

Elles recouvrent ensuite la pâte de confiture de fraises, en allant bien jusqu'aux bords, et Martha roule le tout comme un tapis. La confiture déborde, et Martha la recueille dans une cuiller qu'elle tend à Josephine.

— Qu'est-ce que j'en fais ?

— Tu peux la manger. Si tu veux.

Josephine porte la cuiller à ses lèvres et, malgré l'hiver qui règne à l'extérieur, se trouve transportée dans un champ gorgé de lumière en plein mois de juin, en train de cueillir des fraises. Ses poignets sont tachés par les fruits, dont elle sent le jus couler jusqu'à ses coudes.

En cet instant, dans cette cuisine glacée, la confiture a un goût si délicieux que Josephine ressent fugacement l'envie de pleurer. Martha ne la regarde pas et ne fait aucun commentaire. Elle humidifie et saupoudre de farine un tissu pour faire cuire le pudding, et Josephine nettoie la cuiller en silence.

Le jour suivant est le premier de l'Avent, et Mme Holdsworth envoie les filles par deux à l'extérieur pour cueillir de la végétation en vue de confectionner les guirlandes. Chargées d'un panier et de ciseaux de couture, Josephine et Martha remontent la haie qui borde la ruelle, avec pour instruction de ne pas perdre de vue la maison. Martha a pensé à se munir d'une paire de gants en cuir de la remise du jardin.

Elle en tend un à Josephine, garde l'autre pour elle et elles se mettent au travail dans un silence préoccupé. Le panier de Martha se remplit plus rapidement que celui de Josephine. Bientôt il est plein et Martha s'agenouille sur son tablier pour ranger sa récolte en petites piles.

— Quel dommage qu'il n'y ait pas de buissons de houx, dit-elle. Une guirlande sans houx n'en est pas vraiment une.

— On va peut-être en trouver, dit Josephine.

— Mme Holdsworth a dit qu'on ne devait pas s'éloigner des fenêtres.

Josephine lorgne avec envie le bas de la ruelle.

— Je vais y aller. Reste ici.

— Tu n'iras pas trop loin ?

C'est la première fois que Josephine voit Martha incertaine.

— Non.

— Prends le deuxième gant, dit Martha en le lui tendant.

La ruelle est située entre deux grands axes, tous deux en direction de l'ouest. Au loin, une silhouette s'approche depuis le nord. Josephine attend, immobile face à la maison, regardant de chaque côté comme si elle s'apprêtait à traverser, jusqu'à ce qu'un haut-de-forme et un manteau de laine bleu surgissent dans son champ de vision.

— Bonjour, mademoiselle.

Un constable est une apparition saugrenue au milieu des terres agricoles du Middlesex. Il ne s'arrête pas pour l'interroger mais lui sourit aimablement, puis se tourne en direction d'Urania Cottage. La grille s'ouvre en grinçant et, un instant plus tard, trois coups brefs retentissent à la porte d'entrée.

Le soleil d'hiver est éblouissant, le vestibule trop plongé dans l'obscurité pour que Josephine aperçoive qui lui ouvre, mais la porte se referme soigneusement derrière lui, et de nouveau le décor est silencieux. Elle regarde pendant une minute encore les fenêtres de la maison, puis se remet en route et, trouvant une ouverture entre deux buissons d'ajonc, elle se glisse dans le champ voisin. La boue recouvre ses bottines et éclabousse l'ourlet de sa jupe tandis qu'elle le traverse à grandes enjambées en direction du bosquet prometteur au coin.

Elle est déterminée à trouver du houx pour Martha. Elle se mettra en quête des feuilles tranchantes et des baies brillantes, parce qu'elle sait très bien ce que c'est d'avoir envie de quelque chose qui fait mal.

Le constable Frank Holdsworth pose son chapeau sur la table de la cuisine et tire une chaise. Il remercie la jeune femme qui lui sert une tasse de thé, la remercie une nouvelle fois quand elle fait glisser le pot de lait vers lui en évitant son regard. Elle disparaît dans l'arrière-cuisine tandis que la mère de Frank apparaît avec un pain à la groseille, l'air épuisée mais pas mécontente. Il remarque que son chignon est strié d'épaisses mèches argentées et a perdu l'éclatante teinte marron de son enfance. D'un signe de la main, elle envoie la fille de cuisine aider au ménage à l'étage. Polly raccroche donc son tablier et se lave les mains.

Enfin ils ont la cuisine pour eux seuls, malgré les bruits sourds et les voix étouffées qui leur parviennent du reste de la maisonnée tandis que les autres vaquent à leurs occupations. Sur la cuisinière, une carcasse de poulet mijote dans une marmite, baignant la pièce dans une chaleur parfumée.

Frank a toujours connu sa mère en mouvement. Dans ses bribes de souvenirs, son visage n'apparaît jamais ; il se souvient seulement de son dos courbé devant les fourneaux, de ses cheveux rassemblés en torsade devant les dalles, devant l'âtre. Il n'y a donc rien de surprenant à ce que cette maison soit une ruche débordant d'énergie, typiquement le genre de maison où il se sent comme chez lui. Il s'attendait à une énième institution ou un hospice de petite taille – de ces endroits gris et désespérés dans lesquels sa mère est à son aise –, mais Urania Cottage est un vrai foyer. Aujourd'hui, il n'est rien de plus qu'un simple fils qui rend visite à sa mère.

Il tente de se souvenir de la dernière fois qu'il s'est assis face à elle, une théière entre eux. Depuis qu'elle a quitté la demeure de Greenwich, elle n'a pas eu de chez-elle, et par conséquent lui non plus. De longues années durant, il n'y a pas eu de porte à pousser, pas de feu pour faire sécher ses bottes, pas de fauteuil sur lequel passer la nuit. Bien évidemment, il ne peut pas loger ici, dans une institution pour femmes perdues, mais du moment qu'on lui autorise des visites et qu'il peut apporter son aide, il appréciera le confort et l'authenticité des lieux.

— Pas de M. Dickens aujourd'hui ? demande-t-il en terminant sa première tasse avant de se resservir.

À son grand désarroi, il n'a toujours pas pu se vanter devant ses collègues de ce que sa mère travaille pour l'un des écrivains les plus célèbres. Il aimerait bien le raconter aussi à la jolie fille de la crèmerie où il achète son petit pain le matin. Mais sa mère lui a fait clairement comprendre que son travail, ses employeurs (y compris une très riche héritière dont on dit qu'elle aurait prêté de l'argent à la reine), la maison et tout ce qui touche à cette dernière sont un secret qu'il devra emporter dans la tombe.

Ils n'ont pas d'autres proches qui pourraient s'intéresser au sujet et personne ne leur a demandé leur nouvelle adresse. La poignée d'amis et de voisins de Greenwich ont trouvé fort dommage qu'elle quitte la maison pour aller travailler dans une prison et elle leur a su gré de leur sympathie. Mais en privé, elle a avoué à Frank qu'elle ne regrettait pas que cette période sa vie soit derrière elle. Après avoir, de longues années durant, mené une existence heureuse et bien remplie, en qualité d'épouse et de mère, le choc a été d'autant plus grand de se retrouver seule, à piocher dans la police d'assurance vie de son mari pour se procurer du charbon, de la nourriture et d'autres produits de première nécessité qu'elle pourrait très bien acheter avec ses propres deniers si elle trouvait un emploi. Fille d'agriculteur, Jean Holdsworth sait que la vie, avec ses atermoiements entre chance et chagrin, est affaire de saisons, et que le printemps suit invariablement l'hiver le plus rigoureux, enseignement qu'elle ne manqua pas de transmettre à Frank.

— Il ne viendra pas aujourd'hui, répond-elle. Il est resté jusqu'à vingt-deux heures hier soir à rédiger son livre. J'ai failli oublier de fermer l'armoire à bière à double tour.

Frank se penche imperceptiblement en avant.

— Il écrit ici ?

— Non, il tient une sorte de journal sur les filles, leur vie d'avant et ainsi de suite. Je ne sais pas à quoi ça sert.

— Tu dois être la dernière personne à Londres à lire ses romans.

— Je ne le suis pas. Pas dans cette maison.

Elle coupe une nouvelle part de gâteau pour son fils, mais ne prend rien pour elle.

— C'est quel genre de patron ? demande Frank la bouche pleine.

Mme Holdsworth pousse un soupir.

— Exigeant. Il passe en revue toutes les chambres et malheur à toi si un coussin n'est pas à sa place ou si un rideau ne tombe pas parfaitement. Mais assez parlé de ça. Raconte-moi plutôt l'ambiance à Wandsworth.

— Aussi divertissante que de coutume. On ne s'ennuie jamais, c'est sûr.

Des bruits légers de pas résonnent sur les dalles, et Frank lève la tête. La fille qui était tantôt dans la cuisine se tient d'un air hésitant sur le seuil.

— Qu'y a-t-il, Polly ? demande Mme Holdsworth.

La fille jette un coup d'œil à Frank, et ses mains se crispent autour du manche à balai qu'elle serre contre elle.

— La boîte à bougies à l'étage est vide.

Mme Holdsworth se lève et détache le trousseau accroché à sa ceinture.

— Cette clé ouvre la porte de la cave. Ramène-moi la clé dès que tu as fini et montre-moi combien de bougies tu as prises.

Polly tourne les talons et disparaît.

— Ça ne leur fera pas de mal de savoir que nous avons la visite d'un policier, déclare Mme Holdsworth d'un ton sec en retournant à table. La plupart d'entre elles n'ont pas un respect démesuré pour la loi.

Frank n'est pas étonné de l'apprendre.

Au tout début, la brutalité des femmes qui n'hésitaient pas à sortir les griffes et les crocs pour se battre comme des chiffonnières l'effrayait. Il avait découvert avec stupeur qu'elles pouvaient se montrer vulgaires, et tout aussi agressives que des terrassiers en colère, quand elles le voulaient. Pendant sa formation d'agent de police, il avait eu affaire aux pires cas dans les quartiers les plus défavorisés de la ville – des lieux baignés de violence dans lesquels il ne voulait plus jamais remettre les pieds. Il n'en reste pas moins qu'il ne croise pas beaucoup de femmes de ce genre à Wandsworth, où les dossiers les plus pressants concernent les cambriolages et les rapports de créances de percepteurs. Depuis plus d'un an, Frank convoite une mutation à la Thames Division, pour le soupçon de romanesque et d'action qui va avec le poste, mais n'a rien fait pour l'obtenir.

Encore des bruits de pas dans le couloir. Deux filles apparaissent, en châles et bonnets, les joues rosies. L'une d'elle montre ses mains sanglantes et striées de griffures écarlates. Les gouttes rouges dégoulinent lentement sur le sol de la cuisine.

— Josephine, mais qu'avez-vous fait ?

— Elle ramassait du houx pour les guirlandes, madame H.

L'autre fille jette un œil au constable assis à table et blêmit. Frank, tous ses sens en alerte, se redresse sur sa chaise.

— C'est Emily ? lui demande-t-elle.

— Pardon, mademoiselle ? répond Frank.

Sa mère intervient.

— Il n'a rien à voir avec tout cela. C'est mon fils, Frank. Martha, allez chercher un linge dans l'arrière-cuisine.

Martha, immobile, continue de fixer Frank avec une véritable expression d'horreur.

— Allez, filez, mon petit.

Le sang et l'agitation n'ont pas l'air de déranger Josephine. Elle laisse Mme Holdsworth lui bander la main, puis elle ramasse son panier et précède Martha vers la sortie.

— Jamais un instant de répit, dit Mme Holdsworth une fois qu'elles sont parties.

Frank se demande pourquoi sa mère fait semblant de subir son travail, alors qu'elle l'aime tant.

— De qui parlait la grande ? D'une Emily ?

Sa mère est de nouveau sur le pied de guerre, à remuer le bouillon, à essuyer un bocal avec son tablier.

— La sœur cadette de Martha a disparu.

— De quel endroit ?

— Je ne connais pas les tenants et les aboutissants de l'affaire. La sœur aînée de Martha est venue ici lui annoncer la nouvelle. Aux dires de tous, elle s'est évaporée d'une maison qui l'employait à Reading. Je ne me souviens pas de la situation dans le détail, mais le moins qu'on puisse dire c'est qu'elle est préoccupante. Naturellement, Martha est inquiète, même si bien sûr… (Elle retourne vers la table, dont elle ramasse les miettes de gâteau d'un geste brusque du tranchant de la main.) Ma foi.

Elle se redresse et coule un regard en biais dans le couloir avant de baisser la voix.

— Dans une certaine mesure, toutes ces filles sont des disparues. Peut-être que leurs familles ne savent pas où elles sont, ni ce qui leur est arrivé. Peut-être qu'elles ne veulent pas le savoir. La sœur de Martha a très bien pu grossir leurs rangs.

— Si tu veux dire…

— Tu vois très bien ce que je veux dire. Une mauvaise décision peut entraîner une vie entière de souffrance et Dieu seul sait quoi d'autre encore.

— Il faudrait quand même la retrouver, cette fille, dit Frank.

— Peut-être qu'elle n'en a pas envie. Martha elle-même était… Je me laisse emporter, s'interrompt-elle en secouant la tête avant de ramasser les assiettes à grand bruit.

Frank sait qu'il est l'heure de partir. Il remercie sa mère pour le thé et le gâteau, et remue le ragoût sur les fourneaux. En sortant, il jette un œil aux pièces plus spacieuses à l'avant de la maison, dont les portes entrouvertes laissent entrevoir des mondes mystérieux.

Il ne remarque pas la silhouette qui l'attend drapée dans l'obscurité au pied des escaliers, aussi élancée et immobile qu'un porte-manteau. Elle le saisit par le poignet, et il manque de pousser un cri, cherche sa crécelle d'alarme et se morfond de honte lorsqu'il se rend compte qu'il a affaire à la jeune femme aux taches de rousseur qu'il a croisée plus tôt, celle qui a rapporté la moitié d'une haie dans son panier. Elle a encore les mains gelées.

— Bon sang, s'exclame-t-il avant de rire et de coiffer son chapeau. Vous m'avez fait une de ces peurs.

Elle s'adresse à lui d'une voix pressante, sur le ton étouffé de la confidentialité.

— Je ne sais pas quelles sont vos affaires ici, mais je me dis que vous pouvez peut-être m'aider.

Il jette un œil vers l'arrière de la maison.

— Je me pose la même question. À dire vrai, mademoiselle, je ne suis pas sûr. On m'a raconté pour votre sœur. J'en suis vraiment désolé, mais je ne vois pas en quoi je pourrais aider.

— S'il vous plaît, monsieur. Mme Holdsworth me tuera si elle apprend que je vous parle, mais je ne sais pas vers qui d'autre me tourner. Si je quitte cette maison, je ne serai plus jamais la bienvenue, mais si je reste, je ne trouverai jamais ma sœur. Que dois-je faire ?

— Mademoiselle…

— Gelder, dit-elle en sortant un morceau de papier froissé de la poche de son tablier. J'ai reçu ça, cette semaine – de la gouvernante de la maison où Emily était bonne. Elle dit qu'Emily est partie en février sans laisser d'adresse. Regardez, la lettre est courte, vous ne trouvez pas ?

Frank jette un œil aux quelques lignes. Le ton est abrupt, méprisant.

— Son dernier emploi était à Reading, si je ne m'abuse ?

Martha hoche la tête en signe d'acquiescement.

— A-t-on prévenu le chef de la police ?

— Je ne sais pas. Elle n'a que seize ans.

La mère de Frank lui a raconté que toutes les jeunes filles qui habitaient sous ce toit avaient sombré dans la criminalité d'une manière ou d'une autre. Il a du mal à croire cela de Martha, qui pourrait aussi bien être bonne d'enfant ou fille de pasteur – mais aussi de Polly, qui avait l'air aussi craintive et effacée qu'une domestique.

— Eh bien, il faut commencer par vous adresser au commissariat de police. Quoique, si elle a disparu en février, les autorités devraient déjà en avoir été informées afin de lancer les recherches. Ce sera difficile, maintenant, après aussi longtemps. (Voyant le désarroi sur son visage, il s'empresse d'ajouter :) Vous pourriez leur écrire pour signaler sa disparition, si ce n'est déjà fait, ce serait un bon point de départ. Je peux vous aider à rédiger le courrier, si vous voulez.

Il prie pour que sa voix ne trahisse pas ce qu'il sait déjà, à savoir que la police n'a pas de temps à consacrer aux disparitions de femmes. Certaines sautent d'un pont ; d'autres se retrouvent dans des situations si malheureuses que la mort serait une véritable bénédiction. Le plus souvent, les gens ont bien du mal à accepter que la plupart d'entre elles s'en vont de leur plein gré. Peut-être cette jeune fille est-elle plus à même que quiconque de le comprendre.

Il soulève son chapeau et souhaite une bonne journée à Martha, avant de descendre à grands pas l'allée du jardin et d'oublier la jeune femme avant même d'être monté à bord de l'omnibus, non pas parce qu'elle ne l'a pas ému, mais parce que mettre de la distance entre lui et les drames et les horreurs est devenu une sorte de seconde nature chez lui. Il lui a fallu apprendre ce détachement, de la même manière qu'il a appris à nettoyer ses bottes et à préparer ses rondes ; s'il prenait à cœur les soucis de toutes les âmes troublées qui croisent son chemin, il aurait perdu la raison depuis bien longtemps.

Malgré tout, certaines histoires se glissent dans les méandres de son esprit, quand il est seul ou absorbé par ses pensées : la mère de cinq enfants dont le mari a été fauché en pleine rue sous ses yeux ; le vieillard qui s'est laissé convaincre par un faux employé d'assurance de lui confier jusqu'à son dernier sou. C'est ainsi que la jeune femme dont la sœur a quitté un poste respectable sans donner la moindre explication épargne les rêves et les moments de répit de Frank. Ses vingt-six années d'existence lui ont appris que les gens peuvent être imprévisibles et inconstants – une énigme, surtout pour eux-mêmes.

Chapitre 4

Un cafard dans la farine

Au Théâtre de Sa Majesté, Angela a une loge dont elle ne se sert pas aussi souvent qu'elle le devrait. Elle préfère la mettre à disposition de ses amis, de sa famille et des employés de la banque, car elle aime à faire plaisir. Ce soir, elle a invité son vieil ami Marjoribanks, son épouse Georgina et leurs trois petites-filles. C'est aujourd'hui l'anniversaire de sa petite-fille Pamela, et Angela les a conviés pour la représentation du *Mariage de Figaro*. Elle est au théâtre sans Mme Brown, car la loge n'est pas assez grande pour une septième personne.

En ce samedi soir, le Théâtre de Sa Majesté est bondé. La chaleur exhale une vapeur des corps des spectateurs trempés jusqu'à l'os par la pluie, plongeant la salle dans une atmosphère digne d'une serre. Pendant l'entracte, Marjoribanks a tendu une flûte de champagne à Angela en lui annonçant que la banque aurait bientôt un nouvel associé, un certain M. Templeton, transfuge d'une entreprise concurrente. Elle digère encore l'information au cours du troisième acte, les yeux levés en direction de la scène, et se demande pourquoi on ne lui en a rien dit mardi, alors qu'elle était convoquée pour signer une convention entre actionnaires. Son implication dans l'établissement Coutts & Co. ne prend pas la tournure qu'elle aurait souhaitée. De temps à autre, on la montre à des soirées et des dîners, tel un porte-bonheur devant les clients et les investisseurs, mais on ne sollicite jamais son avis en matière de finances.

Ses yeux glissent sur le parterre de têtes gominées et de bonnets de l'orchestre. Une ou deux femmes lèvent timidement leurs yeux vers elle, et sourient discrètement ; certaines la regardent fixement tandis qu'elle reporte son attention sur la scène. C'est l'une des raisons qui la dissuade d'utiliser fréquemment sa loge : cette impression d'être assise dans un cadre à la Royal Academy, comme si elle était faite d'huile et de pigments, tant son auditoire sursaute de surprise quand leurs regards se croisent. Au théâtre comme en soirée, elle ne peut se défaire de l'impression d'être épiée, parce qu'à tout instant quelqu'un l'étudie, l'observe, l'évalue.

Elle lève son éventail, laisse son regard glisser du côté du premier balcon, et prend soudain conscience de la rapidité des battements de son cœur. Peut-être est-ce la lumière, le champagne – mais son corps ne la trompe pas. En guise d'avertissement, les minuscules cheveux se dressent sur la surface de sa nuque, et son pouls s'accélère de manière désordonnée. Elle déglutit, et aussi vulgaire que cela puisse bien être de boire en public, se saisit de sa flûte de champagne, tout en cherchant un moyen d'attirer l'attention de Ballard, qui monte la garde à l'extérieur de sa loge.

Mal à l'aise, elle tourne de nouveau son attention vers la scène sans la voir, et dissimule son visage derrière son éventail. Une vague de rire traverse la foule. Louisa, la plus jeune Marjoribanks, bloque en partie la porte avec sa robe à crinoline. Ses boucles rebondissent quand elle se joint aux rires, et elle prend le regard qu'Angela lance par-dessus son épaule pour un signe de reconnaissance amical. Angela lui sourit en retour et jette des petits coups d'œil rapides par-dessus son éventail en direction de la bouche sombre des derniers balcons.

Si elle se lève au beau milieu de la loge, elle va attirer l'attention sur elle. Sa robe ne passera pas entre les genoux de ses voisins et la balustrade, et le théâtre entier s'apercevra qu'elle s'en va. Désormais en sueur, elle fait de nouveau courir son regard sur la foule, passant au peigne fin toutes les rangées, puis le premier balcon et au-dessus, détaillant les visages pâles qui surgissent des cols et des foulards, mais tous sont tournés vers la scène enjouée qui se déroule devant eux, sans se soucier du reste.

Quand tout à coup : un mouvement à la périphérie de sa vision. Une silhouette s'est détachée de la masse sombre du grand cercle, un étage au-dessus de celui d'Angela. Elle la regarde traverser une rangée centrale, passer entre les sièges, enjamber les couches de tulle et de taffetas. Elle atteint l'escalier. Dans un éclair de manchettes blanches, un chapeau coiffe une tête, et l'individu gravit prestement les marches en direction de la sortie. Fugacement, Angela aperçoit une grande silhouette longiligne se découper dans la lumière de la porte, et croit reconnaître la posture – mais aussitôt elle disparaît.

Son cœur bat la chamade à présent, sa peau est moite, sa gorge sèche. Les bulles explosent dans sa bouche tandis qu'elle porte la flûte à ses lèvres sans quitter des yeux la sortie mal éclairée. Pendant ce temps, le spectacle continue : les voix d'Almaviva et Rosine s'élèvent tels des oiseaux jusqu'aux chevrons du théâtre ; le public est aux anges. Qu'était-elle allée s'imaginer, à revêtir ses diamants, à commander sa calèche, à venir à l'opéra comme si elle menait une existence ordinaire ? Son cœur ralentit un peu quand elle se rappelle que Ballard se tient à quelques mètres de là, entre elle et le reste du théâtre, armé d'une crécelle et d'une matraque. Tout fanfaron qu'il soit, Dunn ne tentera rien devant une foule de mille personnes.

Elle a une brève vision de Ballard gisant sur le dos dans le couloir, un poignard en pleine poitrine, le sang qui imbibe les mailles de laine noire de son manteau.

Elle jette de nouveau un œil en direction du grand cercle, fouillant du regard les rangées, consciente que son pouls qui ralentit, sa respiration qui s'allège sont le signe qu'il n'est plus là. Bientôt, elle trouve ce qu'elle cherche : douze rangées et huit sièges plus haut. Un éclat pourpre – une place laissée vide, comme une dent en moins.

À la première occasion, entre les troisième et quatrième actes, elle prévient discrètement Marjoribanks, qui sort de la loge pour faire part de ses soupçons à Ballard. Le constable revient quelques instants avant que le rideau ne tombe pour la dernière fois. À bout de souffle, il est désemparé :

— Aucun signe de lui, mademoiselle.

En quelques minutes, les couloirs sont bondés et Angela et les Marjoribanks attendent qu'ils se vident.

— Êtes-vous tout à fait certaine ? lui demande son ami tandis que ses petites-filles se penchent par-dessus la balustrade pour contempler les robes des dames.

— Pas tout à fait, répond Angela. C'était une intuition.

— C'était peut-être tout bonnement un pauvre bougre qui était attendu ailleurs.

— Peut-être, concède Angela, soudain lasse.

À la maison, les étages sont plongés dans l'obscurité. Elle prend une tasse de lait chaud avec une goutte de miel, et quoique le panier à bûches soit presque plein, elle sonne et demande à ce qu'on le remplisse, afin d'avoir de la compagnie pendant quelques instants. Elle songe à faire venir Mme Brown, qui pourrait s'asseoir à son chevet jusqu'à ce qu'elle s'endorme, comme elles en avaient l'habitude dans les cas les plus extrêmes, mais décrète que ce serait trop égoïste de sa part.

Avant de se retirer pour la nuit, alors que la chambre est dans le noir, elle s'approche de la fenêtre et jette un œil dans la rue entre les volets, comme le ferait une enfant. Il est près de minuit, et la plupart des fenêtres de la maison d'en face sont éteintes. Elle repense au fauteuil vide au théâtre, qui semblait la foudroyer du regard. Peut-être devrait-elle se montrer moins souvent en public, mais les fois où elle a dû rester confinée pour cause de maladie ou de deuil, la vie trépidante qui continuait de l'autre côté de la façade lui donnait l'impression de perdre la raison. Elle avait pour projet de s'acquitter de ses visites pendant la matinée, pour faire le tour des visages qu'elle n'avait pas vus depuis son retour de Paris. Mais la soirée l'a déstabilisée et une partie d'elle n'a aucune envie de prendre place dans ces salons sans air pour parler d'art.

Pelotonnée dans son lit, elle a une dernière vision avant de sombrer dans le sommeil, celle des filles d'Urania Cottage allongées dans leurs lits comme des dominos, et songe qu'elle aimerait bien, juste pour une nuit, se trouver parmi elles.

Le lendemain matin, il règne un froid terrible et quand Mme Holdsworth rentre à Shepherd's Bush avec son panier et une nouvelle pensionnaire, elle amène dans son sillage un courant d'air glacial dans la cuisine, où Josephine s'emploie à ranger les casseroles.

— Ah, tant mieux, vous voilà, Josephine, dit Mme Holdsworth en dénouant son châle. Voulez-vous bien donner ses affaires à Hannah Parsons et lui montrer sa chambre ? J'ai besoin d'une tasse de thé bien fort.

Elle jette un regard désapprobateur sur la cuisine. Des assiettes remplies de croûtes de pain jonchent la table et un livre de contes de fées, cadeau fait à la maison par la fille d'un membre du comité, est appuyé contre la cafetière, maculé de confiture.

Josephine s'essuie les mains, retire son tablier et trouve la nouvelle venue en haut des escaliers – pas dans la chambre de devant, là où elle l'attendait, mais dans la petite chambre au fond, que Josephine partage avec Martha et Polly. La jeune femme se tient dos à la porte, et regarde sur le mur les images dessinées par Lucinda, l'artiste de leur petite colonie.

— Tu dors à l'avant de la maison, dit Josephine en guise de salutations.

Sans se tourner, la fille laisse tomber sa coiffe sur le lit de Polly, qui jouxte celui de Martha.

— Je crois que je vais prendre celui-ci, si ça ne dérange pas.

Elle commence à déboutonner son manteau, fait d'épaisse laine marron. Josephine va ramasser la coiffe sur le lit. Le bout de ses doigts est à vif d'avoir récuré les casseroles.

— Celui-ci est pris.

La fille finit par se tourner. Elle est d'une beauté saisissante, avec sa chevelure blonde, ses sourcils sombres et sa moue boudeuse.

— On m'a dit que je pouvais choisir mon lit, alors c'est ce que je fais.

— Je vais te montrer ceux qui sont libres, répond Josephine en soutenant son regard d'un air impassible, suffisamment longtemps pour qu'Hannah se résigne à détourner les yeux et à la suivre vers la sortie.

Dans la presse du couloir, Josephine prend des draps, des serviettes et une robe, qu'elle empile sur ses bras.

— Ils ne sentent pas la rose, remarque Hannah.

Josephine ajoute des sous-vêtements et des bas au sommet de la pile.

— Le jour de la lessive c'est le lundi. Tu retoucheras tes habits ce soir, quand on fait la couture avant d'aller dormir.

La fille fronce les sourcils.

— Je ne sais pas coudre. Ma mère le faisait pour moi.

Dans la chambre, Hannah s'approche du lit sous la fenêtre et dépose son linge de maison comme un étendard au milieu du matelas.

— Je vais chercher ton emploi du temps.

Hannah emboîte le pas à Josephine dans l'escalier.

— On se lève à six heures. Prières du matin et lecture de la Bible à huit heures moins le quart. Le petit déjeuner, c'est après.

— Comment tu t'appelles ?

— Josephine.

— C'est joli, comme prénom.

— Déjeuner à une heure. Souper à six heures. Prières du soir à huit heures et demie et coucher à dix heures. Où sont les emplois du temps, Mme H ? hurle-t-elle dans le couloir.

— Dans le secrétaire de la salle à manger, lui répond l'intéressée.

La salle à manger fait également office de salle de classe. Mme Holdsworth traite son courrier sur le bureau en bois poli sous la fenêtre, d'où elle peut garder un œil sur les toilettes extérieures et le jardin, tout en surveillant le couloir derrière elle. Josephine met la main sur les emplois du temps, dont l'un contient une inscription manuscrite : elle parvient à déchiffrer un H majuscule.

— Leçons à dix heures et demie, tous les jours sauf le samedi. Chaque semaine nous travaillons dans une pièce différente. Il y a les chambres à coucher, les salons, la salle de classe, la cuisine, l'arrière-cuisine. Et les travaux d'aiguille. Nous faisons aussi le tressage de la paille. Tous les lundis, le nom de la fille chargée de telle pièce est inscrit au tableau.

— Donc on a beaucoup de temps libre, commente Hannah sèchement.

— Nous avons une demi-heure entre la classe et le déjeuner, et une heure après le déjeuner. Une demi-heure avant le souper, une heure après.

La fille la dévisage.

— Tu trouves ça comment, ici ? Ça te plaît ?

— J'aime assez.

— T'étais où avant ?

— On est pas censées parler de ça.

— De quoi ?

— De ce qui s'est passé avant.

— Pourquoi pas ?

Mais Hannah la taquine. Josephine quitte la pièce, pensant que la nouvelle va la suivre, mais elle l'entend qui l'interpelle :

— Comment tu t'es fait cette cicatrice ?

Josephine stoppe net dans son élan et se retourne pour la fixer d'un regard si froid que le petit sourire en coin d'Hannah s'évanouit instantanément. Son regard se fait sérieux, et elle redresse le buste en s'éclaircissant la gorge.

— Le samedi, reprend Josephine, on brique toute la maison de fond en comble, y compris la chambre de Mme H. M. Dickens fait sa visite l'après-midi. On nous distribue nos nouveaux vêtements pour la semaine et on prend un bain.

Hannah ne pose plus aucune question tandis que Josephine lui montre chacune des pièces. Elle ouvre les tiroirs, montre les bocaux, explique le fonctionnement du couvre-feu, comment vider la lessiveuse, où trouver la craie, la teinture, les boutons. Une fois la visite terminée, après que Josephine a aidé Hannah à faire son lit, cette dernière est légèrement plus pâle qu'à son arrivée. Elle s'assied sur sa courtepointe toute propre et se met à pleurer silencieusement.

Josephine reste un moment à la regarder depuis l'encadrement de la porte puis, après un soupir, va s'asseoir à côté d'elle. Elle attend qu'Hannah arrête, ce qu'elle fait d'une certaine manière, en hoquetant comme une enfant et en jetant des regards dans la chambre comme si les murs recouverts de papier peint étaient faits de brique nue et les fenêtres bardées par des barreaux.

Au bout d'un moment, elle s'essuie les yeux avec un gant qu'elle tire de sa poche.

— Je veux rentrer chez moi, dit-elle en éclatant en sanglots de plus belle.

Josephine reste à côté d'elle sans rien dire, les yeux rivés sur le tapis.

— Ils vont te déporter toi aussi ? finit par demander Hannah.

— Ce n'est pas ça, répond Josephine.

— Comment ça ? Il faut bien appeler un chat un chat.

Un nœud se serre dans le ventre de Josephine. Elle revoit Annie qui se retourne pour jeter un œil à l'atelier d'étoupe. Sur l'instant, elle ignorait tout de sa trahison. Peut-être est-elle plus naïve qu'elle ne le pense.

— Tu sors de prison ? demande Hannah sans se laisser démonter.

Josephine n'a pas l'énergie de la rabrouer.

— Westminster, concède-t-elle.

Hannah pousse un soupir de gratitude, comme si un poids la quittait.

— J'étais à Coldbath. Quatre mois, j'ai fait. Et puis ma famille a pensé que c'était mieux que je vienne ici. (Elle renifle bruyamment.) Si c'est pas marrant ce que ça fait, la honte. Ils préfèrent m'envoyer à l'autre bout du monde que m'avoir à la maison.

Josephine n'écoute plus que d'une oreille distraite. Elle est de retour dans la cellule en pierre avec la haute fenêtre et le bureau bancal. Le grabat du haut est chaud.

— Je voulais les aider, explique Hannah. On n'avait pas de quoi acheter des vêtements de deuil pour tout le monde, alors je suis allée voir – juste pour jeter un œil – ce qu'il y avait en boutique. Ils commencent par sortir toutes ces soieries et ces robes et à disposer les gants sur le comptoir, et avant que je comprenne ce que je faisais, j'étais en train de prendre les dispositions pour qu'ils me livrent tout à la maison. J'ai ouvert un compte au nom de ma mère et je lui ai acheté un manteau en soie et une paire de gants. Je savais qu'elle allait les adorer.

Des bruits de pas résonnent dans l'escalier, légers et nonchalants. Ils s'éloignent vers l'arrière de la maison.

— C'est tout ce que j'ai pris – le manteau et les gants. Puis je suis allée dans une autre boutique à quelques rues de là et j'ai pris des gants de toilette et d'autres articles que j'ai fait mettre sur un compte. Rien de trop cher – c'est pas comme si j'avais pris une robe de soirée ou une paire de chaussures ni rien de la sorte. C'est dans la dernière boutique que j'ai tout gâché. J'ai d'abord donné le nom de ma mère et puis j'ai changé pour donner un faux nom, en pensant qu'il risquait d'y avoir toute une traînée de dettes sans qu'elle le sache dans tout Londres, et le vendeur m'a regardée d'un air soupçonneux. Alors je suis partie tout de suite, et brusquement, un *bobby* m'attrape en plein milieu de la rue, et tous mes paquets tombent dans les flaques d'eau.

» Je les ramasse pour éviter qu'ils se salissent, et le *bobby* arrête pas avec sa crécelle et moi je tâtonne dans la rue pour que la soie prenne pas l'eau. C'est alors que je me rends compte de ce que j'ai fait. Je n'étais pas en train d'emprunter tous ces vêtements, je les avais *volés*. J'étais une voleuse, et même que c'était ça que le *bobby* il arrêtait pas de crier en secouant sa fichue crécelle. (Elle reprend après un soupir.) Je voulais seulement arranger les choses après la mort d'Henry, pour qu'ils n'aient pas à se soucier de l'enterrement et tout ça.

Et levant un visage changé sur la pièce, ses yeux tristes ourlés de larmes, Hannah conclut :

— Et me voici ici.

Josephine prend la coiffe d'Hannah, encore humide après le voyage en calèche, et chargée de l'odeur de moisi du dépôt de la prison. Elle l'époussette, arrange les plis et les rubans, puis l'accroche à la colonne de lit. Il lui semble clair qu'Hannah est une enfant gâtée, et que la prison est la pire chose qui ait pu lui arriver. Elle se souvient du jour où Martha lui a fait la visite, de ses silences bienveillants, imprégnés de chaleur et de compassion. Si Martha avait accompagné Hannah dans le cottage, elle serait en train de la réconforter, un bras sur ses épaules. Elle lui aurait probablement tendu un mouchoir. Celui de Josephine est en boule dans sa poche, maculé de poussière de charbon.

Le premier soir, dans le petit salon après le souper, Martha avait tapoté la chaise à côté d'elle du plat de la main avant de lui passer la boîte à couture avec autant d'entrain que s'il s'était agi d'un plateau de friandises. Martha peut donner sans que cela lui coûte le moindre effort, alors que Josephine ne sait que prendre. Cela fait bien longtemps qu'elle n'a pas réconforté quelqu'un, bien longtemps qu'elle n'a rien ressenti si ce n'est du mépris pour les filles aux cheveux blonds qui sanglotent en pensant que le monde devrait tourner en leur faveur.

À l'extérieur de la chambre, une latte du parquet craque et Josephine a bon espoir que Martha arrive pour la sortir de ce mauvais pas. Mais en découvrant la silhouette qui pénètre dans la chambre, elle cligne des yeux, comme face aux rayons éblouissants du soleil ; elle saute sur ses pieds. D'instinct, Hannah l'imite.

— Mademoiselle, dit Josephine.

Elle se demande si elle doit faire la révérence. Comment fait-on la révérence ? Ses joues sont en feu. Depuis combien de temps cette femme se tient-elle dans l'encadrement de la porte ?

Le regard d'Angela glisse d'une fille à l'autre, sans trahir la moindre émotion.

— Bonjour, dit-elle. Je suis désolée de vous déranger.

Les deux la dévisagent sans un mot.

— Le déjeuner est prêt. Mme Holdsworth demande si vous voulez bien descendre.

En règle générale, Josephine sait lire les gens, mais Angela est si loin de tout ce qu'elle a pu connaître qu'elle a l'impression qu'un voile dissimule sa véritable personnalité. Toutefois, lorsque la visiteuse regarde Hannah, son regard calme laisse deviner de la compassion et de la mansuétude et Josephine comprend aussitôt qu'Angela a surpris toute la conversation. Les filles ne doivent sous aucun prétexte discuter de leur vie d'avant, et quoiqu'elle les ait prises sur le fait, Angela semble davantage émue que contrariée.

Elles lui emboîtent le pas et sortent de la chambre. Arrivée au sommet des escaliers, Angela tend un sourire éblouissant à Hannah, mais ne croise pas le regard de Josephine. Est-ce parce qu'elle n'a pas su offrir la moindre parole de réconfort ?

Tout en descendant les marches, Josephine éprouve une pointe de culpabilité et de honte – et davantage de jalousie.

Martha ne trouve pas le sommeil. Elle n'a jamais bien dormi, même quand elle était enfant. Surtout quand elle était enfant, car elle s'est toujours retrouvée à dormir allongée entre ses deux sœurs dans le même lit. Elle se souvient de l'haleine douce et laiteuse d'Emily, de ses cheveux blonds répandus sur l'oreiller, de leur parfum de terre chauffée par le soleil. À la naissance d'Emily, Martha avait cinq ans et Mary sept. Avec ses boucles blondes et ses yeux d'un bleu vif, Emily était le plus beau des bébés. À croire que leur mère leur avait offert une poupée en chair et en os. Elle continuait à s'acquitter de ses tâches avec le bébé emmailloté dans son châle tout contre sa poitrine, comme les créatures d'Australie qu'elles avaient étudiées pendant la classe.

L'Australie. Martha aspire à découvrir ce pays comme on aspire au lever du soleil après avoir vécu sans fin dans la nuit. Enfermée dans la salle de classe mal éclairée et froide, elle écoute avec émerveillement les histoires des drôles d'animaux, des plantes extraordinaires et de la population indigène. On dirait un endroit sorti tout droit d'un livre de contes, dont on ne peut plus jamais revenir, car elle sait qu'une fois partie, si elle part, l'Angleterre deviendra une terre aussi lointaine et mystérieuse que l'Australie l'est pour elle aujourd'hui. Il n'y aura plus de Mary, de Martha et d'Emily. Quand elles se sont vues, Martha n'a pas eu la force de le dire à sa sœur, car elle a déjà perdu une des leurs et cette annonce aurait été de trop. L'époque où elles partageaient toutes trois le même lit est révolue, mais dès que Martha quittera la terre ferme pour monter à bord du bateau, un rideau tombera définitivement sur sa vie d'avant, pour ne plus jamais se rouvrir. Comment partir sans nouvelles d'Emily ? Dans son imagination, elle voit ses sœurs qui font de grands gestes d'adieu depuis le quai, frissonnant l'une contre l'autre tandis que des nuages d'orage s'amassent au-dessus d'elles. Martha agite la main en retour jusqu'à ce que leurs silhouettes disparaissent au loin.

Un chuchotement fend la nuit.

— Martha ?

La voix provient du pied de son lit, là où la tête du lit de Josephine touche le mur fraîchement tapissé.

— Pourquoi tu pleures ?

Martha essuie ses larmes avec la manche de sa chemise de nuit.

— Désolée.

— Tu penses encore à Emily ?

Son franc-parler la fait presque rire. Dans le lit voisin de Martha, Polly dort comme une souche.

— Je suppose que oui, chuchote-t-elle.

— À quoi tu penses ?

Martha sent un soupir pesant lui dilater les poumons.

— Je n'arrive pas à dormir.

— C'est silencieux ici, tu trouves pas ?

— Beaucoup trop.

— Je n'entends rien d'autre que mes pensées.

Après un temps, Martha reprend :

— Pourquoi Mlle Coutts ne s'est jamais mariée, à ton avis ?

— J'en sais rien. Je suppose qu'elle n'en a pas besoin, avec tout son argent. Elle a besoin de personne.

— Seulement de Mme Brown.

— Je ne sais pas pourquoi elle tient à ce que cette vieille chouette la suive partout, dit Josephine sombrement. Je ne comprendrai jamais les grandes dames.

— Je crois que c'est la première vraie dame que je rencontre, remarque Martha avec une pointe d'émerveillement. C'est bizarre de rencontrer quelqu'un de la haute. Je ne sais pas comment me tenir quand elle est là. N'empêche qu'elle nous rend visite plus souvent que ce que j'aurais pensé. On pourrait croire qu'elle n'en a rien à faire de nous, et pourtant elle a l'air de s'y intéresser.

— Peut-être qu'elle s'ennuie, dit Josephine.

Elle parle à voix haute, comme si elles étaient occupées à récurer le sol au lieu d'être au lit au beau milieu de la nuit. Martha ne cesse de s'étonner que Josephine se moque totalement de ce que peuvent bien penser les autres.

— À ton avis, pourquoi M. Dickens veut tout savoir sur nous ? demande Josephine.

— Je ne sais pas. On ne doit pas être très intéressantes, pourtant.

— Je trouve ça bizarre, sa manière de nous voir séparément pour nous poser des questions. Et de tout écrire dans son carnet. C'est pour quoi faire ?

— Je suppose que c'est son métier, d'écrire.

Josephine ne dit rien.

— Tu as entendu parler de M. Dickens, quand même ? demande Martha.

— Comment ça ?

— C'est un romancier. Plutôt célèbre.

Josephine est silencieuse.

— Il écrit des livres. Des histoires. Tu connais forcément *Nicholas Nickleby* ? *The Pickwick Papers* ?

— Je lis pas trop, Martha, tu sais.

Martha se sent rougir.

— Moi-même, je ne les ai pas lus. Ma mère possédait un ou deux de ses livres. Je ne sais pas pourquoi il s'intéresse tant à nous. Pourquoi il note tout.

— Je me surprends à inventer des choses à lui raconter, confesse Josephine. Plus c'est bête, plus il a l'air d'aimer.

Un silence pensif retombe sur la chambre et Martha se demande si Josephine s'est endormie.

Mais brusquement, elle dit à voix basse :

— Tu dois te dire que tu ne peux pas partir pour les colonies tant que tu ne sais pas ce qui est arrivé à Emily.

Là encore, elle fait mouche.

— Tous les jours j'y pense, répond Martha.

— Fais ce qui est juste pour toi.

La conclusion de Josephine est si lourde de sens qu'elle pourrait aussi bien se l'adresser à elle-même.

Quelques minutes plus tard, Martha plonge dans un profond sommeil sans rêve, pelotonnée en pensée bien au chaud entre ses sœurs.

Lors de la visite suivante d'Angela, Mme Holdsworth n'a pas une minute à elle ; pourtant quand l'ange descend sur la crèche, son travail est bien forcé d'attendre. Une liste sans fin de tâches réclame son attention et bouillonne dans divers compartiments de son esprit comme des casseroles portées à ébullition, toutes d'urgence variable : le carton de livres posé à côté de son fauteuil, aux pages qu'il faudrait couper avant de les ranger (le moins urgent) ; le compte rendu hebdomadaire qu'elle doit rédiger pour le comité (le plus urgent) ; et une vingtaine d'autres missions entre les deux.

Elles prennent place dans le petit salon.

— Je tiens à aborder la question de l'enseignement religieux des filles, dit Angela. J'étais dans la petite chapelle d'Albemarle Street lorsque je me suis rendu compte que les filles ne sont pas pourvues à cet égard.

Une des filles parmi les plus jeunes perd ses cheveux, d'une teinte brune. Ils tombent par poignées entières à un rythme alarmant, tant et si bien que par endroits ils laissent voir son cuir chevelu. La pauvre petite s'est réfugiée dans un livre de contes de fées ; dans son temps libre, elle contemple avec envie les illustrations montrant des fillettes aux cheveux châtains. Elles sont désormais sept dans la maison, et Mme Holdsworth a chaque jour la sensation que le temps lui file entre les doigts comme du sable.

Angela poursuit :

— Je m'inquiète beaucoup de ce que leurs études bibliques sont peu structurées, et j'ai peut-être une solution. Je ferai venir à mes frais autant de voitures qu'il sera nécessaire pour transporter tout le monde à St James, l'église la plus proche de la maison – un trajet d'environ dix minutes, si je ne m'abuse.

La question de la religion est celle qui divise tout le monde depuis le plus longtemps, et Mme Holdsworth se fait violence pour ne pas laisser échapper un soupir.

— Mademoiselle Coutts, que les filles assistent ou non à l'office n'est pas une question de logistique. Vous savez tout aussi bien que moi tout le mal que nous nous sommes donné pour garantir la plus grande discrétion de notre entreprise, tant pour la maison que pour les pensionnaires. Une sortie de groupe hebdomadaire d'une telle taille enfreint premièrement la politique de la maison qui dicte que les résidentes ne doivent quitter les locaux sous aucun prétexte, et deuxièmement, cela ne risque-t-il pas d'attirer précisément le genre d'attention que nous souhaitons éviter ? De quoi aura-t-on l'air, avec un imposant groupe de filles inconnues du voisinage, qui surgissent chaque semaine comme sorties de nulle part ? La paroisse n'est pas grande, et les gens parlent.

À l'évidence, Angela n'a pas l'habitude d'être remise en question de la sorte, car des plaques rouges fleurissent à son cou. À côté d'elle, Mme Brown s'agite sur son siège d'un air indigné. Mme Holdsworth s'en veut aussitôt d'être têtue comme une bourrique, pour reprendre l'expression de son mari. Elle se souvient de sa manière d'imiter les grandes oreilles de l'âne, en levant les mains contre ses tempes. Il avait le chic pour faire s'évaporer sa mauvaise humeur en un clin d'œil.

— Pour *ma* part, je m'inquiète d'en faire un peu trop, continue-t-elle. Elles se satisfont de leurs prières et des lectures de la Bible édictées par M. Dickens. Oh, j'oubliais. Nous avons enfin un aumônier.

Elle se lève et entreprend de fouiller dans les courriers qui jonchent le secrétaire.

— Nous y voilà. Un M. Bryant va bientôt commencer l'instruction religieuse, en se présentant à la maison une fois par semaine pour prononcer des sermons et diriger les prières des filles.

Elle fait de son mieux pour dissimuler le mépris de sa voix ; la quête d'un responsable religieux est de toute évidence passée largement avant la quête d'une assistante qui viendrait la seconder dans son travail.

— Oh, dit Angela d'un air découragé. Je l'ignorais. N'y aurait-il pas dû y avoir une réunion du comité concernant cette nomination ?

Mais elle a bien vu le papier de couleur bleu pâle entre les mains de Mme Holdsworth.

— Il est aumônier de prison, c'est un vieil ami de M. Dickens, dit cette dernière.

Elle en est déjà à redouter le garçon des postes qui remonte l'allée à grandes enjambées. Les lettres, fréquentes, sont si longues et complexes qu'elle doit batailler pour trouver le temps de les lire.

— Ses obligations ne lui permettent pas d'être membre du comité, mais il peut assister à deux sessions par semaine.

— J'aurais pu écrire à l'évêque de Londres, dit Angela d'une voix blessée. Sans doute aurait-il eu des suggestions.

— Ou l'archidiacre du Middlesex, renchérit Mme Brown.

— Oui, acquiesce Angela.

Mme Holdsworth s'éclaircit la gorge.

— Pendant que vous êtes là, mademoiselle, je suppose qu'il n'y a eu aucune avancée pour trouver une directrice adjointe ?

— Je crains de ne pas avoir la réponse, mais je vais tâcher de me renseigner pour vous, et de faire accélérer les choses, dit Angela avec un sourire navré. Vous faites des prodiges, Mme Holdsworth.

— Merci.

Désarmée, Mme Holdsworth s'emploie à ranger le secrétaire.

— Je sais que c'est le travail de deux, voire trois femmes parfois.

Parfois ! Mme Holdsworth affiche un sourire forcé.

Depuis le couloir, un cri, un fracas de vaisselle, un hurlement cinglant : « Madame H ! »

On a trouvé un cafard dans la farine, et à cause de la fille qui a poussé des cris, une autre s'est brûlée avec le fer.

Mme Holdsworth s'occupe des deux problèmes promptement, et applique un cataplasme sur le poignet de la jeune fille en lui donnant comme consigne d'aller se reposer. Quand elle retourne dans la salle à manger, Angela et Mme Brown sont en grande discussion et Angela est de toute évidence en colère.

— Si je puis me permettre une suggestion pour le poste de directrice adjointe, dit Mme Holdsworth en reprenant le fil de la conversation avant même de s'asseoir, il y avait une gardienne à Bridewell, mon ancien lieu de travail, que je pourrais recommander pour un entretien. Elle s'appelle Esther Kelly.

Angela se fend d'un mince sourire.

— Très bien. Et quand commence la professeure de musique ?

— Jeudi.

Autre sujet de dissension : les filles doivent apprendre les cordes. En quoi la maîtrise de la guitare et du piano leur servira pour entrer dans la domesticité, elle se le demande mais se garde bien de poser la question. C'est le genre d'interrogation ironique et dénuée d'imagination que le comité trouve exaspérante. En plus d'apprendre à tenir une maisonnée pleine de femmes indisciplinées et ignares, négocier les extravagances du comité se révèle être en soi une expérience éducative. Les membres y sont tout aussi susceptibles de céder à des emportements et à des déclarations enflammées ; eux aussi sont capables d'intrigue et de manipulation. Dans l'ensemble, elle est plus souvent étonnée par leur comportement que par celui des résidentes.

— Le pianoforte est-il arrivé ? demande Angela.

— Hier, confirme Mme Holdsworth.

Déjà, les casseroles qui bouillonnent dans sa tête menacent de déborder. Passer commande de blanc de chaux, vérifier la bière, préparer la leçon de demain. La nuit dernière, elle n'a pas soufflé sa bougie avant une heure moins le quart. Une des filles avait écrit une lettre à sa famille : *La campagne et ennuyeuse, le travail raipaititif, et la matrone a dans l'idée qu'on et ses enneumies.* Elle avait replié la missive dans son enveloppe, le bout de ses oreilles cramoisi, refusant de se laisser émouvoir. Elle sent que la situation lui échappe à mesure que le nombre des résidentes augmente, sachant que les semaines à venir annoncent de nouvelles arrivées. Il suffirait d'une résidente difficile pour que l'équilibre lui glisse irrémédiablement des mains.

Elle n'a pas de pièce à elle dans la maison, nulle part où rassembler ses esprits – non pas qu'elle ait le temps de s'adonner à ce genre de choses. Les rares visites de Frank et ses emplettes rapides à l'épicerie, à la banque, la poste, sont les seules pauses qu'elle peut se permettre. Elle se réveille avec les filles, prend ses repas avec elles, leur tient compagnie pendant les soirées. Une fois qu'elles sont au lit, elle fait les comptes, rédige les rapports, tente de répondre aux courriers en souffrance. Quelques nuits plus tôt, elle s'est endormie à son secrétaire, les cheveux à quelques pouces de la flamme de la bougie. Les listes s'allongent toutes seules, et elle voit plus souvent l'obscurité que le jour. Le matin passe en un clin d'œil, l'après-midi en un instant, et puis de nouveau la nuit tombe. Le temps qui règne au-dehors est effroyable, avec son cortège de crachin qui tombe de biais, le brouillard bas et le courant d'air glacial qui se glisse partout. Sans doute aurait-il été plus agréable d'inaugurer la maison au cours de l'été, quand les filles auraient pu accéder au jardin et investir leur propre parcelle de terrain. Mais les voilà, à une semaine de Noël, dans une maison qui n'est pas encore à pleine capacité, alors que sa coupe à elle est déjà pleine.

— Je suis ravie de l'apprendre, dit Angela. J'espère que les filles en feront bon usage. Puis-je le voir ?

Nouveau fracas, cette fois en provenance de l'étage supérieur, suivi d'un chapelet étouffé d'injures. Mme Holdsworth sourit.

— Mais certainement. Après vous, mademoiselle.

Chapitre 5

Les papillotes

Martha est occupée à nettoyer le pas de la porte lorsqu'il se met à pleuvoir. Elle jette la serpillère dans le seau, essuie ses mains frigorifiées et se relève pour aller vider l'eau sale dans la plate-bande quand elle aperçoit quelque chose du coin de l'œil. Un jeune homme, appuyé contre le portail, l'observe. Il a l'air très à son aise, et chique ostensiblement son tabac tout en la dévisageant avec un intérêt indolent, comme s'il jaugeait un cheval de course. Derrière la couche de poussière qui macule son visage, elle lui donne deux ou trois ans de moins qu'elle. Il a les mains encroûtées de terre.

— Écarte-toi du portail, ordonne-t-elle.

— Sinon quoi ? rétorque-t-il.

— Ouste ! Dégage.

Indifférent à la pluie, il ignore Martha et jette un œil en direction de la maison.

— Me d'mandais qui avait emménagé. C'est qui le patron ?

— Il n'y en a pas.

Il la scrute d'un air soupçonneux, et elle se demande si elle ne vient pas de lui laisser le champ libre pour harceler les filles de la maison.

— Il est en déplacement, ajoute-t-elle en tournant les talons.

Josephine interpelle Martha depuis le seuil.

— À qui tu parles ?

— Un garçon, répond-elle.

— Quel garçon ? insiste-t-elle en la poussant sur le côté.

— Josephine, il fait froid. Rentre.

Mais Josephine se déjà tient au milieu de l'allée, les mains sur les hanches.

— Qu'est-ce que tu veux ? La porte de service c'est par là.

— Je jetais un œil, c'est tout.

— Eh ben c'est fait. Bouge, maintenant.

— Sinon quoi ? répète-t-il.

Josephine reste un instant immobile, silhouette intraitable, ses cheveux noirs rassemblés en une tresse qui se défait contre son cou. On lui répète sans cesse de prendre soin de son apparence, mais ses cheveux semblent avoir leur volonté propre.

— Ça alors, c'est une bien belle cicatrice que tu as là, dit le garçon. On t'a marquée au fer rouge ?

D'un mouvement rapide, Josephine s'élance dans l'allée, arrache le seau rempli d'eau sale des mains de Martha et projette son contenu dans les airs en un arc élégant. L'eau frappe le garçon comme un coup de poing en plein visage, et Josephine pousse un cri de joie.

— Espèce de chienne ! vocifère-t-il en titubant en arrière tout en s'essuyant le cou et le col, la bouche ouverte comme un poisson hors de l'eau.

— Si tu poses le pied dans cette allée, je te colle le constable aux basques.

— C'est qui ton maître ? Je m'en vais le trouver pour qu'il te mette dehors à coups de pied aux fesses.

Martha agrippe Josephine par le bras, la tire à l'intérieur et claque la porte derrière elles avec fermeté.

— Tu n'aurais jamais dû faire ça, dit-elle.

— Pourquoi ? Il pleut ; il aurait été mouillé de toute façon.

— Mme Holdsworth ne veut pas qu'on attire l'attention sur la maison.

— Personne ne regardait, pour autant que je sache.

— Josephine ? Martha ?

Mme Holdsworth se tient dans le couloir qui mène à la cuisine.

Josephine hésite, le seau encore à la main, avant de répondre :

— Oui ?

— Veuillez venir dans la salle de classe, je vous prie.

Martha et Josephine se regardent. Martha sent sa gorge s'empourprer, son ventre se nouer. La culpabilité s'affiche sur toute la physionomie de Josephine.

— T'as rien fait, assène-t-elle.

Martha s'avance la première vers la salle de classe, où toute la maisonnée est rassemblée. Des filles ont pris place sur une chaise, d'autres sont appuyées nonchalamment contre la table à manger, les bras croisés, déjà sur la défensive. Mme Holdsworth soulève l'un des ballots de linge dont chaque fille dispose, accroché à la colonne de son lit. Sans un mot, elle déplie son ouverture, le met à l'envers et fait tomber son contenu qui dégringole par terre en un grand tas froissé. Au milieu des bas de laine peignée et des emmanchures jaunies se détachent une touche de gris foncé et un soupçon de bordeaux, et elle se penche pour extirper de la masse de vêtements une cape et une coiffe d'extérieur. Puis elle dévisage chaque fille tour à tour, secoue la cape et la présente sur son avant-bras comme le font les commis de mercerie, et dispose la coiffe juste à côté.

— Comme vous le savez toutes, les vêtements d'extérieur sont rangés dans un placard fermé à double tour, dont la seule clé en circulation est accrochée à ma ceinture. Donc, comment se fait-il, alors que je triais le linge à l'instant, que je sois tombée sur ces deux articles fourrés à l'intérieur d'un sac ?

Plusieurs paires d'yeux passent les deux vêtements incriminés au crible comme s'ils pouvaient leur livrer quelque indice.

— Je ne puis qu'en conclure qu'ils allaient servir, continue Mme Holdsworth. Je ne devrais pas avoir à vous rappeler que la vérité et l'honnêteté sont les pierres angulaires de cette maison. (Le regard noir, elle scrute chaque visage.) Est-ce que l'une d'entre vous aurait la gentillesse de m'expliquer comment ces vêtements ont atterri dans le ballot de linge ?

Silence. Une fille fait mine de se racler la gorge pour dissimuler son envie de rire, et la salle résonne un instant du bruissement des jupes contre le bois poli de la table.

— Personne ?

Le silence s'épaissit, et Mme Holdsworth semble furtivement perdre en stature quand ses épaules s'affaissent.

— Fort bien. Quelle déception. Le comité aura vent de cette affaire. Je m'en remettrai à lui pour trouver la meilleure marche à suivre, mais l'incident est loin d'être clos. Retournez au travail.

Les filles quittent la pièce en file indienne, amusées autant qu'intriguées. Martha et Josephine sont les deux dernières à sortir.

— Mme H ?

Martha hoche le menton à l'attention de Josephine pour lui dire de poursuivre, et cette dernière la dévisage de ses grands yeux noirs écarquillés avant de refermer la porte derrière elle.

Mme Holdsworth regarde Martha avec stupéfaction.

— De toutes les filles, ce n'est tout de même pas vous ?

— Ce n'est pas moi, confirme Martha. Je me demandais si vous aviez eu des nouvelles du commissaire de police de Reading.

Mme Holdsworth s'en retourne immédiatement à son secrétaire dont elle fouille le contenu.

— Seigneur, la réponse est oui, et j'ai complètement oublié ce qu'il disait.

Martha reste immobile, sa silhouette entière tendue par l'impatience.

— La missive était très courte, je le crains, annonce Mme Holdsworth en tendant les bras pour la lire. Aucun dossier de ce genre ne leur a été rapporté. Je suis désolée.

Elle glisse la lettre dans son enveloppe et lève sur elle un regard plein de compassion.

Une envie dévorante étreint Martha de s'asseoir et d'enfouir son visage entre ses mains. Mais à quoi s'attendait-elle ? À ce qu'une meute de constables s'emparent de l'enquête, écument les rues et fassent du porte-à-porte, tout ça pour une bonne qui a quitté son poste ?

Mme Holdsworth s'emploie à ramasser le linge par terre. Martha se met à genoux pour l'aider, pliant rapidement les vêtements avant de les laisser choir dans le ballot. La cape et la coiffe incriminées sont drapées sur le dossier d'une chaise.

— Je suis sûre qu'elle va refaire surface, dit la matrone d'un ton plus amène.

— Je ne peux pas quitter l'Angleterre sans m'assurer qu'elle va bien.

— Vous n'en êtes pas encore là.

— J'ai vraiment envie de partir en Australie, insiste Martha.

La matrone la dévisage, d'un regard qui n'est pas dénué de douceur.

— Je le sais bien.

Martha range le dernier article : une nuisette au bustier côtelé qu'elle reconnaît immédiatement. Elle sait à qui appartient ce sac. Elle hésite, fait courir son pouce le long de la couture de la nuisette. Toute la chaleur du corps qui l'habitait a disparu. Elle la replie délicatement et referme le ballot de linge.

⁂

Le lendemain matin, Mme Holdsworth a la réponse à sa question. Une cascade de pieds nus sur les lattes du parquet et des coups insistants frappés à la porte la tirent de son sommeil avant l'aube, suivis de cris :

— Madame H ? Madame H, réveillez-vous !

Elle s'est à peine dressée sur son lit que Lucinda, avec ses touffes de cheveux éparses dardant telles des plumes, entre comme une bourrasque dans sa chambre.

— Hannah a disparu ! Hannah Parsons.

En un clin d'œil, Mme Holdsworth traverse le palier à grands pas pour rejoindre la chambre qui donne sur le jardin, tandis qu'une volée de filles la talonnent comme des poules. Encore une fugitive : la deuxième en six semaines. Dans la chambre d'Hannah, les filles racontent à cor et à cri qu'elles l'ont entendue se lever et s'habiller, et qu'elles ont pensé que sa journée de travail commençait tôt.

La tension retombe puis remonte derechef quand deux de ses colocataires, en allant s'habiller, découvrent que leur robe de jour a disparu. Mme Holdsworth se lance dans l'examen des verrous et des volets, de la bière, des couteaux et de l'argenterie, et trouve tout à sa place si ce n'est un drôle de monticule de linge dans la blanchisserie, abandonné là sous la fenêtre. Il lui faut quelques minutes pour comprendre que seul le ballot a disparu et au même moment, on lui crie de l'étage que les vêtements que portait Hannah à son arrivée ne sont plus là, tout comme la robe qu'on lui a donnée le premier jour. Toutes les capes sont là, ainsi que les coiffes, et la première pensée qui traverse l'esprit de Mme Holdsworth est que la jeune fille va mourir de froid.

Le petit déjeuner se déroule dans une grande nervosité. Dans le chaos ambiant, une assiette se fracasse en mille morceaux sur le sol et Mme Holdsworth se voit contrainte de donner de la voix pour les admonester et leur enjoindre de manger en silence – en vain. Le nouvel aumônier, M. Bryant, doit prendre ses fonctions ce matin même et Mme Holdsworth se demande dans quel état de frénésie il va trouver les occupantes. Elle quitte la cuisine et sa tranche de pain grillée pour s'installer dans la salle de classe et écrire à Angela à Stratton Street et à M. Dickens à Devonshire Terrace, puis se rend au petit salon pour vérifier que la fenêtre par laquelle Hannah a pris la clé des champs a été correctement refermée, ramassant au passage un mouchoir tombé au pied des escaliers. Une fois postée devant la fenêtre du salon, elle s'octroie un instant de répit pour observer le jardin lugubre à l'avant de la maison, imaginant Hannah, munie de son ballot, en train de se glisser sous le châssis, puis d'ouvrir la grille délicatement pour ne pas la faire grincer. L'allée recouverte de gel, sillonnée de temps en temps par des oiseaux qui virevoltent d'une haie à une autre, est vide.

Dix minutes plus tard, Mme Holdsworth est occupée à rédiger son courrier à son bureau lorsqu'une série de coups résonnent dans le couloir.

— Oh, il est en avance, marmonne-t-elle en cherchant à tâtons la clé à sa ceinture.

Pourtant, ce n'est pas l'aumônier qu'elle trouve sur le seuil de la maison, mais son propre fils. Il tient d'une main le ballot de linge, plein comme un œuf, et de l'autre le bras de la dernière personne qu'elle pensait revoir un jour.

— Hannah ! Mon Dieu.

Elle ouvre la porte en grand pour les laisser passer, et Frank retire son chapeau. Hannah s'étire avec exubérance, comme un chat, et se compose un air parfaitement impassible. Elle jette un œil en biais aux filles qui remontent le couloir pour se serrer dans l'encadrement de la porte, mais elle évite obstinément d'affronter le regard de Mme Holdsworth.

— Ma foi, quel revirement, commente cette dernière.

— Je l'ai aperçue dans la grand-rue devant les vitrines des boutiques, explique Frank. Je me suis dit que je l'avais déjà vue quelque part. Quand je l'ai saluée, on aurait dit qu'elle avait vu un fantôme. Sa réaction l'a trahie.

Il lui tend le sac de linge, qu'elle fouille brièvement.

— Fais-la monter dans ma chambre, ordonne-t-elle en lui tendant une clé prise à sa ceinture, avant d'ajouter d'un ton chagrin : Et enferme-la à double tour. Je vais écrire à M. Dickens.

— Vous n'allez rien rapporter à Mlle Coutts, dites ? demande Hannah.

— Je ne vais pas m'en priver.

Hannah fait mine de protester quand le heurtoir se manifeste de nouveau.

— Cette fois, ce doit être M. Bryant. Martha ? Où est Martha ?

Martha se détache du petit attroupement à la porte de la cuisine.

— Voulez-vous bien faire entrer M. Bryant au petit salon, je vous prie ? Servez-lui du thé, je vous rejoins immédiatement. Allons, allons, dit-elle en prenant Hannah par le poignet. Venez avec moi.

Elle la fait avancer jusqu'à la cage d'escalier, quand soudain Hannah s'élance dans les marches en remontant ses jupes, avec des airs de débutante plus que de truande. Une fois dans la chambre, elle jette un œil alentour, son petit nez retroussé en l'air.

« Mais qu'est-ce que tu t'imaginais ? » a envie de lui crier Mme Holdsworth.

Elle est au comble de l'exaspération. Elle commençait à s'attacher à Hannah, qu'elle trouve vive et drôle, une meneuse-née pour les résidentes les plus candides. Elle doit se retenir de la saisir par les épaules pour la secouer.

Hannah se met à pleurer.

— Je ne voulais pas être déportée, sanglote-t-elle en s'essuyant les yeux et le nez du revers de sa manche, et ce n'est de toute évidence pas la première fois de la journée qu'elle cède aux larmes.

Mme Holdsworth ferme les yeux et inspire profondément. Au bas mot, elle a dû leur expliquer déjà une bonne douzaine de fois qu'elles ne seraient pas envoyées comme détenues sur une terre inconnue, et pourtant le doute continue de fleurir comme des taches de moisissure.

— Et donc, vous avez volé ?

— Les filles peuvent toujours demander d'autres robes. J'ai bien vu toutes celles qui étaient rangées dans les placards.

— Hannah, ces robes n'appartiennent ni à vous, ni à quiconque ici. Elles ont été achetées avec l'argent de Mlle Coutts. De fait, elles lui appartiennent.

— Jamais je ne volerais Mlle Coutts !

— Ma foi, j'ai bien peur qu'il ne soit trop tard.

Elle pleure de plus belle.

— Elle ne va pas… elle ne va pas m'envoyer le juge ? Oh, je sens que je vais être malade.

— Allons, asseyez-vous, l'incite Mme Holdsworth en la conduisant vers la chaise dans l'angle de la pièce avant de dégager le nécessaire de couture qui l'encombre.

— Je vais devoir retourner à Coldbath ?

— Ce sera à M. Dickens et à M. Chesterton d'en décider.

— J'allais revenir, vous savez. Je musardais du côté des boutiques pour prendre ma décision. Une fois partie, je me suis tout de suite demandé si ce que j'avais fait… Je pensais revenir avant que tout le monde soit réveillé, mais après l'heure a passé et j'ai su qu'on se rendrait compte de mon départ. Et alors Frank m'a vue, et il s'est montré si gentil, à me demander si j'étais sortie faire une course, et je lui ai raconté une histoire comme quoi vous aviez besoin de fil et… Je ne supporte pas que vous pensiez du mal de moi, ni Mlle Coutts non plus.

On frappe discrètement à la porte et Mme Holdsworth va ouvrir à Martha.

— M. Bryant est au petit salon avec M. Holdsworth.

— Très bien, je descends. Hannah, je vais devoir vous garder enfermée jusqu'à ce qu'on sache quoi faire de vous. Vous n'avez pas pris de petit déjeuner ?

— Non.

— Je vous fais monter quelque chose sous peu.

Hannah renifle bruyamment.

— Et du chocolat chaud, s'il y en a.

M. Bryant est un homme effacé à la chevelure argentée, d'une cinquantaine d'années, qui parle avec un léger accent irlandais. Il prend place dans la chaise à dossier haut, sans quitter sa houppelande, qui ne laisse dépasser que son col romain, et serre son chapeau en feutre noir entre ses mains.

— Oh, je suis navrée que le feu ne soit pas allumé, M. Bryant. Nous sommes un peu sens dessus dessous ce matin.

— Ce n'est pas grave, madame Holdsworth, répond-il plaisamment. Je suis tout à fait rompu à la température des prisons.

Polly arrive avec le thé et trouve le moyen de le renverser sur le plateau en le posant sur la table. Frank, qui se tenait à côté de l'âtre vide et froid, se précipite pour lui prêter main-forte.

— Bonté divine, s'écrie Mme Holdsworth. Gelé sur pied, et à deux doigts de se faire ébouillanter ! Qui a d'autres idées pour torturer le bon vieux monsieur Bryant aujourd'hui ? déplore-t-elle en secouant la tête. J'espère que vous avez fait bon voyage ?

— Très bon voyage, madame Holdsworth. J'ai pu m'asseoir dans l'omnibus pour revoir mon sermon, et c'est aux alentours d'Holborn Circus que j'ai trouvé par quel verset commencer, et j'ai donc dû demander à un monsieur de me prêter un peu de graphite pour le cocher dans ma bible au cas où il me sortirait de l'esprit le temps que je marche jusqu'ici. Quelle agréable petite route ! Et la maison est idéalement située entre la ville et la campagne.

— Oui, acquiesce Mme Holdsworth sans conviction. Monsieur Bryant, comme vous le savez sans doute déjà, notre directeur est un homme très scrupuleux.

— Très scrupuleux, répète-t-il en hochant la tête avec un sourire. C'est l'un de mes vieux amis.

— Certainement. Dans ce cas, je n'ai pas besoin de vous demander s'il vous a informé de… du *climat* entourant l'instruction religieuse à Urania Cottage.

— Tout à fait. Il s'agit de sustenter et d'encourager les esprits. Ces filles ont été cruellement déçues par la société ; en conséquence de quoi, peu leur chaut ce que la société pense d'elles. Ce n'est qu'au contact du travail carcéral qu'on peut comprendre ceci, madame Holdsworth. Quand je fais la connaissance de mes paroissiennes – car elles sont des paroissiennes avant d'être des détenues –, elles n'ont plus de place pour Dieu dans leur existence. Elles ont le sentiment qu'Il les a abandonnées. Si l'Église veut faire partie de la vie ici même à Urania Cottage, ce sera en tant qu'invitée entre ces murs, dans tous les sens du terme. Ces jeunes filles recevront Dieu si Dieu les reçoit en Lui.

Polly, qui a rapporté un plateau à thé propre, le pose d'une main tremblante. M. Bryant la remercie chaleureusement, et elle rougit.

— Je suis tout à fait d'accord avec vous, monsieur Bryant, ayant moi-même travaillé dans le milieu carcéral. L'Église est très déroutante pour celles qui se trouvent être la cible de son jugement. L'Église n'a rien fait pour être l'alliée de ces filles.

— Madame Holdsworth, dit-il avec sincérité, elles ont désormais un ami.

Elle se laisse impressionner.

— Polly, voulez-vous bien demander à quelqu'un d'allumer immédiatement les feux, je vous prie ?

Un martèlement lointain les interrompt.

— Par Dieu, quel est ce raffut ?

Une fille enjouée aux joues roses du nom de Mary-Ann surgit à la porte.

— Ça vient du premier étage, madame H.

— Grands dieux, s'exclame Mme Holdsworth en le regrettant aussitôt. Pardonnez-moi, monsieur Bryant.

Pendant ce temps, Hannah Parsons continue à donner des coups furieux dans la chambre de Mme Holdsworth tout en hurlant :

— Laissez-moi sortir ! Laissez-moi sortir ! Vous n'avez pas le droit de m'enfermer ! Je suis pas une prisonnière ! Je veux pas être déportée ! Je veux voir Mlle Coutts !

Une des filles, parmi les plus jeunes, reste plantée sur le palier devant la chambre, les yeux écarquillés, une assiette de pain beurrée et une tasse de chocolat chaud entre les mains. Mme Holdsworth déverrouille la porte, saisit le plateau et se risque à l'intérieur, où elle retrouve Hannah, à bout de souffle et toute rouge, occupée à faire les cent pas comme un animal en cage.

— Mademoiselle Coutts est là ?

— Non. Harriet, voulez-vous bien prendre les deux lettres sur mon bureau et demander à Frank de les envoyer immédiatement à M. Dickens et à Mlle Coutts ? Vous trouverez les adresses dans le carnet noir sur mon secrétaire.

— Bien, madame.

— Et veuillez accompagner M. Bryant dans la salle à manger. Rassemblez les autres et assurez-vous que chacune a son missel.

— Mary-Ann a fait tomber le sien dans l'évier.

— Je ne veux pas voir M. Dickens, pas lui, gémit Hannah. Je veux voir Mlle Coutts – elle au moins elle m'aidera.

— Merci, Harriet, dit Mme Holdsworth. Si on me cherche, je serai ici.

Quand arrive l'heure du souper, on est venu chercher Hannah Parsons. Mme Holdsworth ne sait pas où on l'emmène, n'ayant pas participé aux longues discussions qui ont eu lieu dans la salle à manger au milieu des missels abandonnés. Le lendemain après-midi, alors que la lumière baisse, une note arrive sur papier bleu clair. Hannah est de nouveau à Coldbath Fields, aux bons soins de M. Chesterton. Elle y restera deux mois. La lettre ne fait pas mention de son éventuel retour au cottage de Shepherd's Bush. Mme Holdsworth parcourt rapidement le reste de la missive puis la jette au feu.

Ce n'est que plus tard, une fois au lit, que surgit le souvenir d'Hannah se jetant aux pieds d'Angela à quelques pas de l'endroit où elle se trouve ; du visage blême de la dame, sous le choc ; des fragments de sa carafe en faïence éparpillés sur le tapis. La carafe était un cadeau d'Edward, son fils aîné. Dans la confusion, on l'avait fait tomber du buffet. Pendant qu'on ramenait Hannah au rez-de-chaussée, Mme Holdsworth avait ramassé les éclats dans la paume de sa main, les yeux brûlants de larmes de colère, et les avait déposés dans la tasse de chocolat vide. Quand elle était revenue sur les lieux plus tard, le plateau avait disparu et les morceaux avaient été jetés à la poubelle. Elle s'était mise à genoux pour essayer d'en trouver d'autres sous le lit et avait manqué de pousser un cri de soulagement quand une douleur aiguë avait lacéré sa main et qu'elle avait replié les doigts autour d'un bris de porcelaine de la taille d'une dent de lait, émaillée d'une pointe d'or. Elle avait rangé le vestige dans la boîte remplie de lettres qu'elle garde fermée à double tour dans le placard.

Elle essaie de ne pas penser à Hannah enfermée dans sa cellule, à chercher un semblant de chaleur après s'être habituée aux cheminées, aux couvertures et aux briques chauffantes, sans oublier les tasses de chocolat chaud et les tartines beurrées. Elle tente de repousser de son esprit l'image de la jeune fille, qu'on emmène dans la ruelle *manu militari*, et qui jette un dernier coup d'œil à la bâtisse par-dessus son épaule, comme si elle voulait s'en imprégner une dernière fois.

Elle essaie de ne penser à rien de tout cela et attend l'arrivée du sommeil, ce visiteur imprévisible qui arrive sans crier gare en pleine journée pour l'écraser de tout son poids, tandis qu'elle lutte pour le chasser. Elle ouvre les volets pour faire entrer le clair de lune et accueillir la nuit, mais là encore, le sommeil l'abandonne et une heure entière s'écoule jusqu'à ce qu'enfin, miséricordieusement, il l'emporte.

Le jour de Noël arrive la semaine suivante. Elles se prélassent dans le petit salon, comme des volailles gavées de bonne chère et de boisson, à rôtir paisiblement devant la cheminée.

Aucune d'elles ne s'attendait à recevoir de cadeau, pourtant ils sont nombreux à être échangés, y compris une longueur de batiste de la part d'Angela, qui est passée dans la matinée en compagnie de Mme Brown et a bu un verre de sherry debout dans la cuisine pendant que les filles préparaient leur repas de fête : une oie et une perdrix, avec des soupes, des sauces, et pour couronner le tout, un énorme gâteau à la crème. Toutes ont été touchées de recevoir un journal intime de la part de Mme Holdsworth, dans lequel elles pourront s'entraîner à écrire en même temps qu'elles noteront leurs souvenirs. « Celle que vous serez demain vous remerciera », déclame-t-elle avec sagesse, le nez rouge. Et toutes ont été abasourdies de recevoir de la part de M. Dickens des petits cadres vernis exposant de magnifiques papillons, préservés des outrages du temps. Les filles ont passé un temps considérable à les contempler et les comparer, à détailler leur beauté, admirer ces étranges corps duveteux qui, dénués d'ailes, seraient tout au plus de vulgaires insectes. Josephine a eu un *Vanessa cardui*, un papillon Belle-Dame, de teinte ambre et noir velouté. Le descriptif lui apprend qu'il vit entre quinze et vingt-neuf jours.

Josephine, qui sommeille les jambes par-dessus l'accoudoir pendant que d'autres jouent du piano, se rend soudainement compte que Martha n'est toujours pas redescendue. Elle s'extirpe de son fauteuil, grimpe les marches et trouve son amie assise sur son lit dans le noir, les genoux repliés contre sa poitrine, en train d'examiner son *Celastrina argiolus*. Des accords joyeux, quoique imparfaits, montent du rez-de-chaussée, émaillés de chants et de rires. Dehors, le ciel étoilé est clair. Josephine se juche au pied du lit de Martha et contemple la nuit.

— Tu ne trouves pas ça cruel, quand tu y réfléchis ? demande Martha. De ficher une épingle dans une créature innocente et de l'encadrer comme un tableau.

— Les papillons vivent à peine quelques semaines.

Avec ses ailes d'un bleu poudreux, le papillon de Martha est plus petit que celui de Josephine. La note de M. Dickens qui accompagne le présent explique que le *Celastrina argiolus* est le premier à sortir au printemps.

— Exactement comme toi : tu as été la première dans la maison, avait remarqué Josephine.

Un frémissement d'approbation a accueilli son commentaire, et pour la première fois de sa vie, elle a eu l'impression de dire quelque chose d'intelligent.

— C'est encore pire, non ? dit Martha en regardant d'un air soucieux le petit insecte entre ses mains. Pourquoi les faire si magnifiques alors qu'ils ne vivent pas longtemps ? Les créatures les plus extraordinaires devraient avoir les vies les plus longues.

— Les créatures quelconques comme nous ont le droit de vivre, elles aussi.

Martha sourit.

— Je n'ai jamais aimé Noël, observe Josephine en tirant sur un fil du duvet – une habitude qui agace Martha, mais aujourd'hui elle ne la réprimande pas.

— Quel est ton meilleur souvenir de Noël ? demande Martha.

— Je n'en ai pas.

— Tu avais des cadeaux ?

— Je ne m'en souviens pas. Une souris en sucre, probablement. J'adore ça.

Quand elles se sont réveillées ce matin-là, avant de s'arracher du lit, Martha a offert à Josephine et Polly une paire de chaussons de nuit. Josephine, qui l'a vue les tricoter pendant des semaines, pensait que c'était pour son propre usage. Martha était toute rose d'embarras à cause de leur apparence biscornue : on aurait davantage dit quatre chaussettes distinctes que deux paires, aucune n'ayant vraiment les mêmes proportions. Mais c'est le plus beau cadeau que Josephine ait jamais eu.

— Tu aimes Noël ? demande-t-elle.

— Oui, dit Martha les yeux brillants de plaisir. On allait se coucher les cheveux en papillotes, et le matin de Noël, je coiffais mes sœurs. On avait des fruits et des amandes dans nos chaussettes, des poupées et d'autres petites choses que ma mère confectionnait pour nous. Après le petit déjeuner, on sortait faire des visites dans la neige. Une année, Mary et moi sommes allées au bal. Il y avait des officiers cantonnés près de notre village. Emily était triste de ne pas pouvoir nous accompagner, alors je l'ai aidée à se préparer comme si elle venait, pour qu'elle ne se sente pas exclue. J'ai pris une vieille robe de ma mère. (À ce souvenir, elle concède un demi-sourire.) Elle n'arrêtait pas de se regarder dans le miroir et elle a voulu se coucher toute habillée. C'était une vraie petite bêcheuse.

— Ça avait l'air agréable, chez toi, commente Josephine.

— Oui, dit Martha.

Soudain, elle a l'air lasse. Elle se laisse porter par sa rêverie, puis se ressaisit.

— Tes parents sont encore en vie ?

— Non. Morts depuis longtemps.

— Les miens aussi. Tu as des frères et des sœurs ?

— Non. Ils sont tous morts.

— Oh, Josephine. Je suis désolée.

Josephine ne dit rien. Par moments, avec son attitude de grande sœur, tout en douceur et en autorité discrète, Martha lui fait penser à Angela, mais jamais elle ne le lui dirait. Josephine se demande ce que Martha, avec ses bals et ses papillotes, sa grande famille, a bien pu faire pour se retrouver assise en face d'elle dans cette chambre, sous ce toit. Elle s'attendait à ce que les autres résidentes d'Urania Cottage soient des filles comme elle, sorties du caniveau, qui rongent les os que la vie veut bien leur jeter – et d'une certaine manière, c'est le cas. Mais pas Martha.

Dans la maison pour femmes déchues, Martha est de loin celle qui est tombée de plus haut. Et pourtant, l'écart ne semble pas lui faire peur. Quand une nouvelle fille, arrivée par une soirée pluvieuse quinze jours plus tôt, souffrait de plaies purulentes qui lui arrachaient des hurlements quand elle essayait de s'asseoir, Martha s'était employée à lui donner des médicaments, lui appliquer des onguents et l'aider à se mouvoir jusqu'à ce que le pire de la crise soit passé. Elle ne jure jamais, mais quand les autres le font en l'absence de Mme Holdsworth, elle sourit tristement. Elle s'efforce toujours d'adoucir les différends. Elle se faufile partout entre elles, sorte de poisson exotique bariolé et pourtant impénétrable dans un banc d'anguilles.

Josephine brûle d'envie de lui demander comment elle en est arrivée ici, mais a l'intuition que le sujet est trop délicat, comme de la soie sur des mains rugueuses. Si sa présence sous ce toit lui a bien enseigné quelque chose, c'est que toutes les histoires ne sont pas bonnes à raconter. Pourtant, elle a l'impression d'avoir dérangé quelque chose, déverrouillé une chambre oubliée depuis longtemps dont elle soulève les stores, car soudain, son papillon dans le creux de la main, Martha se met à parler.

— Après la mort de ma mère, commence-t-elle à mi-voix, nous nous sommes retrouvées à la dérive, toutes les trois. Nous avons essayé de rester soudées et d'envoyer Emily à l'école. Notre père était mort des années plus tôt, je n'étais alors qu'une enfant. Nous avions maintenu le cap, bon an mal an, grâce à ma mère et ses travaux de couture. Elle était douée ; elle avait même appris seule à faire de la dentelle. Mais notre village n'était pas grand et il n'y avait pas assez de commandes, alors elle a commencé à faire des lessives. À sa mort, Mary et moi avons pris sa relève, mais sans notre mère à la barre, ça s'est tout bonnement… Je ne sais pas ce qui s'est passé. Ce n'était pas une chose en particulier. Quand mes parents étaient encore de ce monde, notre existence était totalement différente. Puis Mary est partie à Londres, mais elle nous envoyait de l'argent ; pourtant Emily et moi n'avons pas tenu le coup. Le soir, Emily pleurait ; la pauvre avait les mains à vif à cause des lessives qu'elle m'aidait à faire. Toute seule, je ne pouvais pas m'en sortir, avec elle à l'école, et nous avons dû quitter la maison. Je savais qu'à partir de ce moment nous serions obligées de partir chacune de son côté. Nous ne pouvions plus vivre ensemble. (Elle déglutit avec difficulté et poursuit :) J'ai donc trouvé une place pour Emily dans la grande maison, de l'autre côté de la colline. Mon grand-père y était garde-chasse dans le temps. Et j'ai suivi Mary à Londres. Je n'avais pas de lettre de références. Le nombre de portes qu'on m'a claquées à la figure – c'était humiliant.

— C'est de cette maison qu'Emily a disparu ?

— Non. Elle m'a écrit ensuite en me disant qu'elle voulait quitter le village, qu'il était trop petit et que tous les habitants la connaissaient. Elle avait trouvé un emploi à Reading. Quand tout le monde connaît tes parents, les gens te regardent d'une certaine façon, et ça réveille toute la tristesse. Ça te donne l'impression que tu ne pourras jamais y échapper.

» J'ai réfléchi à tout ce qui m'a conduite ici, parce que M. Dickens a posé la question. Mais une *chute* c'est quelque chose de rapide et soudain, alors qu'en réalité ce n'est pas ça. Ils s'imaginent qu'on cède à une tentation ou à un moment de faiblesse, comme si on transportait cette chose précieuse sur nous dans un petit coffret. Mais ce n'est pas une seule chose, un seul moment. C'est plutôt une mort au compte-gouttes. Tu ne crois pas ?

Le fil sur lequel Josephine s'acharnait finit par céder, et elle le lisse du bout du doigt, en pensant à quel point Martha est intelligente. Elle ne sait pas quoi lui répondre. On lui demande rarement son avis sur quelque sujet que ce soit, encore moins quand elle n'a pas eu le temps d'y réfléchir.

— J'ai toujours rêvé d'avoir une sœur qui coifferait mes cheveux, finit-elle par dire. Je n'ai jamais été douée pour ce genre de choses. Et quand bien même… Eh bien, je ne voyais pas vraiment l'intérêt. Pas avec ça, dit-elle en indiquant sa cicatrice.

— Balivernes, dit Martha en souriant gentiment. Je peux mettre tes cheveux en papillotes, si tu veux.

Josephine secoue la tête.

— Laisse-moi faire. Ce sera ton cadeau de Noël.

— Mais à quoi ça sert d'avoir des boucles ?

— À rien. Seulement à faire joli, pour toi.
— Les autres vont dire quoi ?
— Josephine Nash qui se préoccupe de l'opinion des gens ? Du jamais-vu.
— Alors d'accord. Mais si ça me plaît pas, tu devras les brosser.
— Marché conclu.

Le lendemain matin, Josephine s'affaire dans le jardin derrière la maison ; elle nettoie et élague les arbustes détrempés et les vrilles noircies laissées par les précédents locataires. Agenouillée à même le sol, elle apprécie la sensation de la terre froide et humide sur ses mains. De temps à autre, elle remonte sa manche pour écarter de son avant-bras une mèche bouclée qui lui tombe devant les yeux, en faisant attention à ne pas la salir. Les papillotes de Martha ont été une franche réussite ; sa chevelure noire semble avoir doublé de volume. Au petit déjeuner, Lucinda a poussé un cri en la voyant.

Un sifflement vient fendre l'air clément de cette matinée d'hiver. Ce n'est pas le hululement aigu d'une locomotive, mais un chuintement discret, comme un cri d'oiseau, destiné à elle seule. La haute clôture qui encercle le jardin, à moitié enfouie sous les ronces, est percée en son milieu par une grille qui s'ouvre sur une piste cavalière. Levant les yeux, Josephine aperçoit le même garçon qui l'observe, appuyé sur ses coudes dans la même attitude arrogante. Elle l'ignore et retourne à son travail, extirpant du sol une épaisse racine de broussaille. L'effort la fait transpirer. On cherche un jardinier, et tant que le poste ne sera pas pourvu, les filles devront se charger d'entretenir le lopin de terre ; Josephine n'aurait jamais pensé que l'extérieur exigeait autant de labeur que l'intérieur. Elle a mal aux genoux et au dos, et le soleil embrumé a disparu derrière un épais voile de nuages.

— Bonjour, mademoiselle, lance le jeune homme avec humeur.

Il a la même apparence qu'auparavant. Elle a vu quantité de gens comme lui, recouverts d'une couche de poussière, faire des allers et retours dans la ruelle depuis les briqueteries et les petites cahutes qui piquent l'horizon comme des taupinières. Elle s'accroupit sur ses talons, s'essuie le front du revers du poignet et lui jette un regard noir.

— Qu'est-ce que tu veux ?

— Un mot avec ton maître, si tu veux bien avoir la gentillesse d'aller le chercher.

— Il est pas là.

— Je l'ai vu entrer et sortir. Il reste jamais bien longtemps, alors je me suis dit que j'allais le guetter. Pour le prendre par surprise, dit-il avec un grand sourire déplaisant.

Josephine ramasse ses outils et se redresse. Elle range le déplantoir dans la poche de son tablier et cale la bêche sous son bras.

— Où tu vas ?

La voix de Martha résonne dans sa tête, et elle tourne les talons pour regagner l'intérieur.

— T'es belle comme une image, aujourd'hui, lance-t-il.

Après avoir reçu une lettre de sa sœur ce matin même, Martha est de mauvaise humeur. Mary a écrit à une amie d'enfance pour voir si elle avait eu des nouvelles d'Emily, mais en vain. Martha, le visage bouffi par la fatigue, a pris connaissance de la missive de Mary au petit déjeuner. Elle l'a repliée et glissée sous son assiette, et Josephine a su à ce geste que les nouvelles n'étaient pas bonnes.

Josephine ressent une pointe d'envie envers Emily Gelder, où qu'elle soit : elle a la chance d'avoir deux sœurs qui lui sont si dévouées. Elle n'a personne à qui écrire, et personne ne lui donne de nouvelles. Mme Holdsworth, après avoir trié le courrier du matin, ne dépose jamais d'enveloppe devant elle à la table du petit déjeuner.

Soudain, une pensée la traverse. Elle reste un instant immobile entre les herbes hautes dans l'allée qu'elle a remontée et lève les yeux sur la fenêtre de leur chambre. Les volets sont ouverts et le ciel se reflète sur le verre mat. Elle baisse les yeux sur la bêche, en nettoie la terre en frottant du plat de la main. Puis elle retire ses gants, les pose par terre à côté de son panier et lève de nouveau les yeux sur la fenêtre.

Chapitre 6

Une maison à l'ouest de Londres

Angela souffre. Voilà une semaine qu'elle est cloîtrée chez elle à se remettre d'une extraction dentaire et, comme si l'ennui, la gêne et le pain humide n'étaient pas suffisamment pénibles comme ça, les courants d'air de ce mois de janvier qui se faufilent sous les portes et le long des conduits de cheminées trouvent le moyen de lui vriller la mâchoire. Elle a passé les derniers jours à lire et somnoler devant le feu quand elle ne s'occupait pas à contempler Piccadilly par la fenêtre. Le mal de dents ayant exclu tout voyage, elle a passé un Noël des plus lugubres à son domicile.

Sa sœur Sophia a pris place en face d'elle au sein du cercle de chaleur que projette le feu dans la pièce. Elle a déplié son éventail pour protéger son visage tandis qu'Angela se laisse volontiers rôtir devant les flammes. Sa joue est enflée au point qu'elle arrive à peine à parler et doit se contenter de hochements de tête ou de bruits d'acquiescement. Cette manière de vivre l'effraie au plus haut point : sans autre compagnie que la sienne, à renoncer à ses plaisirs habituels. Certaines femmes de sa connaissance, qui ne sont pas mariées, ont sombré dans l'invalidité et passent désormais leurs journées à la maison, avec pour seules visites celles du docteur et de quelques proches apitoyés.

La cinquantaine passée, et avec vingt ans de plus qu'Angela, Sophia est davantage une tante qu'une sœur. Elle habite à quelques minutes de là et préfère recevoir des petits groupes à son domicile. Elle est arrivée chez Angela chargée de café et d'une pinte de crème fraîche. Entre les deux femmes, le café est une galéjade. Il fut un temps où leur mère était persuadée que le café était la cause de l'eczéma d'Angela, en vertu de quoi elle lui en avait interdit la consommation deux années durant. Comme l'eczéma ne voulait rien savoir, leur mère en avait conclu qu'Angela en buvait en secret. Le sujet les amusait beaucoup, quoiqu'il inquiétât considérablement leur mère, qui était davantage sensible à l'état de la peau d'Angela qu'Angela ne l'était elle-même. Dans le cercle des enfants de leur âge courait la méchante rumeur selon laquelle Angela avait des poux. Elle faisait de son mieux pour ne jamais se gratter en public et couvrait le plus possible son cou et ses bras. À la maison, elle prenait des bains de lait et de miel et se badigeonnait de potasse sous ses gants, mais le soulagement n'était que de courte durée. Aujourd'hui, elle se soucie moins de son apparence. Elle n'est plus obligée d'être une beauté, et trouve même que l'affection dont elle souffre fait un bon sujet de conversation lors des soirées.

— Mme Brown m'a appris la terrible nouvelle à propos de *cet homme*, dit Sophia. Il t'a encore embêtée ?

Un courant d'air froid se faufile jusqu'au creux de la gencive d'Angela. Elle tressaille et répond :

— Du tout.

— Qu'est-ce que tu dis ?

— J'ai dit, pas du tout.

— Quoi, rien ? Mais c'est merveilleux. Je t'avais dit qu'il finirait par passer à autre chose.

Angela fronce les sourcils. Un des grands avantages à être cloîtrée à la maison, c'est qu'elle n'a plus à regarder par-dessus son épaule quand elle marche dans la rue, dans le parc, quand elle descend de sa calèche. Cependant, les journées interminables et leur cortège d'introspections lui donnent l'impression d'être une souris coincée derrière une plinthe dont on a bouché le trou.

Fut un temps où Dunn la suivait jusque sur la côte Weymouth ou Lyme Regis, les établissements hôteliers et les bords de mer se mélangeant pour ne former qu'un tout – et chaque jour il glissait un petit mot sous sa porte : *Vous êtes splendide en vert, ma chère* et *La couleur crème fait ressortir l'ébène de vos cheveux*, et *J'ai tellement aimé vous regarder sur la plage ce matin, avec votre joli parasol.* Elle s'était liée d'amitié avec une jeune femme de Cheltenham qui descendait à l'hôtel et à qui elle avait commis l'erreur de parler de Dunn et de ses missives quotidiennes.

— Mais comme c'est flatteur ! s'était-elle exclamée. Ce n'est pas moi qui me plaindrais de recevoir des compliments glissés sous ma porte chaque matin – je dirais même qu'il n'y a pas de meilleure manière de commencer sa journée !

Angela n'avait jamais plus évoqué le sujet en société. Et pourtant, encore aujourd'hui, quand le clapet de la boîte aux lettres émet son bruit caractéristique, elle sent une vague de peur déferler en elle.

— Il suffisait que tu attendes, que tu laisses passer, et tu as réussi avec brio, commente Sophia. Tu n'as pas joué son jeu, tu t'es démenée pour aller au tribunal sans jamais rien laisser paraître. Tu ne lui as pas donné à voir que cela te touchait. Je sais que tu avais peur de finir dans les journaux, mais tôt ou tard les gens oublient ce genre de choses. Ma chérie, tu es toute pâle. Si seulement tu voulais bien t'allonger un peu. Veux-tu que je fasse monter de l'eau chaude et du vin ?

Alors qu'Angela secoue la tête, Stockton frappe discrètement à la porte et entre, emportant un nouveau courant d'air froid dans son sillage. Angela resserre son châle.

— Pardon de vous déranger, mademoiselle, annonce-t-il. Ceci vient d'arriver et le garçon de courses a précisé qu'il fallait l'ouvrir immédiatement.

— Qu'est-ce ? demande Sophia.

Angela ressent une nouvelle vague de peur. À intervalles réguliers au fil du temps, Dunn a fait livrer des bouquets de fleurs et des petits cadeaux plus tarabiscotés les uns que les autres : des mouchoirs brodés à ses initiales et des savons parfumés, dont l'un sentait si fort que, pendant longtemps, le moindre effluve de lavande lui donna la nausée. Stockton ou une des domestiques avaient fini par intercepter les paquets, pour ne présenter à Angela que les fleurs et les présents de ses amis, qui les attendaient dans leur emballage bien en évidence dans son salon. Angela ignore ce qu'il advint des autres colis : ils ont vraisemblablement été vendus, à moins que ses gens ne s'en soient servis pour égayer leurs intérieurs et autres rebords de fenêtre. Elle n'a aucune envie de le savoir.

En cet instant, elle ne quitte pas des yeux le valet de pied qui dépose sur la table en noyer un long paquet plat de la taille d'un avant-bras. Il dénoue la ficelle, retire une note cachetée et s'apprête à la lire quand Angela l'interrompt d'un geste de la main et lui ordonne d'ouvrir le présent. Elle se redresse dans sa chaise et le regarde déplier lentement le papier, révélant un éclat argenté…

— Un saumon ! s'exclame Sophia.

Tel un poissonnier, Stockton présente le mets luisant dans son emballage.

D'instinct, Angela a un mouvement de recul, mais sa sœur frappe dans ses mains d'un air ravi.

— Il est énorme ! Qui l'a envoyé ?

Stockton se saisit de la note et l'apporte à Angela, avec un relent déplaisant de poisson. Angela la tient à bout de bras, entraperçoit la mention *ABC* d'une écriture penchée qui lui est familière. Elle parcourt des yeux la courte missive et se surprend à sourire pour la première fois depuis des jours.

— Est-ce de Lord Sandon ?

Angela fait non de la tête.

— De qui, alors ?

Angela lui répond, mais Sophia ne comprend pas.

— *Ah-ha ?*

Le sourire aux lèvres, Angela lui passe la note.

— Ah, fait Sophia dont les traits durcissent imperceptiblement. Quelle générosité.

— Dois-je donner une réponse, mademoiselle ? Le messager a fait savoir qu'il attendrait.

Angela hoche la tête et le valet disparaît pour remettre le saumon en cuisine et lui rapporter son nécessaire d'écriture.

— Il m'invite chez lui, tente d'articuler Angela, et cette fois Sophia comprend.

— Vas-tu accepter ? demande-t-elle. Ne devrais-tu pas te reposer ici en attendant d'aller mieux ?

Et comme Angela n'est pas en mesure de lui donner une réponse circonstanciée, Sophia continue sur sa lancée :

— Tu ne penses pas encore à lui, tout de même ? Je croyais que tu avais laissé tout ça derrière toi.

Angela lève les yeux au ciel, pousse un soupir, et change de position dans le fauteuil.

— Il a l'âge d'être ton père. Il a l'âge d'être *mon* père.

Angela hausse un sourcil d'un air cynique, décrétant néanmoins qu'il est vain de lui rappeler qu'elles ont le même père.

— Tout homme qui refuse de t'épouser est un imbécile, et j'aimerais savoir pourquoi il te courtise à grand renfort de cadeaux et de déclarations d'affection alors qu'il n'a pas laissé planer le moindre doute sur la nature de ses sentiments. Tu ne devrais pas l'encourager. Tu ne vas tout de même pas aller chez lui, si ? Tu ferais mieux de rester à Londres. Angie, ma chérie, franchement. Les routes seront traîtresses en cette période de l'année.

Stockton apporte à Angela son écritoire portative, et elle s'installe confortablement, tout en prenant soin d'ignorer sa sœur, car elle a bien conscience que Sophia a mis le doigt sur un argument tout à fait recevable, si ce n'est plusieurs. L'affaire de la demande en mariage fut aussi douloureuse qu'humiliante, mais curieusement le duc n'a pas laissé l'incident entacher leur amitié. Sur le moment, elle avait battu en retraite, blessée. Le cacatoès resta un certain temps absent de son perchoir tandis qu'elle entrait dans une nouvelle période de deuil dont aucune teinte de tissu n'aurait pu témoigner. Au bout du compte, leur amitié survécut. Le duc souhaitait être son ami, son gardien, son protecteur, mais pas son époux. Et ainsi le cacatoès retourna-t-il à son perchoir, tandis qu'on ouvrait les volets et que ses vêtements de soirée et ses bijoux s'affichaient de nouveau.

Cela fera bientôt un an en février qu'elle lui a demandé de l'épouser, par une nuit claire et froide dans le château du duc dans le Kent. Avant de descendre pour le dîner, elle sortit son journal intime, lissa une nouvelle page du plat de la main et d'instinct dessina un croissant de lune, car il y en avait un remarquablement beau qui surplombait la mer sombre par-delà les murailles du château. En descendant les escaliers, elle songea qu'elle intégrerait le croquis au dessin de sa bague de fiançailles, et qu'ainsi elle pourrait parler du ciel de cette nuit-là. Plus tard, seule dans la chambre à coucher plongée dans le noir à écouter les vagues qui s'écrasaient sur le sable, le visage trempé de larmes et le cœur qui se brisait en silence, elle avait vu la même lune jeter ses rayons sur les mêmes eaux, comme si de rien n'était. Maintenant, quand elle tourne les pages de son journal d'un geste machinal et qu'elle tombe par hasard sur le croquis de la lune, une pointe de douleur la transperce invariablement : une journée si pleine d'espoir et de désir, perdue dans le flot de la vie ordinaire.

Elle termine de rédiger sa note et la tend à Stockton, qui s'incline et se retire. Sophie l'observe, les paupières mi-closes.

— Qu'as-tu répondu ?

— J'irai jeudi.

Sophia comprend parfaitement ces quelques syllabes. Elle retrousse les lèvres d'une mine désapprobatrice.

Le duc était un ami de leur père, même si Angela se souvient de l'avoir rencontré une seule fois du vivant de ses parents. Son amitié pour lui a commencé à s'épanouir il y a deux ans, lorsqu'elle et Mme Brown, alors à Ramsgate, reçurent une invitation à passer la nuit dans son château en bord de plage. Ce à quoi elle s'attendait – de fait, le souvenir qu'elle avait de lui – n'avait rien à voir avec la réalité. La maison du duc dans le Kent était pour le moins insolite, à quelques mètres de la mer, battue par les vents et les embruns ; on aurait dit un donjon perché aux confins du monde. Sans doute le lieu en disait-il long sur le major-général. Mais une fois à l'intérieur, la demeure était accueillante et bien chauffée, voire douillette, et elle en arriva à comprendre qu'elle était le reflet du duc en personne. Ce soir-là, elle eut le sentiment de faire sa connaissance pour la toute première fois et se montra très intimidée. Il était d'une compagnie vive, franche, exigeante et captivante, lui posant toutes sortes de question sur la banque et sur ses entreprises caritatives. Il avait une connaissance approfondie de l'architecture, un amour de l'histoire et des opinions bien arrêtées sur à peu près tous les sujets. Elle se rendait compte qu'il avait vécu dans le vaste monde, pas uniquement à Londres ou en Europe, contrairement à la plupart des gens qu'elle côtoyait. Plus tard, elle écrivit *après dîner suis restée à dormir chez Arthur* dans son journal, et ainsi devint-il Arthur, et ils entamèrent une correspondance.

Un mois plus tard, ils s'écrivaient chaque jour ou presque, ses lettres à elle rédigées de son écriture brouillonne le suivant dans ses demeures du Kent, du Hampshire et de Londres. Il répondait de son encre brune caractéristique, de son écriture qui penchait furieusement vers la droite et lui faisait les yeux doux depuis les plateaux d'argent, et son cœur manquait d'arrêter de battre. Lorsqu'il refusa de l'épouser, elle apporta devant l'âtre de sa chambre la boîte dans laquelle elle conservait ses courriers et en présenta une poignée aux flammes. Mais en fin de compte, elle n'eut pas le courage de les brûler. Les lettres s'en retournèrent dans la boîte et la boîte s'en retourna sur l'étagère.

Il lui déclara qu'elle avait encore de nombreuses années de bonheur devant elle et qu'elle ne devait sous aucun prétexte les gâcher avec un homme aussi âgé que lui. Peut-être avait-il raison en termes purement mathématiques, mais elle savait qu'en son absence elle ne pourrait prétendre qu'à la portion congrue du bonheur. Femme plus naïve qu'elle aurait peut-être tenté de le faire changer d'avis, mais elle savait à qui elle avait affaire. Il avait une volonté de fer, un sens de l'honneur inébranlable.

Angela se redresse, plie la note tandis que se rappelle à son bon souvenir la douleur palpitante dans sa joue, qui s'imprègne de nouveau dans sa conscience comme une tache d'encre. Elle pose le dos de sa main contre son visage et secoue la tête.

— Ma chérie, tu ne veux vraiment pas que je fasse venir le Dr Brown ? demande Sophia.

Angela hoche la tête, plus faiblement qu'elle ne se sent réellement.

Sa sœur se lève d'un bond et tire le cordon de la sonnette.

L'esprit d'Angela vagabonde du côté du cottage, où elle n'est pas retournée depuis l'incident qui a eu lieu avec Hannah Parsons peu avant Noël : une bien triste affaire. Les hurlements de la jeune femme la hantent encore. Debout dans cette chambre exiguë, face à cette pauvre créature qui s'agrippait à ses jupes et l'implorait en sanglotant, consciente du terrible destin qui l'attendait une fois encore, Angela avait senti son âme se révulser. Mais le comité était déterminé à ce que cette résidente tienne lieu d'exemple en la renvoyant à Coldbath. Angela avait plaidé contre, mais alors où l'envoyer ? Si Angela avait pu choisir, Hannah serait restée au cottage. Après tout, la maison était censée être un lieu de pardon, de deuxièmes chances. Mais pas de *troisièmes* chances, avait contré le comité et Angela avait frileusement accepté sa défaite.

Après coup, alors que sa calèche s'éloignait de la maison, elle songea que le problème était que son argent ne pouvait pas tout. Si elle voulait réellement venir en aide aux jeunes filles d'Urania Cottage, elle devait s'en charger *elle-même.* Elle pense à Martha et à Mary, à la facilité avec laquelle elles s'étaient étreintes, avec laquelle chacune avait essuyé les larmes de l'autre.

Sa propre sœur reste assise à une distance respectueuse, après s'être contentée de presser sa joue poudrée contre celle d'Angela à son arrivée.

Tandis que la cloche du service retentit silencieusement dans les entrailles de la grande maison, une idée lui vient, la traverse comme un fruit mûr tombant de l'arbre.

❦

Dans le salon, les soirées sont longues et s'étirent comme un bâillement jusqu'à l'heure du coucher. La table du souper est débarrassée et elles n'attendent aucune visite, si bien qu'au bruit de sabots et de roues qui s'arrêtent à l'extérieur, les conversations et les travaux de couture restent en suspens, laissant place à une tension muette tandis qu'au-dehors la grille émet son grincement caractéristique, que des pas remontent l'allée et que retentit le heurtoir. Mme Holdsworth, les sourcils froncés, se lève et retire son tablier. Elles sont étonnées d'entendre la voix d'une autre femme dans le vestibule, étouffée un instant par le claquement ferme de la porte qui donne sur la rue.

Martha tend l'oreille, car à chaque fois que le bruit du heurtoir résonne à travers la maison, elle se laisse aller à imaginer qu'Emily se tient sur le pas de la porte.

— Martha, puis-je vous parler ?

Le cœur battant à se rompre, elle suit la directrice dans la salle à manger où Angela attend, appuyée d'une main gantée sur le buffet. Elle a ses habits de voyage : cape doublée de fourrure et bottines en peau de lapin. Assise devant la grande table polie, Mme Brown est moins impressionnante, quoique tout aussi calme. Elle lève la tête et sourit à Martha, qui sent une vague de déception l'envahir mais se compose néanmoins un sourire poli.

— Je suis navrée de vous déranger à une heure si tardive, dit Angela d'une voix chaleureuse.

— Pas du tout, mademoiselle, répond Martha.

Angela s'approche d'un pas et la regarde droit dans les yeux.

— J'ai une idée, dit-elle. Mme Holdsworth la trouve intrigante, et je me demande si vous partagerez son avis.

Martha remarque que Mme Holdsworth a l'air parfaitement contrariée. Sa bouche ne forme plus qu'un trait, et elle se tient les mains soigneusement croisées devant elle.

— J'aimerais la connaître, mademoiselle, répond Martha, en se demandant pourquoi diable Mlle Coutts peut bien avoir envie de partager quoi que ce soit avec elle, à commencer par une idée.

— J'en suis ravie, dit Angela en lui faisant signe de s'asseoir.

Deux heures plus tard, Martha, Angela et Mme Brown sont à bord d'une voiture de nuit qui file à toute allure vers l'ouest. Mme Brown s'endort instantanément, mais Martha est trop mal à l'aise, trop sur le qui-vive pour s'assoupir. Elle n'a encore jamais voyagé de nuit et ce n'est que la deuxième fois qu'elle monte à bord d'une calèche. À chaque fois que la voiture penche à gauche ou à droite, elle sent son estomac se retourner.

Les cahotements constants et la présence silencieuse des passagères plongées dans le noir lui donnent l'impression qu'elle nage en plein cauchemar, tout droit en direction de l'enfer.

Elles arrivent enfin à Reading après le lever du jour et prennent le petit déjeuner à l'auberge de relais. Martha est trop nauséeuse pour avaler quoi que ce soit et lutte avec la sensation qu'elle ne cesse de tanguer et de cahoter. Elle parvient à prendre quelques gorgées de thé fort, mais se précipite aussitôt dans la cour pour les rendre. Mme Brown la découvre adossée au mur, tremblante. Elle la conduit à l'intérieur, l'assied devant une vieille table et pousse une pile de tartines beurrées devant elle. La bière s'est imprégnée sur toutes les surfaces – le sol, les tables, les bancs – et l'auberge entière empeste. Son estomac vide lui fait souffrir le martyre et fort heureusement la tartine a un bon goût.

À neuf heures et demie, elles reprennent la route à bord d'un fiacre loué par Angela. Comme c'est étrange, après toutes ces années, de traverser Reading, avec sa gare, son marché aux bestiaux et sa manufacture d'armes qui a explosé, tuant un homme du village. Les rues étroites et enfumées cèdent le pas à des brasseries, des malteries, et finalement aux champs et au fleuve. Il semble inconcevable que ce large ruban d'eau brillante soit le même qu'elle voyait avancer par vagues boueuses sous les fenêtres étroites au Magdalen Hospital. Des années plus tôt, un jour où sa mère les avait emmenées au marché, elles avaient regardé la course de bateaux depuis le pont. Elles s'étaient penchées toutes les quatre par-dessus le parapet en agitant leur mouchoir à l'attention des rameurs raffinés qui évoluaient avec autant de grâce que de vélocité en fendant les eaux comme s'ils glissaient sur la glace. Le mouchoir d'Emily lui avait échappé et l'eau l'avait emporté comme une feuille de dentelle. Les yeux de Martha se posent sur l'endroit où s'est déroulée la scène au moment où elles franchissent la Tamise.

Quand Emily avait pris son poste à Caversham, dans la nouvelle maison, elle avait écrit à Martha. *J'ai un nouveau travail*, commençait sa lettre. Bêtement, Martha n'a pas gardé la missive, mais le nom de la maison est resté imprégné dans les arcanes de sa mémoire. À présent, l'inquiétude l'envahit alors qu'elles arrivent de l'autre côté du pont, passant des chaumières, un prieuré et une ou deux auberges avant de ralentir sur une voie plus large. Spearhill Villa se dresse à l'écart de la route, à moitié dissimulée par des nuées de rhododendrons d'un vert foncé. C'est une demeure spacieuse de grande beauté, au toit à pignons et parée de volets peints en blanc. L'allée carrossable lui donne des airs de respectabilité, même si elle est moins grande que certaines maisons du voisinage.

La porte d'entrée leur est ouverte par une gouvernante, une femme d'une quarantaine d'années, sourcils froncés et lèvres retroussées.

— Puis-je vous aider ? demande-t-elle en détaillant les beaux atours d'Angela d'un air interloqué.

— Bonjour, répond Angela. C'est ce que j'espère.

— J'ai bien peur que monsieur et madame ne soient pas de retour avant vendredi.

— En réalité, dit Angela, si vous êtes Mme Garth, c'est à vous que nous souhaitons parler.

Les sourcils se soulèvent de surprise.

À l'intérieur, quoique tenue avec méticulosité et baignant dans une agréable odeur de cire d'abeille, Spearhill Villa est aussi percluse de courants d'air qu'une maison abandonnée. Les trois femmes suivent Mme Garth dans un corridor peu éclairé jusqu'à la salle du petit déjeuner, où elle les laisse le temps d'aller chercher quelque chose à boire. Martha jette un œil aux peintures, aux petits vases tarabiscotés, aux objets décoratifs en porcelaine et aux tableaux accrochés aux cimaises représentant des scènes bucoliques, et essaie d'imaginer sa sœur en train de faire la poussière dans la pièce tout en fredonnant, comme elle avait l'habitude de le faire à la maison.

Mme Garth revient, suivie un instant plus tard d'une bonne portant un plateau à thé en argent. La bonne jette un regard furtif à Angela dans sa cape d'hermine avant de battre en retraite. Soudain, à l'idée qu'un jour elle sera elle aussi appelée à faire ces mêmes gestes dans une même pièce en un pays lointain, et en songeant aux années de domesticité qui l'attendent, Martha se sent terriblement déprimée. Si seulement elle pouvait explorer la maison de son côté pour tenter de trouver des indices. Elle aurait dû venir plus tôt, dès qu'elle avait appris la disparition d'Emily. Tout ce temps perdu qu'elle aurait pu passer à chercher, à agir, à poser des questions.

— Merci pour votre accueil, madame Garth, dit Angela. Toutes nos excuses pour cette visite inopinée.

Mme Garth frémit d'impatience.

— Ma compagne de voyage, Mme Brown, ainsi que ma pupille, Mlle Gelder, et moi-même sommes ici au sujet d'une domestique qui a travaillé dans cette maison jusqu'à récemment. Emily Gelder.

L'expression de Mme Garth reste identique, même si Martha sait que l'annonce la prend par surprise.

— Mlle Gelder vous a écrit, il y a quelques semaines, à propos de sa sœur.

— Je m'en souviens, répond la gouvernante d'un ton neutre. Et j'ai bien peur de ne pas avoir plus d'informations, mademoiselle Gelder. J'ai le souvenir d'une autre Mlle Gelder…

— Ma sœur Mary, madame, coupe Martha.

À Mary, bien évidemment, on n'aurait pas servi le thé dans le salon du petit déjeuner, et le ton de Mme Garth laisse entendre qu'elle n'a pas une haute opinion de sa sœur.

— J'ai bien peur d'avoir fait part à votre sœur de tout ce que je sais concernant la question – autrement dit, pas grand-chose. (À l'évidence, le sujet fatigue la gouvernante.) Emily a travaillé dans cette maison pendant un peu moins de deux ans jusqu'à ce qu'elle parte un matin de l'hiver dernier en emportant ses affaires. Elle n'a pas donné de préavis et nous ne connaissions pas ses intentions. Elle a demandé à une autre bonne quelle voiture partait pour Londres, et s'en est allée.

— Elle est allée à Londres ? demande Martha en se penchant en avant.

— J'ignore où elle est allée, je sais seulement qu'elle s'est renseignée sur les transports.

— Avez-vous appelé un constable ?

La gouvernante laisse échapper un petit souffle amusé.

— Pourquoi diable ? Aucun crime n'a été commis. Les forces de l'ordre ont autre chose à faire que s'occuper d'une bonne frivole.

Tel le couteau étalant le miel, Angela intervient pour adoucir les tensions.

— Bien entendu. Le fait qu'elle ait emporté ses affaires ne laisse entrevoir aucun incident. Quelles étaient ces affaires, d'ailleurs, si vous me permettez la question, madame Garth ?

L'intéressée pousse un petit soupir.

— J'imagine qu'il y avait son porte-monnaie, ses vêtements à elle. Je ne passe pas en revue les effets personnels des bonnes, alors je ne sais pas ce qu'elle possédait. Tout est arrivé très vite. Mme Bushey était tout à fait contrariée.

S'ensuit un silence affecté pendant lequel elles boivent leur thé à petites gorgées. Martha réfléchit à toute vitesse. Elle jette discrètement des regards dans la pièce et remarque un cerceau en bois posé contre une bibliothèque.

— M. et Mme Bushey ont des enfants ? demande-t-elle.

— Oui, répond Mme Garth d'une voix détachée.

— Quel âge ont-ils ?

— M. Anthony a vingt et un ans, Mlle Elspeth dix-huit ans et Mlle Veronica quinze ans.

— Vivent-ils ici ?

Mme Garth laisse échapper son petit souffle amusé, cette fois sur une note aiguë.

— Mon Dieu, toutes ces questions. Seule Mlle Veronica vit ici. M. Anthony étudie à l'université de Cambridge et Mlle Elspeth est étudiante en musique dans le nord de l'Angleterre.

Martha hoche la tête avec lenteur.

— De quelles tâches s'acquittait Emily ?

La gouvernante retrousse les lèvres.

— Des tâches d'une bonne à tout faire : nettoyer, dépoussiérer, faire les lits, les lessives, énumère-t-elle d'une voix lasse. Elle aidait le valet de pied au service quand il y avait des réceptions. Je ne suis pas tout à fait convaincue de pouvoir vous aider en quoi que ce soit.

L'atmosphère se détend, puis Mme Brown commente :

— Votre maison est bien tenue, madame Garth.

Le premier signe de rougeur s'invite sur les joues diaphanes de la gouvernante, qui repose sa soucoupe d'un geste raide.

— Merci, madame Brown.

— Depuis combien de temps êtes-vous au service des Bushey ?

— Cela fait huit ans. Venez-vous de loin ?

— De Londres, répond Mme Brown.

— Le trajet qui vous attend est bien long.

— Nous logeons chez quelqu'un pas très loin d'ici, intervient Angela.

Dans la calèche, elle a expliqué à Martha qu'une connaissance les avait invitées dans sa demeure du Hampshire ; à sa grande surprise il s'agit d'un homme. Qu'une femme célibataire aille loger chez un homme surprend tout autant Martha que cela l'impressionne, mais les us et coutumes des gens comme Angela restent pour elle un mystère.

Mme Garth se lève ; leur entrevue touche à sa fin. Elles terminent leur tasse de thé et la remercient, car bien qu'elle n'eût pas été d'un grand secours, la gouvernante a néanmoins pris trente minutes sur son temps de travail pour parler d'une ancienne employée.

— J'espère sincèrement que vous allez retrouver votre sœur, dit-elle comme si elle n'y pensait qu'après coup, et les raccompagne.

Martha demande où se trouvent les latrines, et après une hésitation, Mme Garth lui indique les toilettes extérieures au fond du jardin. Martha ne croise personne, mais en rebroussant chemin en direction de la maison, elle remarque un visage à une fenêtre : un petit rond blanc qui flotte derrière un carreau, et la regarde. Martha s'arrête pour regarder à son tour et lève une main hésitante en guise de salutation, avant de la laisser retomber. Aucun geste n'est offert en retour, mais le visage, celui d'une fille aux boucles d'un or sombre, continue de la fixer. Martha réfléchit rapidement, et avant même de comprendre ce qu'elle fait, se retrouve à faire signe à son observatrice de la rejoindre. Le visage disparaît, un moment passe, puis enfin les portes-fenêtres s'ouvrent et une silhouette se détache sur la terrasse. Perchée en haut des marches, la fillette croise timidement un pied derrière l'autre.

Lentement, comme si elle s'approchait d'un animal, Martha s'avance.

— Tu t'appelles Veronica ?

— Oui. Et toi ?

— Je suis en visite, répond Martha. Ma sœur était bonne dans cette maison.

— Ta sœur s'appelle comment ?

— Emily. Tu te souviens d'elle ?

Veronica déplie les jambes et tape le talon d'une bottine sur les orteils de l'autre.

— Oui.

— Je la cherche.

— Elle n'est pas ici.

— Je sais bien, mais je ne sais pas où elle est.

Veronica la dévore des yeux.

— C'est qui la dame élégante ?

— C'est mon amie, Mlle Coutts.

Martha sait qu'elle ne dispose que d'une ou deux minutes avant que Mme Garth commence à la chercher.

— Tu te souviens quand Emily est partie ?

Veronica fait oui de la tête. Une langue rose pointe entre ses dents et pousse sa lèvre inférieure. Elle est très immature pour une fille de quinze ans, songe Martha.

— De quoi te souviens-tu ?

Veronica hausse les épaules.

— Ça pleurait.

Un frisson glace le sang de Martha.

— Emily pleurait ?

La fille ne dit plus rien et la scrute de ses yeux bleus étroits. Son élocution est légèrement affectée, comme si elle avait une bille dans la bouche. Elle ressemble à une fleur de papier blanche, délicate et anguleuse, et Martha éprouve un élan de sympathie pour cette fille qu'on a laissée seule à la maison en compagnie des domestiques.

De l'intérieur, le bruit de pas, nets et réguliers, sur les dalles.

— Te souviens-tu de quelque chose ? demande Martha à la hâte. Je vais glisser la carte de visite de

Mlle Coutts sous le pot de fleurs à côté de la porte. Comme ça, tu pourras lui écrire.

Veronica opine du chef.

— Tout ce qui te revient. Nous essayons de la retrouver, tu comprends, et…

— Mademoiselle Gelder.

Mme Garth se détache dans l'encadrement de la porte. Les mains nouées devant elle. Derrière elle on devine la bibliothèque, espace profond et muet habité des silhouettes de milliers d'ouvrages.

— Je vois que vous avez fait la connaissance de Mlle Bushey.

Martha hoche la tête.

Elle entend le bruit d'une semelle qui râcle contre le sol comme Veronica soulève le pied pour se jucher sur une jambe. Mme Garth se tourne vers la fille.

— Avez-vous besoin de quelque chose dans le jardin, mademoiselle Veronica ?

— Non, répond l'intéressée d'une toute petite voix.

— Je vous raccompagne, mademoiselle Gelder. Les dames vous attendent.

Assise à côté de la fenêtre dans la salle de classe, Josephine regarde le jardin dans lequel Wright, le nouveau jardinier, rehausse la clôture. La pelouse est recouverte de planches et Wright, la bouche pleine de clous, se tient en équilibre au sommet d'une vieille échelle pour fixer la palissade.

— Josephine, puis-je vous demander ce qui accapare votre attention ? dit Mme Holdsworth qui se tient devant l'imposante mappemonde de l'Empire qui recouvre le miroir sur le mur.

— Pourquoi on surélève la clôture ? interroge Josephine.

— Le comité l'a exigé, répond Mme Holdsworth, comme elle s'y attendait.

— Mais pourquoi ? Pour pas qu'on passe par-dessus ?

— J'ai bon espoir qu'aucune d'entre vous ne s'y essaie. Allons, retournons à l'Empire.

— Pourquoi il n'y a pas de barreaux aux fenêtres ? insiste Josephine.

Mme Holdsworth la regarde avec lassitude.

— Pourquoi voulez-vous ? Vous n'êtes pas prisonnières dans cette maison.

Quelqu'un étouffe un rire moqueur.

— Rien ne vous empêche de partir, toutes autant que vous êtes. Deux d'entre vous viennent d'en faire la brillante démonstration, lance malicieusement Mme Holdsworth.

— Rien à part la porte fermée à double tour, rétorque Mary-Ann non sans effronterie.

— Et la grille du jardin, renchérit une autre voix.

— Retournons à notre sujet, coupe Mme Holdsworth.

— Ce que je ne comprends pas avec l'Empire, dit Mary-Ann, c'est comment la Grande-Bretagne a pris tous ces pays de ceux qui s'en occupent.

Mme Holdsworth pousse un soupir.

— Le processus de colonisation est un petit peu plus sophistiqué que cela.

— Elles voulaient que la Grande-Bretagne les dirige, ces conolies ? Ou je sais plus comment ça s'appelle.

Mme Holdsworth réfléchit avant de répondre.

— Pas nécessairement.

— Alors c'est un peu du vol, non ? demande Mary-Ann en fronçant les sourcils d'un air sincèrement interloqué.

— Ce n'est pas du *vol*, non. La colonisation existe depuis des siècles…

— On dirait du vol, moi je dis. Nous, on nous met en prison quand on prend des choses qui sont pas à nous. Mais les hommes de la reine ou je sais pas qui, eux ils partent en bateau tout là-bas et déclarent que ça leur appartient, et ça c'est pas un crime ? C'est plus un crime de piquer un pays qu'une paire de bas, si vous voulez mon avis.

— Nous aurons du temps pour les questions à la fin de la leçon. Josephine, y a-t-il autre chose que la clôture qui vous fascine à ce point ?

Mme Holdsworth braque sa frustration comme un mousquet et fait feu.

Josephine ne dit rien, et Mme Holdsworth la congédie avec pour instruction de frotter les cuivres dans la buanderie.

Bien contente d'échapper à la classe, Josephine enfile un tablier, remplit un seau et va chercher le savon noir. En traversant le jardin, elle jette un œil par la fenêtre de la salle à manger. Mme Holdsworth est dans la même posture, debout, les mains à plat sur la table, la tête penchée sur un livre ouvert. Josephine s'approche de Wright et le salue.

— Bonjour, mademoiselle, répond-il d'une voix soupçonneuse.

— Vous voulez du thé ?

Le jardinier est un homme ridé tout en muscles qui a l'apparence d'une racine qu'on aurait laissée sécher en plein soleil. Il se sent mal à l'aise entre quatre murs et communique toujours avec Mme Holdsworth depuis le seuil à l'arrière de la maison. Josephine a du mal à se le représenter vivant dans un intérieur.

— Je ne dirais pas non à une bonne tasse, mademoiselle.

— Vous faites quoi, là ?

Le visage tordu par une grimace, il finit d'enfoncer un clou.

— Je surélève la clôture d'un pied.

— Et pourquoi ? demande Josephine en portant une main à son front pour toiser ladite clôture de haut en bas en se façonnant une expression de perplexité.

— Mme H dit qu'elle a vu un rôdeur.

Josephine ouvre grand les yeux.

— Quel genre de rôdeur ?

— Un garçon qui traînait dans les environs. À votre place je ne m'inquiéterais pas trop, mademoiselle. La palissade dissuadera les curieux. J'accepte volontiers ce thé, s'il est en route. Je le prends fort, mademoiselle. Infusé comme du goudron.

— Elle a entendu des pleurs ? répète Angela d'un air préoccupé tandis qu'elles font route vers le sud, laissant la ville derrière elles. Je me demande pourquoi.

Elles ont passé un après-midi infructueux à poser des questions au poste de police et dans diverses auberges de relais et bien évidemment personne n'a le souvenir d'une jeune fille voyageant seule près d'un an plus tôt. Angela a fait sensation au poste, et le chef de la police était très désireux d'offrir ses services. Lui servant du « *my lady* », il a noté la description d'Emily et l'adresse de ses précédents domiciles, au cas où elle vienne se présenter de son propre chef, ce que tout le monde sait qu'elle ne fera jamais.

— Mme Garth dit qu'elle est partie tôt un matin et n'a parlé qu'à une seule autre domestique, celle qu'elle a interrogée sur les horaires de la calèche, dit Martha. Dans ce cas, pourquoi Veronica l'aurait-elle entendue pleurer ?

— Et pourquoi Londres ? s'interroge Angela en fixant l'étendue plane du ciel d'acier. Pour venir vous voir vous ou Mary, peut-être ?

Martha secoue la tête.

— Elle ne savait pas où j'étais, et elle n'est pas allée voir Mary.

Leur petite troupe retombe dans un silence pensif, puis Angela observe :

— Je vais écrire à Mme Bushey et joindre une note pour sa fille. Bien évidemment, sa mère la lira, mais je resterai volontairement opaque tout en disant qu'elle peut m'écrire si quelque chose lui revient.

Martha est bientôt tirée de sa rêverie comme leur fiacre se dirige vers un portail monumental. Angela a un petit signe majestueux de la main à l'intention du gardien qui sort sur le perron de la loge en pierre. Il la salue en retour et le fiacre s'élance sur une longue allée rectiligne. Un agrégat d'étables et de chaumières se presse autour d'une bâtisse principale basse, couleur miel et entourée de pelouses, et la première pensée qui traverse

Martha est qu'il s'agit d'un hôpital ou d'un asile. Prise de nervosité, elle interroge Angela du regard.

Angela se contente de lui dire « Surprise », avec un sourire entendu. Instantanément, Martha note sa transformation. Angela est empreinte d'une soudaine ardeur qui illumine ses traits et fait pétiller ses yeux. Elles descendent de voiture au milieu de l'allée carrossable, et ce n'est qu'à ce moment-là que Martha se rend compte que la bâtisse est une maison, probablement la plus grande qu'elle ait jamais vue, encore plus grande qu'un palais. Une kyrielle de valets en livrée sortent pour prendre leurs bagages, et une bonne de petite taille, à l'allure soignée, les conduit par un splendide vestibule de marbre décoré de grands portraits sombres, puis au gré d'un couloir semblable à un labyrinthe jusqu'à une cage d'escalier discrète. Martha suit le mouvement comme un chien perdu, savourant la délicieuse chaleur, prenant plaisir à découvrir les meubles cirés étincelants, à humer la senteur entêtante d'encaustique qui règne partout. La bonne les conduit d'un pas vif, et Martha comprend avec stupéfaction qu'on lui présente sa propre chambre.

Elle y découvre un luxe insoupçonné. Elle se tient au milieu du tapis et contemple l'immense lit à baldaquin, la cheminée béante, le haut plafond.

— J'ai pensé que la Chambre aux Rosiers vous plairait, dit Angela en s'approchant d'une des deux énormes fenêtres pour montrer du doigt une large terrasse bordée de treillis vides. Dommage que ce ne soit pas l'été, quand le jardin est à son avantage.

Martha la rejoint. Les pelouses sont si lisses qu'elles semblent avoir été étalées avec un rouleau à pâtisserie.

Au-delà, une étendue d'eau transparente scintille tel un miroir au soleil, piqueté ici et là de cygnes graciles.

Angela lui annonce qu'elles sont attendues pour dîner avec le duc, qui n'a pas d'autres convives ; elle a l'air contente à la perspective de l'avoir pour elles toutes seules. Dans les escaliers, Angela met Martha en garde sur deux points : le duc est sourd d'une oreille, et il convient de s'adresser à sa personne en l'appelant « Votre Grâce ». Pour le dîner, elle a revêtu une robe de soie couleur pervenche. D'un geste machinal, Martha lisse du plat de la main sa robe toute simple tandis qu'elles remontent la longueur de la maison pour atteindre l'élégante salle à manger, qui contiendrait à elle seule tout Urania Cottage. L'idée de la nourriture retourne à nouveau l'estomac de Martha ; Angela et Mme Brown secouent leur serviette, acceptent l'offre de vin, ont l'air parfaitement dans leur élément. Martha trouve étrange que le duc, qui les a prétendument invitées, ne se soit toujours pas montré, et plus étrange encore que certaines demeures soient si vastes qu'il est possible de ne pas savoir où se trouve leur propriétaire, ou s'il est tout bonnement sur les lieux. Un trio de valets les ont assises en rang, visiblement par ordre d'âge, toutes du même côté. Mme Brown est au plus près de l'extrémité de la table, et à la gauche de Martha se déploie une étendue infinie de damas, d'argent, de chandelles. Elle a la sensation que si elle pose les yeux dessus, la pièce va glisser sur son axe et qu'elle-même va chuter.

Juste au moment où elle se convainc que le duc n'est pas chez lui, les portes s'ouvrent à la volée et un vieil homme entre dans la pièce. Il n'est pas grand, mais sa posture droite en impose et sa silhouette mince et musclée est élégamment vêtue. Sa peau est brunie et burinée, son nez protubérant. Avec sa contenance rigide et son air autoritaire, Martha en conclut que l'homme est un ancien soldat. Il salue les trois femmes chaleureusement. Angela et Mme Brown lui tendent la main, et Martha se relève maladroitement pour tenter une révérence. Le nouvel arrivant prend place en tête de table, le seul autre emplacement dressé pour le dîner, et c'est seulement à cet instant que Martha comprend que ce vieil homme n'est autre que le duc.

— Mlle Gelder est une amie du Middlesex, annonce Angela.

À ces mots, Martha se redresse imperceptiblement. Angela se sert des côtelettes de veau sur un plateau en argent tendu par le valet.

— Elle est originaire du Berkshire, complète-t-elle.

— Où exactement dans le Berkshire ? demande le duc à personne en particulier en prenant son verre de vin.

Angela se tourne vers l'intéressée avec une expression qui l'invite à prendre la parole et aussitôt Martha se rend compte qu'on attend sa réponse. Elle donne au duc le nom de son village, d'une voix plus étranglée qu'elle ne l'aurait voulu, avec un petit éraillement au fond de sa gorge, et Angela répète à l'intention du duc, qui regarde Martha directement pour la toute première fois. Martha se surprend à rougir.

Elle passe la majorité du dîner murée dans le silence, car elle ne comprend pas grand-chose de ce qui se dit, tandis qu'un flot ininterrompu de mets merveilleusement riches apparaît derrière son épaule. Elle copie les gestes d'Angela, qui se sert dans certains plats mais pas d'autres, et fait son possible pour ne pas paraître mal élevée. Elle repense à Veronica Bushey avec son tablier et ses rubans, ses yeux bleus plissés qui la scrutaient comme au travers d'un carreau sale.

— Martha ?

— Hum ?

Angela affiche un large sourire.

— Le duc demande si vous aimez Shepherd's Bush.

— J'aime ce que j'en connais, monsieur. Je veux dire, Votre Grâce.

— C'est bien pour aller marcher, j'imagine.

Une affirmation, pas une question.

— Je ne saurais vous dire, monsieur, dit Martha.

— Vous ne savez pas marcher ?

Martha jette un œil à Angela qui lui adresse un sourire bienveillant.

— Si, je marche, monsieur – Votre Grâce.

— Et que faites-vous à Shepherd's Bush, si vous n'y allez pas pour marcher ?

Un effroyable silence s'étire sans fin. Martha lance un regard désespéré à Angela, qui cette fois ne fait rien pour la sortir de ce mauvais pas. Angela a le bout des oreilles rose et elle continue à se sustenter de ses gestes délicats qu'elle entrecoupe de gorgées de vin. Martha rougit d'embarras, elle ne sait où poser le regard, et finalement le duc s'en retourne à son assiette. Martha a l'impression que la lumière des projecteurs l'a enfin quittée.

— J'ai une nouvelle pouliche baie, annonce le duc en attaquant une côtelette avec délectation. Cordova est le grand-père. Il faut absolument que vous la voyiez avant de partir.

Martha regarde fixement la nourriture dans son assiette. Elle a l'impression d'avoir une pierre logée dans le creux de l'estomac. D'autres mets défilent : des plats à n'en plus finir de pommes de terre sautées, de haricots verts et de ris de veau, qu'en temps normal Martha trouverait délicieux, mais au lieu de les déguster, elle reste immobile, les mains nouées sur ses cuisses. On dispose devant elle un rôti de viande glacée à la teinte marron, et après examen, Martha comprend avec dégoût qu'il s'agit d'un cygne, dont la peau luit comme de la mélasse. Son estomac se retourne. Elle se lève d'un bond.

— Je suis désolée, mais je ne me sens pas bien, dit-elle, le visage rouge de honte.

Les autres la dévisagent d'un air interloqué.

— Oh là là, dit Angela. Voulez-vous retourner dans votre…

— Oui, s'empresse de répondre Martha.

Avec une agilité étonnante, Mme Brown se lève et l'éloigne de la table, laissant derrière elles les chandeliers étincelants, le chatoiement des plateaux et le clinquant des miroirs, puis le duc, qui se tient immobile en bout de table, sa fourchette et son couteau à la main.

— Je suis désolée, articule-t-elle.

Angela l'a saisie par l'autre bras, et ensemble les deux femmes la conduisent au gré des couloirs semblables à des tunnels. Une fois dans la chambre, Angela sonne les domestiques, et des bonnes apparaissent chargées de brocs, de serviettes et d'eau chaude. Martha, qui est trop gênée pour accepter leur aide, les remercie avec effusion et referme la porte pour pouvoir se débarrasser de ses vêtements qui sentent le foin de la calèche et la bière de l'auberge. Elle se tient en chemise, prise de frissons, bien que le feu ait été allumé et le lit préparé. Tout ce luxe lui pèse sur l'estomac, comme une pleine assiette de crème violette.

Elle jette un œil dans la pièce aux dorures et à l'épais baldaquin richement orné. Le haut plafond lui donne le vertige et elle se sent prise d'un étourdissement tandis que lui revient en mémoire l'image du cygne mort. Elle se précipite pour s'arc-bouter sur le seau à charbon, avant de s'essuyer les lèvres, mortifiée.

Un coup délicat retentit à la porte. Martha enfile sa robe de nuit et fait entrer Angela, qui attendait sur le palier, toujours aussi resplendissante dans sa robe pervenche. Son visage est un portrait vivant de l'inquiétude.

— Comment vous sentez-vous, à présent ?

— Beaucoup mieux, ment Martha. Je suis désolée.

— Non, c'est moi qui suis désolée. Allons, mettez-vous au lit, je vais faire monter de l'eau chaude et du brandy. Je sais que Mme Holdsworth est fermement opposée aux spiritueux, mais j'autorise une dérogation. Mme Brown veillera sur vous ce soir.

— Oh, ce ne sera pas nécessaire, proteste Martha en se blottissant docilement sous l'édredon.

Malgré le feu dans l'âtre, elle a froid. Le silence retombe un moment sur la pièce, puis elle secoue la tête.

— Je ne sais pas comment m'adresser au duc. Je ne savais pas s'il était au courant… pour moi.

— Il connaît l'existence de la maison, mais il ignorait que vous veniez de là-bas, ce qui est entièrement ma faute. J'aurais dû le prévenir. J'aurais dû vous prévenir.

— Est-il très en colère ?

— Bien sûr que non.

Angela s'assied au bord du lit. Et à la douce lumière du feu, Martha lui trouve des airs de nurse bienveillante. Submergée par la honte et par l'épuisement, Martha sent ses paupières se fermer toutes seules.

— Cette chambre sera plus confortable que les quartiers d'hier soir, dit la voix douce d'Angela dans une brume confuse. Reposez-vous et ne vous souciez plus de rien.

— Partirons-nous demain ?

— Oui.

Un doux bruissement comme Angela se lève.

— Mademoiselle ?

— Qu'y a-t-il ?

Martha lui dit pour le seau à charbon, et roule sur le flanc tandis qu'Angela se charge de le sortir de la chambre.

Angela referme la porte sans faire de bruit et se dirige vers les escaliers. Le premier étage de la maison est exclusivement destiné aux invités, et bien que leur groupe soit de taille modeste, l'aile qu'on leur a réservée est empreinte d'une vraie chaleur, comme si d'autres convives occupaient les chambres voisines et allaient en sortir d'un instant à l'autre. Les tuyaux qui courent le long des murs réchauffent l'atmosphère et des tableaux de chasse décorent l'espace du sol au plafond. Le duc a toujours eu un goût très sûr pour l'ameublement et toutes ses demeures sont accueillantes.

Elle le trouve exactement là où elle s'attendait à le trouver : dans son salon privé à l'avant de la maison.

Il est en train de fumer, confortablement installé dans son fauteuil à dos droit, et lève les yeux de son livre lorsqu'elle entre dans la pièce. Sur une petite table près de lui reposent le sabot de son cheval favori, qu'on a évidé pour en faire un cendrier, et un verre de brandy qui rougeoie comme du liquide en feu. Face à lui, comme s'il avait été confectionné pour elle, l'attend le même fauteuil, dans lequel elle a pris place tant de fois. Elle s'assied, écarte les coudes, croise les pieds sous ses jupes et reste ainsi en silence.

— Brandy ?

Enrubanné d'un nuage bas de fumée de pipe, le duc s'est déjà replongé dans sa lecture.

— Non, merci. J'ai un vilain mal de tête.

D'ordinaire, cette petite scène de la vie domestique par une rude soirée d'hiver la mettrait en joie, mais ce soir, elle se sent préoccupée. Il lui est parfois insupportable de se rendre compte à quel point personne ne la touche jamais. Personne ne lui caresse les cheveux quand elle est malade, personne ne l'embrasse pour lui souhaiter bonne nuit. Personne ne lui tend la main quand elle se lève de table et sa propre main n'éprouve que fugacement la chaleur d'une bouche. Elle a passé des années à observer le Dr Brown et son épouse dans leur intimité ; les petits coups qu'on administre sur la tête à l'aide d'un journal roulé, les pieds fatigués qu'on pose sur les cuisses de l'autre après une dure journée.

Elle scrute un instant ses ongles pour tenter de réprimer le sentiment d'indignation qui enfle dans sa gorge. Un sentiment qui ne lui est que trop familier quand elle se retrouve en compagnie du duc. Elle se surprend souvent à être irritable, impatiente, et sait que la frustration en est la cause. Elle pousse un soupir.

— Ma chère ?

Il tourne la page de son livre sans lever les yeux.

— Martha est très contrariée.

— Qui est Martha ?

Elle serre les mâchoires.

Sentant son mécontentement, il pose son livre à l'envers sur l'accoudoir du fauteuil et prend son verre. Enfin, elle a toute son attention.

— Martha, mon invitée. Mlle Gelder. Elle est très souffrante.

— Je ferai venir mon médecin demain matin. Il passe à neuf heures pour la consultation de Mme Cross.

Angela se sent obligée de lui demander des nouvelles de la gouvernante.

— Les saignées ont l'air de faire l'affaire.

Angela grimace au souvenir du dernier usage qu'elle en a fait, pour soigner l'infection de sa gencive. Après un court silence, elle dit :

— Je sais que vous n'approuvez pas mon entreprise à Shepherd's Bush.

Il repose son verre, cette fois d'un geste plein de lassitude.

— J'avais espéré qu'en faisant la connaissance de Martha, vous verriez par vous-même les jeunes femmes que nous aidons. C'est une fille intelligente et travailleuse qui dans n'importe quelle autre circonstance aurait très bien pu être gouvernante. Mais ce sont justement les circonstances qui l'ont placée, elle comme les autres, sur une voie malheureuse.

— Ma chère, réplique-t-il, ce que je pense de cette entreprise est sans importance.

— Comment pouvez-vous dire une chose pareille ? Vous savez que j'accorde la plus grande valeur à votre avis. Vous êtes la première personne que j'ai consultée lorsqu'il a été suggéré l'année dernière de…

— Et vous avez choisi de passer outre mon conseil, ce qu'en tant que femme d'affaires vous êtes en droit de faire. Le refuge est une noble entreprise – cela ne fait pas l'ombre d'un doute. Mais je me demande quel était votre dessein en l'amenant ici.

— Nous étions à Reading pour une affaire de famille.

— Quelle famille ?

— Celle de Martha.

Le duc ne peut s'empêcher de laisser échapper un petit rire, mais il n'a rien de condescendant ; il est plutôt affectueux.

— Ma chère, vous allez vous épuiser à force de prendre soin des autres. J'aimerais que vous vous préoccupiez moins des affaires de celles et ceux qui sont indignes de vos affections, à commencer par moi.

— Indignes ? Comment pouvez-vous dire une chose pareille ? Arthur, les filles de cette maison n'ont personne au monde. La plupart n'ont pas de parents. Elles ont été abandonnées par leurs proches, ou traînées dans le vice par leur faute. Certaines ne connaissent pas même leur date d'anniversaire ou le lieu de leur naissance.

— Ma foi, je suis navré pour elles.

— Non, c'est faux, dit-elle amèrement.

— Si. Je détesterais ne pas avoir de cadeaux d'anniversaire.

Elle sourit malgré elle et secoue la tête. Le feu claque et crépite et l'atmosphère se détend.

— Je vais peut-être prendre un peu de brandy.

Obligeamment, il fait mine de se lever pour aller chercher un verre dans la vitrine, mais elle s'en charge elle-même afin de ne pas le voir lutter pour se mouvoir. À côté du meuble est encastrée une porte secrète lambrissée, recouverte de papier peint pour lui donner l'aspect du mur, et qui mène à la chambre à coucher du duc. Il la lui a montrée la toute première fois qu'elle lui a rendu visite, et elle en était restée si stupéfaite qu'elle avait piqué un fard comme une fillette.

Elle le laisse remplir son verre depuis le fond de son fauteuil et se rassied confortablement.

— Encore un soupir, note-t-il. Je vais finir par croire que vous trouvez ma compagnie ennuyeuse.

— Pas plus que d'habitude, le taquine-t-elle. Nous partirons dans la matinée.

— J'espérais que vous alliez rester.

Un pincement au cœur l'étreint si vivement qu'elle baisse les yeux sur ses mains. Elle se laisse aller à les imaginer en train d'éteindre les lampes et franchir ensemble la porte secrète pour s'enfermer dans la chambre et n'en ressortir qu'au matin. Elle se ressaisit et dit :

— Non. Je pense que tout ceci met Martha très mal à l'aise.

— Grands dieux. Est-ce donc inférieur à ses attentes ?

— Ne soyez pas méchant.

Quand ils s'adonnent ainsi à des badineries, elle doit se faire violence pour ne pas aller s'asseoir sur ses genoux. S'ils étaient mari et femme, elle le ferait, et elle prendrait le cigare de ses lèvres pour le glisser entre les siennes. Il la gronderait parce qu'il ne faut pas fumer, et elle approcherait ses lèvres de son visage pour souffler délicatement la fumée vers sa bouche. L'image est si claire et vivace dans sa tête qu'elle a l'impression de l'avoir vécue en rêve.

Le reste de la soirée se déroule ainsi : elle l'aime de loin, depuis son fauteuil à dos droit.

Martha est brusquement tirée de son sommeil agité et se réveille dans un lit inconnu sous d'épaisses couvertures chaudes. Tout autour d'elle règne l'obscurité la plus complète et elle lutte pour ne pas céder à la panique tandis qu'elle ne parvient pas à se rappeler où elle se trouve.

C'est alors que le bruit qui a dû la réveiller recommence : le léger craquement d'une vieille latte de parquet sous un épais tapis. Elle était plongée dans un rêve étrange, dans lequel elle et Mme Brown marchaient dans un parc tandis que des gens entraient et sortaient des buissons dont ils ouvraient et fermaient les branches comme des portes.

Tout lui revient d'un coup : elle est chez le duc, dans la Chambre aux Rosiers. Elle reste parfaitement immobile, son cœur battant la chamade dans la nuit impénétrable, regrettant de ne pas avoir de bougie et qu'Angela ait tiré les épais rideaux qui entourent son lit pour en conserver la chaleur. Tout autour d'elle n'est que silence, et elle se retourne sous les draps.

Elle cherche le sommeil, mais sa part animale est en alerte, aux aguets, et au bout d'une minute complète d'une immobilité absolue, elle se rend compte qu'elle n'est pas seule dans la grande chambre rose. Le silence est assourdissant, et soudain, délicatement, comme un oiseau lissant son plumage : un bruissement.

Martha ignore combien de temps elle reste ainsi dans le noir à attendre. Son esprit est vide de toute pensée, et une seule et unique note aiguë de peur stridule dans ses oreilles comme le sifflement d'une bouilloire, engloutissant toutes choses. Elle avale sa salive, songe à appeler à l'aide, mais qui ? Et que dirait-elle ? *Qui est là ?* semble bien puéril. Après tout, il s'agit peut-être d'une domestique venue entretenir le feu, ou…

Un souffle caresse délicatement sa joue droite, et tous les poils de son corps se hérissent tandis qu'un rai de lumière apparaît au pied du lit. On vient d'écarter les rideaux pour y glisser une bougie.

Elle se redresse, cligne des yeux, soudain éblouie par la flamme, et murmure :

— Mademoiselle ?

Elle ne voit rien d'autre que la flamme blanche, entourée de gouffres de noirceur, et la peur lui noue la gorge comme aucune réponse ne lui parvient. Alors que ses yeux s'accoutument et qu'elle commence à discerner la main qui tient la bougie, la lumière se retire et un autre souffle d'air froid lui parvient au moment où le rideau retombe avec un soupir, la plongeant de nouveau dans l'obscurité.

Trop effrayée pour bouger ou parler, secouée par son estomac qui se soulève, Martha reste figée sous ses couvertures. Elle perçoit un autre craquement léger, puis, étouffé, le bruit de la porte qui s'ouvre et se referme. Aussi certaine qu'elle a été jusqu'ici de ne pas être seule, elle sait à présent qu'elle l'est. Le battement du sang dans ses oreilles s'atténue et son pouls ralentit.

Elle sait qu'elle ne trouvera plus le sommeil. Elle reste immobile un long moment, puis quand elle se sent la force de bouger, rampe jusqu'au pied du lit pour écarter les rideaux. Elle titube sur le long tapis jusqu'à l'endroit où elle se souvient vaguement avoir vu une fenêtre, trouve les plis du rideau qu'elle ouvre, avant de trouver à tâtons les volets.

La lune brille d'un éclat si vif qu'elle en pleurerait de soulagement. Son orbe perce le noir bleuté du ciel et se mire dans la lame étincelante de la rivière. Martha inspire profondément et se rend compte qu'elle tremble. Elle s'en veut : après tout, elle a connu bien pire. Elle a connu la vraie terreur, le pur danger : une grosse main qui se referme sur sa gorge par une nuit pluvieuse, un couteau braqué sur elle tandis qu'elle compte bêtement ses sous à la lueur d'un réverbère. Ce qu'elle vient de vivre évoquait à peine une menace. Il ne s'est rien passé, et elle sait qu'elle n'en parlera à personne : que pourrait-elle bien dire ?

À son arrivée, on lui a pris son manteau, alors pour se calmer, elle fait un feu. Une fois qu'il flambe dans l'âtre, elle tire l'épais édredon du lit, l'enroule à ses épaules, s'assied dans le fauteuil dans la chaleur et la lumière, et attend le petit matin.

Chapitre 7

La porte du jardin

Les poules arrivent à Urania Cottage dans un cageot à l'arrière d'un chariot. Les filles sont aux anges, et Frank construit une cage et un poulailler pendant sa matinée de repos. On se chamaille pour savoir quels noms leur donner. Une fille aimerait leur choisir des noms de fleurs. Josephine trouve absurde de baptiser des animaux qu'elles vont tuer et Mme Holdsworth suggère qu'elles tirent au sort dans un chapeau. En fin de compte, elles suivent l'idée de Mme Holdsworth, et les poules, quoique toutes femelles, se retrouvent baptisées Franck, Rover, Christabel et Victoria. Josephine les regarde qui s'installent pour picorer l'herbe en caquetant doucement, ne sachant que penser de leur nouvelle maison et de leurs congénères, avant que le froid ait raison de leurs dernières défenses et qu'elles se blottissent les unes contre les autres sur la paille.

Le matin, Josephine sort ramasser les œufs qu'elle rassemble dans son tablier après s'être assise à même le sol mouillé. Les œufs font un agréable bruit sourd, comme des balles de billard. Les oiseaux ont déjà rasé l'herbe, mais cela fait une semaine qu'il n'a pas plu, et la terre est sèche et dure. Les poules arpentent le jardin d'un pas prudent. Si Josephine était moins préoccupée, elle aurait pu s'amuser de leurs culottes plumeuses, de leur manière d'incliner la tête comme des vieilles dames.

Elle lève les yeux vers la fenêtre avant de tirer de sa poche une souris en sucre enveloppée dans du papier. Son pouls s'accélère, battant la chamade dans sa poitrine, et elle ne remarque pas la pluie qui commence à tomber. Au début, les gouttes sont légères, comme si elles lui laissaient le temps de battre en retraite à l'intérieur, puis elles tombent dru. Elle finit par se rendre compte qu'elle est trempée quand la parure blanche de la souris, qui s'est légèrement émoussée, commence à fondre, et elle se hâte de la mettre à l'abri dans sa poche. Elle rajoute de la paille fraîche et rassemble les poules du jardin d'un geste impatient, à grand renfort de jurons et de mouvements de pieds avant de les enfermer. Les poules se toilettent puis s'attaquent aux pelures de pommes de terre qu'elle a jetées par terre.

Josephine s'apprête à entrer dans la maison quand la porte s'ouvre, laissant sortir deux personnes : Mme Holdsworth et une des filles les plus saisissantes qu'elle ait jamais vues. Josephine s'efface sur le côté, et elles la dépassent pour gagner la buanderie. La fille lance un regard à Josephine et lui sourit les lèvres écartées, laissant voir ses dents. Ses sourcils sombres font comme deux points d'interrogation. Ses yeux sont d'un noir liquide, et ses cheveux de jais s'échappent de la tresse qui tombe sur sa nuque. Elle a les bras charnus, la taille fine sous son corset. Sa poitrine crémeuse déborde comme de la mousse.

— Tu t'es fait prendre, c'est ça ? demanda-t-elle à Josephine qui ne peut s'empêcher de la dévisager.

— Quoi ?

— Par la pluie ?

Josephine reste mutique.

— Josephine, entrez donc avant d'attraper froid.

Mme Holdsworth surgit derrière l'épaule de la jeune femme, insensible à sa beauté, à la délicatesse de sa peau, au fruit rouge de ses lèvres.

Le cœur de Josephine accélère de plus belle, et elle est soudain traversée d'une vision, dans laquelle elle allonge la fille sur les dalles froides de la buanderie, et écarte les strates de ses jupes comme si elle déballait un cadeau.

La voix de Mme Holdsworth lui arrive de l'intérieur à travers le crépitement de la pluie.

— Cuivre. Essoreuse à rouleaux. Les grilles de séchage descendent de cette façon. Bleu à azur, amidon, savon, soude, bicarbonate, tout est ici. Le lundi c'est jour de lessive ; vous serez deux dans la buanderie. On met à tremper le dimanche après-midi. Vous trouverez votre sac de linge au pied de votre lit, et ils vont dans ces deux paniers pour le tri. (Une pause.) Frances, vous m'écoutez ?

Frances scrute l'obscurité aqueuse.

— Ouais, bien sûr. J'ai déjà fait des lessives.

Elle se retourne vers Josephine, qui n'a pas bougé, et sourit malicieusement avant de lancer :

— Tu vas être toute mouillée.

— Josephine ! Qu'est-ce que vous faites encore là ? Vous n'êtes pas de corvée de pain, aujourd'hui ?

Voulez-vous bien aller vérifier que la pâte a levé ? Sans quoi nous n'aurons rien pour le souper.

— Oui, madame Holdsworth, répond Josephine.

Elle tourne les talons, se dirige droit vers la cuisine et oublie de vérifier la pâte, avec la sensation qu'elle vient de se réveiller d'un long sommeil sans rêve.

À la surprise de tout le monde, Martha arrive à la maison un peu après quatre heures, sans un mot, l'air malade, avec des cernes noirs sous les yeux. Angela s'entretient avec Mme Holdsworth dans le petit salon avant de poursuivre sa route jusqu'à Londres, et on envoie Martha au lit avec un cordial chaud et un pain sec. Josephine n'a qu'une envie, se retrouver seule avec son amie ; et dès qu'elle a terminé sa liste de corvées, elle va dans la chambre, approche une chaise du lit et dispose un tablier sur ses genoux pour faire semblant de le ravauder.

— Alors, dit-elle à Martha, qui s'est redressée, appuyée contre ses oreillers. Tu as découvert quoi ?

Le regard de Martha, rivé sur les couvertures, lui serre le cœur.

— Rien.

— Rien du tout ?

— Elle est allée à Londres. C'est tout ce qu'on sait.

— Je ne le crois pas, contre Josephine qui sent la rage bouillonner à la surface. Quelqu'un sait forcément quelque chose.

Martha hausse les épaules. Josephine se laisse aller contre le dossier de sa chaise d'un air consterné.

— Ce que je ne comprends pas, dit Martha, c'est pourquoi elle n'est pas allée voir Mary.

— Ça n'a aucun sens, renchérit Josephine.

Dans le silence qui suit, elle se surprend à tendre l'oreille pour entendre Frances, et quand elle tourne de nouveau son attention vers Martha, son amie a une drôle d'expression.

— Il y a du nouveau ici ? demande-t-elle.

Josephine se redresse.

— Rien.

Elles sursautent quand la porte s'ouvre à la volée. Frances se tient sur le seuil, les bras chargés de piles de serviettes.

— Oh, je croyais que c'était le placard.

Josephine saisit son aiguille et commence à rapiécer le tablier.

Martha finit par répondre :

— La presse est juste à l'extérieur. Les serviettes sont sur la gauche.

— Quelle bêtasse, dit Frances avec un sourire en restant sur le seuil. Tu te sens mieux ? Mme Holdsworth dit que tu as été malade.

— Bien mieux, merci beaucoup. Comment se passe ton installation ?

— Plutôt bien. Tout le monde a l'air gentil.

Il y a un bref silence, que la question de Martha vient rompre.

— Tu es dans quelle chambre ?

— Celle de devant, avec Mary-Ann et Lucinda. J'aurais bien choisi celle-ci, mais tous les lits sont pris. C'est celle qui a la meilleure vue.

Martha sourit.

— Tu as besoin de quelque chose ? demande Frances. Du thé ? C'est incroyable tout le thé qu'il y a dans cette maison. Et rien que pour nous.

— Je sais, dit Martha. C'est très gentil de ta part, mais non, je n'ai besoin de rien.

— Très bien. Je dois aller m'occuper de l'eau du bain.

— Oh, fait Martha. J'ai oublié qu'on était samedi.

Josephine continue de tripoter son tablier bien après que Frances a refermé la porte.

— M. Dickens est venu aujourd'hui ?

— Ce matin. Il a passé une heure avec Harriet, après quoi il est parti.

— Quel est le problème ? demande Martha.

Malgré son froncement de sourcils, elle ne peut s'empêcher de sourire à Josephine.

— Rien.

— Pourquoi tu étais comme ça ?

— Comme quoi ?

— Froide, à l'instant, avec Frances.

— Je n'étais pas froide.

Martha fait la moue avant de reposer la tête sur son oreiller avec un soupir.

— J'avais oublié à quel point c'était bizarre d'arriver ici et d'avoir tout ce dont on a rêvé quand… eh bien quand on n'avait rien. Tu sais, je me dis que je devrais être habituée, depuis le temps, mais peut-être que je devrais me méfier.

— De quoi ?

Martha ferme les yeux.

— De toutes ces choses qu'on nous donne ; je ne dois pas m'y habituer. Après tout, la situation est temporaire. Qui sait ce que nous allons devenir ?

Elle rouvre les paupières et fixe Josephine qui détourne aussitôt le regard.

— Je n'y ai pas vraiment pensé, dit-elle en suivant du bout du doigt le dessin d'une rose sur le papier peint.

— Tu ne te demandes pas ce qui serait arrivé si tu n'étais pas venue ici ?

Josephine regarde fixement le mur.

— Tout le temps.

Ce soir-là, Josephine est la quatrième à se laver dans la baignoire, dont l'eau a la tiédeur du thé laissé trop longtemps dans la théière. Elle se savonne les genoux et les épaules, perdue dans ses pensées. Le sol de la cuisine a été lavé à grande eau, les étagères rangées, tandis que le fourneau chauffe sans faire de bruit. Les autres filles jouent de la guitare dans le petit salon. Elles ont commencé à prendre des leçons de musique, à raison d'une fois par semaine, et Josephine trouve le son lointain des accords distrayant. Il lui rappelle quand elle accompagnait son père à la taverne, les fenêtres dorées et les rues luisantes de pluie, la musique et les rires qui se déversaient depuis le seuil, et lui mettaient du baume au cœur. Quand ils rentraient à la maison et qu'elle s'allongeait dans son lit froid et humide, elle se remémorait tous ces bruits joyeux.

Un coup à la porte la tire de son sommeil ; il lui arrive souvent de s'endormir dans son bain. Elle se lève et se sèche, enfile sa chemise de nuit et rajoute de l'eau chaude dans la baignoire à l'aide de la bouilloire. Polly, sa serviette à la main, attend de l'autre côté de la porte de la cuisine. Josephine aimerait lui adresser des mots gentils, ou trouver quoi que ce soit à lui dire, mais toutes ses tentatives fondent comme de la gélatine sur sa langue. Elle s'efforce de sourire, et Polly lui sourit en retour avant d'entrer dans la cuisine.

Josephine se munit de sa bougie pour regagner son lit. Martha dort déjà, une main glissée sous l'oreiller, avec une respiration paisible. Il est un peu plus de neuf heures. Josephine s'allonge à la lueur de la bougie, les yeux rivés au plafond. Bientôt, Polly entre dans la chambre, souffle sa bougie et s'endort à son tour.

En proie à l'agitation et à l'impatience, Josephine finit par repousser sa couverture pour descendre boire un verre d'eau. Du petit salon lui parviennent les voix étouffées de celles qui veillent encore. Elle s'avance pieds nus sur le carrelage froid de la cuisine, dont elle ouvre la porte sans frapper. Au même moment, elle perçoit un léger clapotis.

Frances est assise dans la baignoire, face à la porte. Une seule et unique bougie éclaire la pièce depuis la table, jetant sa peau mouillée dans un jeu d'ombres et de lumière. Josephine distingue la contraction de ses bras nus quand elle essore l'épaisse liane de ses cheveux, la rondeur de ses seins, la blancheur de son ventre.

— Merde, s'exclame Josephine tandis que la cire chaude de sa bougie gicle sur sa main. Pardon. Je savais pas que tu étais là.

Frances sourit, continue à essorer ses cheveux et comme Josephine tourne les talons pour s'éclipser, dit :

— Ne pars pas. Tu veux bien rester un peu avec moi ?

Le regard de Josephine parcourt la surface de la cuisine. Frances ramasse une tasse en étain posée par terre et avale une gorgée.

— Tu veux du thé ? propose-t-elle avec un geste d'offrande.

— Non, merci.

Elle hausse ses sourcils sombres et tend de nouveau la tasse.

Josephine la prend, la renifle, puis regarde Frances d'un air atterré.

— Mon paternel est contrebandier, explique Frances. Il m'a appris quelques combines.

Josephine avale une lampée, sent la chaleur envahir sa bouche et brûler sa gorge.

— Je me suis assurée que Holdsworth était couchée, dit Frances avec un grand sourire. D'où tu viens, toi, d'abord ?

— De Londres, répond Josephine, l'estomac en feu.

— Je déteste Londres, rétorque Frances. Moi je suis de Folkestone. La mer me manque. Son odeur. C'est comme si ça te nettoyait à l'intérieur.

— Je n'ai jamais vu la mer.

Josephine jette un œil à Frances et remarque un faisceau de veines rouges, comme une toile d'araignée, qui s'étend sur sa clavicule.

— Ça fait combien de temps que tu es ici ?

— J'en sais rien. Pas longtemps.

Elle n'a pas pris la peine de compter les semaines. Elle n'a aucune envie de savoir.

— Tu penses quoi des autres ?

Josephine hausse une épaule.

— Elles sont pas méchantes, je suppose.

Frances baisse le menton et lui dit sur le ton de la confidence :

— Tu sais qu'il y a une meurtrière parmi nous ?

Josephine sent les poils se hérisser sur ses bras.

— Quoi ?

Frances arbore un large sourire.

— Tu mens, dit Josephine.

— Tu n'es pas obligée de me croire.

— Qui ça ?

Frances la gratifie d'un clin d'œil.

— Tu sais bien qu'on n'a pas le droit de dire.

Elle vide la tasse de thé et se lève dans un grand mouvement fluide. L'eau retombe en cascade sur la baignoire et trempe le sol. Elle ne fait aucunement l'effort de cacher sa nudité, et avant de détourner promptement le regard, Josephine aperçoit la blancheur de ses cuisses et la tache sombre entre ses jambes. Frances croise son regard et un fil de tension, de défi, de quelque chose d'indéfinissable s'étire entre elles, rigide et inébranlable. Josephine reconnaît le tiraillement familier, accepte l'invitation, laisse son regard glisser vers le bas.

Des voix flottent jusqu'à elles en provenance du couloir. Josephine lance une serviette à Frances, et le fil entre elles se brise au moment où deux de leurs camarades entrent dans la cuisine pour ranger leur tasse de chocolat chaud. Josephine s'attarde un moment, écoute le bavardage des trois filles, reste à l'écart. Frances écluse le reste de rhum, rince la tasse, fait un clin d'œil à Josephine. Appuyée contre le plan de travail, elle sent l'alcool lui brûler le creux de l'estomac et de sa main enfouie dans sa poche, elle étreint sa souris en sucre si fort qu'elle manque de la briser.

Quelques jours plus tard, Martha se réveille en pleine nuit, s'extirpe des profondeurs de l'obscurité et, en ouvrant les yeux, découvre des bandes argentées de clair de lune. Elle est en sueur, la gorge sèche, mais elle reconnaît l'environnement familier et son cœur s'apaise. Depuis son retour, elle rêve chaque nuit de la demeure du duc, des ténèbres impénétrables, de la bougie. Elle tend l'oreille pour saisir la respiration de ses deux camarades et entend Polly qui s'agite dans son sommeil. Ses yeux s'accommodent à la pénombre, s'attardent sur le lit de Josephine, qui semble étrangement plat. Le cadre grince sous son poids quand elle se redresse, regarde devant elle en plissant les yeux et s'aperçoit que le lit est vide.

Le front barré d'inquiétude, elle sort de sous les couvertures, insensible au froid qui l'accueille, et tapote le matelas de son amie du plat de la main. Il est lisse, à peine tiède. Elle retourne dans son lit et attend une minute, deux, trois, l'oreille tendue, en songeant que Josephine va revenir de la cuisine d'un instant à l'autre, mais le parquet ne laisse entendre aucun craquement, l'escalier aucun sifflement, lui qui proteste toujours quand on pose le pied sur la troisième marche en partant du haut.

Le temps s'écoule. Martha prend sa couverture et marche d'un pas hésitant jusqu'au palier, jette un œil en haut puis en bas, à l'affût d'un rai de lumière, mais elle ne décèle rien. La maison est plongée dans le silence. Elle enroule sa couverture autour de ses épaules comme un châle et s'avance pieds nus, prenant soin d'éviter la marche récalcitrante, remarquant au passage le clair de lune qui se déverse dans le vestibule à travers l'imposte en dessinant des bassins de fées sur les carreaux. Il n'y a personne dans le petit salon et la salle de classe sombres, et personne dans la cuisine. Le fourneau, avec son ventre orange incandescent, ronronne comme un chat endormi. Martha vérifie la porte donnant sur la cave : fermée. L'office et l'arrière-cuisine sont vides, elles aussi. Une note d'effroi commence à résonner dans son cœur.

Elle retourne dans la cuisine, s'avance jusqu'à la porte du jardin et, la main sur la poignée, constate qu'elle n'est pas fermée à clé. Martha hésite un instant, puis sort. Ses pieds nus s'enfoncent dans l'herbe froide et mouillée tandis qu'elle s'éloigne de quelques pas de la maison pour se retourner vers la façade. Toutes les fenêtres sont plongées dans le noir. Elle se demande quelle heure il peut bien être. Elle a oublié de consulter l'horloge du vestibule qui sonne docilement tous les quarts d'heure.

Le jardin est mystérieux et inquiétant comme dans un rêve. Les pommiers et les pruniers se tiennent au garde-à-vous dans le verger, les toilettes extérieures contre l'abri de jardin. Martha attend, transie de froid. Ses yeux sondent les ombres les plus éloignées, fouillant les poches les plus sombres, là où le terrain rejoint la clôture qui semble plus haute qu'avant, et s'arrêtent sur le portail. Les portes de fer sont fermées à double tour avec un cadenas en partie recouvert par des buissons. Mais ce soir, il y a autre chose ; en s'approchant, Martha discerne une forme marron drapée dessus. L'espace d'un instant, elle est persuadée qu'il s'agit du cadavre d'un animal. Mais à y regarder de plus près, en s'obligeant à avancer, en passant la main entre les ronces, elle touche une laine grossière. Un manteau.

Elle baisse les yeux : un seau retourné a été posé devant le portail en guise de marchepied. Prise d'effroi, elle jette un œil vers la maison et se demande si quelqu'un a pénétré sur la propriété ou si Josephine en est sortie. Elle repense à la Chambre aux Rosiers, aux rideaux qui s'écartent, à la lueur terrible de la flamme.

En hissant le pied droit sur le seau, elle est assez grande pour pouvoir regarder de l'autre côté du portail. Elle discerne un petit bruit indistinct, ou plutôt une série de petits bruits confus, comme une faux coupant l'herbe, qui provient de la gauche du portail. De l'autre côté de la clôture se dresse un mur, trop bas pour soustraire le jardin aux regards – la clôture a été érigée dans son périmètre. C'est à ce moment-là qu'elle aperçoit une silhouette en contrebas sur le sentier, d'une pâleur fantomatique, qui change de forme comme une créature surnaturelle.

Deux corps se meuvent pour n'en former qu'un : Josephine et le garçon au visage sale de la briqueterie, qui la maintient clouée contre le mur comme un papillon. Ses bras à elle sont écartés comme des ailes, et ses mains à lui se referment sur ses poignets tandis qu'il grogne et halète sous l'effort. Elle est en robe de nuit, lui en manches de chemise, sa casquette foncée rabattue sur ses yeux.

Un craquement. Le pied de Martha a glissé et elle doit s'agripper aux ronces pour ne pas perdre l'équilibre et tomber contre le portail. Les silhouettes se figent et les deux ronds blancs de leurs visages se tournent vers elle.

— Qui va là ? siffle Josephine.

Martha redescend d'un bond et retraverse la pelouse en courant, ignorant les bruits sourds dans son dos, le claquement sourd du portail au moment où Josephine se juche dessus à califourchon pour passer ses jambes de l'autre côté. Josephine est plus rapide et forte que Martha. En quelques enjambées, elle l'a rattrapée et l'agrippe par le bras, qu'elle tord dans son dos pour l'immobiliser à la lueur de la lune.

— Martha, dit-elle d'une voix submergée par le soulagement.

À bout de souffle, elle retire une mèche de cheveux coincée entre ses lèvres.

Martha a vu bien des choses dans sa vie, mais en cet instant, sous le choc, elle a l'esprit vide. Elle se remet à marcher en direction de la maison et cette fois Josephine ne la retient pas, mais lui emboîte le pas.

— Espèce de bêtasse, pourquoi t'es sortie espionner ? la taquine-t-elle comme elles retraversent l'étendue de pelouse.

Martha s'arrête de nouveau.

— Je ne pouvais pas savoir. Je ne serais pas venue si tu m'avais prévenue.

Elle ne comprend pas pourquoi elle se sent blessée.

— Ce n'est pas ce que tu crois.

— Oh, Josephine, ne me prends pas pour une imbécile.

— Non, ce n'est pas ça…

Martha attend.

— Il fait quelque chose pour moi.

Elle scrute le visage de son amie.

— Quoi ?

— Il est – il y a quelqu'un dehors.

Marthe ne la quitte pas des yeux.

— Il fait suivre des messages. Entre moi et quelqu'un qui m'est proche.

— Je ne comprends pas, dit Martha. Qui ?

Josephine sort une souris en sucre de sa poche et lève soudain les yeux au-dessus de la tête de Martha.

— Merde, souffle-t-elle.

Martha se retourne à son tour et voit la lumière à une des fenêtres de l'étage.

Martha retire la couverture de ses épaules et en enveloppe celles de Josephine.

— Tu diras que tu es somnambule.

Josephine acquiesce.

Ensemble, elles pénètrent dans l'obscurité de la cuisine, et Martha referme la porte sans faire de bruit.

— L'épingle à cheveux, dit soudain Josephine.

— Quelle épingle à cheveux ?

— Je l'ai utilisée pour ouvrir la porte de derrière.

— Elle est où ?

— Je ne sais pas.

— Tu ne peux pas être somnambule si tu as déverrouillé la porte de derrière sans en avoir la clé.

— J'étais justement en train de me dire la même chose, déclame Mme Holdsworth en surgissant sur le seuil de la cuisine, une bougie à la main.

Derrière la flamme, son visage est lugubre et ses yeux durs toisent les deux filles dans leurs chemises de nuit.

— Et vous avez en outre pensé à mettre des chaussures, à ce que je vois.

Elle entre dans la cuisine et continue :

— Je suis fatiguée et je dois me lever dans quelques heures, alors finissons-en. Où étiez-vous et que faisiez-vous ?

Comme aucune des deux ne répond, elle pousse un soupir et incline le front vers le ciel, dévoilant sa gorge blanche.

— J'aurais dû me douter que ce ne serait pas simple. Martha, vous étiez pourtant la dernière personne que j'aurais crue capable d'une telle chose.

Tout contre elle, Martha sent Josephine s'agacer.

— Aucune de nous ne peut aller se coucher tant que la porte n'est pas fermée à double tour, alors je vous prie de bien vouloir me dire : où est la clé ?

Silence. Puis, à mi-voix, Josephine dit :

— Je n'ai pas utilisé la clé.

Mme Holdsworth lui lance un regard triste.

— Vous me décevez beaucoup, toutes les deux. Montez immédiatement à l'étage. Je m'occuperai de cette affaire demain matin.

Comme elles gravissent les escaliers, l'horloge sonne scrupuleusement le quart. Martha oublie encore une fois de vérifier l'heure et se demandera, au cours des mois qui suivent, à ses moments perdus, quelle heure il pouvait bien être.

Au point du jour, Martha se lave la plante des pieds dans la vasque, et quand vient l'heure des prières du matin, tout le monde est au courant de ce qui s'est passé. Toutes les filles dardent des coups d'œil furtifs à Martha et Josephine. Pendant ce temps, Mme Holdsworth lance son appel aux armes en débitant une kyrielle de lettres urgentes à porter sur des plateaux en argent jusqu'aux salles de petit déjeuner de tout Londres.

Au cottage, le petit déjeuner est tendu, ponctué de chuchotements et de rires à moitié étouffés. Martha se replie de plus en plus sur elle-même, trop nerveuse pour avaler quoi que ce soit, et ne touche même pas à sa tasse de thé. Josephine finit par solliciter un entretien avec Mme Holdsworth, et comme on fait le ménage au rez-de-chaussée en prévision de l'arrivée du comité, elles s'installent dans la chambre de Josephine.

— Martha n'a rien à voir avec ce qui s'est passé, dit-elle à peine la porte fermée. Ne la faites pas passer devant le comité.

— Je vous serai reconnaissante de ne pas me dire ce que je dois faire ou ne pas faire, rétorque Mme Holdsworth, l'air fatiguée et pâle. L'honnêteté est une vertu primordiale dans cette maison. Si vous m'aviez dit où vous étiez et ce que vous faisiez, comme je vous l'ai demandé, nous aurions pu régler l'incident sans faire de vagues et passer à autre chose.

— Sans en parler au comité ?

— Bien évidemment qu'il aurait fallu les en informer. Mais l'affaire aurait pu être résolue et son importance minimisée.

Josephine bouillonne de rage et d'amertume.

— J'ai demandé à quelqu'un de faire suivre un message. Quelqu'un de l'extérieur.

Mme Holdsworth écarquille les yeux.

— Qui ?

— Un garçon que j'ai rencontré dans l'allée.

— Quel garçon ?

— Il s'appelle Vincent. Il travaille aux briqueteries. Je lui ai demandé de se charger d'un message pour une personne de ma connaissance à Londres, et il est revenu avec la réponse. C'est ça que je faisais dehors. Martha a vu mon lit vide et est sortie me chercher. Elle n'était au courant de rien. C'est la vérité vraie.

Mme Holdsworth, les narines frémissantes, lui lance un regard noir.

— Oh, Josephine, pourquoi vous acharnez-vous à vous compliquer la tâche ? Pourquoi diable ne pas envoyer un mot par les canaux habituels ? À moins que cette connaissance dépasse du cadre de la simple amitié ?

— Je ne savais pas quoi dire dans une lettre, et de toute façon, je n'aurais pas su l'écrire !

Josephine se rend bien compte de son insolence, mais elle est incapable de se refréner, incapable de se calmer.

— Une autre fille aurait très bien pu vous aider. Moi-même j'aurais pu vous aider, si vous aviez demandé. Je ne peux que supputer que vous vouliez dire quelque chose que personne d'autre ne devait savoir. Où est-il à présent, ce garçon ?

— Je ne sais pas. Je ne sais pas où il habite.

— L'emplacement de cette maison a été choisi pour empêcher toute association avec des personnes de réputation douteuse, qui pourraient vous ramener à vos vieilles manigances. Et malgré cela, vous avez réussi à dégoter une de ces relations et à vous adonner à des affaires immorales dans mon dos. Je croyais que vous vouliez changer – je croyais que vous commenciez à changer – mais je me rends compte à présent à quel point j'étais terriblement naïve.

Josephine secoue la tête de dépit.

— Vous ne me connaissiez pas avant. Vous ne me connaissez pas maintenant. Vous ne savez rien !

Elle vient de franchir une limite. Les deux femmes restent un instant à fulminer en silence. Un moment plus tard, quand le heurtoir les sort de leur dispute tel le marteau du juge, Josephine a pris sa décision.

❦

M. Bryant arrive au cottage à dix heures, son horaire habituel, l'air plutôt négligé, comme s'il avait passé une nuit agitée. Mme Holdsworth fonce sur lui dans la ruelle, Josephine dans son sillage.

— Monsieur Bryant, Dieu soit loué, dit la matrone tandis que l'aumônier se débarrasse de son manteau. J'ai fait partir un message à la première levée au cas où vous ne seriez pas encore en chemin, mais vous voilà, avec votre ponctualité coutumière, alors c'est sans importance. J'aurais pu économiser le penny du timbre.

— Mme Holdsworth, y a-t-il un problème ?

— J'ai convoqué M. Dickens et Mlle Coutts et le reste du comité, même s'ils ne seront sans doute pas nombreux à pouvoir se libérer en si peu de temps. Pourriez-vous assister à la réunion ? J'ai demandé à chacun de venir sur-le-champ.

De surprise, il cligne des paupières.

— Mme Holdsworth, je ne suis pas membre du comité. C'est M. Illingworth qui représente l'Église lors des réunions mensuelles du conseil.

Mme Holdsworth laisse échapper un petit bruit de désapprobation.

— Tout à fait, monsieur Bryant. J'avais oublié.

Il jette un coup d'œil à Josephine.

— Est-il arrivé quelque chose de grave ?

— C'est ce qu'on pourrait croire, répond-elle sèchement. Monsieur Bryant, si vous voulez bien me suivre dans la salle de classe pendant quelques instants, nous pourrons parler en privé.

— Soyez franche en ma présence, madame Holdsworth, je vous en supplie, intervient Josephine avec véhémence. En ma présence et celle de Martha, puisque cela ne concerne personne d'autre.

Elle n'a pas besoin de se retourner pour savoir que Martha observe la scène depuis le haut des escaliers.

— Pas encore une désertion, j'espère ? demande M. Bryant en se faufilant jusqu'au petit salon auquel il jette un regard circulaire, comme s'il tentait d'y débusquer une fugitive.

— D'une certaine manière, répond Mme Holdsworth.

— J'ai eu vent d'inquiétudes à propos d'un rôdeur, dit l'aumônier en écartant les stores pour scruter par la fenêtre. Regardez : qui va là ?

Mme Holdsworth et Josephine le rejoignent à la fenêtre, à temps pour voir Vincent qui, posté à la grille, regarde sur sa droite puis sur sa gauche dans la rue, comme s'il songeait à entrer dans le jardin.

— Qui va là, en effet, on se le demande ! s'écrie Mme Holdsworth. Josephine, voulez-vous bien éclairer notre lanterne ? S'agit-il du fameux garçon de la briqueterie ?

— C'est la première fois que je le vois, ment-elle en sentant la rougeur lui manger le cou.

— Le rôdeur en question, déclare l'aumônier. Je vais m'en charger.

Il s'éclipse de la pièce avec une agilité étonnante. Depuis la fenêtre du petit salon, Mme Holdsworth et

Josephine le regardent se précipiter dans l'allée en bataillant pour visser son chapeau sur sa tête. Bouche bée, Vincent le voit arriver droit sur lui et prend la poudre d'escampette pour disparaître aussitôt. La grille grince quand M. Bryant la détache pour se lancer à sa poursuite. Dans le salon, Josephine ne peut se retenir plus longtemps et éclate d'un rire nerveux.

— Voulez-vous bien arrêter immédiatement ? lance Mme Holdsworth d'une voix indignée. Vous n'êtes aucunement en droit de trouver cela amusant, pas avec ce qui vous attend. Ce sera un miracle si vous parvenez à garder votre place ici.

Josephine plaque une main sur sa bouche et s'efforce d'apaiser le tremblement de ses épaules.

— Si j'étais vous, continue Mme Holdsworth, je garderais mon sérieux. Vous feriez bien de me montrer à moi, et au reste de cette maison, que vous méritez de rester ici, au lieu de caqueter comme une folle. Le comité ne va pas tarder à arriver, et l'heure du jugement approche. Savez-vous à quel point ils vont être choqués et déçus ?

— Je ne le tolérerai pas, dit Josephine d'une voix légère, à moitié incrédule, l'ombre d'un sourire sur le visage. Je ne le supporterai pas. Je ne le tolérerai pas.

— Josephine ?

Martha, l'air apeurée, vient d'apparaître sur le seuil du salon.

— J'ai l'impression qu'on me dissèque avec des aiguilles. Laissez-moi tranquille !

Josephine s'élance pour sortir de la pièce, dépasse Martha et manque de foncer sur une fille qui remonte de la cave munie d'un trousseau de clés. Prise d'un élan de vertu, elle arrache les clés des mains de Lucinda et les agite sous le nez de la matrone.

— Vous voyez bien ? Cet endroit est une prison. Ce n'est pas mieux, même si tout le monde fait semblant. Au moins, dans une vraie prison, on sait à quoi s'attendre. Ici, vous faites semblant d'être dans une maison, d'être une famille. Pourtant, on est enfermées, et on ne peut pas écrire de lettres sans qu'elles soient lues. On n'a même pas le droit de faire notre lit nous-mêmes.

— Josephine.

Martha s'est approchée d'elle et pose une main sur son bras.

— Faites ce que vous voulez de moi, reprend Josephine. Mais il n'arrivera rien à Martha. Elle n'a rien fait.

D'autres visages surgissent des encadrements de portes et des barreaux de la cage d'escalier. Comme si elle était sortie de son propre corps pour s'observer depuis l'extérieur, Josephine se voit jeter les clés par terre, où elles s'écrasent dans un bruit de verre brisé, et s'entend dire :

— Je souhaite m'en aller.

S'ensuit un silence aussi profond qu'abasourdi. Mme Holdsworth se tient tout près d'elle, et Josephine sent sa petite expiration de surprise.

— Allons, Josephine.

— Non. J'ai décidé de partir.

— Ma chère, n'agissez pas précipitamment. Il y a davantage pour vous ici qu'au-dehors.

Mais Josephine n'écoute plus. Elle se sent étourdie, exactement comme le soir de son arrestation ; elle a l'impression qu'autour d'elle les choses bougent très vite, alors qu'elle est parfaitement immobile. Frank Holdsworth apparaît au bout du couloir. En manches de chemise, il tient la petite horloge hollandaise de la salle de classe, dont les aiguilles ont pris du retard sur le reste de la maisonnée. Au même instant, le heurtoir résonne à travers toute la maison : le comité est arrivé, mais personne ne bouge.

— Je connais le règlement, dit Josephine, qui sent la chaleur monter le long de son cou. Vous pouvez m'enfermer à double tour à l'étage pendant toute une journée, je ne changerai pas d'avis. Je vous répéterai la même chose demain. Rien ne me fera revenir sur ma décision.

— Josephine, tu ne penses pas ce que tu dis, articule Martha à mi-voix.

Josephine ne supporte pas de poser les yeux sur elle.

— Viens t'asseoir, nous allons parler à M. Dickens et à Mlle Coutts et ils pourront…

— Péché, tentation, honte, j'ai déjà tout entendu. Je suis sérieuse. Je partirai demain matin. Et Martha… Martha restera.

La réunion du comité ne sert à rien. Josephine ne fait que se répéter en plus de se faire entendre dire que tout ce qui l'attend dans le vaste monde n'est rien d'autre que la misère. M. Dickens est amèrement déçu et le fait savoir. Elle le remercie néanmoins.

Angela n'est pas là ; personne ne lui explique pourquoi, et elle ne pose pas la question, mais elle se sent profondément attristée à l'idée qu'elle ne la reverra jamais. De sa vie entière, elle n'a jamais rencontré quelqu'un comme Angela, avec son attelage, ses mains immaculées ornées de bijoux et sa voix douce et éduquée. Bien évidemment, elle ne croisera plus jamais une telle dame. D'une certaine manière, elle est contente de se soustraire à son regard, parce qu'elle sait qu'Angela saurait, au travers des couches de fierté et de vanité, scruter jusqu'à son âme et les ruines qui l'entourent. Angela découvrirait qu'elle est indigne de la grâce, au-delà de toute rédemption. Angela se rendrait bien compte que sa déchéance est irrécupérable.

Elle écarte toutes ces idées de son esprit et explique au comité qu'une jeune femme qui le souhaite plus qu'elle mérite de prendre sa place dans cette maison, qu'une autre peut être sauvée.

En se lançant sur les trousses du rôdeur, M. Bryant a mis en émoi toutes les filles, qui ont tôt fait d'attribuer au jeune ouvrier de mauvaise réputation l'aura de mystère d'un héros de roman d'amour ; elles n'ont pas fait le lien entre lui et l'excursion de Josephine, quoique Mme Holdsworth s'en fût aperçue d'emblée. L'aumônier envoie une note au cours de l'après-midi : il a pourchassé le jeune homme quasiment jusqu'à Hammersmith avant de chuter dans la ruelle, et ce faisant, a déchiré son manteau et s'est tordu la cheville. Un chauffeur de calèche a eu l'amabilité de l'accompagner jusqu'à l'omnibus, et il a pu consulter un médecin, qui a eu la gentillesse de poster sa lettre. Il viendra au cottage le lendemain matin, s'il est en mesure de se déplacer. Josephine est soulagée qu'il ne revienne pas en fin de journée lui faire avaler de force son salut.

Dans leur chambre, Martha s'installe aux pieds de Josephine, et agrippe ses jupes comme si elle la retenait attachée au sol, à la maison, à sa personne.

— Comment veux-tu que je parte en Australie sans toi ? la supplie-t-elle en la fixant de ses grands yeux effrayés, ses cils ourlés de larmes.

Josephine sent un pan de son âme se fendre.

Elle passe sa dernière nuit dans sa propre chambre, pour montrer qu'elle est sûre de sa décision, insensible aux plaintes de Martha et ignorant Polly qui lui lance des regards apitoyés, ce qui met Josephine en rage. Et quand vient le matin, lorsque Mme Holdsworth lui demande si elle a changé d'avis, elle n'a pas le courage de croiser leurs regards quand elle répond par la négative.

Elle n'emportera rien d'autre avec elle que la robe et le châle qu'elle portait à Tothill Fields, et Mme Holdsworth va les lui chercher dans l'une des presses pour qu'elle puisse se changer. Elle passe la tête dans l'encolure de la robe, qui a été lessivée et repassée, comme si l'habit méritait sa place au milieu des mérinos et des cotons de qualité qui remplissent les étagères et les placards de la maison. La restitution de la robe en popeline framboise au profit de son ancien vêtement la submerge d'une vague de chagrin et d'incertitude si violente qu'elle reste un instant à la fenêtre à regarder fixement le jardin d'hiver avant de se sentir de nouveau maîtresse d'elle-même.

— Êtes-vous *absolument* sûre ? l'interroge Mme Holdsworth une dernière fois depuis l'encadrement de la porte.

Josephine se contente de répondre qu'elle n'a pas eu le temps de terminer le plein de charbon la veille.

Puis elle soutient le regard de la matrone, lourd de déception et de regret, de culpabilité aussi, peut-être à l'idée d'avoir impliqué le comité, sachant que si elles avaient réglé la question entre elles trois, les choses ne se seraient pas terminées ainsi.

Mais Josephine refuse de le reconnaître, prise qu'elle est dans les rets de son propre entêtement. Elle est avant toute chose une femme de parole.

Du regard elle cherche ses gants, se souvient qu'elle n'en possède aucune paire, puis gagne pour la dernière fois le rez-de-chaussée, la paume de sa main sur le bois froid de la rambarde, en s'arrêtant à dessein sur la partie vermoulue de la troisième marche pour l'entendre craquer.

Martha l'attend en bas.

— Josephine, je t'en prie, ne pars pas, supplie-t-elle pour la centième fois.

Elle pleure sans faire de bruit. Furtivement, avec pudeur, Josephine dépose un baiser sur la joue mouillée de Martha, sent à son tour les larmes lui monter aux yeux, et se cuirasse.

Elle ne pense pas à la sœur disparue de Martha et au fait qu'elle aussi va disparaître de l'univers de Martha. Elle ne pense pas à l'après-midi qu'elles ont passé à préparer des roulés et à lécher la confiture sur leurs doigts. Elle ne pense pas à la soirée pendant laquelle Polly a joué du piano, les stupéfiant de sa dextérité, et au fait que la beauté de la musique avait apporté à Josephine une grande paix intérieure. Elle ne pense pas aux mots qu'elle a appris, à son écriture qui a pris forme tel un navire à l'horizon, de plus en plus nette avec le passage des jours. Les joyeux feux de cheminée, qui protégeaient la maisonnée de l'hiver ; les rouges-gorges et les moineaux qui filaient depuis les haies ; la première génoise qu'elle a confectionnée. Son premier Noël joyeux, quand Martha a fait des boucles dans ses cheveux. Les poules dans leur poulailler. Son lit chaud, et le sien. Et au milieu de la nuit, les respirations douces et rassurantes de Polly et Martha.

Elle ne pense à rien de tout cela tandis que les filles geignent comme des chatons dans l'escalier, en reniflant et en s'essuyant le visage. Frances est la seule à ne pas pleurer ; elle regarde autour d'elle avec un regard vide, que Josephine évite soigneusement.

Mme Holdsworth, l'air très grave, déverrouille lentement la porte ; les rides autour de sa bouche sont plus prononcées que jamais, et ses yeux bruns ont une tristesse de chien battu.

L'heure est venue pour Josephine de s'en aller. Elle s'arrête sur le seuil, prétendant ajuster son châle. Il ne lui apporte aucune chaleur. La matinée est froide, mais le printemps ne va pas tarder à arriver. Elle a connu bien des hivers loin du petit salon d'Urania Cottage. Elle se retourne à moitié, dans l'intention de parler, d'énoncer une dernière parole, pour leur souhaiter bonne chance ou les remercier, pour leur dire de ne pas s'inquiéter pour elle, mais les mots restent coincés dans sa gorge.

Alors elle descend l'allée sans un au revoir, ouvre la grille au grincement familier qui se referme en claquant derrière elle, et se retrouve sur la route, tourne à gauche, pour s'éloigner de la maison.

Chapitre 8

Van Diemen's Land

— Vous arrivez trop tard.

Angela sent son visage se décomposer et Mme Holdsworth lui tourne le dos, battant en retraite dans l'obscurité froide du vestibule avant de gagner l'étage. Sous le choc, Angela reste plantée sur le seuil. Personne ne la convie à entrer ; il n'y a personne pour l'y inviter, tout signe de vie a disparu. Aucune note de musique ne s'échappe du petit salon, aucun éclat de rire ne résonne dans la cuisine au bout du couloir.

Elle est venue seule, sans Mme Brown ni même Ballard. Son cocher l'attend dans la ruelle. À peine une heure plus tôt, alors qu'elle venait de déboutonner son manteau en arrivant à son domicile, Stockton avait fondu sur elle avec un plateau en argent chargé de deux notes urgentes : l'une de Mme Holdsworth, l'autre de son ami Charles, les deux à propos de Josephine et des événements des deux derniers jours. Angela venait de passer la nuit chez une amie à Finchley, et tandis qu'on déposait ses valises dans le vestibule, elle avait parcouru les deux lettres à la hâte et rappelé la voiture.

À présent, dans le silence nu et froid d'Urania Cottage, on pourrait penser que quelqu'un est mort. Où est passée Mme Holdsworth ? Si la situation n'était pas à ce point désespérée, elle se sentirait offusquée d'être ainsi abandonnée comme un garçon de courses sur le seuil de la maison. Avec un sentiment d'effroi grandissant, elle s'avance jusqu'à la cuisine, où elle trouve Martha assise seule à la table. Elle a relevé ses manches, et posé ses coudes sur le bois. Elle regarde dans le vide en silence, et bouge quand elle aperçoit Angela, sans pour autant dire un mot. Angela ressent l'envie irrésistible de la serrer dans ses bras, mais craint de franchir la limite, alors elle reste debout, une main gantée sur le cadre de la porte.

— Il y a combien de temps ? demande-t-elle.

— Une heure, peut-être, répond Martha d'une voix éteinte.

— On a encore le temps de la trouver. J'ai ma calèche.

Le manque de réaction de Martha lui donne honte d'avoir suggéré une chose pareille.

— Je suis tellement désolée, Martha, avance-t-elle. Je suis venue dès que je l'ai appris. Que s'est-il passé ? Pourquoi est-elle partie ?

— C'était ma faute, répond Martha.

— Allons, je suis sûre que ce n'est pas vrai.

— Vous me traitez de menteuse ?

Angela se sent blêmir.

— Bien sûr que non, Martha. Je voulais seulement dire que la responsabilité que vous vous imputez dans le départ de Josephine est sans doute grandement surestimée.

Martha ne dit rien. Angela continue, avançant à pas de velours.

— Est-ce que… A-t-on tenté de l'en empêcher ?

— Je ne crois pas.

— J'espère que toutes les tentatives ont été faites pour la dissuader de partir.

— Je n'ai pas assisté aux discussions.

Angela fronce les sourcils. Cette jeune femme susceptible, qui lui répond par bribes, n'a rien à voir avec la Martha qu'elle connaît. La perte lui fait peur. Angela s'avance d'un pas dans la pièce.

— Josephine tenait beaucoup à vous. Je sais que vous teniez beaucoup l'une à l'autre.

— Elle n'est pas morte.

Angela ouvre la bouche, puis la referme. La moindre expression de condoléance sera accueillie par un barrage de feu ou de glace, et elle cherche des mots de réconfort, mais tout ce qui lui vient à l'esprit est mielleux et indigne de celle qui est assise devant elle : une jeune femme fiable, droite, au cœur brisé.

— Si je puis faire quoi que ce soit pour vous aider, n'hésitez pas…

— Comme quoi ? interrompt Martha en la fixant d'un regard sans fin, qui la perce de part en part. Qu'est-ce que vous pouvez faire, à part la ramener de force ? Elle n'a pas envie d'être ici. Elle est partie de son propre chef. Et maintenant, son lit va être occupé par quelqu'un d'autre, sa robe retouchée et portée par une autre fille. Et moi je suis censée rester ici, pendant on ne sait combien de semaines et de mois, avant de partir en Australie. Et tout ça parce que je suis sortie de la maison pour la chercher, au lieu de rester au fond de mon lit.

— Pourquoi êtes-vous sortie la chercher ? Où est-elle allée ?

— Ça n'a plus d'importance, à présent, dit Martha avant d'ajouter à voix basse : Plus rien n'a d'importance.

— J'essaie de comprendre, insiste Angela sur le ton le plus amène possible. Donc elle est sortie de la maison, vous l'avez trouvée et après elle a déclaré qu'elle voulait partir ?

Martha ferme les yeux.

— J'en ai assez de répéter la même chose.

Mme Holdsworth apparaît derrière Angela. Elle a les yeux rouges, cerclés de poches gonflées.

— Navrée de vous avoir laissée ainsi, s'excuse-t-elle d'une voix désormais dénuée de l'émotion profonde qui l'a submergée à l'arrivée d'Angela. J'étais occupée à ce moment-là.

Angela se détourne pudiquement.

— Et pourquoi vous n'arrivez que maintenant ? demande Martha à Angela avec un regard noir.

Les deux femmes la dévisagent avec étonnement.

— Martha, intervient Mme Holdsworth.

— Je demande parce que si Mlle Coutts était arrivée plus tôt, Josephine ne serait peut-être pas partie. (Elle regarde Angela.) Vous auriez pu la convaincre, mais le comité n'avait aucune chance. Ils ne la connaissent pas aussi bien que vous.

— Martha ! Il conviendrait de vous adresser à Mlle Coutts avec un peu plus de respect.

— La question se pose, répond Angela, rouge de honte. Je suis désolée, je n'étais pas à Londres.

— Quelle aubaine, dit Martha sans émotion. Oh et puis c'est comme ça. Je suppose que tout le monde l'aura bientôt oubliée, de toute façon. Encore une fille qui aura quitté Urania Cottage. Je me demande si l'une d'entre nous va survivre à son passage ici.

— Ça suffit, aboie Mme Holdsworth. Vous allez sortir de la cuisine et retourner dans votre chambre, et une fois que vous serez calmée, vous redescendrez présenter vos excuses à Mlle Coutts.

Martha se redresse promptement, et les pieds de la chaise raclent contre les dalles du sol. Elle s'apprête à partir, mais hésite un instant.

— Avez-vous écrit à Veronica Bushey ? demande-t-elle à Angela de but en blanc.

Angela secoue la tête d'un air perplexe.

— Je n'ai pas eu…

Martha attend la suite.

— Le temps, termine Angela pitoyablement.

Martha soutient son regard plus longuement que de raison, avant de hocher la tête et de traverser la pièce. Angela et Mme Holdsworth s'effacent devant elle, et elle les frôle au passage, les laissant seules dans la cuisine où la lueur des fourneaux abandonnés à eux-mêmes tremblote faiblement, sur le point de s'éteindre.

Josephine arrive à Covent Garden en début de soirée. Le marché est fermé, le sol jonché de feuilles, de tiges et de pelures écrasées par les pieds des passants et les roues des charrettes. Elle reste un instant postée au bord de la grande place. Malgré l'heure calme, cela fait des mois qu'elle n'a pas vu tant d'animation.

Elle demande à un homme occupé à charger des cageots sur un chariot où se trouve la rue qu'elle cherche, il pointe le doigt en direction du nord-ouest, et lui conseille de chercher une taverne du nom de *Lamb and Flag*.

Elle trouve l'établissement sans encombre au bout d'une courte rue en pente et tourne à gauche. Elle aperçoit la colonne humide, et la porte noire couverte de suie, entrouverte. Elle se faufile à travers un groupe d'enfants accroupis sur les pavés, qui s'amusent avec des galets, et franchit le seuil.

Les semaines passent, l'hiver part avec son froid mordant, et les premiers bourgeons du printemps percent le sol. Quand les jonquilles s'ouvrent dans le parc en face de chez Angela, les passants qui n'ont plus à se hâter dans le brouillard glacé s'attardent le long de la grande rue. Les domestiques s'adossent aux garde-corps en compagnie de leurs amoureux et des nuées de jeunes marchands ambulants se rassemblent pour colporter leurs marchandises. Pourtant Angela n'arrive pas à sortir de l'hiver. Une nouvelle infection s'est installée ; quand elle appuie sa langue sur la partie tendre de sa gencive, elle sent l'acidité envahir sa bouche. On la saigne de nouveau avec des sangsues et le Dr Brown lui confectionne un mélange de mélisse et de clou de girofle en guise de reconstituant. Des minuscules ampoules fleurissent sur ses doigts et de gros cernes rouges marbrent ses yeux.

Chez elle, elle est agitée, anxieuse ; elle se surprend souvent à contempler Piccadilly par la fenêtre, à scruter les visages qui défilent, à la recherche de Richard Dunn et de Josephine, croyant souvent les voir avant de s'apercevoir qu'ils n'ont pas le bon profil ou qu'ils sont trop âgés. Alors elle sort de chez elle, part en visites, en soirées, va au théâtre, se promène dans les parcs et les jardins, en regardant sans cesse par-dessus son épaule, Mme Brown à ses côtés et Ballard un ou deux pas derrière elles.

Un jeudi soir, alors qu'elle s'apprête à partir à l'opéra, elle tombe sur une silhouette sombre sur le pas de sa porte, qui lui bloque le passage. La personne est assise, emmitouflée dans une cape. Stockton surgit derrière Angela, mais elle l'interrompt d'une main gantée. Elle trouve quelque chose de familier au dessin de ces épaules, et elle s'empresse de relever l'ourlet doré de ses jupes pour dévaler les marches :

— Josephine, est-ce vous ?

La silhouette se relève d'un bond et Angela se rend compte immédiatement qu'il ne s'agit pas de Josephine, mais d'une passante qui s'est arrêtée pour retirer sa botte. Son pied est bandé à l'aide de chiffons et de feuilles de papier journal et quand elle se relève, chancelante, elle doit se tenir à la rampe des escaliers pour ne pas tomber.

— Non, ne bougez pas, dit Angela. Je vais vous aider.

La capuche de la cape a glissé. Sous une coiffe en piteux état s'enroule une tresse d'un brun mat et tandis qu'elle jette la botte par terre et enfonce son pied abîmé à l'intérieur, la femme a une grimace de douleur qui dévoile une bouche édentée. Elle pourrait avoir vingt ans comme elle pourrait en avoir quarante-cinq.

— Attendez, je vous en prie. Ne partez pas pour moi. Vous pouvez tout à fait rester. Et si vous entriez un instant ? Je peux vous donner de quoi manger, un abri…

Après un dernier regard affolé, la femme rabat la capuche sur son visage comme un rideau, et s'engage en claudiquant en direction de Piccadilly. Angela et le valet de pied la regardent partir. Quelques instants plus tard, la foule l'a engloutie.

Le jour fiévreux qui a vu le départ de Josephine, Angela est sortie accompagnée de son cocher pour la chercher. Ils se sont rendus à Shepherd's Bush et ont fait la route jusqu'à Notting Hill, sillonnant de larges avenues bordées de villas blanches, contournant des squares immaculés. Elle se surprend souvent à repenser à cet après-midi, au voile sombre qui avait recouvert la maison, aux filles silencieuses et pâles qui s'étaient rassemblées dans le petit salon. Angela avait passé deux heures à chercher, en vain. Elle n'avait pas réussi à persuader Martha de se joindre à elle, même si une paire d'yeux supplémentaire aurait pu les aider à retrouver Josephine et la convaincre de rentrer.

La perte de Josephine a bouleversé Martha au-delà de ce qu'Angela pourrait comprendre ; elle ignore tout des loyautés qui se forgent en de telles circonstances, des amitiés, aussi fragiles soient-elles, qui deviennent de véritables lignes de vie. Ce qu'elle comprend, c'est qu'une partie de Martha s'en est allée avec Josephine ce jour-là.

Une fois de retour chez elle, Angela avait entrepris, avec l'aide de Mme Brown, de rédiger des courriers à tous les directeurs de prison et tous les magistrats à qui elle pouvait penser pour leur transmettre le signalement de Josephine. Elle avait ensuite envoyé un deuxième lot de missives à ses amis, en leur demandant de l'aide. Puis, ne sachant que faire de plus et voulant se rapprocher des seules personnes qui comprenaient la perte de Josephine, Angela était allée passer la soirée à Urania Cottage, où elle avait lu un roman de Walter Scott aux filles, qui l'avaient écoutée poliment avant de l'embrasser pour lui souhaiter bonne nuit.

Martha resta au lit tout l'après-midi et refusa de descendre. Angela patienta un instant à ses côtés, mais Martha lui tourna résolument le dos et ne prononça quasiment pas un mot. Angela la laissa dormir après lui avoir étreint la main dans l'espoir de transmettre tant et plus par ce geste, puis resta un long moment en compagnie de Mme Holdsworth au petit salon, à discuter jusqu'à ce que le feu s'éteigne, pour ne rentrer chez elle que très tard.

Mais depuis, comme une pleutre, elle se surprend à éviter Shepherd's Bush, le courroux de Martha, l'atmosphère lugubre de la maison. De nouveaux visages sont arrivés et certaines filles s'épanouissent dans leurs tâches ménagères, et leurs bulletins sont excellents, mais Angela ne peut s'empêcher d'éprouver un sentiment d'impuissance face à cette vaste entreprise.

À présent, sa calèche l'attend pour faire le court trajet qui la sépare de l'opéra dans le quartier de Haymarket. Elle resserre son manteau autour d'elle et monte à bord, et tandis que le cocher rassemble ses rênes, elle regarde fixement les marches sur lesquelles la jeune femme s'était assise, en se demandant d'où elle venait, et où elle s'en est allée.

Martha et Frank sont occupés à peler les pommes de terre lorsque M. Bryant arrive. Mme Holdsworth le fait entrer dans la salle de classe et passe la tête dans la cuisine pour en informer Martha, qui l'a entendu arriver. Elle repose son couteau en poussant un soupir.

D'une main, Frank rassemble les pelures en un petit tas et jette un œil à Martha.

— Les leçons se passent bien ? demande-t-il d'une voix hésitante.

Il a choisi de passer son jour de repos à Shepherd's Bush.

— Ce sont pas vraiment des leçons, répond Martha en s'essuyant les mains sur son tablier avant d'aller se nettoyer dans l'arrière-cuisine.

— C'est quoi alors ? Des cours particuliers ?

— Si on veut.

Un jarret de porc rôtit lentement au cric devant les fourneaux ; de temps à autre, un morceau de gras tombe dans le tiroir et éclate en grésillant. Frank prend une pomme de terre, la plonge dans le saladier d'eau, puis pose délicatement la lame de son couteau sur la peau, comme s'il appliquait la lame d'un rasoir contre sa gorge.

— Je crois comprendre un peu ce que tu ressens, dit-il. D'abord ta sœur et maintenant ton amie. Parfois, la vie c'est comme une balance entre ce qu'on a et ce qu'on a perdu. Et souvent, c'est pas vraiment équilibré entre les deux.

Martha ne dit rien. Elle ressent un vide qu'elle observe sans le moindre intérêt, comme si on lui avait ôté toute capacité à avoir des émotions. Elle effectue ses tâches et ses leçons, mais elle n'a qu'une envie : dormir. Les noms et les dates, les lieux et les chiffres qu'elle apprend à ses cours du matin s'envolent de son esprit. Elle ne retient rien, ne s'intéresse à rien. Elle lutte pour ne pas s'endormir devant son ardoise. Mme Holdsworth fait preuve de patience, pour l'heure. Mais Martha sait qu'elle aussi a des limites.

— J'ai perdu des gens qui m'étaient très chers, il n'y a pas si longtemps, dit Frank.

Il attend ; seul résonne le bruit de l'eau qui clapote contre le bord du saladier, et le bruissement des épluchures.

— Mon frère, précise-t-il à voix basse. Et ma belle-sœur, et trois nièces aussi.

Martha le dévisage. Frank déglutit, et dans sa main le couteau tremble imperceptiblement.

— Dans un incendie, dit-il.

Martha sent sa gorge se nouer.

— Je suis vraiment désolée.

Malgré tous ses efforts, sa voix, dénuée de la moindre chaleur, sonne creux. Elle repense à son arrivée les semaines qui ont précédé Noël, quand Mme Holdsworth était vêtue de gris, de mauve et de lavande. Elle était en demi-deuil. Elle avale sa salive et dit :

— Donc Mme H a perdu son fils.

— Oui, souffle Frank. Et ses petites-filles.

— Quand ?

— En janvier. Juste après le Nouvel An.

— C'est horrible, murmure Martha.

La peau de son visage se tend comme un masque.

— Ça l'était. Ça l'est encore.

— Comment c'est arrivé ?

— On l'ignore. Une bougie qui aurait mis le feu à un rideau, peut-être. Il était tard. Quand mon frère est rentré du travail, la maison était en flammes. Les pompiers étaient déjà sur place. Il est entré pour les sauver – personne n'a pu l'arrêter – mais les escaliers se sont effondrés sous son poids. Les étages ont suivi.

Martha a vu son lot d'incendies. Au début, elle restait pour regarder les tentatives courageuses des pompiers, remplie d'espoir. Mais après avoir vu deux petits cadavres calcinés être déterrés des décombres d'un taudis du centre-ville, elle n'était plus jamais restée à attendre que le feu meure, parce qu'il mourait toujours le dernier.

Une nouvelle bille de gras tombe dans le tiroir avec un sifflement, et Martha se penche pour tourner les jarrets de porc.

— Je ferais mieux d'aller voir à côté, dit-elle.

— Oui, dit Frank. Je ne voulais pas te retenir.

Elle aurait envie de dire autre chose, mais rien ne lui vient, alors elle accroche son tablier sur la patère et laisse Frank à ses pommes de terre.

M. Bryant l'attend assis à la grande table, une petite pile de livres près de son coude, la bible ouverte devant lui. Un maigre rayon de soleil l'illumine et il tourne brièvement la tête vers la fenêtre, paupières closes. Martha patiente dans l'encadrement de la porte. Se sentant observé, M. Bryant finit par tourner la tête vers elle avec un sourire :

— Martha, dit-il en lui faisant signe de prendre place sur la chaise face à lui. Comment allez-vous depuis mardi ?

— Bien, merci, monsieur.

— Avez-vous eu le temps de vous consacrer à votre catéchisme ?

— J'ai lu les passages que vous m'avez donnés.

— Martha, la religion n'est pas prescriptive. Je ne suis pas médecin. La lecture est pour votre plaisir. Plus tard cette année, vous serez prête à émigrer. Cela semble peut-être encore loin, mais la préparation de l'esprit se fera seulement grâce au dévouement approprié.

Après un silence, elle l'interroge :

— Vous travaillez dans une prison, c'est bien ça ?

— Je suis aumônier, en effet.

— Dans quelle prison ?

— Pourquoi cette question ?

— Donc vous connaissez les prisonnières ?

M. Bryant la dévisage.

— Certaines, oui.

— Vous pourriez consulter une liste de toutes les détenues ?

— On me donnerait accès à ce genre de liste si cela était nécessaire. Y a-t-il une raison particulière pour que vous me posiez la question ?

— Oui, dit Martha qui se demande bien pourquoi elle n'a pas eu l'idée avant. Je cherche quelqu'un, qui est peut-être en prison, ou au pénitentier, ou dans un établissement comme ça. J'espère que non, mais au cas où.

Il hausse délicatement un sourcil.

— Cette personne est ?

— Emily Gelder. Ma sœur, monsieur.

— Ah, fait-il en hochant la tête avec une moue délicate. En avez-vous parlé à M. Dickens ?

— Oui.

— M. Illingworth, qui siège au comité, pourrait aider. Il a travaillé pendant trente ans à Coldbath. Je vais lui écrire pour lui demander conseil.

— Si cela ne vous ennuie pas trop, monsieur.

— Du tout, dit-il en souriant. Et en attendant, j'écrirai à tous les directeurs de prison qui me doivent une faveur.

Il se penche en avant et ajoute, avec une petite lueur dans le regard :

— Autrement dit, tous autant qu'ils sont. Vous dites qu'elle s'appelle Emily ?

— Emily Gelder.

Il hoche la tête et en prend note dans son carnet à l'aide d'un crayon qu'il sort de sa poche.

— Tout ce qui pourra aider votre moral.

Est-ce le fruit de son imagination, ou il lui sourit plus longuement qu'il n'en avait l'intention ?

Un moment plus tard, il pioche de nouveau dans sa poche en disant :

— Bien évidemment, l'avantage d'être un homme libre c'est de pouvoir prendre un après-midi ici ou là pour m'adonner à mon passe-temps de prédilection : musarder chez les bouquinistes.

Il sort un mince volume relié en tissu rouge sang, le pose face contre table et le glisse vers elle.

— Je me suis dit qu'il pourrait vous plaire, dit-il avec un soupçon d'espièglerie dans la voix. Je ne l'ajouterai pas sur la liste de lectures recommandées pour la maison. De fait, je pense que le comité n'approuverait pas du tout cet ouvrage.

— Que voulez-vous dire, monsieur ?

M. Bryant incline la tête avec malice en direction du livre, et Martha l'ouvre. Les pages sont vieilles et jaunies. Elle tombe sur la page de titre, qu'elle déchiffre.

— *Michael Howe, dernier et pire des brigands de Van Diemen's Land.*

Elle écorche le nom, et M. Bryant la reprend. D'une voix hésitante, elle continue :

— *Récit des principales atrocités commises par ce grand assassin et ses associés au cours d'une période de six ans à Van Diemen's Land.* (Cette fois elle le prononce correctement. Elle relève les yeux et les pose sur M. Bryant :) Un assassin ?

— Comme je le disais, ce n'est pas destiné au grand public, dit M. Bryant, l'œil brillant. Je me disais que vous aimeriez lire une histoire d'aventure, pour changer, qui se joue dans la partie du monde que vous allez bientôt habiter. Même si Van Diemen's Land est suffisamment éloignée de la terre australasienne pour ne pas vous en inquiéter outre mesure.

— Merci, dit Martha.

On frappe à la porte et elle glisse le livre sous ses cuisses.

— Navrée de vous déranger, monsieur Bryant, mais pourrais-je vous emprunter Martha ? demande

Mme Holdsworth. Frank est dans la cuisine, si vous voulez le rejoindre pour boire une tasse de thé.

— Vous avez de la visite ? interroge l'aumônier.

— Les parents de Polly. Une visite tout à fait inattendue, devrais-je préciser. Polly a demandé à ce que vous et moi assistions à l'entretien, Martha. J'ai expliqué que vous étiez avec M. Bryant, mais elle a vraiment insisté pour que vous soyez là. Vous voudrez bien m'aider pour le thé ?

Légèrement surprise, Martha s'exécute, glissant le livre sur une étagère de la bibliothèque avant de suivre Mme Holdsworth dans la cuisine. Frank a terminé de peler les pommes de terre. Il est occupé à ratisser le poulailler. La porte arrière est entrouverte et Mme Holdsworth la referme pour ne pas laisser s'échapper la chaleur.

Elles portent les plateaux au petit salon, où Martha prend place à côté de Polly sur le canapé.

La mère de Polly est assise devant elles. C'est une femme émaciée, de petite taille, au visage tout en longueur et aux doigts osseux. À côté d'elle se tient un homme misérablement vêtu, les bras croisés. Il n'a pas l'air du tout impressionné par Polly, ni par la maison, ni par quoi que ce soit. On sert le thé, mais personne ne boit. Le silence s'étire.

— Venez-vous de loin, monsieur et madame Miller ? demande Mme Holdsworth.

— Oh, fait la mère. Nous, c'est M. et Mme Collins. Le père de Polly est décédé il y a de ça plusieurs années, paix à son âme.

— Toutes mes excuses.

— On n'est pas venus de trop loin, pas vrai Harold ? De Hoxton. Deux omnibus jusqu'à la barrière de péage de Tyburn et après on a marché. C'est un joli endroit à la campagne, pas vrai, Harold ? On n'était encore jamais venus dans ce coin. Harold connaissait Shepherd's Bush à cause des champs de courses près d'ici, pas vrai ? Il aimerait bien aller y jeter un œil après, voir à quoi ça ressemble.

M. Collins ne dit rien et se contente de regarder vaguement par la fenêtre, malgré les stores qui cachent la vue.

— Polly est une merveilleuse pianiste, observe Mme Holdsworth. A-t-elle appris chez vous ?

— Oh, non, tout ça c'était son père, paix à son âme. Nous, on n'a pas la fibre musicale pour un sou, hein dis, Harold ?

M. Collins répond par un grognement sans la regarder.

— Polly, dit Mme Holdsworth, peut-être pourriez-vous expliquer à vos parents certaines de vos réalisations ici à Urania Cottage ?

Polly, l'air sombre, regarde fixement le plancher.

— Vos travaux d'aiguille. Elle est vraiment très compétente, dit Mme Holdsworth aux Collins.

Mme Collins regarde sa fille d'un air ahuri.

— Et elle est douée en histoire – les noms et les dates ne la déconcertent pas comme le reste d'entre nous.

— Pourquoi ton nom est écrit dans le cadre là-bas ? demande Mme Collins en hochant la tête en direction du mur qui jouxte la porte.

Polly prend enfin la parole.

— Je travaille dans cette pièce pendant la semaine. Notre nom est inscrit dans les pièces dont on s'occupe, qui sont inspectées à la fin de chaque journée.

Tout en parlant, elle arrache les cuticules autour de ses ongles.

— Comment vous m'avez trouvée ?

Il y a une pause, pendant laquelle Mme Collins glousse et rougit légèrement avant de dire d'une voix enfantine :

— Ma foi, la gentille dame de l'hôpital – c'était la matrone, pas vrai, Harold ? –, elle a fait des recherches pour nous, vu qu'on n'avait pas de nouvelles. On savait pas quand t'allais être libérée, tu vois – tu nous as jamais dit. On voulait savoir si tu voulais rentrer à la maison, mais le temps qu'on arrive, tu avais disparu. Et te voilà. (Elle regarde autour d'elle et émet de nouveau son petit gloussement exaspérant.) Alors, quand est-ce que tu rentres à la maison ?

Mme Holdsworth, qui a pris place sur une chaise qu'elle a tirée le long du mur, jette un regard perçant à Mme Collins, puis ses yeux croisent ceux de Martha et elle détourne rapidement le regard.

— Madame Collins, l'objectif d'Urania Cottage est de former les filles au travail dans les colonies, où elles pourront commencer une nouvelle vie. Il n'est pas possible ni recommandé qu'elles reprennent leur ancienne existence. Elles-mêmes ont donné leur accord sur ce point.

Mme Collins est perplexe.

— Les colonies ? Avec tous les repris de justice et les voleurs et Dieu sait quoi encore ? Je ne pense pas, non.

— J'ai déjà donné mon accord, dit Polly à voix basse.

— Et qu'est-ce qu'elle a de si mal ton ancienne existence, d'abord ? Et nous, ta famille ? Et petit Thomas, alors ? C'est Mme Fawcett qui le garde aujourd'hui, pour nous faire économiser le ticket d'omnibus, mais il arrête pas de demander après toi. Il t'embrasse et il demande tout le temps quand sa sœur va rentrer.

Assise à côté de Polly, Martha sent sa camarade prise non pas de tremblements mais de spasmes ; ses jambes sont secouées malgré elles de menus tressautements.

Mme Holdsworth l'observe de près, avec un regard presque féroce.

— Qu'est-ce que tu réponds à ça, Polly ? insiste Mme Collins.

— Polly, interrompt sèchement Mme Holdsworth. Faites attention, maintenant. Pensez à tout ce que vous avez appris ici, et tout ce qu'il reste à apprendre – l'opportunité de recommencer à zéro loin de tout ce que vous avez connu, des épreuves que vous avez surmontées. Réfléchissez bien avant de tourner le dos à un avenir bien différent.

Martha aimerait parler, mais les mots lui font défaut.

— J'aimerais rester, dit Polly.

Mme Holdsworth pousse un soupir de soulagement.

— Ma foi, je peux pas dire que ça me fend pas le cœur, dit Mme Collins. T'en dis quoi, Harold ?

Mais M. Collins ne dit rien. Il évite soigneusement tous les regards et se contente de fixer les pieds du canapé.

Polly se tient parfaitement immobile, les poignets pressés l'un contre l'autre.

— Voilà qui est réglé, dit Mme Holdsworth avec une satisfaction évidente. Monsieur et madame Collins, encore un peu de thé ?

— Non, merci, répond Mme Collins sans détacher les yeux de Polly. L'envie m'a passé.

— Très bien. J'ai bien peur que les visites de la famille soient limitées à trente minutes, ajoute Mme Holdsworth.

Elle se lève et lisse les pans de ses jupes du plat de la main.

Les Collins se préparent et Mme Collins prend les mains de sa fille. Polly accepte d'elle un baiser comme elle l'accepterait venant d'une inconnue, et quand le drôle de couple s'en va, l'une en bougonnant, l'autre sans un mot, Martha prend la main de Polly et la serre, et sent l'étreinte de Polly en retour.

Une heure avant le souper, on frappe à la porte. Mme Holdsworth, à son bureau, est occupée à organiser le roulement des tâches pour les semaines à venir. Elle fronce les sourcils et consulte l'horloge que Frank a réparée.

Elle n'a pas le temps de se lever qu'on frappe de nouveau. Cette fois le bruit ressemble davantage à un brutal coup de marteau, comme si on avait cogné du poing d'une manière fort autoritaire. Heureusement, Frank est encore dans les murs ; elle entend le claquement de ses bottes sur les dalles du vestibule et se lève lorsqu'une troisième série de coups se met à pleuvoir sur la porte.

— Qu'est-ce… ? s'interroge Frank, mais elle le dépasse et va ouvrir elle-même la porte.

M. et Mme Collins se tiennent sur le seuil, à quelques pouces d'elle. D'instinct, Mme Holdsworth recule d'un pas, car elle ne reconnaît pas tout de suite M. Collins, qui semble passé d'un homme banal et mutique à une véritable brute. Sa peau est marbrée de taches rouges ; ses yeux brûlent d'agressivité ou d'une intention féroce. Il est copieusement, abominablement ivre.

— On est venus chercher Polly, déclare-t-il.

Sa femme aussi est ivre, sa coiffe de travers, et elle s'appuie d'une main incertaine sur l'encadrement de la porte pour ne pas tomber.

— Madame Holdsworth, nous sommes venus chercher Polly, notre fille, répète-t-elle.

Frank surgit derrière sa mère.

— Qui diable êtes-vous ?

— Je pourrais vous retourner la question, aboie M. Collins.

— Polly ! rugit sa mère. Ta mère sollicite une audience, ma chérie.

— Monsieur et madame Collins, je vais vous demander de reculer immédiatement, énonce Mme Holdsworth avec force.

Docilement, et non sans un air étonné, l'homme fait un pas en arrière, et manque de tomber à la renverse. Sa femme le rattrape par le bras, avant de lâcher un hoquet.

— Polly a clairement affirmé qu'elle souhaitait rester à Urania Cottage. Bonne journée à tous les deux.

Mme Holdsworth fait mine de fermer la porte, mais M. Collins s'est ressaisi et se précipite pour la bloquer d'une main.

S'avançant à la vitesse de l'éclair, Frank ouvre le battant en grand et referme la main sur le col du bonhomme.

— Tu as entendu. Débine-toi, et que ça saute.

Si M. Collins est pris au dépourvu par la force de Frank, il n'en laisse rien paraître, et quand Frank le relâche promptement, il perd de nouveau l'équilibre. Au dernier moment, il se redresse.

— Qu'est-ce que cet homme fait ici ? braille-t-il. Devrait pas y avoir d'hommes dans une maison comme ça.

— Je parie que c'est une maison close, Harold, et qu'elle c'est la taulière, déclame sa femme. Polly ! On pensait que tu valais mieux qu'ça. On a traversé toute la ville pour…

Polly surgit du fond de la maison, le visage empourpré par la colère.

— Qu'est-ce que vous faites là ? hurle-t-elle. Vous avez entendu Mme Holdsworth ; je veux rester. Et je voudrais que vous me laissiez tranquille.

— On est venus te chercher ! exulte sa mère. On partira pas sans toi. On a fait tout ce chemin, en prenant deux omnibus. C'est pas donné, tu sais, depuis Hoxton à la barrière de Tyburn.

— Je t'ai déjà dit, je ne viendrai pas.

— Toi, là, dit M. Collins en la pointant d'un doigt agressif, tu brises le cœur de ta pauvre mère. Espèce de misérable ingrate, tu ne mérites pas son pardon après ce que tu lui as fait subir. Tu as de la chance qu'elle te considère encore comme faisant partie de la famille.

— *Bonne journée*, conclut Mme Holdsworth en claquant la porte.

Dans le silence choqué qui s'ensuit, Polly, Frank et elle reprennent leur respiration. Mais le répit est de courte durée ; Collins se remet à tambouriner contre la porte. Frank raccompagne Polly et sa mère jusqu'au petit salon.

— Il finira par s'épuiser, dit-il en asseyant Polly dans un fauteuil.

Il parle désormais avec l'assurance d'un constable, et demande à une fille d'aller chercher une couverture, car Polly tremble violemment et s'est mordu la lèvre si fort que les perles de sang marquent son visage blême.

— Je ne sais pas pourquoi ils sont venus, dit-elle d'une voix blanche.

Frank enroule la couverture autour de ses épaules. À la fenêtre, Mme Holdsworth écarte les lattes des stores à hauteur de ses yeux. Les Collins sont encore dans la ruelle, hors de vue, et débitent des bordées d'injures.

— Polly, viens ici ! hurle M. Collins comme s'il appelait un chien. Viens ici, que j'te dis ! Ta mère aimerait te toucher deux mots.

Les filles se rassemblent autour de Polly, encerclent son fauteuil, les mains sur ses épaules. Mme Holdsworth remarque à quel point l'incident a l'air de les ébranler ; la plupart ont un air résigné plus que choqué. Frances rejoint Mme Holdsworth à la fenêtre, et glisse les doigts entre les lattes pour jeter un coup d'œil à l'extérieur.

— Dieu merci, nous n'avons pas de voisins, dit Mme Holdsworth comme pour elle-même.

Frank se tient devant le piano, les bras croisés, la mâchoire contractée.

— Je leur laisse encore une minute, dit-il en regardant fixement la porte.

Le tambourinement s'interrompt brièvement puis reprend, sans trop d'enthousiasme, avant de cesser totalement.

Le calme redescend sur la pièce et tout le monde attend, le souffle court. Le silence s'étire.

— Ils sont partis ? demande Martha au bout d'un moment.

Soudain, Mme Holdsworth recule d'un bond de la fenêtre en emportant Frances avec elle sur le plancher tandis qu'une explosion assourdissante retentit au-dessus de leurs têtes.

— Il a un pistolet ! s'écrie une des filles dans le brouhaha des cris. Il nous a tiré dessus !

Mme Holdsworth se relève d'un pas chancelant. Des bris de verre jonchent le tapis et, en soulevant le store, elle découvre un trou béant dans le carreau de la fenêtre.

Le cœur battant, elle entend les autres qui font corps autour d'elle, le crissement de leurs pieds sur les éclats de verre. Elle tend la main pour leur intimer l'ordre de reculer et regarde dehors. Les Collins ne sont nulle part en vue, mais la brique qu'ils ont lancée contre la fenêtre gît comme un boulet de canon dans la plate-bande.

Chapitre 9

Market

— Martha ? Ceci vient d'arriver pour vous.

Martha fait la vaisselle dans l'arrière-cuisine quand Mme Holdsworth apparaît, porteuse du courrier du matin. Le cœur battant la chamade, elle prend de ses mains l'épaisse enveloppe couleur crème sur laquelle elle déchiffre son nom.

Elle en sort une lettre pliée et une deuxième enveloppe, plus petite, décachetée déjà, adressée à Mlle Burdett-Coutts à Stratton Street. Martha regarde Mme Holdsworth, qui l'encourage d'un hochement de la tête. Martha déplie la note et fronce les sourcils en découvrant les petites lettres inscrites à l'encre bleue.

— C'est de Mlle Coutts.

Elle la parcourt rapidement, la bouche de plus en plus sèche, ses mains peinant à tenir la feuille sans trembler. Elle la pose de côté pour lire la seconde, laquelle à première vue est plus longue, mais pas autant qu'elle le souhaiterait, et recouverte d'une écriture aussi serrée que désordonnée.

Elle ressent le besoin d'aller la lire dehors et quitte l'obscurité de l'arrière-cuisine pour s'adosser au mur de la buanderie.

Chère Mademoiselle Burdett-Coutts,

Merci pour vos lettres à moi-même et à ma fille. Malheureusement, Veronica ne sait pas très bien lire et écrire et donc ne sera pas en mesure d'avoir une correspondance. J'ai connaissance de vos œuvres de bienfaisance et suis une grande admiratrice de votre travail au sein des Ragged Schools en particulier. J'ai des amies qui seraient très intéressées de vous rencontrer, qui cherchent des marraines pour le Royal Berkshire Hospital et...

Martha interrompt sa lecture. Elle retourne immédiatement chercher Mme Holdsworth qui est occupée à remplir la bouilloire dans la cuisine. Elle lui tend la lettre et la dévore des yeux pendant qu'elle en prend connaissance.

— Qu'en pensez-vous ? demande-t-elle une fois que Mme Holdsworth a terminé.

La directrice pousse un soupir, le front tissé de perplexité.

— Ça m'a l'air d'être une impasse.

— Elle ne parle même pas d'Emily. Comme si elle n'avait jamais existé, déplore-t-elle en secouant la tête. Je suis sûre qu'elles cachent quelque chose. Veronica a à peu près le même âge qu'Emily, mais on ne dirait vraiment pas.

Lydia, la nouvelle pensionnaire d'Urania Cottage, remonte de la cave chargée d'un seau à cendres. La jeune femme, discrète et effacée, occupe désormais le lit de Josephine, dans lequel elle dort la nuit sans faire un bruit. Elle a passé le soir de son arrivée à pleurer, et Polly l'a réconfortée en l'emmenant le lendemain matin donner à manger aux poules. Les volailles se laissent caresser par Lydia, un privilège qu'elles n'accordent à personne d'autre.

La jeune fille leur adresse un sourire discret avant de disparaître dans le vestibule.

— Il faut que j'écrive à Mary, affirme Martha avec lassitude.

— Vous pourriez l'inviter à venir ici.

Martha repense aux Collins, à leur visite aussi étrange que perturbante, comme deux chiens dans un jeu de quilles. Elle déchiffre à nouveau son propre patronyme dans l'élégante graphie d'Angela sur l'épais papier couleur crème. Il n'a pas l'air de lui appartenir, comme si c'était plutôt celui d'une jeune femme qui range ses papiers à lettres dans un secrétaire, se parfume à l'eau de rose, possède une paire de chaussures de danse : une jeune femme qu'elle aurait pu être.

Le lendemain du départ de Josephine, Martha et deux autres filles ont fait la lessive. Elle a lavé la robe framboise de Josephine, en la plongeant sans relâche dans de l'eau chaude, les yeux rivés sur les manches qui remontaient obstinément à la surface comme une femme noyée.

— Peut-être, dit-elle.

Elle sent de nouveau le nuage noir se refermer sur elle. Elle range les deux missives dans la poche de son tablier afin de les relire plus tard. Dans sa lettre, Angela affirme qu'elle leur rendra bientôt visite. Autrefois, cette annonce aurait réjoui Martha, mais à présent elle ne ressent plus rien.

Mme Holdsworth s'en va dans la salle de classe et Lydia passe la tête par la porte de la cuisine.

— Martha ?

Martha relève la tête.

Lydia se tasse imperceptiblement et dit de sa petite voix :

— J'ai trouvé quelque chose à l'étage.

Sans un mot ni grand intérêt, Martha la suit jusque dans leur chambre. Depuis le seuil, elle regarde Lydia qui écarte le lit de Josephine de quelques pouces de la cloison.

— Qu'est-ce qu'il y a ?

Martha ne voit rien – de fait, elle a déjà cherché le moindre objet, la moindre marque, le matin qui a suivi le départ de Josephine, mais n'a rien trouvé. Elle avait pris quelques mèches noires de la brosse à cheveux qu'elles partageaient, et les avait enroulées pour les glisser sous son oreiller, oubliant de les mettre à l'abri avant qu'on fasse les lits le lendemain matin. Quand elle s'en était souvenue, les mèches avaient disparu.

Lydia montre du doigt le mur à côté du cadre de lit, et Martha se met à genoux sur le matelas pour regarder de plus près. Avec une aiguille, peut-être, ou alors un clou, on a gravé un mot sur le papier peint flambant neuf aux motifs de roses.

— « *Street* », lit Martha.

Lydia la regarde d'un air interrogateur.

— Cela ne me dit rien, dit-elle avant de repousser le lit contre le mur.

Angela ne se rappelle pas la dernière fois qu'elle a reçu des invités chez elle. Le désespoir à la suite de la libération de Dunn, le cottage et toutes ses obligations l'ont accaparée, et cela fait bien trop longtemps que Stratton Street n'a pas été pris d'assaut. Elle décrète qu'il est grand temps de voir les lustres flamboyer, les plateaux circuler, les arrangements floraux emplir les pièces. Les bonnes époussettent les salles de réception quotidiennement. Elles aimeraient que leur maîtresse les autorise à tout recouvrir de draps, mais vivre dans une maison au mobilier drapé de blanc serait trop triste. Ainsi Angela invite-t-elle trente personnes à dîner, suivies de soixante-dix de plus pour danser, et les préparatifs commencent.

Elle se sent revigorée à la vue de la maison qui prend des airs de fête, chaque pièce parée et plus étincelante que la suivante, la table à manger recouverte d'argenterie et de cristal tandis que des fumets délicieux flottent depuis les cuisines. Angela se laisse aller à se réjouir à cette perspective et, le matin en question, ressent la même effervescence que lorsqu'elle était fillette le jour de son anniversaire. Un quatuor s'accorde dans la salle de bal, on livre les caisses de champagne dans une charrette à bras qui descend la rue en carillonnant comme des cloches. Le constable Ballard garde la porte de la rue et reste à l'affût de l'homme qui semble l'avoir totalement oubliée, ce qui est bien loin d'être la vérité et Angela le sait. Ne rien savoir du lieu où il se trouve lui glace le sang, et elle se surprend à penser plus souvent à lui que lorsqu'il surgissait sans prévenir.

Angela prend place au milieu de la table, de sorte à pouvoir contempler ses convives deviser entre eux en tournant la tête à droite et à gauche. Certains sont de vieux amis, d'autres ne se connaissent pas du tout : comédiens, chanteurs, banquiers, évêques, scientifiques et savants accompagnés de leurs épouses. C'est pour elle une source de grande joie que de voir les plumes de ces dames trembloter, leurs boucles d'oreilles attraper la lumière, leurs joues s'empourprer, leurs voix résonner de plus en plus fort avec humour et indignation. Les fêtes les plus réussies sont comme une assiette bien garnie : mélangées, hautes en couleur, faites pour être partagées.

À la faveur d'une pause dans sa conversation avec son cousin Lord Dudley, elle beurre un petit pain et tend l'oreille sur sa droite, tandis qu'un associé de sa banque raconte une anecdote qu'elle a entendue cent fois, sur un commis, un client et une histoire d'erreur d'identité. Elle sourit et se félicite de son plan de table, se ressert un verre de vin et navigue parmi ses invités. Elle danse avec les amis de son père, son cousin et le Dr Brown.

Elle danse jusqu'à en avoir mal aux pieds et le dos endolori ; elle plaisante sur le grand âge qui la guette. Sa demeure, songe-t-elle, est véritablement magnifique. Quelle chance elle a de l'habiter ; quelle aubaine que cet héritage, mais que la maison est vaste pour une seule personne. Elle boit encore du champagne, oublie son mal de dos, ses pieds fatigués. Elle s'entretient longuement avec la fille du comte de Northumbrie, qui vient tout juste de rompre ses fiançailles, et les deux femmes lèvent leur verre.

Peu après onze heures, elle termine une valse, applaudit avec tout le monde avant de s'éclipser de la salle de bal, et la musique et les conversations s'estompent tandis qu'elle gravit les marches recouvertes de moquette écarlate jusqu'au salon du premier étage. Deux jeunes amants ont pris place sur le canapé de velours devant le feu bas, dissimulés par l'obscurité, et devisent à voix basse, tête penchée. Ils la redressent lorsqu'elle entre dans la pièce, lui font signe de se joindre à eux, mais Angela décline et continue. Elle atteint son salon privé et s'y enferme à double tour.

Un réverbère brille derrière la fenêtre, et jette une lueur fantomatique dans la petite pièce. Angela prend place sur le vieux fauteuil de son père devant la cheminée et retire d'abord sa chaussure droite, puis la gauche. Il fut un temps où elle dansait dans cinq bals par semaine, dont elle partait rarement avant deux heures du matin. Mme Brown s'assoupissait dans un coin, son verre de sherry penchant dangereusement sur la soie de ses jupes. Elle sourit à ces souvenirs, avant qu'elle épouse sa richesse et ne devienne une Coutts. Avant même que Dunn ait vent de son existence. Elle se demande si Mme Brown s'est excusée pour regagner ses appartements à l'étage.

Une carafe d'eau est disposée en prévision du matin. Pieds nus, elle s'approche du bureau afin de boire et en profite pour contempler les rues calmes où les fiacres de ses convives les attendent et les cochers somnolent, les rênes drapées sur leurs bras croisés.

Ses pensées, comme toujours quand elle est seule, ou à une fête, ou lorsqu'elle a bu du champagne, se tournent vers le duc. Elle s'assied à son bureau, prend une feuille de papier vierge, ouvre le tiroir pour en sortir une plume. Elle se frotte les lèvres du bout des doigts, débouche l'encrier, trempe la plume et contemple dans la semi-obscurité la larme bleue qui s'arrondit en luisant.

Elle l'essuie, et à la lueur du réverbère, rédige d'une écriture effrénée, avec encore moins d'application que de coutume. Le duc la taquine toujours en disant qu'il lui faut un interprète pour déchiffrer ses atroces pattes de mouche, et ce soir, guidée par son exaltation et ses pieds endoloris, elle est plus évanescente que d'habitude. Elle signe d'un grand geste théâtral, cueille une fleur à sa coiffure et la glisse à l'intérieur de l'enveloppe, sur laquelle elle inscrit son nom et son adresse. D'une certaine manière, lorsqu'il réside dans sa demeure londonienne, à un demi-mile à peine de chez elle, elle trouve la situation encore plus insupportable. Elle laisse la lettre au milieu du bureau pour que Mme Brown la joigne au courrier du matin.

Elle se relève et trébuche sur l'ourlet de sa robe, perd un instant l'équilibre et se rattrape au dossier de la chaise. Elle se tourne pour regarder son père au-dessus du manteau de cheminée et pousse un soupir ; elle se sent plus lucide à la lueur de ces yeux noirs comme le charbon. Ils se toisent un instant et pourtant elle n'arrive pas à lire son expression. Puis elle se rend compte que pour une fois elle n'en a cure. Sa maison déborde de convives, et il aurait eu de quoi en être fier.

Le lendemain matin, Angela dort jusqu'à dix heures et demie et prend un petit déjeuner de pâtisseries, de fruits et de café au lit en lisant les journaux. C'est une matinée lumineuse de printemps et Mme Brown ouvre les volets en grand.

— Pourquoi ne peut-il pas faire un temps nuageux ? grogne Angela en levant le journal pour se protéger les yeux.

Mme Brown range les bijoux qui jonchent la coiffeuse. Sa robe, qu'elle avait abandonnée en tas sur le sol, a été sauvée par une bonne matinale, et rangée. En pleine lecture concernant la visite de la reine d'Espagne, Angela pense soudain à quelque chose.

— Mme Brown, dit-elle d'une voix penaude. Dans une sorte d'état second, j'ai écrit une lettre pour le duc dans mon salon hier soir. Vous ne l'avez pas envoyée, dites-moi ?

— Non, répond Mme Brown.

— Dieu soit loué. Pourriez-vous vérifier si Stockton l'a mise dans la boîte aux lettres ? Et lui demander de ne pas l'envoyer ?

— Je m'en occupe immédiatement.

Une vague de nausée la cloue un instant au lit et elle reste immobile à tenter de la contrôler en mâchant une poire. Le jus coule sur la page du journal, recouvre ses mains tachées d'encre, et elle contemple l'idée d'un bain quand Mme Brown revient et lui demande où elle a posé la lettre.

— Sur le bureau, au milieu, dit-elle. On ne voyait qu'elle.

— Il n'y a plus rien sur le bureau, mais Stockton n'a pas vu la lettre.

Angela se rembrunit.

— Voulez-vous bien interroger les bonnes ? Et le Dr Brown ? Ce ne serait pas une catastrophe s'il l'avait envoyée. Que personne ne s'affole. C'est seulement… Ma foi, la missive était un peu sotte.

Sa dame de compagnie s'éclipse de nouveau, et Angela se demande combien de temps encore Mme Brown sera en mesure de gravir les escaliers sans souffrir. Peut-être que dans quelques années, elle déménagera les Brown au rez-de-chaussée ; peut-être qu'à l'hiver de leur vie, elle leur offrira une chaumière à la campagne. Elle songe que le Dr Brown serait très heureux sous un vaste ciel, réveillé par le chant des oiseaux, même si elle soupçonne que Mme Brown détesterait les plafonds bas et l'odeur du fumier. L'idée lui arrache un sourire et lui rappelle sa grand-mère, Lady St Albans, qui dans les derniers mois de sa vie dormait dans un lit installé dans la salle à manger de Stratton Street. Comme sous l'effet d'une illusion d'optique, cette dame potelée et pleine de vie s'était tassée et vidée de son énergie à vue d'œil, même si elle n'avait jamais perdu son sens de l'humour : elle déplorait que personne ne soit là pour la voir avec sa nouvelle taille de guêpe.

Mme Brown réapparaît sans faire de bruit avec ses mules en soie.

— Personne n'a vu ni envoyé la lettre, annonce-t-elle d'un air préoccupé.

— Personne ? Mais c'est impossible. Quelqu'un l'a forcément déplacée. Avez-vous interrogé les bonnes ?

— Elles commencent le ménage à six heures. Edith s'est chargée de votre salon ; elle affirme qu'il n'y avait aucune lettre à son arrivée dans la pièce.

— Comme c'est étrange.

Mais pas suffisamment étrange pour qu'Angela s'y attarde, et quand elle y repense quelques jours après, il est déjà trop tard.

— Je nous ai trouvé un logement.

Annie lève les yeux du sol, sur lequel elle est assise avec le bambin de deux ans qui lui rampe dessus comme un chaton. Elle a ménagé une sorte de tanière entre ses jambes pour l'enfant, qui tient debout et marche quand on lui tient les mains ; il s'avance de sa démarche hésitante et atterrit sur son derrière nu.

— Qu'est-ce que tu dis ? demande Annie en souriant.

— Je nous ai trouvé un logement, près de Hungerford Market. Six shillings la semaine.

— Dans une chambre à nous ?

— Non, espèce de cruche. Une chambre partagée.

Le bébé se redresse sur ses jambes potelées, et Annie tend les bras tandis qu'il s'approche d'elle.

— Par ici, allez, l'encourage-t-elle.

— Alors, qu'est-ce que tu en penses ? La logeuse attend la réponse aujourd'hui, sinon elle le donne à quelqu'un d'autre.

— Six shillings la semaine pour un lit dans une chambre partagée ? demande Annie sans la regarder. C'est plus que ce qu'on paie maintenant.

— Ça sera toujours plus que ce qu'on paie maintenant, vu qu'on paie rien. Et on partagerait avec un couple marié.

— C'est déjà ce qu'on fait ici.

Annie sourit toujours, et Josephine se rembrunit.

— Je n'aime pas vivre comme ça, aux crochets de ta sœur. J'ai l'impression de déranger.

— Tu déranges pas, et ma sœur fait pas l'aumône. On garde les enfants. Où tu vas, toi ? lance Annie au plus jeune qui s'agrippe aux couvertures, perd l'équilibre et tombe par terre une fois de plus.

Il se met à pleurer et à uriner simultanément, et Annie fait un petit bruit réprobateur avant de se lever pour aller chercher de quoi nettoyer.

Josephine ne fait aucun geste pour lui venir en aide. Voilà plusieurs semaines qu'elle vit dans cette chambre exiguë du quatrième étage en compagnie d'Annie, de la sœur de cette dernière, Maud, et de son beau-frère John, ainsi que leurs cinq enfants – âgés de neuf ans à onze mois. Elle dort avec Annie sur un matelas dans un coin de la chambre avec deux des enfants ; le nouveau-né et un autre dorment dans le lit des parents, et le plus grand a son propre grabat à même le sol. Ils sont voisins de la taverne du *Lamb and Flag*, qui ouvre à la première heure pour les maraîchers – ceux qui partent de la place du marché à sept heures du matin –, et ferme bien après minuit. Entre les enfants et les fêtards, Josephine ne dort pas plus d'une heure par nuit depuis qu'elle a quitté Urania Cottage.

Le bambin de deux ans s'agenouille et ramasse un objet par terre : des pièces de monnaie s'éparpillent sur le plancher en roulant en tous sens.

— Annie, je croyais que tu allais mettre tout ça au clou, dit Josephine en se levant d'un bond pour les ramasser et retirer la dernière pièce des doigts sales qui s'approchent de la bouche du bambin.

— Je n'ai pas eu le temps.

— Tu veux que je m'en occupe maintenant ?

Elle aligne les pièces sur le plan de travail. À côté, hors d'atteinte des petites mains, elle pose la bourse qu'elle a dérobée à un monsieur qui regardait l'étalage d'un bouquiniste sur Charing Cross Road. Elle est en cuir de chevreau noir, doux comme du beurre, décoloré par l'usage. La plupart des pièces ont disparu. Elle l'a volée pour elle et Annie, en lui demandant de ne rien en dire à Maud, même si Maud ne pose aucune question sur la provenance de la nourriture et mange avec délectation tout ce que Josephine rapporte à la maison. Josephine n'avait pas compris que son argent finirait dans le pot commun, et avec neuf bouches à nourrir, son butin a fondu comme neige au soleil. Elle a déjà vendu le *Vanessa cardui*, sans avoir la moindre idée du prix que pouvait aller chercher un papillon sous cadre, mais consciente qu'elle n'en avait pas tiré assez.

Annie frotte le sol avec le bout de tissu qui sert à leur toilette et ne répond pas. Il ne fait pas encore chaud dehors, et la pièce est étouffante. Une des fenêtres est condamnée par une couche de peinture ; l'autre reste coincée à un pouce du rebord. John a promis de s'en occuper, mais chaque soir il rentre à la maison et s'effondre dans son lit, abruti de fatigue après sa journée de travail sur les chemins de fer.

John et Maud sont de braves gens qui travaillent dur, paient leur loyer rubis sur l'ongle et ne cherchent des noises à personne. Ils se sont montrés généreux envers Annie et Josephine en leur laissant utiliser la chambre en échange de la garde des enfants pendant la journée. Chaque matin, les trois plus grands se dispersent comme des souris pour aller jouer dans les cours et les ruelles, faire des commissions, récurer des escaliers, passer des tas de détritus au peigne fin. En véritables petits Londoniens, ils sont malins, perspicaces et débrouillards.

En cette soirée de mois de janvier glacial, quand Josephine avait poussé la lourde porte et gravi la demi-douzaine de volées de marches, son cœur battant au rythme de ses bottes, elle avait eu l'étrange impression de remonter dans le temps. Le briquetier, Vincent, s'était montré dur en affaires, d'abord pour lui fournir des renseignements, puis pour transmettre la correspondance avec Annie. Par trois fois elle avait déverrouillé la porte du jardin avec une épingle à cheveux pour le retrouver à la grille ; là, il lui donnait des messages et elle se donnait à lui. Plusieurs fois, elle avait eu dans l'idée de sortir en douce une tarte ou une côtelette pour lui donner à la place, mais à Urania Cottage, elle n'était pas une voleuse et n'avait aucunement l'intention d'en devenir une.

Elle était arrivée à la porte du haut, avait tendu l'oreille au fracas et au brouhaha des enfants, et quand elle avait entendu Annie les gronder, elle avait senti son cœur s'envoler. Elle avait ouvert la porte sans même prendre la peine de frapper. Elle était restée sur le seuil, sans que personne ne s'avise de sa présence, et avait contemplé la scène qui s'offrait à ses yeux : un fatras de draps, de chaussures, de jouets, de pots de chambre, de bas, de tapis, de lits et de chaises, et au milieu, Annie à genoux, vêtue d'un sarrau, sa chevelure cuivrée qui tombait en cascade sur ses épaules.

Le vacarme et le chaos s'étaient tus quand leurs regards s'étaient croisés, et d'un bond Annie s'était levée pour foncer sur Josephine et couvrir son visage, ses cheveux, ses mains de baisers en pleurant de joie. Le moindre doute, le moindre regret que Josephine avait encore à l'idée d'abandonner le cottage, sa formation, l'Australie, et même Martha, s'étaient envolés en cet instant de félicité.

Elles laissèrent les enfants à la maison pour aller se promener sur Long Acre. Josephine écouta Annie lui parler du quartier, du bébé, du meilleur endroit pour acheter des poires sur le marché. La question resta en suspens entre elles jusqu'à ce que Josephine ne tienne plus.

— Pourquoi tu as fait ça ? demanda-t-elle, et Annie s'immobilisa.

Ses yeux s'emplirent de larmes et elle prit les mains de Josephine dans les siennes.

— J'ai été lâche, dit-elle. Plus on en parlait, plus je me rendais compte que j'avais envie de voir Maud, et je ne voyais pas comment t'en parler. J'avais quand même envie de le faire, vraiment envie, Jo. Mais je ne savais pas comment te parler de tout ça, alors c'est honteux, mais je t'ai laissée en plan. Je voulais le meilleur pour toi – sincèrement – et je savais que cette maison serait idéale pour toi.

Josephine avait l'impression d'être en équilibre très haut et de batailler pour ne pas tomber. Si Annie savait comment elle avait payé le briquetier pour la retrouver… elle aurait peut-être compris, mais elle aurait détesté l'apprendre. Josephine imagina Annie à sa place, en train de soulever ses jupes, adossée au mur de briques, et sentit la rage et le dégoût lui donner des vertiges. Ses mains se relâchèrent entre celles d'Annie. Cette dernière, interprétant mal sa réaction, les agrippa davantage.

— Je suis si heureuse que tu sois venue à moi. Quand ce garçon est venu me trouver, j'ai cru que j'allais exploser. Je suis désolée de ce que j'ai fait, Jo. Mais maintenant tu es ici. Tu m'as trouvée. Une partie de moi a toujours su que tu me retrouverais. Tu as eu ma souris en sucre ?

— Oui, répond Josephine. Tu es maligne.

Se méfiant de Vincent, Josephine l'avait chargé de demander à Annie d'envoyer quelque chose qui lui prouverait que c'était bien elle. Quand elle avait soupesé la petite créature dans sa main, elle avait failli pleurer de joie.

Après ça, Annie et elle s'étaient promenées bras dessus bras dessous jusqu'au fleuve, où elles avaient cherché un coin tranquille près d'un quai, et s'étaient retrouvées.

Ce soir-là, aussi sombre fût-il, brilla de mille feux pour Josephine, comme s'il s'était déroulé en plein après-midi d'été. John et Maud avaient accueilli Josephine et envoyé leur aîné acheter de la bière à la taverne voisine. Ils avaient partagé un souper de côtelettes, de légumes marinés, de pain et de fromage, serrés autour de la petite table sous la fenêtre, certains assis sur des chaises, d'autres à même le sol.

Au début, Josephine trouvait qu'elles étaient bien installées. Leur chambre était assurément plus propre que n'importe quel bouge dans lequel elle avait pu loger avant Urania Cottage, il y avait de la lumière à profusion, et les réverbères faisaient briller les murs la nuit. Le logement en lui-même n'était pas plus décrépit ou sale que ce à quoi elle s'attendait, les autres locataires avaient l'air discrets, exception faite d'un bruit de vaisselle ou d'un éclat de voix nocturne de temps à autre.

Au début, Urania Cottage ne lui manquait pas du tout. Elle faisait ce qu'elle voulait de son temps ; elle était libre de gagner sa vie. Elle se disait qu'elle trouverait un emploi stable dans une blanchisserie ou une taverne. Pendant deux semaines, elle aida Annie à s'occuper des enfants, en se rendant compte un peu plus chaque jour qu'elle ne contribuait pas aux frais de la maisonnée. C'est alors qu'une bourse, dépassant comme une langue d'un grand manteau bleu, dans une rue bondée, lui avait offert une opportunité ; avant même de s'en rendre compte, elle tenait le cuir entre ses mains, le monsieur ne s'était aperçu de rien et continuait à regarder les livres alors qu'il n'avait plus un sou pour les acheter. Elle passa l'angle de la rue et s'adossa au mur, le cœur battant la chamade, l'excitation lui fouettant le sang, la laissant exaltée. Elle se dit qu'elle ne recommencerait pas ; elle trouverait un emploi respectable. Dans un endroit comme il faut qui aurait reçu l'approbation de Mme Holdsworth. Elle resta plaquée contre le mur pendant un long moment, puis ôta le châle de ses épaules et s'en drapa les poignets. L'espace d'un instant, elle se représenta Mme Holdsworth debout de l'autre côté de la rue, en train de la regarder d'un air réprobateur.

Maintenant, elle emporte avec elle la bourse en cette belle journée ensoleillée et froide et trouve un prêteur sur gages sur le Strand. C'est le portefeuille de feu son père, lui dit-elle, un objet de famille – *touchez comme le cuir est doux*. Elle espérait en obtenir plus que dix shillings – *pourriez-vous aller jusqu'à quinze, monsieur ? Ma mère aura le cœur brisé si je n'en retire pas plus de douze shillings. Oui, monsieur, très bien, monsieur ; dix feront l'affaire*.

Josephine ressort dans la rue et se dirige vers l'est. Elle n'a aucune envie de retourner à Coopers Buildings, avec ses remugles de lait et ses guenilles tachées d'excréments. À bien des égards, c'est pire que la prison : l'absence de routine, le manque d'argent, la répartition rigoureuse de la nourriture. Chaque heure s'étire avec non pas la promesse d'un jour meilleur, mais d'un jour de dur labeur. Si Annie savait ! Tout ce qu'elle veut, c'est vivre dans l'intimité à ses côtés, manger des noisettes, boire du chocolat chaud et voler de temps en temps. Elle a toujours été suffisamment douée pour ne pas avoir à s'y adonner tout le temps. Son arrestation l'an dernier avait une seule explication : la malchance. Un *bobby* qui avait surgi à l'angle de la rue tandis qu'elle échappait à un autre. Voilà qui ne reflétait en rien son savoir-faire. Ce genre de choses arrivait.

— Josephine ?

Un court instant, Josephine oublie où elle se trouve, qui elle est.

Une belle femme corpulente aux cheveux noirs, vêtue d'une robe en soie lustrée, se détache de sa compagne pour s'approcher d'elle, le visage éclairé d'un large sourire qui dévoile ses dents droites et blanches. Il faut une seconde à Josephine pour se souvenir.

— Susannah ?

— Tu ne m'as pas oubliée ?

La femme se penche pour l'embrasser, et Josephine perçoit un effluve de talc de rose.

— Ça fait tellement longtemps. J'ai cru que tu étais passée à autre chose, dit la femme.

Josephine et Susannah se sont rencontrées sur Haymarket deux ou trois ans plus tôt. Susannah est plus âgée que la majorité des prostituées que connaissait Josephine, mais elle est ronde et en bonne santé, et très prisée, avec ses beaux yeux sombres et sa chevelure brillante. Elle a un petit air méditerranéen ; parfois, elle glisse une fleur derrière son oreille. Ses habits, en soie ou en velours, sortent toujours du lot ; elle sillonne les rues mornes tel un joyau sorti de la vase de la Tamise.

— Je me suis absentée quelque temps, dit Josephine.

— T'as fait Coldbath ?

— Tothill.

Susannah hoche la tête.

— Contente de te voir en forme. Quoi de neuf ?

Les volailles rôties et les travaux physiques de Shepherd's Bush ont changé Josephine : sa vieille robe la serre un peu à la taille, elle a forci des bras et des épaules.

— Rien de spécial, répond-elle. Et toi ?

— J'ai fait des économies, comme j'avais dit que je ferais. J'ai repris le bail d'un café vers le pont de Westminster. Je te l'avais bien dit, pas vrai ?

— En effet.

Josephine est impressionnée.

— Faut passer me voir un de ces jours. C'est le *College Coffee House*. On a des membres du Parlement comme clients, hein, Nan ? Évidemment, j'en connais déjà deux, trois, dit Susannah avec un clin d'œil.

Sa compagne, une femme pâle à l'air plutôt aigri, se tient en retrait sans un mot. Une envie fugace prend Josephine de demander à Susannah du travail dans son établissement, mais la présence d'une tierce personne la rend un peu honteuse, et elle s'abstient.

— Tu vis où, maintenant ?

— Près du marché de Covent Garden. Pas loin d'ici.

— On avait l'habitude d'aller à la buvette là-bas, tu t'en souviens ? Le gars nous laissait traîner devant le feu aussi longtemps qu'on voulait. Un pain et une demi-tasse de café pour un penny, c'était bien ça ? Oui, je m'en souviens maintenant : il avait installé une espèce d'étendoir en zigzag devant son étal qu'il avait recouvert de couvertures, comme ça on avait chaud. Il était beaucoup plus gentil que tous les autres. Et sa femme faisait des gâteaux, pas vrai ? Et elle l'embrassait sur les moustaches avant de rentrer chez elle.

Ce n'est pas une période que Josephine a plaisir à se remémorer. Elle sourit faiblement et jette un œil dans la rue, comme si elle songeait à héler un fiacre.

— Penses-y, tu veux ? Le *College Coffee House*. Viens souper un de ces jours, c'est la maison qui invite.

Leurs chemins se séparent, et Josephine est happée par la circulation sur le Strand. Avant d'atteindre l'église à côté de Clare Market, elle s'arrête et se retourne pour voir jusqu'où les deux femmes sont allées. Puis elle traverse la route et s'appuie sur le parapet du pont pour contempler en amont du fleuve les flèches et les clochers, les barques, vapeurs et péniches avancer comme une masse grouillante sur l'eau gris acier.

Elle ne se rendra pas au *College Coffee House*. Elle essaie de se dire que l'établissement est situé trop près de Tothill Fields, mais ce n'est pas la raison. La robe en soie marron de Susannah coûtait cher, elle avait les cheveux lustrés, et quand elle a embrassé Josephine, ses joues étaient poudrées. Très peu de ses pairs réussissent à grimper les échelons ; la plupart sombrent dans les profondeurs. Connaître une femme qui s'est élevée revient à reconnaître qu'on est en train de couler.

Il y a encore cinq ans, elle copiait les filles plus âgées de Regent Street, à lever ses jupes à la cheville, comme si elle marchait dans un champ de purin. Un jour, elle regarda droit dans les yeux un de ces messieurs en haut-de-forme. L'homme secoua la tête avec un air de dégoût et poursuivit son chemin, mais un autre l'approcha. Il n'était guère plus grand qu'elle, avec des cheveux blancs coupés ras et une silhouette de jeune fille. « Voulez-vous monter avec moi ? », dit-il. Quinze minutes plus tard, elle ressortait sur Regent Street, tremblante de peur, d'orgueil et un peu de douleur, aussi, mais surtout de soulagement en sentant irradier la pièce qu'elle serrait dans le creux de sa main. À l'époque, alors sans famille et sans chez-elle, Londres lui donnait l'impression d'être l'antre des enfers, avec son tonnerre de sabots et de roues, ses gouffres de pauvreté, ses potences et ses bateaux-prisons qui dormaient comme des chiens allongés sur le fleuve. Mais en cet après-midi du mois de mai, quand elle sortit en titubant des ombres, laissant l'homme rajuster ses vêtements, elle se sentit revivre, plus avisée que toutes les autres, plus vieille que la ville elle-même. La vie semblait sans limite et s'ouvrir comme une fleur devant ses yeux, d'un rouge sang capiteux.

Elle redescend lentement le Strand, caressant les shillings dans sa poche, et verse une caution pour la chambre du côté de Hungerford Stairs. Elle dit à la logeuse qu'elle reviendra plus tard avec son amie et leurs affaires. Annie ne sera pas contente, voire contrariée. Elle demandera ce qu'elle est censée faire des enfants. Elle aime bien s'occuper de ses nièces et neveux, elle aime bien être leur Tante Annie. Elle est déçue par le peu d'attention que Josephine leur accorde et l'interroge sur ses frères et ses sœurs, comme pour l'amadouer en lui rappelant sa tendresse enfouie pour les enfants.

Mais Josephine ressent peu de choses à l'évocation de ses frères et sœurs, morts de longue date ; trop de temps a passé, trop d'événements se sont succédé. À chaque fois qu'elle posait ses avant-bras contre un mur de briques humides, pour se mettre en position, les quelques poignées de moments heureux qu'elle avait connus enfant – à caresser un cheval en compagnie de son petit frère ; à se promener au soleil en donnant la main à sa mère, dont elle a oublié jusqu'au visage ; à faire tournoyer entre ses doigts la peau d'une pomme pelée comme un ruban sans fin – disparaissaient de plus en plus jusqu'à ce qu'elle se demande si elle avait même été une enfant un jour.

Chapitre 10

L'étain et le fer

Avant que la bougie ne meure, Martha en allume une nouvelle et la glisse dans le bougeoir. Elle éteint le bout restant, se penche par-dessus le rebord de son lit pour le poser par terre, et se pelotonne sous les couvertures avec son livre. Depuis plusieurs nuits, elle lit *Michael Howe* dans la pénombre, et y passe plus de bougies que de raison. Elle avance lentement mais sûrement, comme une petite embarcation sur un immense fleuve. L'histoire est palpitante, effrayante par moments, et elle ne comprend pas tout mais elle n'en est pas moins happée. M. Bryant en est ravi, et ils en parlent lors de leurs sessions. Il y a un an, elle aurait trouvé invraisemblable l'idée de s'asseoir pour parler littérature avec un homme d'Église.

— Martha ? lui chuchote-t-on depuis l'autre bout de la pièce.

Martha soulève sa bougie.

— Oui ?

La tête sur son oreiller, Lydia regarde Martha de ses grands yeux sombres qui brillent dans la nuit. Comme elle ne répond pas, Martha lui demande :

— Tout va bien ?

— Pas trop, murmure Lydia. Je ne sais pas.

Martha quitte son lit dans un froissement de draps.

— Qu'est-ce qui se passe ?

Lydia a environ dix-sept ans, à peu près l'âge d'Emily, et Martha ressent pour elle un instinct protecteur tout sororal. « Être sœur, c'est être mère », lui avait dit sa propre mère un jour. Elle s'agenouille au chevet de Lydia et approche la bougie.

— Ça fait mal, murmure Lydia.

— Quoi donc ?

— Mon ventre.

Martha soulève les couvertures. Les draps sont tachetés de sang.

— Ça va aller, dit-elle. Ça nous arrive à toutes.

Lydia hoche la tête.

— Attends.

Elle part à la hâte en quête de draps propres et de serviettes. Elle a besoin de la clé de Mme Holdsworth pour accéder aux boucles de coton qu'elles utilisent pour leurs sous-vêtements, mais ça attendra le matin, songe-t-elle. Lydia a surtout besoin d'une nouvelle chemise de nuit et de draps propres. De retour dans la chambre, elle l'aide à se lever.

Polly qui finit par se réveiller vient les aider à faire le lit et descend les draps tachés à l'arrière-cuisine, dont elle remonte une tasse de lait chaud. Lydia, tremblante et les pieds nus croisés sur le plancher, s'assied sur le lit de Martha pour en boire une gorgée.

— Tu te sentiras mieux demain, la rassure Martha.

Lydia hoche la tête. Martha allume une autre bougie et la dispose sur la chaise à côté du lit de sa camarade.

À une poignée de miles à l'est, Angela attend au bord de la route devant les salles de réunion d'Islington. Son ami Frederick Pelham vient de donner une conférence pour la société littéraire et scientifique d'Islington, et Angela est venue le soutenir. Comme Frederick est retenu par quelques admirateurs, elle patiente à l'abri d'une colonne de stuc en compagnie de son épouse Viola, ballottée par le courant lent des spectateurs qui se déversent dans la rue depuis les portes chaleureusement éclairées. Elle est prête à aller se coucher, et étouffe un bâillement derrière son éventail tandis qu'un énième homme aborde Frederick pour lui serrer la main. La nuit est froide, et de l'autre côté de la route, en bordure d'un parc, les vagabonds et les travailleurs de nuit se serrent comme des papillons autour d'une buvette. Viola, pressée de rentrer auprès de ses enfants, guette l'arrivée de leur calèche parmi la file des fiacres qui roulent au pas.

— Excusez-moi, mademoiselle ?

Un petit vagabond s'est approché des deux femmes. Angela replie son éventail et le regarde avec un sourire hésitant, qui vacille lorsqu'il lui tend une enveloppe. Il la lui tend à l'envers, et quand elle la retourne, elle découvre dans une écriture familière les lettres *ABC*.

Elle sent le trottoir basculer sous ses pieds et d'une main gantée se retient à la colonne.

— Qui t'a donné ça ? demande-t-elle sèchement.

Mais le garçon s'est déjà faufilé avec adresse dans la marée de cannes et de jupes.

— Qu'est-ce que c'est ? s'enquit Viola avec un petit froncement de sourcil amusé.

Angela ouvre son sac à main et enfouit la lettre tout au fond.

— Sans doute une sollicitation en faveur des sans-abri, ou quelque chose comme ça. (Elle fait tout son possible pour ne pas regarder autour d'elle et se sent brusquement transie d'un froid terrible.) Sait-on où on vient nous chercher ?

— Je crois que notre calèche est là-bas. Si nous allions attendre Frederick à son bord ?

Elles traversent la route. Tel un animal sauvage, Angela est attentive au parc plongé dans la pénombre, bordé d'épais platanes et d'arbustes. Elles finissent par trouver la voiture des Pelham et s'installent à l'intérieur.

— J'ai trouvé que la soirée s'était remarquablement passée, pas vous ? demande Viola.

Sa voix est sonore dans l'espace confiné. Une lampe à huile pend au plafond, jetant sa maigre lumière.

— Passionnant, dit Angela avec un enthousiasme forcé. J'espère que Frederick obtiendra le poste d'administrateur.

Ce n'était qu'une question de temps avant que Dunn réapparaisse, elle le savait. Et elle avait raison.

— Oh, j'aperçois Mme Harcourt. Je ne l'ai pas vue à l'intérieur. Vous permettez que je sorte un instant lui parler ?

— Je vous en prie.

La calèche tangue tandis que Viola ressort et referme la portière derrière elle. Il n'y a ni serrure ni rideau ; les Pelham n'ont pas besoin de se protéger. À la faible lueur de la lampe, Angela reste seule avec la sensation d'être grossièrement illuminée. Ses mains moites laissent des traces sur son sac à main. Du bout des doigts, elle suit le tracé de la soie, délinéant la forme des objets à l'intérieur : un morceau de crayon à papier, l'épaisseur d'un mouchoir, les coins de ses cartes de visite et la surface lisse de l'enveloppe. *ABC*. Il s'adresse à elle comme le font ses amis les plus proches ; elle ignore d'où il peut bien tenir cette information, et n'a aucune envie de le découvrir.

Elle prend une inspiration tremblante et souffle lentement à travers ses lèvres serrées. La calèche se penche légèrement quand le cocher change de position. Un des chevaux renâcle. Ces bruits lui apportent un réconfort inattendu. Elle n'est pas seule ; le cocher est à quelques pas et ne laisserait pas un inconnu s'approcher d'elle. Elle se redresse pour s'installer plus à son aise et regarde droit devant elle, ignorant sciemment le carré sombre de la vitre. Plusieurs minutes s'écoulent.

Puis soudain la poignée tourne, la portière s'ouvre à la volée et le chapeau de Viola s'élance dans la pénombre, suivi de près par ses épaules étroites. Frederick vient après en courbant sa silhouette et l'atmosphère se détend instantanément.

— Félicitations ! s'enthousiasme Angela dont le cœur bat la chamade. Une soirée triomphale.

Frederick se montre exubérant, et parle avec chaleur de son succès tandis que la calèche se faufile vers l'ouest, éclairée par les réverbères qui défilent comme des torches dans la nuit. Angela est pendue à ses lèvres, et se convainc que tout est normal, qu'elle n'est qu'une femme comme les autres qui rentre tout bonnement chez elle après avoir passé une agréable soirée en compagnie de ses amis.

À Stratton Street, le pas de la porte est vide. Ballard était resté jusqu'à six heures et lui avait proposé de l'accompagner à la conférence, mais elle lui avait certifié que ce n'était pas nécessaire. Elle a dû sortir une trentaine de fois depuis que Dunn a été remis en liberté, et sur vingt-neuf d'entre elles – exception faite de sa fameuse sortie au théâtre – il n'est rien arrivé de notable. La surveillance du constable a été peu rigoureuse et elle se rend compte qu'elle a été bien sotte de penser que Dunn ne l'épiait pas, n'était pas au courant de ses moindres faits et gestes, ou tout du moins de l'essentiel de ses fréquentations et déplacements.

La porte d'entrée s'ouvre avant qu'elle l'atteigne, et Stockton lui prend son manteau.

— Je garde ça avec moi, dit-elle en serrant son sac à main contre ses jupes.

Elle renvoie le valet pour la nuit et va dans son salon, où elle se sert un doigt de brandy de la carafe de son père. Le verre aussi est celui de son père. Elle examine le liquide ambré à travers le cristal en le levant devant la faible lueur de la lampe. Sentant le courant d'air qui souffle dans le conduit de la cheminée, elle prend son verre et son sac à main et s'installe dans son fauteuil de prédilection. Là, elle ouvre la lettre de ses doigts raidis par le froid et commence à lire.

— Martha.

La voix traverse son sommeil et elle se réveille, désorientée, dans une nuit noire. L'espace d'un instant, elle craint d'être de retour dans la Chambre aux Rosiers et le lit à baldaquin, où la lumière de la bougie était venue la trouver.

Mais non, elle est à la maison, ou ce qu'elle considère désormais comme sa maison, dans la petite chambre à coucher du fond, avec Polly et Lydia et la flamme chaleureuse d'une bougie.

— Martha !

Le visage de Polly est apeuré, elle tire sans ménagement sur le bras de Martha.

— Je t'en prie, réveille-toi. C'est Lydia.

Un gémissement animal lui parvient du pied de son lit. Martha sort de sous les draps. Sous les couvertures repliées de Lydia, une flaque de sang noir s'étend. Horrifiée, elle se tourne vers Polly, qui a reculé contre le mur et reste figée par la peur.

— Va réveiller Mme H, siffle-t-elle.

Après une hésitation, Polly s'élance, et Martha va s'agenouiller à côté du lit.

— Lydia ?

La jeune femme se tord de douleur en se mordant la main. Son affreux gémissement recommence, comme un grondement sourd de bovin qui évoque immédiatement à Martha un accouchement, mais le ventre de Lydia est plat.

— Lydia, depuis combien de temps saignes-tu ?

Mais Lydia ne l'écoute pas, et sans doute n'est-elle pas en état de comprendre. Martha lui retire la main de la bouche et étouffe un cri tant sa peau est moite et froide.

Le bruit de pas précipités se rapproche du palier, et Mme Holdsworth surgit dans la chambre avec une lampe.

— Au nom du ciel, qu'est-ce que… ?

Leurs visages paraissent effrayants à la lueur de la lampe et Martha ne peut s'empêcher de penser qu'elle fait un cauchemar, dont elle va se réveiller d'un instant à l'autre.

— Polly, allez chercher le docteur, ordonne Mme Holdsworth à voix basse sur un ton pressant.

— Où ça ? demande Polly, le souffle court.

— Prenez cette clé et allez à la barrière à péage, à l'auberge. Demandez le médecin.

— Quoi, la barrière… ?

— Sortez de la maison et tournez à gauche, puis tout droit jusqu'au bout, puis à droite et toujours tout droit. Tambourinez à la porte jusqu'à ce qu'on vous ouvre. Allez !

Polly attrape son châle au pied de son lit et disparaît. Mme Holdsworth s'agenouille à côté de Martha et pose deux doigts sur le poignet de Lydia.

— Son pouls est élevé, dit-elle. Je vais chercher le laudanum.

Elle disparaît à son tour, laissant Martha seule dans l'obscurité infernale de la chambre et la puanteur envahissante du sang.

— Lydia, dit Martha d'une voix plus calme qu'elle ne l'est réellement. Mme Holdsworth est allée chercher de quoi faire partir la douleur. Et Polly est partie chercher le docteur.

Elle regarde la tache de sang qui s'étale et remonte le couvre-lit sur les jambes de Lydia pour la dissimuler. Lydia la fixe de ses yeux vitreux, tremblante, et laisse échapper des petits sanglots étouffés, de ceux qu'émettent les nouveau-nés. Martha retire la couverture de son propre lit pour l'en recouvrir, et enroule son châle à ses épaules.

— Lydia, dit-elle à voix basse, est-ce que tu portes un enfant ?

Lydia secoue la tête, ses dents s'entrechoquent. Martha opine, réfléchit. Elle n'a que des connaissances rudimentaires en matière médicale. Quand elle avait sept ou huit ans, sa mère a donné naissance trop tôt à un garçon, qui a survécu pendant six jours. Mais il n'y avait pas autant de sang, pas de fièvre, pas de tremblements. Des maux de ventre, des nausées, des grippes – elle a soigné ses deux sœurs d'innombrables maux, et elles lui ont rendu la pareille. Une fois, Mary a longuement gardé le lit, parce qu'elle avait du liquide dans les poumons, mais elle s'est complètement rétablie. Au Magdalen, elle a vu bien pire. Mais dans ce cas, on envoyait les filles dans une chambre de l'hôpital, à l'écart des dortoirs. Certaines revenaient, la plupart non, mais en tout état de cause, on les éloignait du pavillon principal.

Mme Holdsworth revient munie d'un petit flacon.

— Allez chercher d'autres lampes et allumez un feu, ordonne-t-elle.

Martha se relève immédiatement. Tandis qu'elle quitte la petite pièce, la porte de la chambre à l'avant de la maison s'ouvre, et un visage blafard en surgit, l'air apeuré. Deux autres sortent de l'ombre.

— On a entendu parler, dit Frances.

— C'est Lydia, dit Martha.

Elle n'a rien d'autre à dire, pas une seule parole de réconfort.

Elle descend chercher des lampes, faire bouillir de l'eau, prendre du charbon. Deux filles lui prêtent main-forte et les trois restent dans la cuisine jusqu'à ce qu'elles aient rassemblé tout ce dont elles ont besoin, comme si elles se lançaient dans quelque long voyage.

Lorsqu'elles retournent dans la chambre, Lydia est morte.

La plus jeune des femmes de chambre de Stratton Street sursaute en découvrant sa maîtresse, à six heures du matin, assise dans son lit. Chargée d'un panier de bûches et de son fidèle drap de protection contre la poussière, elle manque de laisser tomber sa bougie quand Angela lui adresse la parole. Après tout, la plupart du temp, Angela est toujours assoupie quand elle entre en scène.

— Bonjour, lance-t-elle depuis l'immense lit d'un blanc immaculé. C'est Phyllis, n'est-ce pas ?

La fille hoche la tête.

— Stockton est-il réveillé ?

— Je ne suis pas sûre, mademoiselle, souffle la bonne.

— Phyllis, voulez-vous bien aller le réveiller ? Six heures est un horaire raisonnable, vous ne pensez pas ?

Laissez la cheminée pour l'heure ; faites ça d'abord, s'il vous plaît ?

— Oui, mademoiselle.

Quelques minutes plus tard, le valet de pied se présente, pudiquement enroulé dans un peignoir.

— Stockton, il faut que vous apportiez un mot urgent, en personne. Dès maintenant, est-ce possible ?

— Oui, mademoiselle. Immédiatement, mademoiselle.

Le valet s'incline profondément et rebrousse chemin.

Pendant l'heure et demie qui suit, Angela supporte les soubresauts de son estomac qui s'agite comme des anguilles dans une barrique, jusqu'à ce qu'on lui annonce le duc. Elle le reçoit dans le salon, qu'elle a demandé à maintenir dans une semi-obscurité et dans lequel on ne doit pas la déranger. Des rayons blafards se glissent à travers les stores. Elle se tient à la fenêtre, les mains nouées, face à la porte.

— Je commençais à penser que je vous avais offensée, dit le duc en regardant autour de lui d'un air perplexe. Pourquoi restez-vous dans le noir ?

Elle ne l'a pas vu depuis longtemps, pas depuis ce trajet funeste jusqu'à Reading en compagnie de Martha. Habituellement, quand ils ne se sont pas vus depuis longtemps, elle se sent obligée de combler le gouffre qui les sépare avec une remarque pleine d'esprit ou, moins fréquemment, quand elle a grand besoin de se sentir rassurée, d'une forme d'attitude hautaine qui oblige le duc à quémander son affection. Il n'aime pas quand elle reste sans lui écrire, et c'est à peine si elle lui a adressé un paragraphe depuis la dernière fois qu'elle l'a vu.

— Il faut que vous sachiez quelque chose, dit-elle en entendant la distance de sa propre voix. Si vous voulez vous donner la peine de vous asseoir ?

Après une pause aussi courte qu'intense, il s'exécute, se frottant les mains sur le haut des cuisses, comme s'il se préparait au pire.

— Très chère ?

— Mercredi dernier, dans la soirée, je vous ai écrit une note. Une note très sincère, à l'image de notre correspondance, avec autant de sentiment que d'habitude – et la même intention.

Il la regarde fixement.

— Je n'ai pas reçu de telle note. Vous m'avez écrit il y a une quinzaine, puis ce matin.

— Non, dit-elle sans émotion. Vous ne l'avez pas reçue parce qu'elle a été volée dans mon salon, par Richard Dunn – ou quelqu'un de sa connaissance qui a assisté au bal chez moi le soir en question. La nuit dernière, j'ai reçu cette missive, remise par un garçon qui a dû me suivre.

Elle lui tend la lettre, et il la lit et son expression se fige.

« Si vous refusez de me rencontrer, vous le regretterez, et tôt ou tard, vous et ceux qui vous sont chers en paieront les conséquences. »

— Avant que vous me demandiez comment le vol a pu avoir lieu, dit-elle, sachez qu'il y avait une centaine de personnes sous mon toit, que je ne connaissais pas toutes parce que des convives sont venus avec des convives et ainsi de suite. Il ne sera pas passé par la porte d'entrée, parce que le policier en poste chez moi y montait la garde. Il est possible qu'il se soit introduit par les cuisines, car j'ai fait appel à du personnel en renfort. Je suppose qu'il a pu se faire passer pour un employé ou qu'un équipier l'a fait pour lui. Évidemment, je ne l'ai pas vu – je l'aurais reconnu immédiatement.

— Lorsque vous dites que la note était sincère…

— Je ne me souviens pas exactement de la formulation. Mais je n'aurais pas aimé qu'elle tombe entre de mauvaises mains, or maintenant c'est le cas.

Le duc se rassied lentement, et étend les jambes.

— Et il menace de la faire publier.

— Naturellement, je suis en train d'écrire à tous les rédacteurs en chef que je connais, à tous les éditeurs et tous les journalistes, en leur demandant de bloquer l'article, mais ce genre de choses a la vilaine manie de passer à travers les mailles du filet. Charles me prête main-forte : il a plus d'influence que moi. Mais il n'en reste pas moins qu'il ne connaît pas tout le monde.

Mutique, le front barré d'un pli, il garde les yeux tournés vers le côté. Elle sait qu'il n'est pas fâché, mais qu'il réfléchit.

— Allez-vous le rencontrer ?

— Bien sûr que non. Parkinson dénoncerait une collusion. (Elle poursuit après une pause.) Pensez-vous que je devrais le rencontrer ?

— Non, pas du tout. *Moi*, j'aimerais bien.

— Si la note était publiée, votre réputation…

— Ne me hantera pas bien longtemps. C'est la vôtre qui compte.

— J'aimerais que vous ne parliez pas ainsi.

Elle se retourne vers la fenêtre, tire sur le rideau en soie et regarde dehors.

— Je me suis demandé s'il était bien raisonnable de vous faire venir ici, mais vous comprenez pourquoi j'ai préféré ne rien mettre par écrit.

Il secoue la tête.

— Je méprise ce que ce triste sire vous fait subir.

— Même si Charles parvient à retirer mon nom des périodiques, je ne suis pas convaincue qu'il puisse épargner le vôtre.

— Vous oubliez deux choses, dit le duc. La première est que moi aussi, j'ai des amis. La seconde est que j'ai enduré bien pire que ça. Voulez-vous que je le fasse abattre ?

Elle rit, et son rire sonne comme un glas dans l'obscurité.

— Sans doute des hommes plus nobles que lui ont-ils péri entre vos mains.

Elle était persuadée que l'annonce le mettrait en colère, mais le détachement, l'humour avec lesquels il réagit à la situation la surprennent. Elle a veillé la majeure partie de la nuit, à s'inquiéter non seulement pour elle, mais de sa réaction, car il peut se montrer impulsif et obstiné, même envers elle. Surtout envers elle.

— Je pense partir à l'étranger, annonce-t-elle. À Saint-Pétersbourg, peut-être.

— Je pense que ce serait la pire des choses à faire, la met en garde le duc. Restez dans l'œil du cyclone. Si vous partez vous baguenauder, ça pue la culpabilité.

— Mais je fuis quelque chose. Lui.

— Vous devrez toujours rentrer.

— Y suis-je obligée ? En vérité, Arthur, j'y ai longuement réfléchi. Si je quittais l'Angleterre, je ne pense pas qu'il me suivrait.

Un coup à la porte l'interrompt. Agacée, elle fait entrer Stockton.

— M. Dickens est en bas, mademoiselle.

— Je crains d'être occupée. Dites-lui de revenir plus tard.

Le valet acquiesce d'un mouvement de la tête ; la porte se referme.

Le duc n'est pas un homme de haute stature, pourtant il semble grand dès qu'il est assis ; celles et ceux qui le rencontrent pour la première fois sont étonnés lorsqu'il descend de son cheval. Il hausse un sourcil comme elle s'approche. Sentant qu'elle ferait mieux de l'imiter, elle prend place dans le grand fauteuil à dos droit. De si près, elle sent l'odeur de tabac qui émane de son manteau et celle de son savon de toilette.

Elle inspire profondément, les mains à plat sur les accoudoirs, puis dit avec lenteur :

— Bien évidemment, il existe une autre solution, et j'espère que vous l'entendrez et que vous la comprendrez comme ayant été mûrement réfléchie, et certainement pas envisagée à la légère. L'une des raisons qui permet à Dunn de poursuivre sa campagne de harcèlement est que je ne suis pas mariée. C'est un fait. Je suis presque certaine que dans le cas contraire il ne s'obstinerait pas. Et je suis absolument certaine qu'il ne s'obstinerait pas si j'étais mariée avec vous.

Le duc ferme les yeux.

— Angie, ma chère…

— Je vous supplie de m'écouter. Notre mariage, si vous le souhaitez, ne changerait rien entre nous. Nous pourrions continuer comme nous sommes à présent. Je vivrais ici, et vous auriez vos maisons. Je sais que vous êtes contre cette idée, mais ce que je suggère, c'est un mariage qui n'en aurait que le nom, si vous le préférez.

— Je ne le préfère pas. Cette suggestion est intolérable.

— Pourquoi ? Elle préserverait notre affection. Cela ne ressemblerait en rien au mariage entre vous et Kitty.

— Ça suffit !

Il se lève d'un bond, les yeux flambant de colère.

— Pourquoi ne voulez-vous pas m'aider ? s'écrie-t-elle. Pourquoi ne pas m'accorder cette gentillesse, cette simple gentillesse ?

— Parce que c'est l'inverse de la gentillesse. C'est mal, c'est impensable.

— Mais pourquoi, Arthur ?

— Parce que j'ai l'âge d'être votre grand-père.

— Je m'en moque.

— Assez. J'en ai assez entendu.

Il commence à s'éloigner à grandes enjambées.

— Comment osez-vous me congédier comme un de vos domestiques ? aboie-t-elle, livide de colère. Que faites-vous ici, Arthur ? Dites-moi pourquoi vous êtes venu.

— Je suis ici parce que vous m'avez demandé de venir. Que voulez-vous dire ?

— Pourquoi m'écrire ? Pourquoi me rendre visite, m'envoyer des fleurs et me dire que vous pensez à moi quand vous êtes seul ? J'ai des centaines, des *centaines* de lettres de vous. Écrivez-vous à une telle fréquence, avec une telle ardeur, à tous vos amis ? Les invitez-vous à contempler votre chambre à coucher ?

— Vous êtes ridicule.

— Ah bon ? Suis-je ridicule d'être blessée de ce qu'un homme dont je sais qu'il est amoureux de moi n'en fera rien ? Vous dites que je ferais mieux de trouver un homme de mon âge. Que je gâcherais le restant de mes jours avec ce qui reste de vous. Tels sont vos arguments, Arthur, mais je me demande plutôt si vous n'êtes pas un égoïste et un lâche. Vous êtes trop bien à votre aise chez vous avec vos chevaux et vos chiens et vos week-ends d'accueil des régiments, à vous souvenir et vous congratuler de vos victoires pendant que la bonne vieille Mme Cross est aux petits soins. Vous ne voulez pas d'une femme sous votre toit, avec ses affaires et ses amis, qui vont vous gêner dans vos routines et empiéter sur votre précieux temps. Vous préférez que je vive dans l'espoir qu'un jour vous changiez d'avis, en m'écrivant des lettres, en m'envoyant des présents et en me taquinant quand je m'absente pour essayer de vous oublier. Vous voulez que je sois votre amante en théorie mais pas dans la réalité, si bien que vous me menez en bateau parce que je vous flatte beaucoup trop pour que vous puissiez vous passer de moi.

Elle se tait et se précipite à la fenêtre, prend un moment pour reprendre ses esprits, puis poursuit.

— Vous prétendez refuser pour mieux me protéger, mais c'est faux. Si vous vouliez me protéger, vous m'épouseriez. Cela ne changerait absolument rien à votre existence et pourtant vous refusez, parce que vous avez peur que je fasse s'effondrer votre petit royaume. Vous êtes un vieil homme, pétri d'habitudes, qui a peur de recommencer. Si vous êtes réellement l'ami que vous prétendez être, que vous prétendez être depuis toutes ces années, alors ayez la générosité de m'épargner ce cauchemar qui me poursuit depuis dix ans.

Pour la toute première fois, elle avait haussé le ton face à lui. Un silence étranglé s'ensuivit, et elle porta la main à sa gorge, fatiguée d'avoir donné de la voix.

Le duc ne dit rien. Un tendon palpite à sa mâchoire. Il s'essuie la bouche, refuse de croiser son regard.

— Non, dit-il d'une voix lourde.

Elle le fixe d'un regard noir, le souffle court.

— Je ne vous épouserai pas dans le but de déjouer qui que ce soit, pas même un salaud comme Dunn. Vous voulez l'affronter en tant que duchesse ? Trouvez-vous un autre duc.

Il se retourne promptement et disparaît en quelques enjambées. Angela ne tente pas de le suivre. Tremblante, elle évite de bouger, de peur de se mettre à hurler ou de fracasser quelque chose. Jamais elle n'a essuyé une telle tempête, jamais elle ne lui a crié après – ni après personne d'autre, à bien y penser. Elle comprend que l'amitié qu'elle chérissait le plus vient d'être irrévocablement meurtrie.

Un léger coup à la porte, et Stockton entre dans la pièce.

— M. Dickens est toujours là, mademoiselle. Il souhaite vous parler de toute urgence. Il dit que cela concerne la maison à Shepherd's Bush.

Angela et les Brown n'échangent pas un mot pendant tout le trajet lugubre qui les mène à l'ouest.

Mme Holdsworth les fait entrer, jette un œil derrière eux et referme la porte.

— Je suis vraiment désolée, madame Holdsworth, dit Angela. Quelle terrible épreuve.

— Le coroner sera là à trois heures, répond Mme Holdsworth.

Elle a le teint cireux, les yeux cerclés de rouge.

— Docteur, si vous voulez bien ?

— Certainement. Où se trouve l'infortunée créature ?

— Dans la plus petite chambre. Celle qui nous servait pour le rangement. À l'étage, deuxième porte à droite.

Le Dr Brown gravit les marches grinçantes, sa mallette à bout de bras. Les cheminées ont beau avoir été allumées, le froid règne dans la maison, accompagné du même silence glacial qui avait accueilli Angela le jour où Josephine était partie. Les trois femmes restent dans l'obscurité du vestibule.

— Frank est allé chercher un fabricant de cercueils, annonce Mme Holdsworth.

— Puis-je vous aider à quelque chose ? Quoi que ce soit ?

— Il faudra payer pour l'enterrement. Et peut-être pourriez-vous adresser une lettre de condoléances à la famille ? Bien évidemment, j'ai d'ores et déjà écrit à sa plus proche parente. Fort heureusement, elle avait laissé l'adresse de sa grand-mère à son arrivée.

— Bien sûr, répond Angela.

— Je suppose que sa grand-mère aura une préférence pour le lieu de sépulture.

Le silence retombe.

— D'où venait-elle ? finit par demander Mme Brown.

— Waltham Abbey, je crois. Grands dieux, je ne saurai comment m'y prendre pour faire transporter un cercueil jusque là-bas.

— Laissez-moi m'en occuper. Je consulterai sa grand-mère sur ses souhaits.

Mme Holdsworth pousse un soupir.

— Je vous offrirais bien un thé, mais j'ai peur qu'au milieu de toute cette agitation nous ayons épuisé nos réserves. L'épicier ne l'a pas vu sur notre liste, et je n'ai pas eu le temps d'aller aux magasins.

— Cela aussi, je peux m'en charger. Mme Brown et moi allons le faire. Une des filles souhaiterait-elle nous accompagner pour prendre l'air ?

— Martha et Polly étaient avec elle. Polly a lavé le corps et l'a habillé. Elles pourraient en effet apprécier un changement de décor.

Elles attendent dans le vestibule que Mme Holdsworth aille chercher les filles. Une minute plus tard, Polly, visage blême, descend les escaliers et prend un châle et une coiffe sur le porte-manteau.

Au même moment, Frank Holdsworth franchit le seuil de la maison, entraînant dans son sillage un courant d'air désagréable.

— Le fabriquant de cercueils viendra dans la matinée. Du nom de Handley.

— Merci, dit sa mère.

— Martha se joint-elle à nous ? demande Angela.

— Elle dit qu'elle préfère rester ici.

Le silence retombe et Angela, se tournant vers Polly, lance d'une voix un peu trop enjouée :

— On y va ?

Les trois femmes prennent la calèche jusqu'à la petite rue bordée de boutiques d'Uxbridge Road. Polly, perdue dans ses pensées, pose un regard vide sur les devantures. Une ou deux fois, Angela s'efforce de faire la conversation, mais reste décontenancée quand la jeune fille l'interrompt pour s'adresser à Mme Brown.

— Le Dr Brown saura dire ce que c'était ?

— Il fera de son mieux, mais il y aura vraisemblablement une enquête si la cause n'apparaît pas évidente.

— Mais si elle... (Polly s'interrompt avant de reprendre à voix basse :) Si elle portait un enfant, alors... cela n'aurait pas entraîné sa mort, si ?

— C'est une conversation à avoir à la maison, il me semble, objecte Angela. Est-ce l'épicerie ?

Elles achètent deux livres de thé à emporter et plus encore à livrer à domicile, de pair avec une petite liste d'articles pour Mme Holdsworth. C'est la première fois qu'Angela se rend chez l'épicier, et le propriétaire est gêné lorsqu'elle ouvre son sac à main en soie ; les oreilles écarlates, il s'excuse encore d'avoir manqué la commande, et assure qu'il l'ajoutera à la facture. Leur cortège solennel rebrousse chemin, et une fois à la maison, Polly monte directement à l'étage.

Mme Holdsworth les amène au petit salon, où le Dr Brown les attend, dos à la cheminée. Une théière refroidit, et Frank se met en quête de nouvelles tasses. Lorsque tous les cinq sont assis, un silence plein d'appréhension se referme sur leur petit conciliabule.

— Je recommande une enquête approfondie, commence le Dr Brown, et aussitôt les femmes poussent des soupirs déçus. Je suis d'accord avec le médecin sur le fait que l'hémorragie vient vraisemblablement de la cavité péritonéale, ou d'une rupture à cet endroit.

— La cavité péri…, bafouille Mme Holdsworth.

— L'utérus.

Elle hoche la tête. Sa bouche est plus ridée que dans le souvenir d'Angela, et elle semble avoir vieilli de cinq ans en une seule nuit.

— Il y avait un gonflement sur le flanc gauche de l'abdomen. Possible que ce soit une tumeur. Il est probable que la zone ait été très douloureuse depuis un moment.

Mme Holdsworth pousse un soupir, les yeux clos.

— Pauvre fille.

— Et si ce n'était pas une tumeur ? s'enquit Mme Brown.

Le Dr Brown s'assombrit.

— Je n'ai vu le cas qu'une seule fois, mais il est possible qu'il s'agisse d'une rupture de grossesse extra-utérine. Cela se produit lorsque le fœtus et le placenta s'implantent dans la trompe de Fallope au lieu de se fixer dans l'utérus. Seule une autopsie donnera la réponse.

Les autres restent dans un silence stupéfait.

Après ce qui lui semble être un très long moment, Angela déglutit et demande :

— Pourquoi pensez-vous que cela puisse être le cas de Mlle Rice ?

— Il y a un mince trait sombre vertical qui court sur son bas-ventre, cela apparaît habituellement lors d'une grossesse, dit le Dr Brown. Je n'avais jamais examiné Mlle Rice ; il peut bien évidemment s'agir d'une tache de naissance ou d'une dépigmentation naturelle. Je n'en suis pas certain, car c'est très léger.

— Aurait-on pu la sauver ? demande sa femme.

— Non. Il n'existe aucun remède, médicinal ou chirurgical. À moins que le fœtus ne soit évacué ou absorbé, l'issue est toujours fatale.

Un lourd silence s'installe, puis Angela se tourne vers Mme Holdsworth, toujours debout, les articulations blanches de ses mains enfoncées dans le dossier du canapé, comme pour s'empêcher de tomber.

— Elle n'a jamais fait mention…

— Non, répond la directrice à voix basse. Naturellement, nous y avons pensé, mais elle n'en a rien dit. Martha lui a demandé si elle était enceinte, et elle a répondu par la négative.

— Elle n'en aurait vraisemblablement rien su, dit le Dr Brown.

— Toute cette douleur, murmure Mme Holdsworth. Elle a dû avoir si peur.

— Une triste affaire, conclut Mme Brown.

Angela cligne des yeux pour tenter d'empêcher ses larmes de couler.

— Souhaitez-vous rester le temps de vous restaurer, mademoiselle Coutts ? Docteur et madame Brown ? Je n'ai aucun souvenir de ce qu'il y a au menu aujourd'hui, mais vous êtes les bienvenus pour le partager en notre compagnie.

— Mme Brown et moi allons cuisiner, dit Angela. Ou plutôt, nous allons tâcher de nous y atteler. Docteur Brown, si vous souhaitez prendre la calèche pour rentrer, faites donc.

Mme Holdsworth cligne des yeux, surprise.

— Les filles peuvent s'en charger.

— Non, elles sont en état de choc. Nous ferions mieux de les laisser se reposer, pleurer, écrire à leurs proches, tout ce qu'elles ont envie de faire. Pas de tâches ménagères ni de leçons pour aujourd'hui.

— Si vous le dites.

— Exactement. Et si vous pouviez avoir la gentillesse de m'indiquer où trouver les tabliers, nous ferons vite.

Il est tard, la bougie brûle faiblement, mais Martha n'est pas fatiguée. Elle s'est assise sur son lit, seule dans la chambre, et contemple ce qui fut autrefois le lit de Josephine, puis de Lydia. On lui a retiré toute la literie pour ne laisser que l'armature de bois et de fer. Le matelas trempe dans un lit d'eau salé dans la buanderie, et les draps pendent comme un tableau sanglant. Mme Holdsworth a demandé à ce qu'ils soient découpés pour en faire des chiffons. Martha a tenu à les laver elle-même et elle a les bras endoloris d'avoir tant frotté.

La maison est glaciale, les couvertures la réchauffent. Angela est restée pour le déjeuner, puis pour le souper, en débarrassant la table après chaque repas tout en insistant pour que les filles ne fassent rien – mais rester occupées est devenu une seconde nature, et pleurer sans rien faire était incongru. Plus tard, alors qu'elles s'attendaient à ce qu'Angela s'en aille, cette dernière avait dit les prières dans le petit salon. Mme Brown somnolait, les filles bâillaient, toutefois Angela poursuivait sa lecture comme si elle jetait quelque sort qui pourrait faire redescendre la fille sans vie parmi elles.

Polly n'est toujours pas montée se coucher, bien qu'il soit près de minuit. Martha décide de descendre le plateau du souper et, au prix d'un effort certain, s'extirpe de son nid chaud. Sur le palier, un rai de lumière clignote faiblement sous la porte de la première chambre, accompagné de voix étouffées ; le sommeil n'a pas trouvé le chemin de la maison.

Elle descend en s'éclairant à la bougie, s'attendant à trouver Polly au petit salon, mais la pièce est fermée, et sent l'huile brûlée. La porte de la cuisine est entrebâillée, une seule lampe est éclairée à l'intérieur, et Martha s'arrête un instant dans le couloir. Deux personnes devisent à voix basse. L'horloge lui fait savoir qu'il est minuit passé de vingt minutes. Elle s'approche de la porte sans faire de bruit et jette un œil à l'intérieur en écartant le faisceau de sa bougie.

Frank et Polly sont assis face à face à la table de la cuisine. Polly a la tête penchée en avant, et tous deux ont les mains posées à plat devant eux, poignets relâchés, paumes ouvertes, à quelques pouces de distance, comme s'ils étaient occupés à lire l'avenir. Polly a les manches retroussées, et ses cicatrices sillonnent la peau de ses poignets comme de la cire. Elle dit quelque chose à voix basse, inaudible, et Frank secoue la tête. Ils ont l'air proches, intimes, et la scène est si inattendue que Martha se laisse aller. Par inadvertance, elle resserre les doigts autour du plateau qui vient cogner contre la porte.

Frank et Polly relèvent la tête, puis d'un bond Frank est sur ses pieds, imité par Polly. Cette dernière lance un regard coupable à Martha et baisse ses manches. Elle a pleuré.

Sans un mot, Martha traverse la pièce et dépose le plateau dans l'arrière-cuisine.

— Je vais me mettre en route, dit Frank.

Il range sa chaise sous la table et s'éclaircit la gorge.

— Martha ? lance-t-il en s'approchant de la porte de l'arrière-cuisine où Martha rince sa vaisselle à l'eau froide. J'imagine qu'il n'y a rien de nouveau ?

— À quel propos ? demande-t-elle sans se retourner.

— À propos d'Emily.

— Non, dit-elle faiblement. Pas de nouvelle.

Elle le sent s'attarder dans l'encadrement de la porte. Puis il finit par s'en aller.

Polly l'attend dans la cuisine.

— Toi aussi, déplore Martha.

Le front de Polly se plisse.

— Comment ça ?

— Tu vas partir.

— Non ! Où tu vas chercher ça ?

Martha se contente de la regarder.

— Martha, qu'est-ce qui te fait dire ça ?

— Je ne sais pas.

Polly la prend par le poignet.

— Viens, tu trembles. Montons nous coucher.

Le lendemain matin la vie reprend son cours, et après une nouvelle salve de prières, suivies du petit déjeuner, les résidentes d'Urania Cottage reprennent leur apprentissage avec gratitude. Pendant le temps libre entre les leçons et le déjeuner, Martha pratique ses travaux d'aiguille dans la salle de classe pour éviter de devoir parler à quiconque, quand Polly passe une tête par la porte.

— Tu veux aller faire un tour avec moi ? Il fait un temps magnifique.

Elles traversent la cuisine, où deux filles préparent une charlotte. La journée est lumineuse, traversée par une brise rugueuse comme un col amidonné, et Polly les conduit jusqu'au banc du verger où elle s'assied. Martha lisse ses jupes avant de l'imiter pour se percher à l'autre extrémité. Une pie bavarde sur les branches nues d'un pommier, et elles l'observent un moment, admirant son plumage d'un bleu-noir et crème mêlé de bruns et de gris légers.

Une pour la tristesse[1], songe Martha. Puis elle dit :

— Je lui ai conseillé d'essayer de dormir.

— Tu ne pouvais pas savoir, répond Polly. Aucune de nous ne pouvait savoir.

— Elle aurait pu s'en sortir.

Polly la regarde.

— Si je n'avais pas quitté la maison cette nuit-là pour chercher Josephine, dit Martha, Josephine ne serait pas partie. Lydia ne serait peut-être pas arrivée ici. Elle serait restée où elle était, où des gens auraient pu l'aider. Auraient pu la sauver. Elle serait peut-être encore en vie.

Quelle étrange pensée alors que Lydia se trouve encore dans la maison, quand elles peuvent de fait apercevoir

---

1. *One for Sorrow* est une comptine traditionnelle mettant en scène des pies, le nombre de ces dernières présageant de sa bonne ou mauvaise fortune.

la fenêtre sous laquelle elle gît, qu'on a laissée ouverte pour que la température de la pièce reste basse.

— Frank m'a dit qu'elle serait morte de toute façon, dit Polly. Il va y avoir une enquête, mais le Dr Brown soupçonne… elle n'aurait pas survécu.

Martha décrète que Polly n'a aucune raison de lui mentir. Elle détourne le regard pour se concentrer sur le scintillement de la pelouse. Une charrette tirée par un cheval remonte la ruelle et le bruit des sabots cède bien vite le pas au chant des oiseaux.

Polly se penche pour cueillir une jonquille et, tout en la faisant tournoyer entre ses doigts, annonce :

— Frank m'a demandé de l'épouser.

Martha se retourne pour la dévisager avec stupeur, mais Polly élude son regard et continue à faire tourner la tige, les yeux perdus à mi-distance.

— Tu lui as répondu quoi ?

— Je lui ai dit non.

— Tu ne l'aimes pas ?

Polly avale sa salive.

— Ce n'est pas ça. Je crois que je pourrais. J'en suis sûre, même.

— C'est à cause de Mme Holdsworth ?

— Elle n'est pas au courant. Mais non, ce n'est pas à cause d'elle.

On a laissé sortir les poules le temps de nettoyer le poulailler. Elles vagabondent dans le jardin, levant leurs griffes pleines de vers avec dégoût.

— J'ai eu un fils, dit Polly d'une voix douce. Il était mort-né.

La tristesse se répand comme une tache dans la poitrine de Martha.

— Il était parfait, sourit Polly en caressant un pétale baigné de soleil. Une merveille. Je l'ai appelé Thomas.

Le vent souffle à travers les arbres tandis que les yeux de Martha s'emplissent de larmes.

— Il y a eu une enquête, continue Polly. Ils m'ont envoyée à l'hospice en attendant le verdict.

— Quel verdict ? demande Martha d'un air confus.

Polly renifle.

— Infanticide.

Sous le choc, Martha reste bouche bée.

— Mais comment ont-ils… ?

— À l'époque j'étais bonne. J'ai accouché seule dans ma chambre tôt un matin. Personne ne savait que j'étais enceinte, et quand il est arrivé… (La voix de Polly se brise. Elle se ressaisit et termine :) Ils ont appelé le constable.

— Comment est-ce possible ? souffle Martha.

— On m'a déclarée non coupable. Mais entre-temps j'avais perdu mon travail et mon enfant. Je n'avais plus aucune raison de vivre. Et alors…

Elle effleure du bout des doigts le pistil de la jonquille en dessinant des cercles, encore et encore. Martha se souvient de la manière que Polly avait eue de se recroqueville contre le mur quand Lydia poussait des grognements étouffés dans son lit, se souvient de la terreur dans son regard. Mme Holdsworth avait envoyé Polly chercher le docteur, alors que c'était elle qui connaissait le mieux Lydia. À présent Martha comprend pourquoi.

— Comme ça n'a pas marché, j'ai réessayé, alors on m'a envoyée à l'hôpital. C'est là que j'ai entendu parler de cet endroit. J'ai commencé à voir une issue possible pour moi. Une autre vie, loin d'ici. Honnêtement, l'autre bout du monde ne semble pas encore assez loin, mais je me suis promis d'essayer. Frank ne fait pas partie du projet. Et l'idée de me marier et…

Polly repose la fleur par terre et jette un œil vers la gauche tandis que le vent fait bruisser les branches.

— Ils me renverront s'ils savent que je t'ai raconté ça.

— Ils n'en sauront rien, lui assure Martha en prenant la main de Polly, menue et froide, dans la sienne.

— Il y a quelqu'un d'autre ici qui est au courant, dit Polly. Frances. Elle était dans le même hospice que moi.

— Ne fais pas attention à Frances, dit Martha en lui étreignant la main.

— Si elle raconte tout aux autres ?

— Alors nous irons le dire à Mme Holdsworth, et Frances devra partir. De toute façon, elle n'en fera rien.

Polly lui serre la main en retour, et ensemble elles contemplent les poules, qui semblent ne jamais réussir à trouver ce qu'elles cherchent.

Chapitre 11

L'encre et l'eau

Le sifflet du constable déchire l'air comme le cri d'un train à vapeur. Des ondulations de stupeur agitent la masse des piétons qui s'avancent à la hâte sous les rideaux de pluie de cette fin d'après-midi, châles et chapeaux serrés contre l'assaut des éléments, mais le temps est trop mauvais pour qu'ils s'attardent à comprendre de quoi il retourne.

Josephine, rencognée dans l'encadrement d'une porte, est déjà en train de changer son apparence, retirant les épingles de ses cheveux et retournant son châle, lequel est d'un vert sombre d'un côté et de motifs cachemire rouge et noir de l'autre. Elle a déjà jeté le portefeuille dans le caniveau. Elle retourne promptement dans la rue et descend en direction du Strand.

La pluie continue à s'abattre, formant des ruisseaux le long des rues, et un brouillard humide et épais s'enroule aux ruelles et aux allées qui mènent au fleuve. Josephine fait une halte sur le trottoir avant de traverser la grande artère, en prenant soin de ne pas laisser voir son visage, et se concentre sur la porte qu'elle va atteindre dans un instant et pouvoir refermer derrière elle. Peu importe qu'ils n'aient pas de souper, ce ne sera pas la première fois. Et peu importe que le portefeuille soit dans une flaque d'eau ; il y sera peut-être encore plus tard, si un balayeur de passage au regard perçant ne l'a pas empoché.

Elle attend que la calèche passe, soucieuse de ne pas attirer l'attention, de ne pas avoir l'air pressée. Ce faisant, elle jette un œil vers la droite pour vérifier la circulation.

— Là !

En un instant, on la saisit brutalement, et on lui immobilise les bras dans le dos. Elle pousse un cri.

— Mais lâchez-moi !

Le constable, son sifflet accroché à son cou, les lèvres mouchetées de salive, la traîne à l'écart de la route.

— Monsieur, je vous en prie, lâchez-moi ! Qu'est-ce que cela signifie ?

Le gentleman qu'elle a dépouillé se matérialise à côté de l'agent de l'ordre.

— C'est elle ?

Le constable l'amène devant l'individu, qui soulève son chapeau pour scruter ses traits.

— Monsieur ? fait-elle.

Les passants regardent sans pour autant s'arrêter. Josephine n'oppose aucune résistance, trop effrayée à l'idée que son châle glisse de ses épaules et révèle le sergé vert en dessous. Elle a cousu les deux étoffes ensemble et jusqu'ici le jeu en a valu la chandelle.

L'homme fronce les sourcils tandis que la pluie coule sur son visage.

— Monsieur, puis-je vous demander qui vous recherchez ?

Le constable fouille ses poches, qu'il trouve vides, si ce n'est quelques épingles à cheveux et un billet de retour pour le vapeur à un demi-penny – son alibi en cas de besoin.

— Oh, s'il vous plaît, ne le déchirez pas, monsieur, sinon je ne pourrai pas rentrer à la maison. Je suis en chemin.

Le gentleman a l'air de moins en moins sûr de lui.

— *Est-ce que c'est elle, monsieur ?*

Le constable, trempé, est en train de perdre patience.

— Elle est tête nue comme la voleuse et elle a les mêmes cheveux noirs.

— Il n'y a pas de portefeuille sur sa personne, dit le constable. Lève les bras, fillette.

Sous le regard inquiet du gentleman, l'agent de police tapote sur ses jupes et son corset, et ne découvre rien si ce n'est qu'une ou deux baleines de ce dernier sont délogées.

— Rien ici.

Le constable soupire, pense au rapport de police qu'il va devoir rédiger par ce temps. Il lève les yeux vers le ciel comme pour y lire l'heure.

— Monsieur, pouvez-vous affirmer avec certitude qu'il s'agit de la fille qui vous a volé ?

— Monsieur, intervient Josephine d'une voix douce, c'est un terrible malentendu. Je n'ai volé personne. Je suis en route pour prendre le vapeur et rentrer chez moi.

Ses cheveux mouillés par la pluie sont plaqués sur son front. Le gentleman a l'honnêteté d'admettre qu'il n'est pas certain. Le constable laisse partir Josephine. Elle relâche les épaules avec délivrance.

— Merci, monsieur. Je suis désolée qu'on vous ait volé, dit-elle au gentleman. J'espère que vous retrouverez ce qu'on vous a pris.

Tous les trois ont hâte de s'en aller et, sans un mot d'excuse, Josephine prend la tangente. Retournant là où elle comptait traverser, elle fait de son mieux pour paraître calme et faire attention à la circulation qui débouche dans les deux sens. En son for intérieur, la peur le dispute au soulagement.

Elle s'engage à pas lents, résistant à l'envie de prendre ses jambes à son cou, car c'est exactement ce genre de réaction qui lui a valu de finir à Tothill. Après tout ce qu'elle a vu du monde extérieur, l'idée d'y retourner lui est insupportable. Elle est taraudée déjà par la sensation qu'elle perd le contrôle, qu'elle est en train de glisser, de retour dans le caniveau. Elle pense à la Josephine Nash qu'elle était à Shepherd's Bush : au chaud, bien nourrie, propre, assise avec son ardoise dans la salle de classe, l'esprit vif. Et maintenant : trempée comme une soupe, morte de faim, elle vient de voler un homme en pleine rue.

Elle arrive à hauteur de leur logement de Villiers Street au sein du dédale de passages qui quadrillent l'espace entre le fleuve et le Strand, mais elle poursuit son chemin, au cas où on la suivrait, et continue jusqu'au quai. Là, elle regarde les bateaux à vapeur qui sillonnent harmonieusement les eaux comme des navettes sur un métier à tisser. À travers la brume, elle essaie de déchiffrer les noms peints sur leurs flancs : *Jupiter*, *Swallow*, *Marquess*.

Annie va l'attendre, et se demander ce qu'elle leur a rapporté à manger, espérant sans doute des coques au vinaigre, un morceau de fromage, un peu de poulet froid. Elles disposeront de quelques heures avant que M. et Mme Frobisher, le couple avec qui elles partagent le logement, rentrent en titubant de la taverne, en criant, jurant et se disputant à qui mieux mieux pour en fin de compte forniquer, comme si les deux filles n'étaient pas là.

Le premier soir, Josephine et Annie avaient trouvé la scène cocasse. Elles s'étaient couvert la bouche sous la couverture, secouées de rires qui faisaient s'entrechoquer leurs fronts. Mais lorsqu'elles avaient compris que la situation allait se répéter chaque nuit, le divertissement avait cédé le pas à l'abattement, surtout ces derniers temps : Annie se plaint d'être fatiguée et a plus d'une fois fait semblant de dormir quand Josephine rentrait. Leurs propres ébats se font furtifs, dans l'urgence sous le couvert de la nuit lorsque leurs colocataires ronflent, exception faite d'un long après-midi lorsqu'elles avaient eu toute la chambre pour elles. Josephine rêvait d'avoir Annie pour elle toute seule, loin des gardiens de prison, du silence imposé et des enfants casse-pieds. Pendant longtemps, elle a rêvé de fermer la porte à double tour et de se délecter du corps d'Annie, comme elle l'aurait fait d'un menu gastronomique. Mais le succulent banquet qu'elle s'imaginait autrefois n'est plus qu'une maigre pitance prise à la va-vite, et seulement quand Annie en a envie, ce qui arrive de moins en moins fréquemment.

Elle ne peut pas rentrer à la maison les mains vides. Elle ne peut pas retourner en arrière et se retrouver dans cette chambre du quatrième étage avec Maud, John et les enfants, à transbahuter des seaux à ordures sur quatre volées d'escaliers. Mais tandis qu'une nouvelle journée tire à sa fin, force est de constater qu'elle n'a plus guère d'options. L'idée de voler de nouveau, d'être *prise sur le fait*, lui glace le sang. Elle rebrousse donc chemin jusqu'à son chez-elle de Villiers Street et passe le seuil.

Annie est occupée à ravauder des bas, allongée au lit. Devant elle, sur une petite table… Josephine manque de tomber à genoux. Un morceau de rôti de bœuf, une miche de pain, du beurre enveloppé dans un papier. Elle s'écrie :

— Petite maline ! Où as-tu trouvé ça ?

— J'ai terminé les jupons pour la dame de la pension.

— Quel ange tu fais.

Elles mangent lentement, au lit, en faisant durer les portions, dont elles savourent chaque bouchée. Et quand elle a fini, mais qu'elle n'est aucunement rassasiée, elle ne pense pas à Shepherd's Bush, où les filles sont en train de dresser la table du souper. Elle ne pense pas au mouton, à la sauce, aux boulettes, à la confiture de mûres sur du bon pain ; au fromage, au jus de cuisson, au porridge à la crème qui fume dans les assiettes par un matin d'hiver. Mieux vaut oublier, se dit-elle, en se léchant les doigts et en adressant un sourire rassurant à Annie. Même si elle n'est pas certaine que ce soit Annie qui en ait besoin.

Le Dr Brown trouve Angela dans son cabinet de toilette. La baignoire n'a pas été vidée, l'eau est froide et Angela est assise par terre en chemise de nuit et robe de chambre, entourée de journaux, de brochures, de périodiques et de toutes les publications de presse qu'elle a pu se procurer. La journée de printemps est chaude, et le parc est bondé. Depuis près d'une semaine, le Dr Brown se rend chez le marchand de journaux à côté des grilles, et s'en revient à Stratton Street avec une brassée de journaux. Il lui affirme lui procurer une large sélection, mais évidemment c'est faux : il est fort peu probable qu'un scandale mondain éclate dans les pages du *Musical World* ou de *The Gardeners' Chronicle.* Angela prend un bain chaque matin puis s'attèle à la lecture de chaque parution de bout en bout, exercice qui lui prend la journée. À la nuit tombée, elle a les mains noires comme celles d'un mineur et ses joues et son nez sont maculés d'encre. Elle prend un deuxième bain, avale son souper dans sa chambre, puis se couche.

— *The Satirist* ne paraît pas aujourd'hui ? demande-t-elle.

— Le dimanche, dit-il.

Elle est à genoux, entourée des journaux disposés en éventail, passant en revue leurs couvertures, tel le chaland un étal de chiffons. Perché sur une petite table trône son plateau de petit déjeuner, et l'œuf qu'elle n'a pas touché. Elle a tout juste picoré une tranche de pain grillé.

— Ma chère, combien de temps cela va-t-il durer encore ?

— Jusqu'à ce que je trouve quelque chose.

— Et dans le cas contraire ?

Elle prend *The Globe* et commence à le feuilleter, le front barré d'un pli soucieux. Avec difficulté, au son de ses articulations qui protestent, le Dr Brown s'agenouille à côté d'elle et prend ses mains dans les siennes.

Quand ils se retirent pour la nuit, le docteur et son épouse s'asseyent dans leur lit et parlent jusque tard dans la nuit. Il se préoccupe d'Angela, en tant qu'ami et protecteur, mais également en tant que médecin. Il a plus d'une fois vu des jeunes femmes sombrer dans la folie, à commencer par sa cousine adorée, l'hiver de 1798. Il avait alors douze ans, et elle dix-huit. Le souvenir de ses doigts rongés jusqu'au sang, du vide dans son regard, le hante encore aujourd'hui. Sa cousine, qui approche désormais les soixante-dix ans, vit seule à l'asile depuis plus de cinquante ans. La douleur avait tué sa mère.

— Ma chère.

Il attend qu'Angela lève les yeux sur lui, retient ses doigts.

— Vous les lirez plus tard. Je pense que vous devriez vous habiller, maintenant.

— Plus tard, peut-être.

Plusieurs jours se sont écoulés depuis qu'il a reçu le rapport d'autopsie, qui est venu confirmer ses soupçons : la pauvre Lydia Rice était enceinte, et le fœtus grandissait au mauvais endroit. Le docteur s'était rendu directement dans les appartements d'Angela pour lui faire part de la nouvelle. Elle s'était assise dans le fauteuil près de la fenêtre et s'était mise à pleurer. Mme Brown l'avait rejointe, puis était allée chercher le nécessaire pour qu'elle puisse prendre les dispositions pour l'enterrement. Une réponse arriva du domicile de la grand-mère de Lydia, de la part du jeune homme qui occupait désormais cette adresse ; la grand-mère était décédée quelques mois plus tôt, laissant Lydia sans famille. La cérémonie funèbre, tenue dans une chapelle privée de Kensington, eut lieu dans l'intimité.

Le Dr Brown se relève en appui sur ses mains pour alléger la raideur de ses jambes.

— Il fait un temps de printemps merveilleux, dit-il. Venez donc écouter le chant des oiseaux au parc avec moi et Mme B.

Elle reste par terre sans bouger, sa robe de chambre déployée en éventail autour d'elle, et le fixe d'un air incrédule.

— Je ne peux pas aller au parc.

— Pourquoi ? demande-t-il d'un ton innocent.

— Oh, ne soyez pas borné. Si tout le monde est au courant de mes affaires, on va me dévisager comme une bête de foire.

— Ma chère, personne à part vous n'est au courant de vos affaires. Et vous n'êtes pas dans la prison de Millbank. Vous pouvez sortir de la maison quand bon vous semble, pendant aussi longtemps que vous le souhaitez, et prendre le mode de transport qu'il vous plaira. Si vous n'avez pas envie de marcher dans le parc, pourquoi ne pas aller en calèche jusqu'à Highgate ? Pour rendre visite au duc de St Albans ? Le jardin vous met toujours en joie, là-bas. Sans quoi vous pouvez vous éclipser de Londres au profit de la côte ; Sandgate ou Broadstairs ?

Elle s'en retourne à ses journaux, qu'elle feuillette d'un geste brusque, et dit avec amertume :

— Pour faire quoi ? M'asseoir à une terrasse pendant que les clientes déblatèrent derrière leurs éventails ?

— Ma chère, vous perdez le sens de la mesure. Tout d'abord, rien n'a été dit ni écrit à votre propos. Ensuite, si tel était le cas, pensez-vous vraiment que les gens le croiraient ?

— Évidemment. J'ai prévenu Parkinson que quelque chose de cet acabit allait arriver, et il m'a certifié que Dunn était passé à autre chose. Visiblement, je le connais mieux que quiconque. Vous savez ce qui est le plus curieux, William ? Quand il ne me suivait pas, à me surprendre comme à son habitude, ça me manquait presque. Une partie de moi, une minuscule partie hideuse en était consternée. Incroyable, n'est-ce pas ? J'ai honte de le reconnaître, mais c'est la vérité. Je me disais : est-ce à cause de mon âge ? De ma toilette ?

— Allons, cela devient ridicule.

Il se relève pour de bon, rassemble les journaux dans une grande brassée et traverse la pièce pour aller la déverser dans la baignoire sans autre forme de cérémonie. Ils dégringolent dans l'eau avant de flotter à la dérive comme un enchevêtrement de feuilles mortes.

— Non ! s'écrie Angela en plongeant les mains dans la baignoire pour agripper les journaux qui se désintègrent à son toucher. Que faites-vous ?

— Je vous épargne la folie, déclare-t-il. Maintenant, vous allez manger votre petit déjeuner, vous habiller, sortir votre ombrelle et nous retrouver au vestibule dans vingt minutes.

— Cela m'est *impossible*, William. Personne ne comprend ce que je ressens. Je ne dramatise pas la situation ; je ne suis pas en train de devenir folle, soupire-t-elle. Ne croyez-vous pas que je devrais écrire à ce couple, que j'ai vu au petit salon devant la cheminée, ce soir-là ? Ils bavardaient en tête à tête ; peut-être ont-ils vu passer quelqu'un.

— Que dirait votre grand-mère, si elle se trouvait ici en cet instant ?

Prise au dépourvu, Angela sent ses yeux s'emplir de larmes.

— Elle vous a laissé tout ceci parce qu'elle vous savait à la hauteur. Elle savait que vous pouviez faire face à tout.

Elle pousse un profond soupir, et ses épaules s'affaissent. Ils restent un instant sans dire un mot, tandis que l'eau clapote doucement dans la baignoire.

— Vous savez, dit-elle, que j'ai songé à une ou deux reprises à l'épouser.

— Qui ?

— Richard Dunn.

— Vous n'êtes pas sérieuse, s'indigne le docteur.

— Évidemment, je n'en ai aucune envie. Mais de la sorte, il n'y aurait plus de surprises. Je n'aurais plus à vivre dans cet affreux cauchemar, à me demander où il est et à quel moment il va surgir.

— Épouser un fou ? Décidément, vous avez réellement perdu la raison.

— Peut-être bien, dit-elle nonchalamment.

— Le vestibule. Dans vingt minutes, assène-t-il.

Elle jette un œil par la fenêtre aux chênes majestueux et aux tilleuls argentés.

— Ballard sera là ? demande-t-elle.

— Naturellement, dit-il en tirant sur la cordelette de la sonnette pour faire monter la bonne, puis il sort de la pièce.

L'après-midi de son rendez-vous suivant avec M. Bryant, Martha trouve l'aumônier dans le vestibule, son chapeau sur la tête.

— J'ai pensé que nous pourrions nous promener, dit-il. Mme Holdsworth a donné son autorisation.

Ils sortent dans la ruelle, et il lui demande dans quelle direction elle souhaite aller. Elle choisit la droite, vers les champs, et ils se mettent en marche sans un mot. Bien qu'il ne fasse pas particulièrement froid, elle s'enroule dans son châle et enfonce sa coiffe. M. Bryant se place sur sa gauche en veillant à rester un ou deux pas en retrait. Ils marchent lentement, bordés de chaque côté par les haies, contournant de temps à autre un tas de crottin. Bien qu'elle ne puisse pas voir M. Bryant, le bruit cadencé de ses bottes l'apaise, et elle pressent qu'il ne dira pas un mot tant qu'elle ne sera pas prête.

Au bout d'un long silence, elle demande :

— Irez-vous à l'enterrement de Lydia ?

— Je ferai mon possible, dit-il.

— Si seulement nous avions l'autorisation d'y assister.

— Ce qui s'est passé est tragique. Il serait peu judicieux de vous exposer inutilement à davantage de tristesse.

Ils marchent encore, et une fois arrivés au coude dans la ruelle, il dit :

— Je pensais avoir une piste à la maison de correction du Surrey. Un des gardiens a répondu à ma lettre en me donnant des renseignements sur une dénommée

Emily *Gerber*. J'imagine que vous ne faisiez pas usage de ce patronyme ?

— Non, répond Martha.

— J'ai écrit les deux noms, et je vois bien en quoi on aurait pu les confondre. Mais j'étais allé trop vite en besogne ; dans la phrase suivante, le gardien m'expliquait qu'il s'agissait d'une femme âgée.

Martha ne dit rien.

— Les filles de l'âge de votre sœur sont minoritaires au sein de la population carcérale. Si elle entre dans une des maisons de correction de Londres, je suis persuadé que nous la retrouverons.

Martha a entendu des atrocités de la part des filles de Magdalen qui étaient sorties de la maison de correction du Surrey. Elle est bien contente que sa sœur n'y soit pas.

— Et sinon ?

— Sinon nous poursuivrons nos recherches.

— Je ne vois pas comment vous faites pour trouver le temps de m'aider, avec tout votre enseignement religieux, dit-elle d'une voix acerbe.

M. Bryant se fait pensif.

— Je n'aime pas le terme « enseignement ». Il est trop partial. Je préfère penser à mon travail comme à une collaboration. Quelque chose de réciproque, comme une conversation. L'enseignement est trop fermé à l'apprentissage. J'aime apprendre des gens.

— Je doute que vous appreniez grand-chose de moi.

— J'ai déjà appris beaucoup de vous.

Elle pouffe de rire, l'air incrédule.

— Comme quoi ?

— Le pouvoir de la résilience. La valeur de l'appartenance, qu'il s'agisse de liens familiaux ou sociaux.

Martha casse une longue tige d'oseille et la fait tourner entre ses doigts d'un air absorbé.

— Elle est peut-être aussi perdue que je l'étais. Dans ce cas, on ne la trouvera jamais, pas tant qu'elle n'en a pas envie.

Ils continuent leur marche, puis sentant les rayons du soleil baigner son visage après avoir percé les nuages, Martha demande :

— Qu'est-ce qui vous a donné envie de devenir homme d'Église ?

— Ma mère était de confession protestante. Ce qui lui a valu des ennuis, mais sa foi ne l'a jamais trahie. Alors qu'elle était mourante, le curé passait à la maison chaque soir. Il a parcouru trois miles à pied pour venir, puis trois pour rentrer, chaque soir, des semaines durant. Sa dévotion m'a touché. Elle mettait de l'ordre au sein du chaos, donnait de l'espoir là où il n'y en avait plus. Après le décès de ma mère, le curé passait parfois pour parler, à moi et à mes frères. Il nous a donné un livre de prières, il avait corné les pages dont la lecture pourrait nous apporter du réconfort. Grâce à lui, notre tristesse s'est amoindrie. C'était la première fois que je comprenais à quoi servait la foi. J'ai voulu en faire profiter d'autres de la même manière. Je me le représente encore en train de remonter l'allée devant la maison, le coup qu'il tapait à la porte. C'était comme si par sa seule présence il pouvait nous épargner la douleur. Saviez-vous que le mot « curé » vient du latin, voulant dire « celui qui a la charge des âmes » ?

Elle répond que non. Quand elle demande à faire demi-tour pour rentrer, M. Bryant n'y voit pas d'inconvénient. Ils remontent la ruelle en silence, côte à côte, et quand la maison est en vue, Martha remarque une silhouette près de la haie, qui leur tourne le dos. Comme ils s'approchent, elle reconnaît Vincent, le garçon de la briqueterie. Au même moment, il les entend et se retourne. Il les regarde tour à tour et leur adresse un rictus déplaisant. Puis il enfonce les mains dans ses poches et s'en va.

— Cette fripouille, marmonne M. Bryant d'un air sombre. Il ne vous cause pas des ennuis, si ?

— Non, répond Martha en regardant la silhouette s'éloigner, avant de se tourner vers M. Bryant. J'ai terminé la lecture de *Michael Howe*.

Le visage de l'aumônier s'éclaire.

— J'ai hâte d'entendre vos remarques.

Elle plisse les yeux pour le regarder à la lueur vive du soleil. Autrefois, elle passait sa vie dehors, à dormir dans des coins de portes et à se laver à des colonnes d'eau. Aujourd'hui, elle a l'impression d'avoir perdu une épaisseur d'épiderme.

— Comment vous sentez-vous à la perspective de quitter l'Angleterre ?

— Je n'y ai encore pas beaucoup réfléchi.

— Je me demandais seulement, dit l'aumônier en retirant son chapeau, étant donné l'inquiétante disparition de votre sœur… si vous envisageriez de rester ici.

Elle fronce les sourcils.

— Ici, à la maison ?

— Non. En Angleterre. (Il hésite.) En tant que mon épouse.

Martha le fixe du regard.

— Martha, le fait est que je me suis beaucoup attaché à vous au cours des dernières semaines. Je me surprends à me réjouir à l'idée de nos conversations, et pas en tant que conseiller face à son élève. Il s'agit d'autre chose. (Il la dévisage intensément.) Je me rends compte que je suis davantage investi dans votre avenir que j'ai bien voulu le reconnaître, et que l'avenir auquel vous vous préparez est…

Il s'interrompt, fait tourner son chapeau entre ses mains.

— J'ai commencé à envisager un autre avenir pour vous, en dépit du bon sens.

Sous le choc, peinant à le suivre, Martha articule la première objection qui lui passe par la tête :

— Mais vous êtes…

Il attend.

— Trop vieux ? Un simple aumônier ?

Son ton n'est pas dénué d'humour.

— Quel âge avez-vous ?

— Cinquante et un ans.

Elle plisse de nouveau les yeux face au soleil, trop éblouie pour le voir correctement.

— Si vous avez pris la décision irrévocable de recommencer votre vie ailleurs, je comprendrai. Vous n'avez pas eu une existence facile. Loin de là. Je tiens à souligner que les épreuves que vous laissez derrière vous ne font pour moi pas l'ombre d'un doute. Je ne prétends pas connaître votre passé, mais avec le temps, j'espère que vous me ferez suffisamment confiance pour me parler des moments dont vous voulez vous souvenir. Et je vous promets que vous êtes pardonnée.

» Ce qui m'amène à ma véritable intention, dit-il avec prudence. Si vous devenez mon épouse, dans votre temps libre vous pourrez vous consacrer – et je m'y consacrerai également – à un sujet qui vous tient à cœur. La recherche de votre sœur.

Elle relève brusquement les yeux.

— Je comprends que tant que vous êtes ici, vous n'avez pas beaucoup de marge de manœuvre. Je sais à quel point vous tenez à elle, à quel point sa disparition vous pèse depuis tous ces mois. J'ai fait ce que j'ai pu jusqu'ici, mais tant et plus pourrait être accompli si vous aviez seulement le temps d'accorder toute votre attention à cette cause.

Un chant d'oiseau surgit des bois, faisant sursauter Martha.

— Je peux prendre le temps d'y réfléchir ? demande-t-elle.

Elle se rend compte qu'elle est incapable de le regarder dans les yeux.

— J'aimerais beaucoup.

Cette nuit-là, elle rêve d'un grand voyage. D'un navire flambant neuf, qui sent le bois frais ; et partout, un bleu profond sans fin. Emily est à ses côtés, et elles marchent ensemble dans les rayons du soleil.

Chapitre 12

Le papier tue-mouches

Josephine jette un œil dans l'étroit miroir accroché au mur de la chambre et relève ses cheveux, encore humides de l'eau de la vasque. Elle a fait de son mieux pour nettoyer les dessous de bras de la robe qu'elle a achetée à un étal du marché de Petticoat Lane, mais elle mériterait qu'on la rallonge d'un ou deux pouces. Elle entend un bruit de pas dans les escaliers, puis Annie entre avec l'aînée de ses nièces et son neveu. Ce dernier tient une poignée de noisettes dans le creux de sa main. Les Frobisher sont absents et Alfred, le neveu, s'installe sur le lit pour ouvrir une noix entre ses dents. Josephine ne dit pas un mot et retire une nouvelle épingle à cheveux d'entre ses lèvres.

— Tu rentres quand ? demande Annie comme si elles étaient en pleine conversation.

— À une heure ? répond Josephine entre ses lèvres crispées. Deux heures ? Ça dépend.

— Quoi ?

— Ça dépend.

Elle sent les yeux d'Annie s'attarder sur sa nouvelle robe. Elle n'en a pas parlé depuis que Josephine l'a rapportée à la maison quelques jours plus tôt et l'a accrochée au mur comme un tableau.

— Pourquoi si tard ? demanda Annie en scrutant ses ongles.

— Je reste dehors le temps qu'il faut, rétorque Josephine.

— J'ai trouvé du travail, dit Annie en peignant les cheveux de sa nièce entre ses doigts.

Pour la première fois, Josephine se détourne du miroir.

— Ah ouais ?

— Ouais. Pour fabriquer du papier tue-mouches.

Annie renifle et ajoute :

— Jusqu'à ce que je trouve une autre place de domestique, tu comprends.

Elles ont déjà abordé le sujet. Si Annie prend un poste de servante, il sera vraisemblablement assorti d'une chambre. La fabrication de papier tue-mouches est sa troisième tentative pour trouver un emploi qui lui convienne. Elle a commencé par le rembourrage des matelas, puis le ménage dans une usine de mise en bouteille ; le premier la faisait tousser et le second lui donnait mal au dos. Annie est trop regardante et ne comprend pas pourquoi Josephine ne l'est pas elle aussi.

— Où tu vas ? demande la nièce.

— Au théâtre, répond Josephine.

— Je peux venir ?

— Pas ce soir.

Josephine embrasse Annie sur la joue et s'en va.

Ces derniers temps, les non-dits s'amoncellent. Annie n'est pas née de la dernière pluie. Josephine rentre plus tard et se lave immédiatement. La nourriture qu'elles peuvent se permettre d'acheter est de meilleure qualité et abondante : de la moutarde, du bon fromage, des fruits. Annie mange, fait de la place à Josephine dans son lit et ne dit rien. Josephine a acheté la robe pour voir si Annie allait réagir ; si elles pouvaient à peine payer leur loyer deux semaines plus tôt, comment se fait-il qu'elles aient désormais de quoi s'acheter des habits ? Mais la robe n'a provoqué aucune conversation, et la vérité est passée sous silence.

Sur Waterloo Bridge le vent est mordant. Josephine se sent démoralisée. Elle aimerait tant qu'Annie n'ait pas à fabriquer du papier-tue-mouches ou à passer le balai dans une usine. Elle devrait être en mesure de la garder à la maison, avec ses travaux de ravaudage pour les dames de la pension, ou à faire leurs emplettes au marché avec son petit panier accroché à son bras. Elle devrait être comme un mari pour Annie, à l'instar de John avec Maud, qui dort et travaille et œuvre à monter une structure invisible autour d'eux, et dans laquelle ils vivent. Elle se représente Annie arc-boutée sur un plan de travail, les mains pleines de poison contre les mouches.

Elle se rend compte qu'elle est furieuse, encore maintenant, qu'Annie ne soit pas allée avec elle à Urania Cottage. Quel manque de discernement de sa part que de choisir la famille de sa sœur plutôt que son propre bonheur. Même si elle se dit qu'Annie n'aurait pas tenu une semaine sous la surveillance de Mme Holdsworth, à broder l'après-midi et se lever aux aurores pour prier, elle se garde bien de se l'avouer.

Parfois, et de plus en plus souvent tandis qu'elle sillonne la ville, elle pense à Martha. Elle se la représente en train de coudre, d'écrire, de dessiner un kangourou sur son ardoise à partir d'une image dans un livre. Ce jour-là Josephine avait ri si fort que Martha, blessée, avait effacé son dessin avec sa manche.

Quand un gentleman incline son chapeau à son intention, elle sourit déjà.

— Monsieur ? l'interpelle-t-elle mais il secoue la tête et passe son chemin.

Peu après neuf heures, elle réussit à emmener un homme dans une des petites allées derrière un théâtre. Son haleine est chargée de brandy, et il prend son temps, mais trente minutes plus tard, elle retourne vers le pont après avoir fait une croix sur Granby Street et ses environs. Un homme vêtu d'une belle redingote verte lui demande son âge et semble déçu de la réponse : il demande où il peut trouver des jeunes filles et elle ment en disant qu'elle ne sait pas.

Une fois sur le pont, elle ne s'arrête pas pour contempler l'eau. Trop de filles comme elles l'ont fait et ont vu dans les flots quelque attrait irrésistible.

Un soir, quelques jours plus tard, Josephine commence par le *Star and Garter* sur Trafalgar Square. Obligée d'alterner entre position statique et piétinement, elle est fatiguée avant même d'avoir commencé. Voler est plus facile et moins fastidieux. Quand on fauche un portefeuille, impossible de savoir à l'avance s'il sera plein ou vide, en coton ou en soie, et le frisson fait partie du jeu. Alors qu'avec ça, il n'y a pas beaucoup de surprises et parfois, elles tombent à point nommé.

Elle s'adosse à la cloison du bar, jette un œil circulaire, étouffe un bâillement. Un homme à l'haleine puante et au teint rougeaud lui a dit d'attendre sans pour autant l'inviter à se joindre à sa table. Elle observe les autres filles qui quadrillent l'établissement en lançant un commentaire ici ou là pour voir si ça mord. L'homme lui a payé un verre de gin à l'eau ; la mixture lui brûle la gorge et elle la laisse sur le côté. Le bar est bondé d'employés de bureau, de Whigs, de journalistes ; le *Star and Garter* est à deux pas de Whitehall et de Parliament Square et des stations d'omnibus qui les ramènent chez eux. Mais ce sont des moulins à paroles professionnels et il faut une offre alléchante pour les extirper de leur meute.

Josephine regarde autour d'elle et croise son reflet pâle dans le miroir accroché derrière le zinc. À sa droite, une femme descend les escaliers qui mènent à la salle de restaurant. Josephine la remarque parce qu'elle porte une robe de popeline rayée comme celle que Martha avait à la maison. Son visage lui dit quelque chose, mais Josephine ne la remet pas ; elle la scrute un peu trop longuement et sans doute en plissant les yeux, parce que la fille la regarde d'un drôle d'air et marche dans sa direction. C'est alors que Josephine la reconnaît ; c'est la fille au visage rébarbatif qui se tenait derrière Susannah lorsqu'elles s'étaient croisées sur le Strand.

— Nan, dit-elle comme le prénom lui revient à l'esprit.

Nan a l'air fatiguée, mais c'est le lot de toutes les filles. D'un mouvement du menton, elle désigne le verre de Josephine posé sur le zinc.

— Tu bois pas ?

— Prends, si tu veux.

Nan l'avale d'un trait.

— Tu viens chez Susie ?

— Non, j'attends quelqu'un.

Nan hausse un sourcil, et Josephine hoche la tête en direction de l'homme au visage rougeaud et aux cheveux blancs qui s'esclaffe dans le coin.

— Tu vas attendre un moment. Pourquoi tu mangerais pas un bout ?

Josephine s'apprête à répondre quand Nan ajoute :

— Suis-moi.

Elle emboîte le pas à Nan et à sa robe rayée dans les escaliers, étourdie par la faim tandis que des effluves de viande rôtie lui parviennent d'un couloir éloigné. Les fenêtres de la salle de restaurant surplombent la colonne Nelson, Charing Cross et le Mall. Dans un coin, un homme assis seul lit le journal. Nan s'approche de lui.

— Voici…

— Josephine, complète l'intéressée.

— Elle a faim.

Josephine ne sait pas trop ce qu'on attend d'elle, mais l'homme agite une main en direction de la chaise en face de lui, chargée d'un bol rempli de coquilles d'huîtres et d'une soucoupe de tranches de citrons. Josephine se demande si elle est censée piocher parmi les coquilles, mais Nan débarrasse les reliefs qu'elle pose sur la table d'à côté. Comme s'il était convoqué par le bruit de porcelaine, un garçon de cabaret vient emporter la vaisselle. L'homme lâche un léger rot en se couvrant la bouche, demande une côtelette chaude, du pain, de la soupe et un verre de vin, puis se replonge dans la lecture de son journal.

En quelques minutes, la nourriture est disposée devant Josephine. Elle pousse l'assiette en direction de l'homme, mais ce dernier secoue la tête.

— Non, non. C'est pour toi.

Elle mange avec application et méthode, prenant à peine le temps d'avaler avant de remplir sa bouche. Quand elle a fini, Nan pose une main sur son épaule et Josephine se lève machinalement.

— Merci, dit-elle à l'homme qui lui adresse un bref sourire indifférent sans lever le nez de son journal.

Elle suit Nan, traversant la salle de restaurant par ailleurs vide, et une fois qu'elles sont hors de portée, demande :

— Pourquoi il a fait ça ?

Nan hausse une épaule.

— Il aime pas quand les filles ont faim. Tu viens avec moi chez Susie ?

Elles sont arrivées en bas des escaliers. Le bar s'est rempli ; les filles se sont multipliées, le vacarme est allé crescendo. Sans un regard pour le monsieur qui lui a payé son verre de gin, Josephine acquiesce et elles sortent ensemble dans la rue. Son estomac est rempli, bien rond et rassasié, et le ciel de cette fin de journée brille d'une myriade de possibles. Peut-être la soirée lui remplira-t-elle les poches ; peut-être pas. Elle a mangé, et c'est tout ce qui compte.

Annie se plaint déjà du papier tue-mouches. Il y a une chapellerie à côté de la pharmacie où elle travaille ; demain, elle ira y demander un emploi. Ces jours-ci, quand Josephine se glisse sous les draps, Annie fait semblant de dormir. Parfois, Josephine se retrouve à rester dehors plus longtemps que nécessaire, à bavarder avec d'autres femmes à la buvette où elles échangent des nouvelles. Entre Annie et elle, une distance, une froideur s'est instaurée, qui se durcit imperceptiblement, comme la gelée matinale.

Elles marchent en direction de Whitehall à l'allure placide de Nan.

— T'as jamais pensé à entrer dans une maison ?

— Non, répond Josephine.

— C'est pas si horrible que ça.

— Certaines sont pires que d'autres.

— Celle-ci paie les meilleurs tarifs de Londres. On y cherche toujours des filles.

Josephine lui coule un regard en biais :

— Comment ça se fait ?

Après un silence, Nan répond :

— Eh bien, ça va et ça vient, tu comprends ? Enfin, tu réfléchis.

Josephine secoue la tête.

— J'ai déjà donné.

Des années plus tôt, Josephine avait travaillé pendant une courte période dans une maison à deux pas de Ratcliff Highway. La matrone, une femme au visage long et anguleux, obligeait son fils à suivre les filles dans les rues pendant qu'elle attendait dans son salon humide, à boire du thé infusé deux fois en faisant grincer ses fausses dents. Elle gardait tout l'argent gagné par les filles, qu'elle fouillait tous les soirs. Un jour, Josephine avait caché un shilling sous sa langue. On l'avait battue si violemment qu'elle n'avait pas pu marcher pendant cinq jours.

Au café, Susannah est ravie de les voir arriver. Elle est aux petits soins, leur choisit une bonne table, vient faire la discussion dès qu'elle est libre. Elles restent environ une heure, et Josephine qui l'observe est secrètement impressionnée par ses bonnes manières, son savoir-faire, l'agilité avec laquelle elle se glisse entre les tables avec sa théière en argent. Nan et Josephine partagent un thé offert par la maison, puis Josephine annonce qu'elle ferait bien de se mettre en route.

— Tu vas où ? demande Nan en se levant.

Josephine hausse les épaules.

Nan la dévisage et fugacement – à tel point que Josephine se demande si elle ne l'a pas imaginé –, ses yeux tombent sur la cicatrice de Josephine.

— Viens avec moi, si tu veux.

— Où ça ?

— J'ai peut-être du travail pour toi.

— À quelle heure passera M. Drosselmeyer ? demande Mme Brown.

Elles attendent, quelque part dans le Cheapside. Chacune regarde par sa vitre. Elles sont coincées dans un encombrement de calèches et de charrettes qui les immobilise dans leur trajet d'est en ouest.

Au cours de l'après-midi, Angela s'est rendue dans un orphelinat dont on fêtait le premier anniversaire, avant d'inspecter une nouvelle zone d'implantation de logements à Whitechapel. Elle est harassée, couverte de poussière et de Dieu sait quoi d'autre à force d'avoir sillonné les cours étroites qui doivent être détruites comme des châteaux de cartes pour faire place aux nouveaux bâtiments. L'architecte avait fait une halte dans un rayon de soleil timide pour ôter son chapeau et sa veste afin d'en retirer la pellicule de saletés. Angela avait distribué des pennies comme des bonbons aux enfants semblables à des ombres qui les regardaient d'un air impassible depuis les portes et les recoins. Non habitués à ce qu'on leur donne une chose qu'ils n'avaient pas demandée, ils acceptaient les piécettes avec suspicion ; Angela a même surpris l'un deux à mordre la sienne entre ses dents.

La matinée a été agréable : elle a rendu visite à une amie à Belgrave Square, puis s'est rendue à une réunion à la banque pour discuter de la hausse des salaires des commis. À présent, Mme Brown et elle disposent d'une heure pour se changer et se tenir prêtes pour une sortie au théâtre en compagnie de l'ancien professeur de dessin d'Angela, en visite depuis l'Allemagne ; elle a déjà pris ses dispositions pour que le dîner soit servi dans leurs appartements.

— Il arrive à six heures, rappelle Angela. Devrais-je opter pour la robe en soie émeraude avec le revers noir ? Ou plutôt la gris tourterelle ?

— La gris tourterelle est très seyante, répond aimablement Mme Brown.

Sur le trajet qui les ramène à la maison, elle se trouve d'humeur agréablement lasse et pensive. Trois semaines se sont écoulées depuis la missive de Dunn, et à son grand soulagement, pas un mot n'a filtré à son propos dans la presse, et aucune rumeur n'a couru jusqu'à elle. Elle n'est allée ni à Highgate ni à Broadstairs, mais l'admonestation du Dr Brown a eu l'effet escompté.

À Stratton Street, elles sortent de voiture, et Ballard descend à son tour. Angela lui transmet une petite boîte en fer-blanc contenant des macarons pour l'anniversaire de sa femme et il rougit du col jusqu'à la racine de ses cheveux. Il la remercie vivement, la boîte serrée contre lui comme un talisman, et s'en va.

Alors qu'elle retire ses gants tout en se demandant si elle a le temps de faire une courte sieste, Stockton apparaît.

— Mademoiselle, vous avez de la visite dans le salon du matin.

Mme Brown referme la porte d'entrée, et Angela jette un œil au plateau à cartes de visite sur la console.

— Pas de carte ?

— Non, mademoiselle. Une Mme Holdsworth, mademoiselle. Elle dit que c'est à propos d'une de vos œuvres de bienfaisance. Et ces messages sont arrivés pour vous ce matin – les deux notifiés urgents.

Angela, sourcils froncés, prend les lettres et reconnaît aussitôt l'écriture de Mme Holdsworth et celle de Charles. Elle gagne à grands pas le salon du matin, Mme Brown dans son sillage. La pièce est remplie du mobilier de sa grand-mère et la décoration est d'époque. Les murs sont tendus de soie bleue, et des rideaux en damas retombent comme des cascades dorées de part et d'autre de l'immense fenêtre. Au milieu de la profusion d'acajou et de marbre se détache la minuscule silhouette de Mme Holdsworth, vêtue de ses habits d'extérieur. À côté d'elle, sur une petite table, un bateau en argent est rempli d'amandes sucrées. Impossible pour Angela d'imaginer collation plus inappropriée pour la directrice, dont la présence seule suffit à donner à la pièce des airs pompeux et presque vulgaires.

— Mademoiselle Coutts, Dieu merci, dit-elle en se levant, vêtue d'un simple manteau.

— Madame Holdsworth, mais que se passe-t-il ? Je suis navrée de vous avoir fait attendre. Êtes-vous ici depuis longtemps ?

— Environ une heure.

Elle est pâle, a l'air apeuré, et Angela sent son cœur se serrer.

— Que s'est-il passé, cette fois-ci ? Encore un décès ?

— Non, même si le choc a été terrible. En tout cas pour moi. Il n'y a jamais eu l'ombre d'un…

— Madame Holdsworth, dites-moi tout de suite, je vous en supplie.

La directrice a l'air soudain à bout de forces. Les rides autour de sa bouche sont plus prononcées que jamais. Elle enfouit son visage entre ses mains puis, se ressaisissant, se redresse de toute sa taille et regarde Angela droit dans les yeux.

— Martha Gelder s'est enfuie pour se marier.

Un silence stupéfait enveloppe les trois femmes, qu'Angela finit par briser :

— Mais avec qui ?

— Eh bien, il est là, le choc. Martha a épousé M. Bryant, l'aumônier.

— L'aumônier d'Urania ? s'écrie Mme Brown.

— Lui-même.

— Je ne comprends pas, dit Angela qui a la sensation que la pièce s'est vidée de son air. Quand est-ce arrivé ?

— Aujourd'hui, d'après ce qu'on dit. Elle est partie ce matin avant que la maisonnée se réveille. J'ai trouvé ceci sur la table de la salle à manger.

De l'intérieur de sa cape, Mme Holdsworth extirpe un morceau de papier plié. Angela parcourt les mots des yeux, mais son cerveau refuse de les comprendre.

— Comment est-ce possible ? demande-t-elle.

— Vous dites que vous ignoriez qu'ils étaient fiancés ? demande Mme Brown à la directrice.

— Évidemment ! Si j'avais eu le moindre soupçon à cet égard, j'aurais mis un terme à cette histoire. Mais rien ne le laissait penser – rien du tout.

— Et vous n'avez pas la moindre idée d'où ils ont pu aller, d'où ils se sont mariés ?

— Aucune idée. Je n'ai pas d'autre information, dit-elle en montrant la note griffonnée sur le papier à en-tête de la maison.

— Avez-vous interrogé les églises locales ?

— J'ai envoyé Frank s'en charger, justement.

— Mais les bans…

— Bryant y aura pensé, c'est évident.

— Je suis scandalisée, madame Holdsworth. Et stupéfaite. Un homme d'une telle droiture, aumônier dans une prison, ami de Charles, un homme de *Dieu*, excusez du peu, qui s'enfuit avec une fille comme Martha ? Jamais je n'ai entendu une chose pareille. C'est insensé.

— Je le répète, je n'étais pas au courant de la moindre faute, de la moindre inconvenance.

Angela lit de nouveau la lettre, comme si la vérité se nichait quelque part entre ces mots.

— Mais Martha avait des entretiens en privé avec lui, et ce de manière régulière ?

— Chaque semaine, oui.

— Sans chaperon ?

— Ma foi, oui, évidemment sans chaperon. C'est l'aumônier. Un membre respecté de notre entreprise. C'est M. Dickens lui-même qui l'a nommé. Il est d'ailleurs aussi abasourdi et se sent aussi trahi que nous.

— Qui est avec les filles en ce moment ?

— M. Dickens et M. Chesterton. J'ai envoyé un message à tout le monde dès que je l'ai su. Je crois savoir qu'ils vous ont attendue une vingtaine de minutes ici avant de poursuivre jusqu'à Shepherd's Bush.

— Ses affaires ont-elles été emportées ? demande Mme Brown.

— Ses quelques effets ont disparu. Les vêtements qu'elle portait à son arrivée. Elle est partie dans sa tenue d'intérieur.

— Nous devons nous rendre immédiatement à Shepherd's Bush, dit Angela en se dirigeant vers la sortie.

— Pour quoi faire ? demande Mme Brown. La fille a disparu. Je doute qu'elle se présente pour son repas de noces.

— Elle peut encore changer d'avis.

Mme Brown secoue la tête.

— J'imagine que c'est trop tard pour revenir en arrière.

Au même instant retentit depuis le fond du vestibule l'élégante sonnette de la porte d'entrée.

— Ce sera M. Drosselmeyer. Pourrait-il attendre, vous pensez ? demande Angela à Mme Brown. En fait non, ayez l'amabilité de bien vouloir remettre l'entrevue à plus tard, en lui présentant mes excuses. Dites-lui de prendre la calèche. Je lui écrirai plus tard. Non, attendez ! J'ai besoin de la calèche. Mettez-le dans un fiacre. Oh, le pauvre homme. Mais si je le reçois maintenant, je ne vais jamais m'en sortir.

Mme Brown s'éclipse discrètement de la pièce. Angela réfléchit à toute vitesse. Elle se souvient de la mine assoupie de Martha dans le fiacre qui les avait ramenées de nuit de Reading, de ses traits d'enfant. Car c'était une enfant : vingt et un ans à peine et déjà elle semblait avoir vécu deux fois le nombre de ses années. L'élégante manière qu'elle avait de se tenir, les questions intelligentes qu'elle posait chez les Bushey, comme elle semblait se recroqueviller au milieu des épais tapis et des hauts plafonds de la Chambre aux Rosiers.

Une sensation farouche surgit en elle, et se retournant brusquement dans l'espace encombré de tissus d'ameublement et de tables simples en bois blanc, Angela fait face à Mme Holdsworth.

— Quelle déception, murmure-t-elle.

Mme Holdsworth soupire.

— Je suis bien d'accord. Je nourrissais de grands espoirs pour Martha. Elle a été la première fille à s'installer dans la maison, et je m'étais beaucoup attachée à elle.

Sa voix se brise, et sa main se crispe en un poing serré.

— Je ne veux pas parler de Martha.

Mme Holdsworth reste impassible.

— Ces filles sont sous votre responsabilité. La mort de Lydia aurait dû mettre un terme à tout cela.

— Un terme à quoi ?

— Madame Holdsworth, le rôle de directrice d'Urania Cottage est unique. C'est une tâche exigeante et prenante, à laquelle je suis navrée de vous annoncer que vous ne convenez pas. Il s'est passé trop de choses : désertion, vol, une *mort* et maintenant une fugue amoureuse. Mon Dieu, personne ne s'attendait à cela, mais à l'évidence c'est une responsabilité trop importante pour que vous la portiez seule.

La directrice chancelle comme si elle avait reçu un coup. Puis son visage pâle s'assombrit, et elle répond avec véhémence :

— Mademoiselle Coutts, je partage entièrement cet avis. J'ai travaillé dans de nombreux établissements et n'ai jamais projeté d'en diriger un. Je demande – non, je *quémande* une adjointe *depuis le début*. Je n'ai pas une paire d'yeux derrière la tête. La mort de Lydia était inévitable – nous le savons, à présent. Cependant, elle aurait pu s'épargner des souffrances si son état avait été constaté plus tôt.

— Et Martha ? Et Josephine, et Hannah Parsons et la fille dont j'ai oublié le nom, qui est partie au cours des premières semaines ?

— Lizzie Hathaway. Autant de pertes qui auraient pu être évitées si j'avais eu du renfort. Je ne prendrai pas seule la responsabilité de l'échec de cette entreprise.

— L'échec !

— Oui, mademoiselle, l'échec, rétorque Mme Holdsworth, bouillonnante de rage. Si Martha Gelder, une fille honnête et bien décidée à recommencer à zéro loin de tout ce qu'elle a connu, se révèle irréformable, si une proposition de mariage de la part d'un homme de trente ans son aîné est préférable à toutes les opportunités auxquelles nous la préparons, toutes les compétences et l'instruction que nous lui transmettons pour qu'elle puisse redémarrer du bon pied, alors à quoi bon ? Pourquoi nous donner tout ce mal, quand tout peut être détruit si facilement ?

Angela secoue la tête.

— Vous auriez dû la surveiller de près, madame Holdsworth. Vous viviez avec Martha – c'est arrivé sous votre toit !

Elle tremble à présent, de choc et de rage, et elle doit prendre sur elle pour ne pas hausser le ton.

— C'est arrivé sous *votre* toit ! aboie la directrice qui n'exerce pas la même maîtrise de ses émotions. L'idée n'était pas de moi ; ce n'était pas mon projet. Vous pensez qu'il suffit de donner de l'argent, de leur acheter des livres, de remplir le garde-manger et de leur apprendre à jouer de la guitare ? Ce dont elles ont besoin avant toutes ces choses-là, c'est qu'on leur témoigne de la *confiance*, de l'amour et de la patience et qu'on leur donne un socle à partir duquel construire leurs vies. Passer une fois par semaine pour boire un thé avec elles ne sert qu'à maintenir la distance entre elles et vous. Elles ont besoin d'*amitié*. D'une vraie maison, d'une vraie famille, d'un sentiment d'appartenance qu'elles n'ont jamais eu, pas d'une bienfaitrice qui leur fait des visites royales à ses heures perdues.

Le silence qui s'ensuit est assourdissant. Les deux femmes, le souffle court, se lancent des regards noirs. Le visage de Martha surgit de nouveau devant Angela, et elle sent des larmes brûlantes lui monter aux yeux, et une douleur insoutenable lui enserrer la poitrine à l'idée qu'elle ne reverra sans doute jamais cette fille.

Elle détourne le regard et énonce d'une voix sourde et dure :

— Je vous épargnerai l'humiliation d'un renvoi et accepte votre démission du poste de directrice d'Urania Cottage. Je vous demande seulement de rester jusqu'à ce qu'on vous ait trouvé une remplaçante.

— Je le ferai à condition que vous recrutiez une adjointe en même temps.

Les lèvres serrées, mâchoires crispées, Angela incline la tête en signe d'acquiescement. Elles restent ainsi dans un silence amer, perdues au milieu de la magnificence de la pièce, dans la rumeur lointaine de Piccadilly, en attendant le retour de Mme Brown.

Chapitre 13

Celastrina argiolus

Martha n'avait encore jamais mis les pieds dans cette partie de Londres. Le trajet jusqu'à l'église avait été plus long qu'elle ne l'aurait pensé, au gré d'un omnibus, d'une marche, puis d'un deuxième omnibus qui les avait transportés de l'autre côté du fleuve. Les maisons étaient grandes, de couleur crème, et son cœur s'accéléra à la perspective de devenir la maîtresse de l'une de ces demeures, mais après la cérémonie ils avaient encore attendu un omnibus et avaient rebroussé chemin.

Ils sont assis en silence l'un à côté de l'autre, cahotant à l'unisson, et Martha sourit à une fillette qui voyage avec sa mère. Un panier de colis repose entre elles, le bras de la fille passé à travers l'anse. Son visage s'illumine quand Martha lui sourit, et ses yeux glissent de Martha à M. Bryant. Aucun des passagers ne prête attention à l'alliance dorée à son annulaire, qui fait à Martha l'effet d'une lampe ou d'un fanal ; elle ne peut s'empêcher de la toucher, en songeant à quel point il est étrange d'être une épouse, à présent. Dans un an, elle pourrait être mère. Comme il est étrange de penser que l'homme qui fera d'elle une mère est un aumônier sans prétention qu'elle a rencontré dans le salon d'Urania Cottage par un froid matin d'hiver, le jour même où Hannah Parsons a pris la fuite. Cela semblait de loin l'événement le plus marquant de cette journée, alors qu'en réalité un tout petit rouage, à son insu, avait commencé à se mettre en place. Elle repense à leur rencontre et se dit que la vie est décidément extraordinaire. Il n'y a pas si longtemps, elle payait un penny pour dormir sur un matelas en cordes dans une pension. Aujourd'hui, elle est l'épouse d'un homme d'Église.

Au Magdalen, les filles parlaient de leurs futurs époux. Certaines avaient eu des promesses de mariage. L'une prétendait être fiancée à un marquis, et qu'un jour il viendrait la chercher dans une calèche dorée. Les autres riaient dans son dos, mais Martha savait que la fille y croyait dur comme fer, et ne pouvait s'empêcher de compatir.

M. Bryant est calme et un peu réservé. De temps à autre il jette un œil vers Martha comme pour se féliciter de son discernement. Pour la cérémonie, il portait des vêtements normaux, sans prétention et un peu froissés. Martha va s'en occuper : elle brossera ses manteaux, repassera ses chemises, amidonnera ses cols. Il sera satisfait de tout le savoir-faire qu'elle a acquis pour tenir une maison. Il y a un an, elle ne savait pas plumer et nettoyer une volaille, ni confectionner une robe. Elle est bien plus douée pour être une épouse qu'une domestique dans quelque pays lointain. Elle a l'impression d'avoir rassemblé ses jupes qui traînaient à terre, et d'avoir sauté d'un bond de cinq ans en avant. Elle n'aura pas de tâches ingrates, pas de supérieure à qui rendre des comptes. Tout ce qu'elle fera sera au profit d'elle seule, de son mari et de leur maison.

M. Bryant se lève et agrippe la courroie de l'omnibus, et Martha lui prend le bras. La jeune mère assise en face d'elle lui sourit. Martha sait qu'elle les prend par erreur pour un père et sa fille, ce qui la fait sourire en retour. Ils descendent au bord d'une longue artère poussiéreuse qui serpente sans fin à droite et à gauche, bondée ici et là d'échoppes et de maisons. Ils quittent la rue principale et marchent jusqu'à une rangée de chaumières alignées face à un petit cimetière herbeux. Martha ne sait rien du train de vie modeste d'un aumônier, mais elle n'est pas trop déçue à la vue des portes peintes de couleurs gaies et des géraniums en pot.

M. Bryant la précède jusqu'à l'avant-dernière maison, où un rideau en dentelle cache la vue du cimetière, et dont la peinture verte de la porte d'entrée est écaillée.

— Madame Bryant.

Son mari recule d'un pas d'un geste théâtral pour la laisser entrer la première.

Sur le seuil de l'étroit vestibule plongé dans le noir, une odeur entêtante d'oignons la prend au nez, avec une légère touche d'humidité. Un châle est pendu à une patère, surmonté d'une coiffe de paille informe, et un instant plus tard, elle sursaute quand une silhouette s'avance depuis la porte au fond du couloir. Une femme de petite taille, corpulente, aux yeux bleu clair, aux joues rouges et au tablier maculé de taches. Elle tend les mains vers Martha comme le ferait une enfant.

— Eh bien, la voilà, la maîtresse de maison ! Bienvenue, bienvenue.

Elle prend le sac de Martha et commence à dénouer sa coiffe, en approchant son visage de celui de Martha au point que l'odeur d'oignon est plus forte.

— Voici Mme Kenealy, dit M. Bryant en retirant son chapeau et son manteau. La logeuse irlandaise la plus tyrannique de ce côté de la Tamise.

Martha est consternée. Quand elle a demandé à M. Bryant s'il avait une gouvernante, il lui a répondu qu'il avait quelqu'un pour la cuisine et la lessive. Il n'a rien dit d'une logeuse.

Elle s'efforce d'écarter la déception de son esprit et accepte de se faire tripoter en guise de bienvenue par cette femme qui insiste pour accompagner les jeunes mariés à l'étage. Ils n'ont que deux chambres : un salon à l'avant et une chambre au fond. La chambre à coucher est chichement meublée, comme celle d'une domestique, se dit Martha, même si elle ne devrait sans doute pas s'étonner qu'un homme d'Église mène une existence modeste. Dans le salon, un fauteuil élimé trône devant une minuscule grille de foyer. Le reste du mobilier compte uniquement une petite table et une seule chaise. Sous la fenêtre repose une grande malle de voyage, partiellement recouverte de piles de livres et de journaux. Martha n'aura nulle part la place de s'asseoir confortablement quand son mari sera à la maison le soir.

Mme Kenealy insiste pour leur préparer une collation, mais Martha, qui se sent brusquement oppressée, propose de faire quelques pas dans le quartier. M. Bryant accepte, en la prévenant qu'il n'y a pas grand-chose à voir, et il dit vrai : rien sinon des rues et des maisons, et plus loin, un jardin public et le fleuve. Il lui explique que le palais de Lambeth est situé à un quart de mile au nord, et qu'un autre jour ils pourront aller s'y promener, et l'idée la réjouit, car si on a construit un palais ici, c'est forcément que le lieu en valait la peine. Pour sortir, Martha n'a que sa vieille robe et un châle, mais M. Bryant lui a promis une petite allocation pour s'acheter des vêtements, et à présent qu'elle est bonne couturière, elle pourra acheter des tissus au marché et confectionner une ou deux robes ; une en coton à motifs pour l'été, une en laine pour le reste de l'année.

Ils prennent leur repas de noces en compagnie de Mme Kenealy, qui ne cesse de leur demander ce qu'ils pensent de la nourriture et s'ils veulent reprendre de la sauce. Voilà bien longtemps que Martha n'a pas fréquenté des gens ordinaires et elle trouve la situation un peu incongrue, mais au fond, elle est sans danger. Elle se dit que la vieille femme veut qu'ils se sentent chez eux et décide qu'elle fera des efforts dès le lendemain, après une bonne nuit de sommeil.

Le dîner terminé, ils montent à l'étage et elle déballe ses affaires tandis que M. Bryant sort son écritoire et s'installe à la table. Puis elle inspecte les placards et examine le contenu des étagères. Mis à part les livres – d'épais ouvrages rébarbatifs aux titres compliqués –, il n'y a pas grand-chose à voir : pas d'images ni babioles, ni aucun des objets habituels qu'on accumule au gré d'une existence d'un demi-siècle. Elle regarde M. Bryant, absorbé dans sa correspondance. Il relève la tête et lui sourit.

— Je doute que Mme Holdsworth vous reprenne au cottage, dit-elle d'un ton doux. Où allez-vous travailler ?

— J'ai du travail, répond-il simplement. Ce n'est pas la peine de vous inquiéter.

Jusqu'ici, il ne lui était pas venu à l'esprit de s'inquiéter.

— Vous pensez que le comité sera en colère ?

— Je m'attends à ce que les membres émettent des réserves, mais avec le temps ils comprendront.

Ce soir-là, elle s'attend à moitié à ce qu'il ouvre la Bible, mais il ne fait aucun geste en ce sens. À neuf heures, ils se déshabillent en se tournant le dos. Elle n'a pas de chemise de nuit et reste dans sa simple robe droite. Il grimpe en premier dans le lit et s'allonge sur le dos, ses bras nus sur le couvre-lit, et quand elle le rejoint, il roule sur le flanc et colle sa bouche à la sienne sans autre forme de cérémonie. Elle l'embrasse, trouve peu de chaleur au contact de ses lèvres. Ses mains à lui caressent la surface de sa peau comme un tissu grossier. Bien évidemment, elle a connu pire, mais elle s'attendait à autre chose de la part d'un époux. Elle ne sait pas au juste ce qu'on lui a raconté la concernant et n'a pas envie de se trahir. Mais quand il la renverse sous lui, elle sent son cœur se serrer lorsqu'en croisant son regard elle comprend qu'il est au courant.

Quand il en a fini, il se lève pour se nettoyer à la vasque à l'aide de la petite aiguière. Il ne lui adresse pas la parole jusqu'à ce qu'ils soient allongés côte à côte, oppressés par le froid qui règne dans la pièce.

— Bonne nuit, madame Bryant, dit-il.

— Bonne nuit, monsieur Bryant, répond-elle.

Elle sait que le sommeil ne viendra pas de sitôt ; son esprit déborde des événements de la journée.

Qu'elle ait quitté le cottage le matin même lui semble impossible ; qu'elle ne doive plus jamais dormir dans son lit là-bas, encore plus. Le ventre serré, elle avait sorti la petite note qu'elle avait rédigée à la lueur de la bougie, puis elle avait déverrouillé la fenêtre qu'elle avait fait semblant de fermer à clé la veille au soir. En descendant l'allée dans le froid de l'aube, elle avait senti monter en elle non pas un sentiment de libération, mais d'inquiétude. Elle se représentait nettement les autres, qui au réveil constateraient sa disparition, en train de se précipiter de pièce en pièce en criant de plus en plus fort ; comme si elle avait laissé une version d'elle-même dans cette maison. Elle aurait aimé laisser plus d'explications ou en parler à cœur ouvert avec Mme Holdsworth et Angela, mais comme elle connaissait à l'avance leurs réponses, elle n'en avait rien fait.

— Vous pouvez m'appeler Richard, dit son mari avant de se tourner vers le mur.

❦

Par un après-midi chaud, Josephine retrouve Nan à quatre heures du côté sud de Soho Square. Les soirées sont de plus en plus longues et les rues sont bondées. Elles se rendent tout d'abord à une adresse sur Meard Street, où une femme aux paupières tombantes leur ouvre la porte laquée noire et leur fait signe d'entrer. Elles attendent dans l'obscurité du couloir tandis qu'elle va chercher la personne qu'elles sont venues voir ; comme de coutume, Nan n'a rien à demander.

Une minute plus tard, l'intéressée fait son apparition, une chaussure dans la main, dans l'autre un petit sac en chaume de la taille d'une orange.

— Ellen, je l'ai réparée ! crie-t-elle en guise de salutation.

Un instant plus tard, une cavalcade dans les escaliers, et une fille maigrichonne en robe longue, les cheveux dans des bigoudis, lui prend la chaussure des mains avant de retourner à l'étage en courant.

Sans un mot, Nan prend le sac et l'enfonce dans sa poche. Il émet un agréable tintement de pièces de monnaie.

— Et le livre ? demande-t-elle d'un ton égal.

La femme fait une grimace et s'éloigne, puis revient avec un petit volume taché à la couverture souple.

Nan l'empoche et dit :

— À la semaine prochaine, Margery.

— Bonne journée, lui répond la femme, sans chaleur.

En sortant, Josephine aperçoit l'intérieur de la pièce qui donne sur la rue. Décorée comme un salon à la mode, elle est meublée de chaises confortables, de tableaux aux cadres dorés et d'un paravent japonais à côté de la cheminée. Un lourd parfum, musc ou encens, flotte de l'intérieur. Au-dessus du manteau de cheminée est accroché le portait d'une femme à la peau blanche, nue, qui sort d'une coquille.

Josephine et Annie ont quitté Villiers Street le matin même. Toutes leurs possessions tiennent dans un panier et le drap de lit qu'Annie a emprunté à sa sœur est accroché à son épaule.

— Tu reviens chez Maud ? demande Annie en pleine rue.

Comme si Josephine avait vraiment le choix. Le fait qu'Annie pose la question sans se rendre à l'évidence la convainc de prendre sa décision.

Elles n'avaient pas réussi à payer le loyer et la logeuse, une femme à la chevelure noire avec des poches sous les yeux, ne leur avait pas laissé une heure de délai de grâce.

— Je perds douze shillings la semaine, alors si quelqu'un peut payer, la chambre est pour lui, avait-elle annoncé en les précédant dans l'escalier pour les raccompagner à la porte.

Sous l'œil désespéré d'Annie, Josephine avait compté son argent ; d'une certaine manière, c'était devenu sa responsabilité. L'emploi à la manufacture de papier tue-mouches était terminé, et Annie passait de nouveau ses journées chez sa sœur à Covent Garden, et certaines nuits aussi. Josephine aurait préféré dormir dans la cage d'escalier plutôt que d'être seule dans leur lit à deux pas du couple Frobisher. Mais l'idée de retourner dans la chambre de Maud, de retrouver le matelas, la ribambelle d'enfants et les seaux à ordures lui donne l'impression de sombrer dans un puits sans fond.

Nan les guide jusqu'à une maison haute de Little Pulteney Street, où la porte est à peine ouverte que le sac et un autre livre atterrissent entre les mains de Nan. Là aussi, on leur referme la porte au nez. Après ça, c'est Golden Square, une maison avec une porte verte. Là encore, elles attendent dans le couloir ; là encore, la maisonnée se réveille, les occupantes se préparent. Par une porte, elles aperçoivent une femme de ménage qui balaie le sol ; par une autre, trois filles sont assises sur des coussins par terre, et jouent aux cartes en se fardant le visage. Des effluves de café flottent depuis la cuisine. C'est un drôle de monde tout à l'envers ; à l'intérieur, c'est le matin, avec son cortège de petits déjeuners et de préparatifs, et dehors c'est la fin d'après-midi.

— Bonjour, madame Jenkins, lance Nan d'un ton plus bravache qu'elle n'a adopté dans aucune des autres maisons. Enchères, ce soir ?

La femme hoche la tête et regarde Josephine.

— Qui ça ? demande Nan.

— Marianne, répond Mme Jenkins.

— C'est laquelle ?

— Tu l'as ramenée la semaine dernière.

— Oh, la rousse. J'en ai une qui arrive pour la chambre du fond. Preston va la chercher vers midi.

— J'espère qu'elle est pas rousse.

— Elle a les cheveux noirs.

— Il me faudrait une autre mulâtre, aussi. Je suis obligée de refuser des clients. Annabelle va devoir partir bientôt, donc dès que sa chambre se libérera.

— J'en parlerai à Mrs T.

Mme Jenkins hoche la tête à demi.

— John est en train de te chercher le livre. Tu veux boire quelque chose ?

— Non, merci, répond Nan.

Visiblement, l'offre ne s'applique pas à Josephine.

Une porte s'ouvre dans le couloir, dont émerge un homme très grand, aux oreilles comme des balanes.

— Combien de chaises ? demande-t-il en se baissant dans l'encadrement de la porte.

— Vingt, ça devrait faire l'affaire, Larry. Certains resteront debout. Ça les excite – ils ont l'impression d'être aux courses.

Elle fait une sorte de gigue outrancière en les regardant droit dans les yeux, et Nan laisse échapper un petit rire nerveux. Des pas légers se font entendre dans l'escalier, et une fille de seize ou dix-sept ans, en robe de nuit, les cheveux brun-roux qui tombent sur ses épaules nues, apparaît sur le palier intermédiaire près de la porte d'entrée. En apercevant Nan, elle se fige.

— Marianne, ma chérie, dit Nan avec animation. Bonne chance ce soir. Si tu fais exactement comme au Threadneedle, tu seras notre étoile.

— Que veux-tu, ma petite ? lui demande Mme Jenkins. Je te fais préparer un bain dans une minute.

— Je me demandais si je pouvais avoir quelque chose à manger, dit Marianne.

— Oui, oui, je ferai monter quelque chose. John ! crie Mme Jenkins dans le couloir. Y'en a pour longtemps ?

Tout au bout du couloir, un jeune homme séduisant apparaît, chargé d'un petit livre usé et d'un portefeuille. Il a retroussé ses manches, laissant voir la peau lisse de ses bras bruns.

— Fini, annonce-t-il. Tout est en ordre.

Il le tend à Josephine en lui faisant un clin d'œil.

Quand Frank termine son quart à deux heures, il se change et mange sur le pouce, décline une invitation d'un des constables à une partie de cricket, puis se met en chemin. Le poste de police de Wandsworth est dans une petite ruelle de campagne calme à l'écart de la grand-rue, entouré de champs et de vergers. Il met le cap sur le sud en direction des rangées de magasins.

Il se dirige ensuite vers l'est, visant une vitesse de quatre miles de l'heure, profitant de son pas allègre et de la vue sur les jardins maraîchers et les pâturages de Battersea et Chelsea. L'espace d'un instant, il se laisse ralentir par la vue d'une magnifique église neuve surmontée d'une tour d'horloge, érigée entre de jeunes tilleuls et des pelouses bien entretenues. Il n'a jamais été versé dans la religion, pourtant la contemplation de cette architecture simple laisse libre cours à son imagination : il se voit sortir de l'église en courant, main dans la main avec Polly. L'image l'invite justement au genre d'introspection qu'il évite soigneusement et il coupe à travers un quartier plus salubre.

Aux alentours de quatre heures, il débouche du côté de Regent's Park et trouve la grande bâtisse sans encombre : elle est plus imposante que le poste de police, avec davantage de fenêtres et de cheminées qu'il n'en faut pour une seule famille. La grille en fer est ouverte, et il se glisse dans la cour. Il frappe, on lui répond promptement, et il attend à l'extérieur jusqu'à obtenir ce qu'il veut, tendant l'oreille au passage d'une calèche de l'autre côté du mur, s'émerveillant de l'invraisemblance de la situation.

Vingt minutes plus tard, il consulte sa fidèle carte pliable et se dirige vers l'est, en direction du centre de Londres. Il trouve Sherborne Lane nichée au dos d'une église. C'est un quartier respectable, avec grattoir à bottes sur le perron et imposte au-dessus de la porte d'entrée. Il cherche le numéro, toque promptement au heurtoir et recule d'un pas. La gouvernante qui lui ouvre lui dit quelques mots et attend, le temps que Frank griffonne un mot. Il lui tend le papier, la remercie et se remet en route, en s'ébrouant pour déloger le froid de ses épaules.

Il atteint Cheapside à temps pour le dernier relais et hésite un instant sur le trottoir, ne sachant quelle décision prendre. La réponse à sa question est à portée de main, et pourtant elle reste insaisissable. Il se demande si le cours des choses l'aidera à accéder à la section d'enquête, aussi nouvelle qu'attrayante, qui s'est ouverte récemment et puis il se souvient de Martha, abandonnée du monde entier, à commencer par lui. Il aurait pu se donner plus de mal pour l'aider à retrouver sa sœur ; il aurait pu écrire aux constables qui l'ont formé, dans leurs différents quartiers, pour leur demander d'ouvrir l'œil. Les chances de retrouver Emily étaient quasiment nulles, mais il aurait mieux valu aider Martha à ce moment-là, quand il le pouvait, quand elle le lui demandait, plutôt que maintenant. Maintenant qu'il est trop tard.

❦

Mme Holdsworth ne s'est pas octroyé ne serait-ce qu'une demi-journée de vacances depuis qu'elle a pris ses fonctions à Urania Cottage. Elle prend ses dispositions auprès du Dr Brown, qui accepte de surveiller les filles le temps d'un après-midi. Mais c'est seulement une fois le déjeuner servi, puis la table débarrassée et après avoir réglé la facture du fournisseur de charbon qu'elle se rend compte que la journée est déjà bien avancée. Dans le vestibule, elle tend l'oreille aux voix étouffées qui lui parviennent du petit salon, aux doux accords de la guitare. Elle n'a plus d'excuses pour retarder son départ : elle a mis sa coiffe, noué son châle et s'est munie d'un parapluie.

Elle marche jusqu'au parc de Shepherd's Bush pour prendre l'omnibus de Bayswater, change au centre-ville et descend à Borough. Cela fait longtemps qu'elle n'a pas mis les pieds dans cette partie de Londres et elle remarque que le nouveau restaurant de viande à l'angle arbore une enseigne dorée. Quelques portes plus bas elle reconnaît l'auberge à galerie où elle emmenait ses petites-filles regarder la relève des chevaux. Elle s'immobilise à l'embouchure de l'entrée pavée pour observer le ballet chaotique des valets d'écurie, des calèches et des voyageurs, en se souvenant qu'elles inventaient des histoires sur les hautes voitures et leurs passagers, chargées de malles et de sacs. Les filles l'interrogeaient sur le nom des malles-postes, tentant d'imaginer leur destination, elles qui n'avaient jamais rien connu en dehors du quartier de Borough avec son marché, son fleuve et l'enchevêtrement de rues qui délimitait leur chez-elles.

Les myosotis qu'elle a pris dans le jardin devant la maison ne respirent plus trop la fraîcheur après leur long trajet. Elle pince le bout de leurs tiges et, après un instant d'hésitation, franchit la cour et entre dans l'auberge. Elle trouve une table basse inoccupée à côté d'une fenêtre, commande un thé et demande un petit verre d'eau. Elle boit le breuvage le temps que les fleurs se revigorent dans l'eau, puis elle sort un carnet, l'ouvre à une page vierge et plonge la main dans son sac pour en ressortir un crayon.

Elle écrit le mot *prisons* et le souligne en poussant un soupir. Elle en dresse la liste de mémoire, son esprit revisitant les couloirs sombres, où même les rayons du soleil sont retenus par des barreaux. Elle écrit ensuite *hôpitaux et dispensaires*, ménageant une pause pour boire une gorgée de thé avant d'inscrire autant d'établissements que sa mémoire le lui permet. Elle jette un regard par la fenêtre embuée, tente de se souvenir du nom d'une vieille connaissance qui travaillait comme directrice d'un hôpital spécialisé dans les maladies des yeux. Elle note le nom d'une autre femme, qui avait aidé à monter une pouponnière dans l'un des plus grands hôpitaux de la ville. Elle leur écrira à toutes deux ce soir.

Refermant son carnet, elle sent une grande lassitude l'envahir.

Elle règle l'addition et retourne à l'extérieur, noue son châle et pose les fleurs dans le pli de son coude. Le cimetière est à moins de dix minutes à pied de l'auberge, à la frontière avec l'ancienne prison de Marshalsea. Un imposant chêne jette son ombre protectrice sur les tombes serrées à son pied, mais Edward, Sarah et leurs enfants sont enterrés dans un coin à l'écart. Mme Holdsworth s'avance lentement jusqu'à eux, jetant un œil aux plaques ornées de couronnes et de fleurs. Elle retire son châle et le pose par terre, puis s'agenouille devant la tombe.

— Bonjour, Edward, dit-elle. Bonjour, Sarah, Philippa, Isobel. Petite Laura.

Elle dépose les myosotis sur la pierre. Leurs têtes courbées vont s'appuyer sur le nom de Laura, corolles d'un bleu vif sur le gris humide de la stèle.

Le feu a tout détruit : jusqu'au dernier livre, les vêtements, les robes du bébé, les couvertures. Elle n'a rien pu garder de son fils. L'alliance de Sarah était partie chez sa mère, avec qui Mme Holdsworth avait échangé quelques lettres. Elles avaient évoqué l'idée de se voir, mais en fin de compte personne n'avait donné suite. La mère de Sarah n'avait pas d'autres enfants encore de ce monde ; elle au moins avait Frank. « Tu peux enlever le “au moins” », lui avait fait remarquer Frank.

Entre les garçons, c'était le jour et la nuit. Edward était un homme de grande taille, plus d'un mètre quatre-vingts, d'un naturel réservé et tolérant, doté d'un humour affable. Elle avait plus de mal à définir Frank, puisqu'il est encore en vie et ne cesse d'évoluer, lui qui n'est encore qu'un jeune homme. C'est une âme inquiète, un esprit vif ; son autre fils était plus heureux à la maison en compagnie de ses filles.

Quand Charlie était encore en vie et que les garçons étaient petits, il les faisait sauter sur ses genoux jusqu'à ce qu'ils poussent des cris. Charlie était un père aimant. Les premières années de leur mariage, il dansait dans la cuisine quand il étendait le linge, les bras et les épaules drapés de tissus en même temps qu'il donnait à manger aux garçons installés sur le fauteuil qu'elle avait rapporté de la ferme. Dès que les garçons ont marché, il les a emmenés voir les grands mâts sur le fleuve et dès qu'ils ont pu l'aider au jardin, ils ont planté des pommes de terre, des haricots, des oignons. Huit ans plus tôt, la mort d'Edward avait laissé un gouffre, creusé davantage par la mort récente de son fils. Sa douleur aurait été moins acérée, plus supportable, si seulement son mari avait été à ses côtés pour l'aider à pleurer leur fils.

— Je suis désolée, cela fait un petit moment que je ne suis pas venue, dit-elle à voix haute.

Elle n'a pas encore annoncé aux filles du cottage qu'elle allait partir. Au tout début, le comité avait convenu que tout changement drastique, susceptible de perturber la vie de la maisonnée, devait être évité coûte que coûte. Le comité semble avoir oublié sa résolution. Avec l'arrivée de deux nouvelles employées à Urania, elle n'est pas persuadée que toutes les filles resteront, non pas parce qu'elles sont particulièrement loyales envers sa personne, mais parce que ce sont des rebelles qui ont besoin d'encouragements constants. L'expression « tentées par la vertu » lui vient à l'esprit ; elle l'a lue tantôt dans un courrier et la formulation lui est restée.

Le départ soudain de Martha a pour seul mérite qu'on recrute désormais une directrice adjointe. Demain, elle doit rencontrer deux candidates à Urania Cottage. Sa remplaçante sera auditionnée ailleurs, sans qu'elle soit sollicitée. Elle est heureuse de savoir que toutes les candidates qui se sont présentées jusqu'ici n'ont pas son niveau d'expérience et laissent le comité de marbre.

— Je vais bientôt m'en aller de nouveau, dit-elle à Edward. C'est dommage, à vrai dire. Je m'étais attachée à cet endroit.

Elle se met à pleurer. Les grosses larmes coulent de plus en plus fort, partant du tréfonds de sa gorge pour dévaler sur ses joues et mouiller ses gants. Elle trouve un mouchoir dans son sac et enfouit son visage dedans tandis que les sanglots secouent ses épaules. Cela fait des mois qu'elle n'a pas pleuré de la sorte, mais cela lui fait du bien. Elle pleure pour son fils, sa belle-fille, ses petites-filles endormies dans leurs lits. Elle pleure pour les âmes perdues d'Urania Cottage, emportées comme des eaux sales par le grand courant de la vie. Elle a travaillé d'arrache-pied pour instaurer un semblant d'ordre dans leur existence, pour faire en sorte que leur quotidien soit gravé dans la pierre, que leurs journées soient prévisibles et sûres, et qu'elle-même soit fiable, même si par moments elle a l'impression de tenir les rênes d'une calèche tirée par des chevaux sauvages. Et elle pleure pour elle-même parce qu'elle doit tout recommencer à son âge : travailler avec de nouvelles personnes, s'installer dans un nouveau logement, se familiariser avec une nouvelle structure de travail.

Mais au fond, rien n'est définitif, à part la mort. Et au moins, elle a Frank.

Il se met à pleuvoir, une pluie légère au début, mais le temps qu'elle arrive sous le chêne le ciel s'est déchiré. Elle a oublié son parapluie contre la table à l'auberge. Sous les vénérables branches de l'arbre, elle attend la fin de l'averse cependant que l'herbe reverdit et que les pierres tombales s'assombrissent.

Ce soir-là, dans la salle à manger d'Urania Cottage, la petite aiguille de l'horloge hollandaise arrive presque au neuf. Mme Holdsworth, Angela et Mme Brown sont assises autour d'une table en palissandre tandis que les filles s'exercent à des travaux de couture, ou se font la lecture dans le petit salon voisin. Leurs voix passent à travers la cloison. Dans la salle à manger, bien que les rideaux soient tirés et que la cheminée soit allumée, il règne une atmosphère glaciale. La conversation est guindée, jusqu'au moment où le Dr Brown revient d'avoir traité un mal de gorge à l'étage et repose sa lourde mallette sur la table.

Mme Holdsworth s'est employée à diverses tâches : recopier les factures dans le carnet de quittances de la maison et préparer les leçons de la matinée. D'ordinaire, en compagnie des dames en présence, elle aurait mis ses occupations de côté, mais elle a décidé qu'au vu de la situation il était inutile de faire perdurer les faux-semblants. À son retour à la maison pour le souper, une lettre de Frank l'attendait, annonçant qu'il passerait dans la soirée. Elle n'y avait pas attaché d'importance. Ce n'est qu'en ouvrant la porte à Angela et aux Brown, avec leur air inquiet, qu'elle avait découvert qu'ils avaient reçu une note du même acabit, avec pour consigne de se rendre urgemment à Shepherd's Bush.

Lorsqu'enfin retentit un coup au heurtoir, une vague de soulagement les parcourt, aussitôt suivie d'une bouffée d'angoisse. Mme Holdsworth sort accueillir Frank, s'attendant à le trouver seul, et le découvre en compagnie d'un homme de petite taille aux cheveux noirs taillés court et au visage rond et plaisant. Il lui serre la main chaleureusement, pourtant il a l'air résigné, presque morose. Elle se tourne aussitôt vers Frank.

— Qui est notre invité ?

L'expression de Frank est glaciale. D'un hochement du menton, il indique la salle à manger.

— Les autres sont là ?

— Mlle Coutts, le docteur et Mme Brown.

— Pas M. Dickens ?

— Il était là ce matin. Tu l'attendais ?

— J'ai envoyé un message. Il ne devait pas être chez lui.

Frank la frôle en entrant et traverse le couloir à grands pas, jetant un œil au petit salon au passage.

Le silence s'abat sur les filles ; par la porte entrouverte, elles regardent passer les derniers arrivants et, en apercevant Mme Holdsworth, plongent aussitôt les yeux dans leurs travaux d'aiguille.

Une fois dans la salle à manger, Frank referme la porte derrière sa mère.

— Désirez-vous un thé ? demande-t-elle à leur invité.

Au moment où l'homme s'apprête à répondre, Frank lève une main pour interrompre sa mère.

— Plus tard, dit-il avec autorité.

Elle n'a encore jamais vu son fils dans l'exercice de ses fonctions, et découvrant Frank le constable, elle ne peut réprimer un petit frisson de fierté.

Frank tend la paume de sa main vers l'homme qui est resté très discret tout du long.

— Voici M. Bryant.

Angela bondit sur ses pieds.

— Monsieur, comment osez-vous ?

Elle pose sa main ornée de bagues sur la table et les bijoux étincellent à la lueur du feu de cheminée.

— En épousant Martha, vous avez bel et bien trahi non seulement ma confiance, mais la confiance de…

— Attendez, attendez, la coupe Mme Holdsworth d'une voix forte. Ce n'est pas M. Bryant, dit-elle en réponse à Angela sans quitter l'homme des yeux.

— Je vous assure, madame, que c'est bien moi, répond l'intéressé en joignant la pointe de ses doigts en éventail. Votre fils m'a fait part de la triste situation. J'ai été très alarmé d'apprendre…

Mme Holdsworth pince la base de son nez, sentant la pression s'accumuler contre son front, et secoue la tête pour la chasser.

— Je suis navrée de vous interrompre, monsieur, mais Frank, que signifie tout ceci ?

— Oui, Frank, que signifie tout ceci ? répète Mlle Coutts en écho.

— Attendez, dit Frank en dévisageant Angela. Vous pensez que c'est M. Bryant ?

— N'est-ce pas le cas ? répond-elle en laissant glisser son regard entre les deux hommes. Je vous ai déjà rencontré, n'est-ce pas ? Chez M. Dickens ?

— Tout à fait, mademoiselle, répond l'homme.

— Ce n'est pas M. Bryant, insiste Mme Holdsworth.

— Y a-t-il deux Bryant ? suggère le Dr Brown.

— Bonté divine, est-ce que vous voulez bien vous taire, tous autant que vous êtes ! s'écrie Mme Holdsworth. Frank, qui est cet individu ?

Frank hoche la tête à l'intention du nouvel arrivant, qui sourit tour à tour à l'assemblée avec prudence.

— Je vous en prie, asseyez-vous. Je vais faire de mon mieux pour m'expliquer.

Sans un mot, chacun prend place sur une chaise.

— Je m'appelle Mark Bryant. Je tiens l'aumônerie à la Nouvelle Prison, et j'interviens également à l'hospice des pauvres de Clerkenwell, en aide aux veuves, aux personnes âgées et aux infirmes qui vivent dans la paroisse. Je connais M. Dickens depuis plusieurs années.

Mme Holdsworth ouvre la bouche pour parler, mais Frank lui fait signe de rester silencieuse, et elle obéit à contrecœur.

— En octobre, M. Dickens m'a approché et m'a demandé de prendre l'aumônerie d'Urania Cottage. Il m'a invité à visiter les lieux, et donc nous avons fait le chemin jusqu'ici un matin, quand les maçons étaient encore à l'œuvre. Je lui avais fait part de mes projets de partir en Europe – j'ai un cousin en Suisse –, mais il insistait pour que je voie cet endroit. Il s'est montré très persuasif, toutefois les dispositions avaient déjà été prises pour mon voyage. J'ai quitté mes deux fonctions en novembre et suis rentré à Londres la semaine dernière.

— Comment est-ce possible ? demande Angela. Charles affirme que vous avez accepté le poste, lui-même me l'a dit.

— Je vous assure, mademoiselle, que je n'ai jamais accepté. J'ai passé les six derniers mois à l'étranger.

— Mais..., balbutie Angela, le front barré d'un pli soucieux.

Sa perplexité l'empêche de continuer.

— Cet après-midi, j'ai trouvé ma gouvernante dans tous ses états. Elle m'a dit qu'un jeune homme s'était présenté, un constable en civil, qui lui avait demandé où je me trouvais. Elle lui a répondu que je venais tout juste de rentrer de Lausanne, et m'a expliqué qu'il avait eu l'air très surpris.

Frank se tient dans un coin, les bras croisés, une expression sombre sur le visage. Quand il prend la parole, toutes les têtes se tournent vers lui.

— Je savais que quelque chose ne tournait pas rond, dit-il.

Au moment où tout le monde pense qu'il en a fini, il s'avance au milieu de la pièce.

— Le jour où Martha a disparu, j'ai consulté le carnet d'adresses de ma mère pour trouver le domicile de M. Bryant, pensant que c'était un bon point de départ, sauf que je n'ai trouvé aucune adresse ; il retirait son courrier dans un bureau de poste. J'en ai pris bonne note, et aujourd'hui, après le travail, je me suis rendu à Devonshire Terrace, au domicile de M. Dickens. Il n'était pas chez lui, mais Mme Dickens est allée chercher son carnet d'adresses et bien évidemment, il y avait une note à côté du nom de M. Bryant, expliquant qu'à compter du mois de novembre de l'an dernier, le courrier à son intention devait être adressé au bureau de poste de Kennington Road, et non pas à son domicile de Sherborne Lane en ville.

Le dénommé Bryant hoche la tête en signe d'approbation.

— Il aurait été facile pour un imposteur, qui savait que M. Bryant était à l'étranger, de demander à quelqu'un travaillant à Urania Cottage d'envoyer les lettres à un bureau de poste de sa convenance. Bien entendu, je me suis ensuite rendu à Kennington Road.

— Grands dieux, intervient le Dr Brown.

— Là, le receveur des postes m'a appris qu'un homme retirait en effet le courrier plusieurs fois par semaine pour un certain M. Bryant.

— Mais qui ? demande Angela.

Mme Holdsworth la dévisage.

— Vous n'êtes jamais venue ici quand M. Bryant nous rendait visite ?

— Non, dit Angela en clignant des yeux. Êtes-vous en train de dire que cet homme n'est pas le même M. Bryant qui se présentait ici ? Ce n'est pas vous qui avez épousé Martha ? demande-t-elle à l'homme désemparé qui se tient devant elle.

— Non, répond-il en levant les mains vers le ciel.

— Mais qui l'a épousée, alors ?

— Telle est la question, dit Frank. Qui a pu se faire passer pour M. Bryant, et pourquoi ? Parce que le bonhomme qui s'est présenté ici ces derniers mois, ce n'est pas lui, bon Dieu. Pardon, souffle-t-il en coulant un regard en biais à l'aumônier.

— Sincèrement, on dirait une intrigue tirée d'un roman-feuilleton, répondit Mme Holdsworth. L'explication la plus plausible est qu'il y a un malentendu. Pourrait-il y avoir une erreur d'identité ? Je ne vois pas pourquoi quelqu'un se ferait passer pour l'aumônier d'une prison afin de… de quoi ? De travailler ici ? De séduire Martha ? Cela n'a aucun sens. Il doit y avoir une erreur. Je suis navrée que vous ayez dû faire toute la route jusqu'ici, monsieur Bryant, et je ne voudrais pas paraître grossière, mais comment pouvons-nous êtes sûrs que vous n'avez pas compris les choses de travers…

— Mademoiselle Coutts, est-ce que tout va bien ?

D'un bond, Frank a traversé la pièce jusqu'à la chaise d'Angela, qui a brusquement blêmi et s'est agrippée au rebord de la table comme si elle allait s'effondrer. Elle dévisage l'autre M. Bryant.

— Dans quelle prison avez-vous dit que vous étiez aumônier ? demande-t-elle d'une voix blanche.

— La Nouvelle Prison.

— Où est-elle située ?

Mme Holdsworth regarde Angela, qui d'un air affolé se penche désespérément vers l'homme.

— À Clerkenwell, mademoiselle. On l'appelle également la maison de détention de Clerkenwell.

— La prison de Clerkenwell, murmure-t-elle tandis que l'angoisse déforme ses traits.

— Ma chère ? demande le Dr Brown.

Mme Brown s'est levée pour s'agenouiller à côté d'elle.

— C'est lui, dit Angela dont les yeux fusent en tous sens. C'est lui – j'en suis sûre.

— Qui ? demande Mme Holdsworth.

Tous se sont agglutinés autour d'Angela, comme une farandole de présents au pied du sapin. Angela est méconnaissable. Elle a abandonné son aplomb de dame raffinée pour se muer en une créature qui tremble telle une enfant et agrippe les mains parcheminées de Mme Brown comme si elles allaient disparaître d'un instant à l'autre.

Frank, mal à l'aise, la regarde avant de poursuivre :

— J'ai parlé au receveur des postes. Il affirme que le gendre de M. Bryant se charge de retirer son courrier à Kennington Road. Que son beau-père vit chez lui, mais qu'il est désormais infirme et ne peut plus sortir de la maison. Un gentil monsieur, dit le receveur des postes. Eh bien, c'est évidemment le même homme qui faisait suivre ses colis ici. Un dénommé Richard Dunn. Je l'ai écrit, dit-il en fouillant dans les poches de sa veste. Je n'ai pas eu le temps de le chercher, mais… Mademoiselle Coutts ?

Angela s'est pliée en deux, effondrée sur sa chaise, et a perdu connaissance.

Chapitre 14

Dean Street

— Dunn, vous dites ? répète le vrai M. Bryant en fronçant les sourcils. Richard Dunn – pourquoi ce nom me dit-il quelque chose ?

Le Dr Brown fouille dans sa mallette pour en retirer des sels tandis qu'Angela, la tête sur les genoux de sa femme, balbutie des paroles incompréhensibles.

— Allons, ne parlez pas, mon petit, dit Mme Brown. N'essayez pas de vous lever.

— Richard Dunn, répète M. Bryant dans un éclair de compréhension. C'est un détenu à la Nouvelle Prison. Les détenus y attendent pour la plupart leur procès, mais il y a aussi une poignée de condamnés. Il a été condamné, si je ne m'abuse ?

— Il y a trois ans en février, pour parjure, confirme Mme Brown d'un air sombre tout en caressant les cheveux d'Angela.

— Un type d'une intelligence remarquable. Avocat, dans mon souvenir. Et vous dites que c'est lui qui se fait passer pour moi ?

— Je n'ai en pas la certitude, mais c'est le nom qu'on m'a donné, dit Frank en jetant un œil à la silhouette affaissée dans une mare de soie sur le tapis. Et Mlle Coutts semble avoir une certaine connaissance de ce monsieur.

— C'est tout le contraire d'une connaissance, tance Mme Brown. Cet homme a fait de sa vie un enfer sur terre. Il l'a poursuivie en justice, harcelée, assignée à comparaître, importunée partout où elle allait ces dix dernières années. Il a été condamné à des peines de prison plus d'une demi-douzaine de fois. La dernière fois, il a prétendu qu'elle lui avait promis la somme de cent mille livres en s'appuyant sur une correspondance falsifiée.

— D'où le parjure, dit M. Bryant en hochant la tête.

— Parlons-nous du même M. Bryant ? Pardon, je veux dire M. Dunn ? interroge Frank d'un air perplexe. Le Bryant que nous avions ici est irlandais. Richard Dunn est-il irlandais ?

— Originaire du comté Fermanagh, marmonne le Dr Brown.

— De qui d'autre pourrait-il s'agir ? demande Mme Brown.

— Avant de nous avancer, interrompt Mme Holdsworth en levant les mains, puis-je suggérer que nous ne fassions rien jusqu'à ce qu'une réunion du comité ait été convoquée afin de débattre du sujet ? Nous disposons de fort peu de faits et d'un trop-plein de théories concernant l'identité supputée de cet homme, alors qu'il pourrait y avoir une explication beaucoup plus simple.

— Madame Holdsworth, je vous en prie.

Les sels ont sorti Angela de sa torpeur, et Mme Brown l'aide à se rasseoir. Elle se frotte les tempes d'un geste incertain.

— Vous n'avez aucune idée de ce dont cet homme est capable.

— Je suis navrée, mais je trouve cela invraisemblable. N'est-il pas possible que M. Dickens connaisse un autre aumônier du même nom qui a accepté le poste à la dernière minute ?

— C'est possible. Mais je ne connais aucun autre Bryant travaillant à Londres. L'Église est *un petit monde*, madame Holdsworth, dit l'aumônier en français. Nous nous connaissons tous au sein de l'institution, surtout dans le milieu carcéral.

— Dans ce cas, peut-être a-t-il enjolivé son expérience. Je ne vois pas comment l'homme qui s'est présenté ici ces derniers mois pourrait être un…

— Un fou, l'interrompt le Dr Brown. C'est un fou, madame Holdsworth. Un gredin abominable et dangereux qui devrait être enfermé à double tour pour toute l'éternité. Je ne suis étonné ni par cette dernière escroquerie, ni par le fait qu'il ait berné tout le monde au passage.

— Le policier qui vous accompagne partout, dit Mme Holdsworth à Angela. Il assure votre protection.

Angela opine du chef.

— Mais *pourquoi* ? Que peut vous faire cet homme ?

Les Brown et Angela échangent un regard empreint de tristesse. Angela laisse échapper un lourd soupir.

— Je l'ignore, mais il a pour seul objet de me faire du mal, de me punir. Martha est un pion dans un jeu cruel dont il dicte les règles.

Elle secoue la tête, ferme les yeux, puis reprend après un silence :

— Dunn se prend pour mon soupirant. Sa campagne dure depuis, oh, des années. Il a fait irruption dans ma vie quand j'ai touché mon héritage. Il m'a écrit plusieurs fois, me demandant en mariage, et j'ai jeté toutes ces lettres, le pensant fou. Il m'a suivie dans le Nord, refusant de me laisser tranquille. Il a été emprisonné pendant un mois. Mais à sa remise en liberté, il a pris des appartements près de chez mon père à St James et a commencé à m'aborder, moi et les membres de ma famille. Il se présentait à notre domicile jour et nuit, glissant ses lettres par la porte d'entrée. Il surgissait partout : au parc, où je me promenais ; dans la rue, le temps que je monte en calèche. Parfois, il prenait une chambre dans l'hôtel en face de la maison, pour pouvoir me surveiller. Il me suit comme mon ombre depuis des années.

» Pour lui échapper, je partais en voyage, mais lui me traquait. Pas à chaque fois, mais suffisamment pour que j'en arrive à constamment regarder par-dessus mon épaule. C'est seulement quand il est emprisonné que je suis libérée de sa présence. Il a fait plusieurs séjours en prison – mais il connaît la loi, voyez-vous. Il est avocat. J'ai été obligée de lui faire face à plusieurs reprises au tribunal. Il écope d'une peine pour intrusion dans la vie privée d'autrui, puis il fait appel en arguant de quelque vide juridique, assure seul sa défense et la plupart du temps obtient gain de cause. À mon avis, il est persuadé qu'à l'usure je cèderai et que soit je l'épouserai, soit je le paierai pour qu'il me laisse tranquille. J'ai envisagé les deux possibilités, croyez-moi. Mais quoi que je puisse lui donner, il en demandera toujours plus.

Elle regarde ses mains à la lueur de la lampe.

— J'aurais dû savoir qu'il me suivrait jusqu'ici. Mais je n'aurais jamais imaginé… l'idée qu'il ait pénétré *à l'intérieur* de la maison. (Elle frissonne, ferme les yeux.) J'espère me tromper, mais je sais que j'ai raison.

Un long silence sidéré s'ensuit. Que Mme Holdsworth brise en une ultime tentative :

— Mais M. Dickens ! Il n'a pas pu se laisser berner. Il aura forcément rencontré ce… cet individu.

— Vraiment ? interroge Frank. Et s'il avait reçu une lettre, prétendument de M. Bryant, lui disant qu'il avait changé d'avis et qu'il ne partait pas en voyage pour prendre le fameux poste ? N'aurait-il pas été ravi que son ami se ravise et décide de commencer sur-le-champ après avoir visité la maison et étudié le projet ? Vous l'avez dit vous-même, mademoiselle Coutts, que cet homme était capable de faire des faux.

Il jette un œil à Angela, qui hoche la tête.

— Comment être sûrs qu'il n'a pas dérobé des courriers de M. Bryant à la Nouvelle Prison, afin d'imiter son écriture ? Après quoi il a pu écrire à M. Dickens, pour lui dire que ses intentions avaient changé, qu'il acceptait le poste, et en demandant à M. Dickens de lui écrire à une adresse à Lambeth pour une raison ou pour une autre, je ne sais pas, par exemple qu'il logeait chez un ami. M. Dickens l'aurait-il cru ?

— C'est plausible, acquiesce le Dr Brown.

— Mais très complexe, dit Mme Holdsworth. Les chances pour qu'il se fasse prendre…

— Étaient très minces si Mlle Coutts, M. Dickens, moi-même et Mme Brown n'étions jamais à Urania en même temps que lui, intervient le Dr Brown en refermant sa mallette avec un claquement sec. Il ne siégeait pas au comité. Il n'avait aucune raison d'avoir affaire aux administrateurs.

— Mais l'un d'entre vous nous rend fréquemment visite. Le risque était trop grand.

— Peut-être avait-il un complice. Quelqu'un de l'extérieur qui lui prêtait main-forte. Ou de l'intérieur.

— Allons, docteur Brown. À vous entendre, vous écrivez des romans, vous aussi, dit Mme Holdsworth d'un ton ironique.

Le regard qu'il lui lance la fait se tasser quelque peu sur sa chaise.

— Ce que je veux dire, c'est qu'il se fait tard, se reprend-elle. Nous sommes tous fatigués. Nous sommes tous sous le choc. Frank, j'admire tes tentatives pour débusquer la vérité, mais j'ai l'impression que nous mettons la charrue avant les bœufs.

— Peut-être avez-vous raison, madame Holdsworth. Je l'espère sincèrement, dit Mme Brown d'un air épuisé.

— Ne perdons pas de vue que si c'est vrai, et que l'imposteur est bel et bien Dunn, dit Frank avec lenteur, que va-t-il advenir de Martha ?

Le silence qui retombe est accablant.

Bien après s'être retirée pour la nuit, Mme Holdsworth tourne et retourne l'histoire d'Angela dans son esprit. Angela avait l'air terrifiée, pour elle-même, pour Martha. Mme Holdsworth a déjà vu cette expression, sur le visage des femmes hantées, dans tous les établissements où elle a travaillé. Et si Angela a raison, et que le dénommé Dunn s'est infiltré dans leur petit monde, dans *son* petit monde ? L'idée la révolte. Un repris de justice, un fou, qui boit du thé dans son service en porcelaine, qu'on laisse seul en compagnie de jeunes femmes vulnérables. Elle déglutit, sent le froid la saisir sous la couverture élimée. Quand la froidure lui mord les os, son ventre se tord de douleur.

La silhouette réprobatrice d'Angela dans la grande salle dorée de Piccadilly lui revient en mémoire : *désertion*, *vol*, *une mort*. Et maintenant ceci, le pire, car une jeune femme en danger, qui ne se doute de rien et que nul ne peut prévenir, est une idée par trop terrifiante. Martha a foncé droit dans le piège que cet homme a élaboré sous son nez, à la vue de tous. Elle avait pour responsabilité d'assurer la sécurité des filles, et à ce titre elle a totalement échoué.

❦

Josephine est de retour à Coopers Buildings. Elle attend Annie à l'embouchure de la cour, et la regarde approcher, tenant la main à un enfant, un bambin juché sur sa hanche. Lorsque Josephine surgit de l'ombre, Annie se fige. Josephine demande à lui parler, et Annie laisse les enfants à la garde d'une voisine au premier étage.

Elles débouchent dans la lumière de Covent Garden, et Josephine se surprend à guider Annie jusqu'à un cimetière, en quête d'un instant de silence. Le bourdonnement chaotique du marché s'estompe, et elles s'asseyent côte à côte sur les marches de l'église, légèrement détournées l'une de l'autre.

— J'ai trouvé un nouveau logement, dit Josephine.

— C'est ce que je me suis dit. (Après une pause :) Où ça ?

— À Soho.

— Avec elle ?

— Dans la maison qu'elle habite.

— Avec elle, donc.

— Pas de cette manière-là, Annie. Je te l'ai déjà dit.

Annie pousse un soupir.

— Je pensais que tu retournerais peut-être dans la maison des quartiers ouest.

— Je ne peux pas faire ça. Maud et John sont très gentils de m'avoir laissée rester, mais…

— Je sais.

— Je voulais qu'on vive ensemble. Qu'on soit ensemble, comme on en parlait à Tothill.

— Je sais.

Elles restent un moment en silence, puis Annie décale ses genoux vers elle.

— Je m'inquiète pour toi, Jo. Ce que tu fais en ce moment, ça ne me plaît pas.

Josephine regarde fixement la pelouse bien taillée et les vieilles pierres tombales. Elle voudrait dire qu'elle non plus, ça ne lui plaît pas. Mais comme elle a envie qu'Annie se sente coupable, elle ne dit rien.

— J'aurais préféré que tu trouves à t'employer autrement.

— À faire quoi ? Du papier tue-mouches ? À balayer par terre ?

Elle regrette instantanément sa pique, car Annie a l'air mortifiée.

— Tu pourrais faire des tas d'autres choses.

— Pas moi, non. Et de toute façon je fais pas ça en ce moment.

Annie lui coule un regard en biais.

— Tu fais quoi alors ?

— Autre chose. Quelque chose… tu ne comprendrais pas.

Annie secoue la tête.

— Non, en effet, dit-elle à mi-voix.

— Fais pas ta sainte-nitouche avec moi. Toi aussi t'as été en prison.

— Ma mère était malade, Jo, et j'ai fait une erreur.

— Faut bien que je me débrouille pour vivre.

— Tu parles d'une vie.

Josephine se relève d'un bond et la prend à partie.

— C'est pour toi que j'ai quitté cette maison ! Tu n'as pas compris que je préfère être avec toi plus que tout ?

— Tu peux être avec moi…

— Non, c'est impossible, rugit-elle. Pas dans cette chambre pourrie avec ta famille. Pourquoi je suis pas assez bien pour toi ?

Des larmes brûlantes lui brouillent la vue, mais elle continue :

— Je m'en sortais bien sans toi. Je commençais à voir une autre issue pour mon avenir. J'avais l'opportunité de partir loin d'ici et de démarrer une nouvelle vie. Quelle imbécile j'ai été de tout gâcher ! Et en échange de quoi ?

— Pourquoi tu l'as fait, alors ?

— Parce que tu me l'as demandé !

— Non, c'est pas vrai, *c'est pas vrai*, s'écrie Annie. J'ai demandé ton pardon – je ne t'ai jamais demandé de venir. Je savais que cet endroit était bien pour toi, je ne t'aurais jamais demandé de le quitter. Tu n'as pas de famille, et j'ai pensé qu'elles, elles pourraient être ta famille. Ça me rend triste que tu aies quitté cette maison pour moi – tu n'aurais pas dû. Je croyais te rendre un service.

— Tu parles d'un service, Annie. Tu parles !

— Ne me reproche pas mes choix. Je ne te laisserai pas faire. Je n'ai jamais voulu déménager à Villiers Street, et pourtant je l'ai fait pour toi.

— Parce que je voulais être seulement avec toi. Je voulais qu'on soit ensemble. Je me rends compte à présent que j'étais la seule.

— C'est pas vrai, Jo.

— Non, tu n'en as jamais eu envie, pas vraiment. J'étais suffisante pour Tothill, pendant que tu étais en prison.

— C'est pas honnête de dire ça.

Annie s'est mise à pleurer.

— Mais c'est vrai, insiste Josephine.

La fatigue la submerge. Elle se sent vidée de son énergie, molle, la tête vide. Elle aimerait gravir les escaliers jusqu'à son lit bien confortable d'Urania Cottage et se pelotonner au chaud.

Après un silence, elles se lèvent. Annie s'essuie le visage et dit :

— Tu voudras bien me dire où tu loges, pour que je sache que tu vas bien ?

Josephine lâche un rire, puis quitte le cimetière.

Nan vit sur Dean Street dans une grande maison à la façade noire qui appartient à une femme du nom de Mrs T. Au début, le surnom évoquait à Josephine une femme ronde et affable de la forme d'une théière, comme un personnage de comptine. Mais Mrs T est imposante et magnifique avec ses robes raffinées en soie, sa peau hâlée et ses cheveux noirs, comme une Espagnole, même si elle parle anglais sans le moindre accent. Elle a les dents blanches parfaitement alignées. Elle ne mange pas de pain ni de sucre et boit exclusivement de l'eau chaude, bien que ses réunions durent toute la nuit jusqu'au matin, quand la maison a des airs de navire abandonné orné de bouteilles vides, de cartes constellées de taches, de pardessus, et même une fois d'une paire de perroquets gris blottis au sommet des volets de la salle à manger. La maison aussi dégage une étrange ambiance sous-marine, avec ses sols inclinés et ses cages d'escalier chichement éclairées ; sur le palier du premier est accroché un tableau représentant un naufrage, et l'écume des vagues qui engloutit des corps pâles à moitié dévêtus.

Josephine n'a jamais demandé à Nan ce qui l'a amenée ici, pas plus que Mrs T, même si elle a sa petite idée. C'est à peine si Mrs T a remarqué Josephine quand elle est arrivée avec ses maigres possessions, comme si elle avait l'habitude d'accueillir des animaux errants. Au début, Josephine se demandait si Nan s'intéressait à elle comme Annie avait pu le faire. Mais Nan s'était contentée de la conduire jusqu'à une chambre au dernier étage. Son cœur n'a pas l'air pris.

Quand elles rentrent de la collecte, Nan et elle se délestent des sacs et des livres qu'elles déposent dans un coffret en métal noir qu'on leur laisse déverrouillé et ouvert sur la table à manger. Elles sortent trois nuits par semaine, à pied, sillonnant Soho, Westminster et Whitechapel. Dans ces deux derniers quartiers, elles sont suivies à distance par plusieurs hommes, que Nan salue quand elles se mettent en route, avant de les ignorer. À Soho, elles ne disposent d'aucune protection ; quand Josephine demande pourquoi, Nan répond d'un simple : « Pas besoin. » Le lendemain matin, quelqu'un se présente à la maison pour restituer les petits livres usés à leurs domiciles respectifs. Quelqu'un d'autre passe prendre les coffres.

Nan semble remplir plusieurs fonctions auprès de Mrs T : gouvernante, garde du corps, assistante. Il n'y a pas de personnel si ce n'est une cuisinière, qui ne vit pas sur place et apparaît rarement, laissant plutôt des plats à leur intention bien au chaud à côté des fourneaux. Une femme de ménage passe plusieurs fois par semaine, et range sans se faire remarquer ; Josephine et Nan se lèvent souvent tard et ne la croisent jamais. Josephine a l'impression que le royaume de Mrs T est une immense horloge renfermant une myriade de rouages.

Les jours où elles n'ont pas collecte, Nan part seule. Elle ne dit pas à Josephine où elle va et là encore, cette dernière a sa petite idée. De temps à autre, elle rentre à la maison avec celles qui sont plus difficiles à persuader, celles qui sont plus méfiantes ; elle les entend bavarder en prenant le thé dans le salon et un jour, en descendant les escaliers, elle est tombée sur une fille dans le vestibule. Un sac de voyage élimé attendait patiemment devant la porte d'entrée, et la fille avait marché jusqu'à lui pour s'en saisir. Elle avait entendu Josephine dans les escaliers, s'était retournée en laissant échapper un petit cri de surprise, ses yeux écarquillés fixés sur sa cicatrice. Nan, qui rôdait vers la porte du salon, avait eu l'air agacée.

— Je vais d'abord aller chez mon oncle, avait annoncé la fille à Nan avec un accent du Nord en serrant le sac contre elle. Il m'attend. Mais merci de m'avoir proposé de m'héberger. Pourriez-vous m'indiquer Albemarle Street ?

— C'est à cause de ta cicatrice, devait lui dire Nan par la suite en agitant vaguement la main en direction de son visage.

Depuis ce jour, Josephine reste à l'étage dès qu'elle entend parler en bas.

Mrs T a deux fils, qui ont la même peau bronzée et la même chevelure lisse. De temps en temps, ils logent à la maison, et Josephine les croise dans la salle à manger, plongés dans la lecture des journaux du matin, tirés à quatre épingles. En leur présence, Nan se fait légèrement flagorneuse, voire servile, et leur apporte du café quand elle ne leur cire pas les souliers. Josephine n'a jamais su leurs noms et ne leur adresse jamais directement la parole. Ils restent une ou deux nuits, dînent en tête à tête avec leur mère si elle est à la maison, puis s'en vont sans tambour ni trompette.

Quand Nan attrape une forte fièvre, Mrs T convoque Josephine dans la salle à manger. Cette pièce, située à l'avant de la maison, est toujours sinistre, remplie de fumée de tabac, coupée de la lumière du soleil par des stores impénétrables. De temps à autre, Mrs T fume la pipe, qu'elle bourre de ses longs doigts effilés bardés de bagues.

— Tu vas faire la collecte, dit-elle de sa voix douce dénuée d'accent.

Elle recrache un panache de fumée du coin des lèvres. Josephine acquiesce d'un mouvement de la tête, la bouche sèche.

— Preston va t'accompagner.

Preston est une des grosses brutes, comme Nan les surnomme.

— Tu as des questions ?

Josephine secoue la tête, c'est la réaction qu'on attend d'elle. Elle se lève, avec l'impression que son estomac sombre au fond de ses talons, et laisse Mrs T dans son halo d'air vicié. Elle prend du pain, du fromage et quelques tranches de jambon froid au garde-manger, et dépose une assiette sur la table de chevet de Nan. Cette dernière est aux prises avec un rêve enfiévré, et murmure des bribes de paroles ; il est question d'une mare et d'un enfant du nom de Sidney.

Josephine mange seule dans sa chambre, assise à côté de la petite fenêtre avec vue sur l'arrière des maisons de la rue voisine. Elle distingue vaguement un homme qui se rase devant un miroir, et se demande où elle serait en cet instant si elle n'avait pas croisé Susannah dans la rue des semaines plus tôt. Jamais elle n'aurait pris place dans cette petite chambre semblable à une cabine de bateau au sein de cette grande maison silencieuse, et elle ne serait certainement pas en train de regarder un homme occupé à se raser. Elle ne s'apprêterait pas à partir à la collecte, à marcher dans tout Whitechapel avec ce qu'elle sait être des centaines de livres sterling.

Et si elle oublie un sac, ou autre chose ? Et si elle se fait détrousser sur Ratcliff Highway ? Preston lui-même serait-il capable de lui voler l'argent, de la frapper, de l'abandonner à moitié morte dans le caniveau ? Mrs T a des yeux partout, des rouages partout, qui font tourner sa puissante horloge ; si Josephine prenait la fuite, on la retrouverait. Elle écarte ces pensées désagréables de son esprit, finit son en-cas, fait son lit comme elle avait l'habitude de le faire à Urania Cottage. Elle vit à présent comme elle vivait autrefois, au jour le jour, sans passé et sans avenir.

Elle enfile son châle et une coiffe, puis jette un œil à Nan, qui dort paisiblement à présent. Le gros chat couleur marmelade de Mrs T s'est accroupi devant l'assiette à côté du lit, et s'en met plein la panse. Josephine descend les escaliers, défait la longue série de verrous qui barrent la lourde porte donnant sur la rue, et trouve Preston qui l'attend sur le perron. Ils échangent un regard impassible et elle se met en route vers l'est, Preston derrière elle qui la suit comme une malédiction.

Comme Martha le soupçonnait, Mme Kenealy est une fouineuse. M. Bryant ne prend pas son petit déjeuner à table, préférant partir pour le travail avec un petit pain qu'il mange en chemin, et une fois qu'il est parti, la logeuse lui apporte un plateau à l'étage. Elle a beau expliquer à Martha que les femmes mariées prennent leur premier repas de la journée au lit, Martha préfère être habillée en sa présence, et l'attendre assise sur une chaise à côté de la fenêtre, à regarder dehors.

Mme Kenealy émet un petit bruit satisfait et pose le plateau sur la table : un morceau de bacon rose qui flageole dans sa graisse et un œuf baveux au jaune blafard qui n'a rien à voir avec les beaux œufs dorés de son enfance. Martha perd instantanément l'appétit, et elle remercie Mme Kenealy, qui insiste pour lui servir du thé, lequel a la couleur marronnasse de l'eau de pluie.

— Alors, on prend ses marques ? demande-t-elle à Martha qui n'a d'autre choix que de répondre par l'affirmative.

— Je me demandais, fait Martha après avoir tenté une bouchée de blanc d'œuf, si je pouvais réparer les rideaux ? Il y a des petits trous qui laissent passer la lumière. Ce doit être des mites.

Mme Kenealy est aux anges.

— Mais certainement ! Quel entrain. Je le ferais moi aussi si j'avais le temps.

— Et je nettoierai moi-même nos chambres, si cela ne vous dérange pas.

— Ah bon ? Eh bien, fait la logeuse d'un air stupéfait. Quelle locataire merveilleuse vous faites. Mes mains me jouent des tours ces temps-ci. À cause de rhumatismes, voyez-vous – tous les Kenealy y ont droit un jour ou l'autre. J'avoue que j'ai du mal à assurer toutes les tâches de la maison. Je vous tiendrai compagnie pendant que vous travaillez, après le petit déjeuner, notez bien. Faut bien prendre des forces pour la suite.

Mme Kenealy regarde le ventre de Martha d'un air entendu. Martha ne dit rien, et se contente de repousser les maigres rations du bout de sa fourchette. Mme Kenealy s'est installée sur la chaise de M. Bryant.

Elle retire ses chaussures et allonge les jambes sur un petit repose-pieds.

— Ce sera une bénédiction d'avoir un nouveau-né dans cette maison, dit-elle.

Martha décroche les rideaux et demande à emprunter le nécessaire à couture.

— Vous n'avez pas de boîte à couture ? se moque Mme Kenealy. D'où je viens, vous n'iriez pas loin comme jeune mariée. Au rez-de-chaussée, sous la table basse dans le salon.

Martha descend la chercher et remonte prendre place à table. Mme Kenealy ne semble pas s'offenser du petit déjeuner resté intact. Dès que ses mains s'affairent, Martha sent son esprit s'apaiser, malgré la logeuse qui ne la quitte pas des yeux.

— Depuis quand M. Bryant habite-t-il ici ? demande Martha pour faire la conversation.

— Alors laissez-moi réfléchir. Cela fera cinq mois jeudi.

— Cinq mois seulement ?

Les volants de la coiffe s'agitent quand elle opine du chef. Martha retourne à sa couture.

— Et vous-même, vous étiez où avant ? interroge la logeuse.

— Dans le Middlesex. À Shepherd's Bush.

— Comme domestique ?

Martha fait oui de la tête.

— C'est bien ce que je me disais. Dos solide, mains solides. Vous serez bien taillée pour porter un enfant. Pas comme ces petites choses toutes fragiles qu'on voit de nos jours. Travaux ménagers ?

— Oui.

— C'est ce que je me suis dit. Moi-même j'ai été femme de chambre, il y a une éternité, dit-elle avec un grand sourire qui laisse voir ses dents luisantes et marron.

Ce soir-là, une fois son mari rentré et après qu'ils ont dîné, Martha demande à M. Bryant si elle peut l'accompagner à son travail le lendemain. Il la regarde avec un petit sourire déconcerté et secoue la tête.

— Pourquoi voudriez-vous faire une chose pareille ?

— Je me suis aperçue aujourd'hui que je ne savais pas dans quelle prison vous travailliez.

Après un silence, il articule :

— Clerkenwell.

Il n'y a rien qui puisse intéresser Martha à Clerkenwell, mais elle l'accompagnerait jusqu'à Seven Dials si cela lui permettait de sortir de cette maison.

— Je pourrais faire le trajet avec vous, marcher un peu. Et puis rentrer seule à la maison.

Il rit, comme si elle venait de dire quelque chose de farfelu.

— Toute seule ? Je crains que cela ne soit pas approprié. Vous êtes l'épouse d'un homme d'Église, à présent, Martha, pas une catin.

Et le sujet est clos. Blessée, estomaquée, elle sent son cœur se serrer à la perspective de passer une journée de plus en tête à tête avec Mme Kenealy.

Il lui demande de repasser son col tandis qu'il décachette son courrier avec son couteau de table. Un des courriers l'agace, sa bouche fait une moue, et à la grande surprise de Martha il jette la lettre au feu. Plus tard, il pousse Martha sur le lit et s'allonge sur elle. Il garde les yeux fermés. À un moment, il les rouvre brièvement, et la voyant qui le regarde, lui ordonne d'arrêter.

Les jours et les nuits se suivent peu ou prou de la même manière, avec Mme Kenealy qui l'observe depuis sa chaise jusqu'à ce qu'elle s'endorme en ronflant, tandis que dans le cimetière, le vent secoue les branches brillantes des grands arbres. M. Bryant dort sans faire de bruit à côté d'elle dans le vieux lit en bois. Ils ne discutent pas comme Martha l'attendait de la part d'un couple marié. Il ne la sollicite pas sur les questions domestiques, ne lui demande pas comment s'est passée sa journée, même si elle n'a pas grand-chose à lui raconter. Il ne lui raconte pas la sienne non plus. Elle lui pose des questions sur les détenus, les veuves et les enfants malades à qui il rend visite à l'hospice des pauvres de la paroisse, mais il n'a plus du tout l'air aussi dévoué à son travail qu'il l'était quand ils se sont rencontrés. À la maison, il ne prie jamais ; la bible reste enfouie sous la pile d'ouvrages qui jonchent le coffre. Martha se dit qu'il doit prier tout le reste de la journée, et que son chez-lui lui offre une forme de sanctuaire. Elle se dit qu'un tonnelier ne passe pas ses soirées à réparer des tonneaux une fois que sa journée de travail est terminée.

Elle trouve néanmoins étrange que sa foi ait si peu d'incidence sur leur vie et leur mariage. Elle s'imaginait qu'elle prendrait une place centrale dans leur maison, qu'elle serait leur ancre à tous les deux ; elle se représentait en train de lire des passages de la Bible ensemble le soir, de rendre grâce avant de passer à table, de visiter la paroisse, où tout le monde les connaîtrait. Comme elle est le plus souvent seule, elle se laisse glisser dans une rêverie et imagine sa vie si, au lieu d'un aumônier de Londres, elle avait épousé un révérend à la campagne. Ils auraient un presbytère recouvert de plantes grimpantes en fleurs et dont une ribambelle d'enfants sortiraient en courant. Ces petites pièces, se dit-elle en regardant par la fenêtre les pierres tombales affaissées, ne sont qu'une étape à passer. Elle se le répète de plus en plus, sans quoi elle se sent encore plus prisonnière entre ces murs qu'elle ne l'a été à Urania Cottage ou à Magdalen. Là-bas, elle n'avait aucune envie de partir, parce qu'elle avait de la compagnie, elle pouvait bavarder. Mais ici, sa vie n'a plus de sens, elle ne s'intéresse pas à son nouvel environnement. Elle n'a pas besoin d'aller où que ce soit, puisque Mme Kenealy va au marché, chez le boulanger, à la taverne chercher leur bière, et qu'elle ne connaît de fait aucun voisin, pas un seul commerçant ni quiconque avec qui elle pourrait forger un semblant d'amitié.

Vivre avec Mme Kenealy revient à avoir une nouvelle matrone, les qualités de Mme Holdsworth en moins. Jamais Mme Holdsworth n'irait s'avachir dans une chaise avant de retirer ses souliers pour bavarder paresseusement. Jamais elle ne dormirait en pleine journée, la bouche ouverte, le menton luisant de bave. À gober les mouches, comme disait sa mère. Sa mère lui manque plus que jamais. Elle n'a pas encore écrit à Mary pour lui annoncer qu'elle s'était mariée. Et Emily. Emily. Malgré ses promesses, M. Bryant n'a pas une seule fois évoqué le sujet de sa sœur.

Par une soirée pluvieuse, au cours du souper, Martha suggère de retourner à Reading pour essayer de parler avec Veronica Bushey. Elle montre à son époux l'étrange missive dédaigneuse de Mme Bushey, qu'il lit sans faire montre du moindre intérêt. Il répond qu'il n'y a pas assez d'argent pour qu'elle se rende à Reading.

Mme Kenealy prend l'habitude de se joindre à Martha lors de tous ses repas. Elles déjeunent d'un bouillon aqueux et de pain rassis ; la logeuse garde la viande pour M. Bryant. Pendant que Martha débarrasse, Mme Kenealy s'assied au coin du feu dans la chaise de M. Bryant. Elle finit tellement par faire partie des meubles que quand elle est ailleurs et que la chaise est vide, Martha se surprend à la chercher du regard.

Une voisine passe chaque semaine prendre le linge et le rapporte deux jours plus tard. Un jour, Martha descend pour ranger une brosse à vêtements dans la cuisine et trouve Mme Kenealy occupée à fouiller dans le linge sale :

— Le mois prochain, peut-être, lance la logeuse en hochant la tête en direction de son ventre.

Cette atteinte à son intimité rend Martha si furieuse qu'elle décide de sortir se promener sous la pluie. Elle s'élance à l'aveuglette, sa coiffe à demi nouée, sans savoir où ses pas la porteront. Arc-boutée contre le mauvais temps, son châle serré à ses épaules, elle marche jusqu'à ce que la pluie lui trempe les os.

Chapitre 15

Mme Bryant

L'eau du bain clapote doucement contre les parois de la baignoire. Elle se refroidit vite, pourtant Martha ne s'est toujours pas déshabillée. Elle se tient au milieu de la pièce, les mains sur les hanches, et regarde tout autour d'elle en se demandant comment réussir à faire sa toilette en toute intimité, quand ses yeux tombent sur le grand coffre sous la fenêtre. Elle s'avance d'un pas hésitant et se met à genoux, pose un doigt sur le cadenas en cuivre en s'interrogeant une nouvelle fois sur ce qu'il peut bien contenir.

Des piles de livres encombrent le couvercle ; Martha a le droit de faire la poussière autour d'eux, mais pas de les déplacer. Elle a commis l'erreur une fois de les ranger sur une étagère, et M. Bryant s'en est plaint avant de les remettre à leur place. Un après-midi, ouvrant les couvertures des premiers tomes des piles, elle avait découvert qu'il s'agissait non pas d'ouvrages sur la religion ou la théologie, mais sur le droit. *Une histoire du droit anglais : ascension, progrès et changements successifs du droit commun ; des temps les plus anciens à la période actuelle* de George Crabb Esq. de l'Inner Temple ; *Le Droit pénal et les peines en cas de trahison, de crimes et de délits* par Peter Burke Esq. de l'Inner Temple. Où était donc ce mystérieux Temple ? Entre ces lourds volumes s'étaient glissés des articles tout aussi solennels et rébarbatifs : des rapports parlementaires, des feuilles arrachées à des revues juridiques.

Elle déplace soigneusement les livres, qu'elle dépose en piles par terre. Non sans effort, elle fait glisser le coffre pour bloquer la porte. Elle se relève et s'époussette les mains d'un air satisfait. Enfin, elle se déshabille et entre dans la baignoire. Le bruit dans sa tête s'estompe ; son cou se détend.

Une minute à peine s'écoule avant que Mme Kenealy fasse résonner le bruit de ses sabots sur les marches en bois et aussitôt Martha sent sa mâchoire se contracter. Elle attend, et comme la porte refuse de s'ouvrir, il y a un silence étonné avant que la logeuse tente une nouvelle fois d'entrer, puis une troisième.

— Mais qu'est-ce qui se passe ? marmonne-t-elle. Martha, la porte est coincée.

— Je prends un bain.

Autre silence.

— Oh, pas la peine de faire sa timide. J'ai une lettre qui vient d'arriver pour M. Bryant.

— Ça peut attendre.

— Je vous la donne de suite si vous ouvrez la porte.

Martha ne dit rien, appuie sa nuque sur le rebord de la baignoire.

— Vous ne la voulez pas ?

Si l'eau était suffisamment profonde, Martha disparaîtrait sous sa surface. Il y a tant de lettres ; M. Bryant brasse un volume de correspondances ahurissant. Il passe le plus clair de ses soirées à rédiger des courriers et à relire sa prose avec une expression de léger mépris. Les deux fois où Martha lui a demandé à qui il écrivait, sa réponse a fait état d'une sœur à Kildare et d'un diacre à Manchester. Martha en conclut qu'il devait s'agir d'une belle-sœur, car elle se souvient de l'histoire des frères et du pasteur qui leur rendait visite. Il n'avait pas été question d'une sœur.

Désormais, quand ils sont au lit, M. Bryant pousse un étrange cri étranglé. C'est un son ou peut-être un mot qu'elle ne comprend pas, et qui jaillit de sa bouche comme à son insu. Il se retire d'elle dans l'urgence, le souffle court, et se répand sur ses cuisses, son dos, son ventre, en criant quelque chose comme *Hanji*. Chaque nuit, au même moment, ils éteignent les lumières et tirent les rideaux que Martha a reprisés, et elle se demande quelle version de son mari l'attend. Parfois il est tendre, presque aimant, même s'il garde les yeux fermés très fort. Parfois il est brusque, la pousse avec une force étonnante, lui appuie le visage contre le mur, la courbe en deux par-dessus le lit, la tire par les cheveux. Elle s'est rendu compte quelques semaines plus tôt que les craquements qu'elle entendait à ces occasions venaient non pas du lit mais de l'extérieur de la pièce ; Mme Kenealy monte les escaliers à pas de loup pour les écouter. Quand ils ont terminé, la logeuse redescend sans faire de bruit.

Le claquement des pas reflue derrière la porte bloquée par le coffre, mais ils reviendront, comme ils le font en pleine nuit. Martha se rend compte qu'hormis M. Bryant et Mme Kenealy, elle n'a parlé à personne depuis fort longtemps. Combien de temps au juste ? Elle ignore le jour de la semaine, le jour du mois. Elle n'en a pas besoin. Elle pense à Lydia, disparue. Josephine, disparue. Emily, disparue. Peut-être sont-elles toutes mortes à présent, et Martha est la dernière survivante, même si elle n'a plus l'impression d'être en vie.

La même scène rejoue sans cesse dans son esprit ; Lydia avec son balai, les joues rosies, qui lui montre le mot griffé sur le papier peint à côté du lit de Josephine. *Street*. Elle a montré le mot à Martha, et puis elle est morte.

L'eau est presque froide, à présent, et Martha a la chair de poule. Elle tente de se représenter le papier peint dans leur chambre d'Urania Cottage. Des roses en fleur enroulées à des chandeliers en forme de fleur de lys sur fond rayé. *Street*.

Soudain elle se fige, puis se redresse. L'eau déborde en signe de protestation et imbibe le tapis.

— Rose Street, articule-t-elle à voix haute. Est-ce que c'est Rose Street ?

Sa peau la picote en guise de réponse. Elle sort d'un bond de la baignoire, traverse la pièce à grandes enjambées et s'agenouille toute nue devant le coffre de M. Bryant, car elle se rappelle l'avoir vu y ranger une carte pliable de la ville. Elle secoue le cadenas en se demandant où il range la clé, puis se souvient qu'il la garde dans sa poche. Elle étouffe un juron, sachant qu'il ne sera pas de retour avant plusieurs heures. De toute façon, elle n'a aucune envie de lui faire part de sa découverte. Il va se montrer méfiant, et exigeant par-dessus le marché. Elle ne s'autorise pas encore à penser à quel point son mariage avec cet homme la déçoit, parce que l'idée et ses conséquences sont trop effrayantes.

Elle cherche des yeux un outil, puis se souvient de Josephine et de son épingle à cheveux. Elle va chercher la sienne et, insensible au froid qui gagne sa peau mouillée, elle s'agenouille de nouveau devant le coffre. Elle insère l'épingle dans le verrou et, les yeux rivés sur un point précis du mur taché de moisissures, tend l'oreille au bruit qu'émet le mécanisme. Cela fait bien longtemps qu'elle n'a pas crocheté de serrure, mais au bout d'une minute à peine elle entend un déclic encourageant et le cadenas capitule. Elle le pose délicatement par terre et soulève le couvercle en l'appuyant contre la porte. Elle entend au loin le cliquetis rassurant des casseroles de Mme Kenealy en cuisine.

Martha ne sait pas à quoi s'attendre à présent qu'elle a ouvert le coffre – de vieux vêtements, des couvertures, encore des livres ? – et ce qui s'offre à ses yeux la laisse abasourdie. Le coffre est rempli d'une collection disparate de papiers qui s'empilent à mi-hauteur : des feuilles volantes, des notes, des enveloppes, des pages arrachées dans des journaux et des revues ; pour certaines jetées à la va-vite, pour d'autres attachées soigneusement à l'aide d'un ruban. M. Bryant est un homme ordonné, qui accroche son manteau à la patère, aligne ses couverts et lisse son côté du lit après s'être levé. Pourtant il règne dans ce coffre un chaos de lettres, et ce qui ressemble à une vie entière de correspondances. Martha commence à fouiller à la surface pour dénicher le plan de la ville lorsqu'un mot attire son attention.

Ce n'est pas tant le mot que sa forme, qui d'une certaine manière lui semble familière, comme un nom connu autrefois. Elle extirpe le papier, fronce les sourcils, se rend compte qu'elle reconnaît l'écriture : griffonnée, presque brouillonne, comme si son auteur n'avait pas vraiment envie d'écrire. Le bas de la feuille est caché par une autre, qu'elle écarte comme on chasse une mouche, et le nom lui apparaît : Mlle Coutts. Elle sourit, sent un pincement dans sa poitrine et se laisse fugacement submerger par le regret au souvenir de leur amitié perdue. Car il s'agissait bel et bien d'une amitié, malgré le gouffre vertigineux qui existait entre elles. Elle est suffisamment raisonnable pour savoir que l'affection d'Angela était sincère.

Avant qu'elle ait le temps de l'endiguer, une série de mauvais souvenirs l'assaillent ; la nuit passée dans la maison du duc, sa haine glaciale quand elle avait crié après Angela dans la cuisine de Shepherd's Bush. La douleur qui s'était peinte sur le visage de cette femme qui avait tant fait pour Martha, alors que rien de tout cela n'était sa faute.

Martha se ressaisit et reprend sa fouille dans le coffre, mais la carte reste introuvable. À la place, elle tombe sur des pages sans fin de correspondances entre Angela et son mari, ce qui en soi n'a rien d'étrange, si ce n'est que les missives sont inachevées, incomplètes, répétant les mêmes mots comme si elle faisait des lignes d'écriture. À y regarder de plus près, Martha se rend compte qu'il ne s'agit pas de lettres, mais de lignes infinies recopiant la même chose. *Mon cher Richard, épousez-moi. Épousez-moi, Richard.*

Elle sort les feuillets du coffre et les étale comme un jeu de cartes sur les lattes du parquet. Son esprit, ensuqué et ralenti par la poussière et le laisser-aller, se met en branle et s'interroge. Pourquoi une grande dame telle qu'Angela Burdett-Coutts écrirait-elle de telles choses à M. Bryant ? Il y a là de la poésie, aussi, à propos d'Angela, rédigée de la main de son mari, de facture paillarde et pitoyable. Son ventre se glace : étaient-ils amoureux ? Avaient-ils une liaison ?

Sous ce fatras de courriers, pour couronner le tout, Martha découvre une centaine d'enveloppes et presque autant de lettres adressées à Richard Dunn Esq., à diverses adresses, dont certaines, à son grand désarroi, sont des prisons et des maisons de détention ; Clerkenwell, York, Fleet. Certains papiers sont jaunis par le temps, tels que les coupures de journaux qui remontent à cinq, sept, neuf années en arrière et qui ont été pliées avec soin. Martha ne comprend pas tout de suite le lien entre ces reportages sur des soirées de bal, des apparitions des membres de la famille royale, des maisons de campagne et des dîners de charité, jusqu'à ce que le même nom explose comme un coup de feu sous ses yeux. Elle peine à saisir pourquoi son mari a rassemblé des dizaines d'articles de presse sur Angela, pourquoi cet homme, Richard Dunn, y est parfois mentionné, et pourquoi M. Bryant garde cette correspondance. Après examen, elle constate que leur écriture est identique. Elle relit une lettre d'Angela à *Mon très cher Arthur*, signée *Votre dévouée Angie*, et trouve à côté une enveloppe, délicatement décachetée à la vapeur – car elle ne laisse voir aucune déchirure –, adressée à la résidence londonienne d'un duc.

De même, des dizaines et des dizaines de lettres de rédacteurs en chef de journaux et de revues (*The Illustrated London News*, *Public Ledger*, *The Satirist*) sont rangées pêle-mêle avec une kyrielle de courriers de refus : *Monsieur, nous sommes au regret de ne pouvoir donner suite* ; *Monsieur, Mlle Coutts est une amie et l'une de nos plus ferventes partisanes* ; *Monsieur, bien que la note que vous envoyez prétende être authentique, notre organe de presse aurait besoin de la preuve irréfutable*...

Elle sent la tête lui tourner, comme si elle tombait ou que le sol s'inclinait, tandis qu'une note suraiguë lui perce les tympans avant de refluer, au moment où une autre idée s'impose à elle : le cri désarticulé que M. Bryant pousse chaque nuit est un mot, le même mot étalé des dizaines de fois sous ses yeux, sur quasiment chacune de ces lettres, de ces pages, de ces notes, de ces coupures de journaux.

Angie.

Nan reste souffrante une quinzaine durant. Mrs T fait venir une infirmière qui veille à son chevet pendant la journée et un docteur lui rend visite par deux fois. L'infirmière a une carrure d'armoire à glace et réussit à grand-peine à négocier les escaliers, mais elle apporte à Nan d'élégantes petites teintures et des tisanes à la camomille et la réglisse qui emplissent la maison de leurs agréables arômes. Chaque nuit, quand Josephine rentre à la maison après la collecte, elle installe la chaise de l'infirmière à côté du lit et montre à Nan ses livres avant de les ranger dans le coffret. Calée contre l'oreiller, Nan parcourt goulûment des yeux les colonnes de noms et de chiffres tout en sirotant sa tisane. Sur certaines pages, les noms sont rayés comme sur une liste de commissions.

— Qu'est-ce que ça veut dire ? demande-t-elle un jour.

— Élimination par des pirates, répond Nan d'un ton moqueur avant de tourner la page.

Josephine émet un rire creux.

— Non, réellement, ça veut dire quoi ?

Nan hausse les épaules.

— Départ, expulsion. Aller simple pour un monde meilleur.

Elle n'en dit pas plus, et Josephine ne pose pas de question.

La première nuit où elle est sortie seule, Josephine a dû expliquer dans chaque maison que Nan était indisposée. À chaque fois, on l'a reçue d'un air méfiant, mais un coup d'œil à la silhouette carrée de Preston derrière elle réglait la question et on lui tendait les sacs.

Une maison en particulier à Whitechapel lui donne la frousse. L'intérieur est plongé dans la pénombre, dégage un parfum intense et sur le perron l'accueille invariablement un homme chinois à l'air impassible qui semble glisser dans l'obscurité comme un cygne. Des tréfonds de la maison montent des grognements sourds et cauchemardesques – le son des hommes plongés dans la douleur et l'horreur. À peine arrivée, Josephine rêve de repartir, et à chaque fois elle se retrouve à trembler en pleine rue, la tête embrumée, à suffoquer.

Toutes les propriétés de Mrs T ne sont pas de grandes maisons immaculées emplies d'œuvres d'art et de mobilier coûteux. L'une d'elles, près de Leadenhall Market, est aussi étroite que minable, et penche dangereusement au-dessus de la rue, à croire que le moindre coup de coude pourrait la faire basculer. Un soir, Josephine frappe à la porte et entend un cri, sitôt suivi du bruit implacable d'une gifle. La tenancière du bouge est une femme au visage grêlé, rouée et insensible, qui vient lui ouvrir la porte en soufflant fort, son visage bardé de cicatrices rougeoyantes. Derrière elle, une jeune femme est assise en bas des escaliers, et sanglote, une main sur la joue. La tenancière jette un œil alentour puis fait signe à Josephine d'entrer. Josephine n'échange pas un mot avec la jeune fille en larmes et, une fois le sac et le livre au fond de sa poche, tourne les talons et s'éloigne sans demander son reste.

La seule maison qu'elle aime bien voir est celle de Golden Square, où les filles ont des bonnes joues et l'air contentes. D'une certaine manière, l'endroit lui rappelle Urania Cottage. L'homme aux avant-bras hâlés, John, lui apporte lui-même ce qu'elle est venue chercher, agrémenté d'un clin d'œil et d'un sourire. La tenancière est indifférente à Josephine alors que lui se montre amical, voire séducteur ; il prend son temps pour tout rassembler sur la petite table peinte en bleu de la cuisine, où l'attend Josephine. De temps en temps, une fille passe, qui pour préparer des tartines, qui du chocolat chaud. Elles ont l'habitude de le taquiner, d'ébouriffer ses cheveux, perchées en chemise sur la grande table soigneusement récurée en attendant que le lait chauffe. Josephine a l'impression qu'elles le considèrent comme un frère. Il lui rappelle Frank, occupé à installer une étagère, à réparer une horloge, à appliquer une couche de peinture sur le mur humide de l'arrière-cuisine.

Abandonnant la lumière et la chaleur de la cuisine de Golden Square, elle retrouve les rues froides et encombrées et les autres portes auxquelles il faut aller frapper. Elle a l'impression d'être totalement détachée de son propre corps, comme si elle se voyait de très haut, tel un oiseau sur le faîte d'un toit. C'est la seule chose qui lui permet d'avancer. Plus les poches de ses jupes s'alourdissent, plus son esprit se vide, et elle s'imagine avec des ailes, en plein vol, libre.

❦

L'aube pointe tôt au travers des rideaux minces. M. Bryant est exaspéré quand Martha bouge, si bien qu'elle a pris l'habitude de préparer du thé sans faire de bruit dans la petite cheminée du salon. Elle le boit assise à la fenêtre, à côté du coffre, contemplant les tombes du cimetière. C'est le matin qu'elle parvient à arracher des instants de calme et d'intimité ; elle a l'impression d'être la seule personne réveillée de toute la rue, de tout Lambeth, du monde entier. Même les ronflements de son mari ne l'atteignent pas.

Martha a toujours aimé les premières heures de la journée. À la maison, sa mère se levait aux aurores pour se mettre à l'ouvrage, et Martha s'asseyait sur les marches tandis que le jour se levait sur le jardin comme un point d'interrogation. Elle pense de plus en plus souvent à la maison qui l'a vue grandir, et elle comprend à présent ce qu'il faut pour construire un foyer. Peut-être est-ce la présence des pierres tombales qui la rend à ce point morbide. Mais personne ne leur rend jamais visite et elle n'a jamais vu âme qui vive entrer dans l'église, comme si tout le monde avait oublié que la bâtisse se dressait là.

M. Bryant part à huit heures. Elle le suit des yeux tandis qu'il enfile son manteau, attache son col, tapote sa poche pour vérifier qu'elle contient la clé de la malle. Une liasse de lettres rédigées de fraîche date repose dans le creux de son bras. Il lui lance un sourire carnassier et elle lui sourit en retour. Puis elle entend Mme Kenealy dans le couloir lui donner son petit pain et un sachet de biscuits, et enfin le bruit de la porte qui se referme. Elle décroche son châle de la patère et, ses chaussures dans l'autre main, descend les escaliers sur la pointe des pieds. Elle sort dans la rue sans faire un bruit et noue ses souliers sur le perron. M. Bryant a tourné à gauche en direction de la grand-rue ; elle voit son étroit manteau noir disparaître à un angle, et se met en route.

C'est un jour morose, secoué d'un vent violent qui annonce une tempête. Dans la rue les chevaux sont nerveux, et les affiches s'agitent en tous sens. Martha suit son mari tandis qu'il remonte New Bridge Street, qu'il dépasse Vauxhall Gardens et qu'il continue en direction du fleuve. Il traverse Westminster, où les eaux usées engorgent les caniveaux et les employées de maison surgissent le long des rambardes peintes en noir pour jeter la poussière par-dessus bord. À plusieurs reprises, M. Bryant tourne la tête avant de traverser la rue, et Martha dissimule son visage, prétendant une ou deux fois traverser elle aussi, avant de lui emboîter le pas à bonne distance. Au milieu de tous les hauts-de-forme, elle n'a pas de mal à repérer son chapeau à large bord.

Il passe devant le palais de la reine et continue en direction du parc. Il devient alors plus méfiant, contrairement à Martha ; les espaces verts sont constellés de femmes qui déambulent en compagnie de leurs enfants et domestiques. Elle quitte le sentier pour se faufiler entre les arbres où le vert de la lumière l'apaise. Elle suit des yeux son mari qui franchit l'imposante grille en fer pour déboucher sur la grande artère de Piccadilly. Il traverse la route, se glisse entre un chariot de déménagement et un phaéton, et elle manque de le perdre de vue, lorsque son chapeau ressurgit de l'autre côté.

Derrière la haute grille, Martha le regarde continuer jusqu'à une rue adjacente et lever les yeux sur une grande demeure de briques marron qui surplombe Piccadilly comme un énorme navire. Il attend, l'air pensif, puis achète un journal au kiosque voisin avant de s'adosser à une balustrade pour le lire, comme s'il attendait que quelqu'un sorte de la bâtisse. Le large rebord de son chapeau dissimule son visage.

Il reste ainsi près de deux heures durant. Pendant ce temps, la porte de la maison s'ouvre et Martha voit avec stupeur le Dr Brown descendre l'escalier jusqu'au trottoir. Il marche jusqu'à Piccadilly et tourne à gauche en direction de St James's. Ce n'est qu'à ce moment-là que M. Bryant se met en mouvement, non pas pour rejoindre le Dr Brown mais au contraire pour s'en éloigner en sens inverse en marchant d'un pas tranquille, son chapeau baissé sur le front et son journal glissé sous le bras.

Quand le docteur est suffisamment éloigné, M. Bryant rebrousse chemin et reprend place contre le garde-corps. Martha se demande ce que le Dr Brown pouvait bien faire dans les parages et s'il s'agit là de son domicile, tout en pensant qu'elle ne pourra pas éternellement espionner son mari sans qu'il s'en rende compte, quand au même instant un jeune livreur de charbon s'approche de la maison en poussant sa charrette à bras et M. Bryant s'efface pour le laisser passer. Ils échangent quelques mots, le garçon plissant les yeux vers sa haute silhouette, puis il tend sa main noircie et Martha aperçoit l'éclat d'une pièce d'argent. Le garçon descend vider son chargement de charbon en bas des escaliers, au gré de deux allers et retours, puis fait basculer sa charrette en avant pour l'immobiliser et s'entretient de nouveau avec M. Bryant, qui hoche la tête. Soudain, Martha constate avec horreur que son mari se met à marcher dans sa direction.

Elle pivote sur ses talons, regagne précipitamment l'intérieur du parc et s'enfonce sur le sentier le plus loin possible avant de se cacher derrière un chêne. Elle reste adossée au tronc pendant quelques minutes, le temps que les battements de son cœur s'apaisent. Lorsqu'elle ressort de sa cachette, M. Bryant a disparu. Elle retourne à Piccadilly, cherche du regard le chapeau noir entre les chariots et les brouettes, les charrettes et les coiffes, mais étouffe un juron : elle a perdu sa trace.

Elle reste un instant immobile, à réfléchir, puis s'approche du marchand de journaux.

— Monsieur, pourriez-vous me dire qui habite dans cette maison ? dit-elle en montrant du doigt la bâtisse.

— Tout à fait, mademoiselle. La grande dame de Stratton Street, Mlle Angela Burdett-Coutts. Une femme fort agréable. Son mari lui achète toutes ses gazettes chez moi. Des livres, aussi. Elle lit beaucoup, c'est sûr.

Martha le remercie. Elle se sent malade. Elle hésite un instant, puis traverse la petite rue adjacente qui mène à la porte d'entrée. La peinture noire est brillante, sans doute après qu'on l'a nettoyée et époussetée ce matin. Elle marque une pause, puis appuie sur la sonnette. Quelques secondes à peine s'écoulent avant qu'un valet glabre au teint pâle lui réponde.

— Oui, mademoiselle ? lance-t-il avec un sourire méprisant.

— Mlle Coutts est-elle chez elle ?

— Madame est absente.

— Oh.

Martha déglutit et jette un œil derrière lui au couloir sombre et froid qui sent la cire d'abeille et les fleurs fraîches.

— Savez-vous quand elle doit rentrer ?

— Hélas non, mademoiselle. Dois-je laisser un message ?

— Non, non. J'essaierai une autre fois.

— Très bien, mademoiselle.

Il lui ferme la porte au nez.

Elle reste un instant sur le seuil, le cœur battant la chamade dans sa poitrine, en se demandant comment elle a pu à ce point être aveugle. Elle qui pensait faire preuve de jugeote. Pourtant les signes étaient partout depuis le début : les ouvrages de droit, sa manière vague d'évoquer ses journées, quelques semaines plus tôt, quand elle avait ouvert son portefeuille sans y prêter attention et qu'elle avait trouvé de curieuses notes manuscrites : *21 mars Dorchester House, 2 heures de l'après-midi, restée 30 min. 2 avril Royal Academy, 11 heures, partie à 12 h 15. 13 avril, promenade Hyde Park avec HB 45 min.* À force de refuser de voir la vérité en face, peut-être l'avait-elle balayée sous le tapis.

Elle sent un poids contre sa cuisse et se souvient qu'elle s'est munie d'un plan de la ville. Puis elle repense à Rose Street, et la perspective de revoir Josephine lui fait l'effet des rayons du soleil perçant les nuages. D'un pas léger, elle se hâte vers l'est en direction de Covent Garden, ménageant une pause à Long Acre pour consulter le plan, à temps pour rebrousser chemin. Elle marche tellement vite qu'elle est arrivée à bout de souffle à l'entrée d'une cour étroite jouxtant une taverne. Elle scrute les façades, les portes et les fenêtres qui pourraient dissimuler Josephine. Elle résiste à l'envie de crier le nom de son amie, et frappe à la première porte, mais personne de ce nom n'y habite. Elle s'approche de la deuxième porte quand cette dernière s'ouvre ; une jeune femme en sort, un nourrisson accroché à la hanche, tenant la main à un autre enfant.

— Excusez-moi, dit Martha. Je cherche Josephine Nash.

La femme cligne des yeux. Elle est ronde et jolie, avec une peau laiteuse. Les boucles qui encadrent son visage ont la belle teinte des feuilles d'automne.

— Elle est plus là.

Il faut un temps à Martha, abasourdie, pour se ressaisir.

— Elle était ici ? Elle est où maintenant ?

— J'en sais rien, dit la femme avec méfiance. Elle est partie y'a pas longtemps.

Martha serre les poings et bascule la tête en arrière en poussant un soupir.

— Je suis désolée, dit la jeune femme. Vous êtes une amie ?

— Je l'étais, oui. Je le suis.

Martha jette un œil dans la cour d'un air désespéré avant d'ajouter :

— Ça fait longtemps que je l'ai pas vue.

La femme la dévisage.

— Vous êtes pas du cottage, si ?

— Si ! Vous connaissez ?

— C'est toi Martha ?

— Oui !

Son joli visage s'illumine. Elle réajuste l'enfant juché sur sa hanche d'un air soulagé.

— C'est à toi qu'elle envoyait des messages depuis le cottage ? demande Martha.

— Je plaide coupable, répond la jeune femme avec un sourire timide. Moi c'est Annie, au fait. Tu vas la ramener là-bas ?

Martha répond après un silence.

— Non. Moi aussi je suis partie, malheureusement.

— Oh, fait Annie et son front se plisse. Je croyais que vous deviez toutes aller en Afrique ou en Australie ou quelque chose comme ça ?

— C'était le cas.

Un silence gêné s'ensuit. Puis Martha dit :

— Si tu la vois, tu voudras bien lui donner mon adresse ? Seulement, je ne sais pas combien de temps je vais y rester.

Annie répète l'adresse que lui donne Martha et promet de s'en souvenir.

Martha erre à travers le marché, elle n'a pas un sou pour acheter quoi que ce soit. Mme Kenealy a laissé entendre par deux fois que M. Bryant était en retard sur le loyer. Malgré tous ses défauts, Martha ne pense pas que la logeuse serait capable de les jeter à la rue. Pas pour le moment.

Elle avance sans but entre les pelures de fruits et les feuilles de chou en se demandant où aller ; les chambres de Lambeth, avec leur atmosphère saturée de mensonges, sont comme une menace. Elle a une pensée brève pour Mary, qui habite au-dessus de la pâtisserie près d'Oxford Street. Elle partage l'appartement avec le propriétaire de la boutique et sa femme et fait le ménage pour eux ; il n'y a pas de place pour Martha. Et puis Mary ne sait même pas qu'elle est mariée. À présent, ce sont les deux sœurs de Mary qui se sont évaporées dans la nature. Martha sent le pincement lancinant de la honte et de la culpabilité, comme les gouttes de pluie qui se glissent sous son col. Mary mérite d'avoir une meilleure sœur qu'elle.

Tandis qu'elle marche dans les rues de Londres, elle trouve étrange de songer qu'Emily aussi pourrait se trouver dans les parages – prise sous la même averse, lisant l'heure aux mêmes tours d'horloge, glissant une piécette luisante dans la fente de la boîte à péage. La cité de Londres est immense, pourtant il ne doit pas être impossible d'y retrouver quelqu'un. Pas si on s'en donne la peine.

Elle sait qu'elle ne considérera jamais Londres comme sa maison, qu'aucun lieu ne pourra plus jamais prétendre à ce nom. Son chez-elle, c'était un cottage peint à la chaux avec les draps qui séchaient dans la cuisine, les roses trémières du jardin, trois sœurs dans un lit. Ce n'est plus qu'un souvenir. Et elle s'en félicite, parce qu'avoir connu cela et l'avoir perdu vaut mieux que ne jamais l'avoir vécu.

Chapitre 16

La lumière sous la porte

Le jardin de Holly Lodge est l'un des plus jolis qu'Angela connaisse, tout particulièrement par une chaude soirée de fin de printemps comme aujourd'hui. Angela et Mme Brown sont installées sur la terrasse devant des verres de madère, et contemplent la vue sur les pelouses et les clairières, les parterres de lilas et de chrysanthèmes. La demeure était autrefois à sa grand-mère, et appartient désormais au mari de cette dernière, William, le duc de St Albans, qu'Harriot épousa six ans après le décès du grand-père d'Angela, lorsque cette dernière était âgée de treize ans. Un mur luisant de rhododendrons isole la maison de la route, et tout le talent du jardinier fait qu'il n'y a pas de limite évidente, aucune trace de muret ou de clôture, si bien que Londres donne l'impression d'être une toute petite ville au-delà de la pelouse. Il y a des serres, des étangs à poissons et même une petite ferme, où sa grand-mère élevait autrefois des cochons. Certains de ses chevaux sont encore vivants et ont engraissé à l'écurie, ne sortant que de temps à autre pour promener les enfants du village.

Angela adore cette demeure. Harriot et William y ont coulé des jours heureux et William a conservé les lieux dans leur état d'origine. Le fer à cheval porte-bonheur d'Harriot est cloué au porche, et les cartes de son grand-père décorent le vestibule sombre où son mousquet fait lui aussi un clin d'œil au siècle passé, à l'époque où les bandits de grand chemin rôdaient dans le noir à la périphérie de la maison. Coquillages et oiseaux exotiques empaillés sous leurs cloches en verre parent la salle de bains, tandis que dans la véranda les fleurs tropicales d'Harriot exhalent leur parfum entêtant. C'est William qui les arrose. La riche fragrance musquée d'Harriot plane encore dans sa chambre, et s'échappe par le couloir, portée par un courant d'air luxuriant. Le premier soir, Angela est restée un instant dans l'encadrement de la porte, à humer l'air.

Cela fait des années qu'elle n'a pas séjourné à Holly Lodge, mais William a été ravi de les accueillir, et les a invitées chaleureusement après avoir reçu une lettre inquiète de Mme Brown. Elles sont arrivées à la nuit tombée, secouées par le trajet mouvementé à flanc de colline jusqu'à Highgate. Le visage blême, Angela avait décliné le souper pour aller se coucher et Mme Brown et William en avaient profité pour discuter jusque tard dans la nuit. Le lendemain matin, réveillée par le chant des oiseaux sous le couvert du printemps, Angela s'était sentie un peu mieux et une longue promenade sur le domaine en compagnie de Mme Brown avait contribué à améliorer son humeur.

Les Brown l'avaient quasiment portée jusqu'à la maison depuis Urania Cottage, ce fameux soir, après quoi elle avait sombré dans une sorte de détresse nerveuse, dans un rêve éveillé fiévreux habité par la tristesse, la rage et la terreur. Sans oublier la culpabilité : elle la paralyse, comme une enclume posée sur sa poitrine.

Deux jours durant, elle avait pleuré comme une enfant. Son ami Charles lui avait rendu visite, et était resté à son chevet pendant tout un après-midi. Il était bouleversé d'avoir sans le savoir contribué à la tromperie de Dunn. Il avoua n'avoir guère prêté attention à la missive de son ami l'informant de son changement de programme, et de sa décision de passer l'hiver à Lambeth auprès d'un ami souffrant, le temps que sa demeure de Sherborne Lane soit rénovée. Charles en avait pris bonne note dans son carnet d'adresses et était resté en contact avec son ami. Certes, il ne l'avait pas vu depuis plusieurs mois, ce qui était inhabituel. Mais ce n'était pas faute d'avoir essayé ; au cours de l'hiver et jusqu'au début du printemps, il avait proposé plusieurs fois de le voir, mais à chaque fois Bryant avait une excuse. Et sachant l'aumônier bien occupé avec sa paroisse, son travail dans les prisons, ses travaux d'intérieur et son ami malade, Charles n'y avait pas prêté plus attention que cela. Il assura Angela que personne n'avait été plus atterré que lui d'apprendre que Martha s'était enfuie pour épouser l'aumônier ; son ami Bryant était un célibataire invétéré dont le sens moral n'avait jamais failli.

Angela se montra compatissante, lui rappelant que l'esprit de Dunn n'avait pas d'égal – à part celui de Charles, peut-être. Ce dernier a bon espoir qu'on retrouve Martha pour la ramener à Shepherd's Bush. Angela n'a pas cet optimisme. Elle sait que Martha ne réapparaîtra pas tant que Dunn ne l'aura pas décidé. Elle ne peut s'empêcher de se représenter Martha pieds et poings liés, telle une sorcière au bûcher, les flammes léchant ses orteils. Seul le laudanum lui permet de dormir et chaque soir le Dr Brown lui en apporte dans sa chambre, précédé par le tintement des petits flacons.

Le duc – son duc – a écrit à plusieurs reprises. Ses lettres rédigées de son écriture en pattes de mouche ont été livrées à son chevet à Stratton Street, mais elle ne les a pas ouvertes, si bien qu'on les a débarrassées. Quant au cacatoès, il a quitté son perchoir depuis un bon moment.

À Holly Lodge, portes et fenêtres restent grandes ouvertes et les repas sont pris dans la salle à manger, cadre de tant de soirées organisées par Harriot. Enfant, Angela restait dans cette pièce jusque tard dans la nuit, éblouie par les convives de sa grand-mère en robes de soie et queues-de-pie, qui chantaient et jouaient du piano. Encore aujourd'hui, elle s'attend à moitié à voir sa grand-mère s'élancer sur la terrasse dans un nuage de patchouli et de perles.

Pendant la journée, elle erre dans la maison comme si elle la cherchait partout, effleurant les objets qui lui ont appartenu en se demandant si William l'autoriserait à en disposer certains dans la maison comme des talismans ; toute sa vie la chance a souri à Harriot. À moins que ce soit elle qui ait aidé la chance ? Seules

les dernières années de sa vie furent difficiles ; elle avait perdu sa beauté et sa ligne et les journaux se montrèrent cruels. Plus elle sombrait dans la maladie, plus elle semblait rapetisser dans l'immense lit installé au rez-de-chaussée de Stratton Street. Là, calée contre les oreillers, elle racontait de sa voix sifflante son enfance sur les planches. Angela adorait ses descriptions de longs voyages en calèche, d'étonnants petits théâtres dans des villes inconnues, des costumes qu'on ravaudait entre les scènes. Plus tard dans sa vie, quand la presse se montra dure et la caricature grotesque, Harriot cessa de fréquenter les théâtres et se contenta de se promener sur la lande en compagnie d'Angela, vêtue de sa cape en hermine violette, qui leur donnait de loin l'apparence d'une reine et de sa servante.

Comme l'après-midi tire à sa fin, Angela laisse Mme Brown et se promène seule sur le domaine, s'arrêtant de temps à autre pour humer une fleur ou bavarder avec le jardinier qui charge sa brouette dans le jardin enclos par des murs. Ils retournent ensemble à la maison, parlent de son petit garçon. Ils s'accordent pour dire que la duchesse l'aurait adoré ; personne n'aimait plus les enfants qu'Harriot, qui n'en avait jamais eu. Elle traitait d'ailleurs Angela comme sa fille, en l'emmenant en voyage au sud sur la côte ou au nord dans les *highlands*, supervisant elle-même les bagages d'Angela et lui tendant une robe chaque matin. Elle remplissait d'eau des flacons de parfum pour qu'Angela puisse l'imiter en faisant sa toilette, avant de la parer de pierres, de bijoux et de fourrures. Angela se sentait minuscule devant les énormes miroirs qui décoraient la maison de Stratton Street, et ridicule dans tous les accessoires dont l'affublait Harriot. Elle avait le visage quelconque d'une domestique, d'un quelconque exacerbé par l'opulence d'Harriot.

En retraversant la maison, elle effleure du bout des doigts le majestueux piano devant lequel ses sœurs chantaient tandis qu'Harriot jouait, cependant qu'elle restait assise sur le tapis, trop petite pour participer aux réjouissances. Elle appuie sur une touche, comme pour convoquer sa présence, et tend l'oreille au claquement de ses mules en soie dans le vestibule. Mais la demeure reste silencieuse, et une douce brise s'écoule par les portes ouvertes, faisant entrer dans son sillage un arôme de fleurs coupées. À la mort de William, Holly Lodge et tout ce qui va avec lui reviendront : les perroquets dans la salle de bains, les chevaux dans l'écurie.

Avant d'aller se coucher, elle se retourne pour contempler le bel instrument, resté si longtemps silencieux, en se demandant pourquoi, alors que tout le monde l'a quittée, le fantôme qui reste n'est autre qu'elle.

La cage d'escalier de Dean Street est en bois nu, obligeant Josephine à se couler contre le mur pour descendre sur la pointe des pieds sans faire de bruit, sa bougie à la main. Il est plus de trois heures du matin, et la maisonnée est silencieuse. Nan dort dans son lit ; Josephine a entendu ses légers ronflements en passant devant sa porte. Quant à Mrs T, elle est absente. En bas des escaliers, ses pieds atterrissent sur une surface douce et chaude. Elle étouffe un cri, une main plaquée sur son visage.

L'air s'emplit d'un sifflement aigu, et le chat couleur marmelade part d'un petit trot réprobateur en direction de la cave. Josephine lâche un juron, le souffle court, et se ressaisit.

Le coffret est là où elle l'a laissé, au milieu de la table de la salle à manger, aussi voyant qu'un tonneau de poudre. Elle ignore où Nan garde la clé. S'en approchant prudemment, elle desserre le poing autour de l'épingle à cheveux nichée dans le creux de sa main et tire discrètement une chaise. Elle retient son souffle. Elle s'assied, la bouche sèche, le cœur battant la chamade, puis elle introduit l'épingle dans la serrure.

À son retour à la maison, Nan l'attendait. Elle est presque rétablie, et quelques jours plus tôt a quitté son lit pour s'installer sur la méridienne du salon, où elle oblige Josephine à jouer aux cartes. Rester à l'intérieur l'ennuie à mourir et cet ennui la rend irritable. Elle plisse le nez devant la nourriture que Josephine lui rapporte de la cuisine et fronce les sourcils devant le café amer que Josephine lui prépare. À la prochaine collecte, les choses reviendront à la normale, et Josephine n'aura plus à sortir seule.

La serrure cède avec un léger déclic. Lentement, Josephine soulève le couvercle et pousse de côté les sacs remplis d'argent, que Nan a triés en billets de banque et pièces de monnaie. Il y a là des sacs de souverains, de demi-souverains, de demi-guinées, de couronnes, mais ce n'est pas ça que les doigts de Josephine cherchent à tâtons : ils cherchent les livres noirs, rangés en pile dans le coin droit de la boîte doublée de velours. Et, tremblants, les attrapent.

Elle pose la bougie sur la table et, après une profonde inspiration, ouvre la couverture du premier. Un L, deux T, un E… Little. Little Pulteney Street. Elle repose le livre dans l'angle du coffret et ouvre le suivant, fronçant les sourcils de concentration jusqu'à ce que les lettres se transforment en mots. Poland Street. Silver Street. La flamme de la bougie vacille tandis qu'elle ouvre le quatrième et elle attend que la lumière se stabilise, puis déchiffre le mot « Square ». Golden Square. Elle déglutit et tend l'oreille, croyant entendre le craquement d'une latte de parquet, mais la grande maison est silencieuse. La première page comporte des chiffres en haut, un deux et un trois, et le mot « janvier ». Au début de chaque leçon, Mme Holdsworth écrivait à la craie la date sur l'ardoise posée sur son bureau ; à la fin, elle l'effaçait pour ne laisser que le mois.

Josephine fait tourner les fines pages, marquées au crayon de colonnes de mots et de nombres. Tous les mots sont des noms, qu'elle réussit pour certains à lire mieux que d'autres. Ann. Mary. Il y en a six ou sept par page, parfois plus, parfois moins. Quand un nouveau nom est introduit, il est souvent suivi d'un V. Parfois un nom est barré. Ann disparaît des pages en mars. Un nom commençant par un M apparaît la semaine suivante, suivi d'un V. Elle le regarde fixement jusqu'à ce qu'il se matérialise devant ses yeux, les deux N, la première partie presque comme dans Mary. Marianne. Miss Vertu.

Josephine sait que tout ceci n'est qu'une imposture, que les filles dont on vend la virginité aux enchères ne sont que des nouvelles venues, envoyées à Soho depuis Whitechapel ou Cheapside ou d'un autre lieu où on ne les reconnaîtra pas, avant d'être de nouveau expédiées ailleurs. V pour Vertu. Pour vierge. Elle tourne la page à mai et se fige.

Elle a glissé dans sa manche un morceau de papier avec sa propre écriture brouillonne, recopiée à partir d'un autre petit livre noir. Elle lisse la page à la lumière tremblante de la bougie et se met à lire.

À Highgate, la nuit ressemble à un linceul jeté sur la maison, qui recouvre de noir la fenêtre qu'Angela a laissée ouverte pour s'endormir au doux bruissement des rhododendrons. Un peu après onze heures, elle repose son livre et éteint sa lampe, mais elle a oublié d'emporter avec elle le laudanum et la pâte de potasse et de zinc que le Dr Brown confectionne pour soigner son eczéma, dont les plaques rouges dans le cou et dans le creux des bras lui brûlent la peau, si bien qu'elle a un sommeil agité.

Quand la nuit atteint son heure la plus sombre, et que la maison a poussé ses derniers craquements et soupirs, Angela est réveillée par le bruit léger de pas dans le couloir.

Les pas s'arrêtent à hauteur de la chambre de Mme Brown. Angela se souvient, des étés plus tôt, quand leur relation était devenue inappropriée. Elle était en visite à Holly Lodge pour aider à l'inventaire de la succession d'Harriot. Elle et William avaient bu quantité d'un très vieux brandy de la cave, et elle avait pris place au piano, où elle avait joué et chanté avec spontanéité. Il s'était montré aussi étonné que ravi par sa connaissance de la musique populaire. William n'a que treize ans de plus qu'Angela ; il avait vingt-trois ans de moins qu'Harriot. Quand ils s'étaient souhaité bonne nuit, il l'avait contemplée avec une affection sans retenue, l'avait embrassée telle une sœur et ce faisant, s'était rendu compte qu'elle n'était pas sa sœur. Ses lèvres s'étaient attardées un peu trop longuement, et elle avait senti la chaleur de son souffle sur sa joue. Elle avait reculé, mais elle avait senti quelque chose remuer en elle : non pas une passion endormie pour lui, mais l'aperçu du chemin d'une autre existence que ce baiser pourrait emprunter. Le lendemain matin, il avait toutefois recouvré son attitude coutumière, pour son plus grand soulagement.

La porte de sa chambre s'ouvre sans bruit, et quelqu'un entre avec une bougie.

— William ? dit-elle tandis que ses yeux s'accoutument à l'obscurité. Que se passe-t-il ?

Mais ce n'est pas William. Elle sent le plancher vaciller tandis qu'elle regarde son visage, creusé comme un masque par la lueur de la bougie.

— Mon amour, vous n'avez rien à craindre de moi.

Elle est trop sidérée, trop effrayée pour crier. Sa voix s'étrangle dans sa gorge.

— Je vous en supplie, dit-il de sa voix suave. N'ayez pas peur. Je veux seulement parler.

Prudemment, il s'approche, la flamme de sa bougie danse devant lui. Elle entend un petit gémissement pathétique s'échapper de ses propres lèvres. Il s'approche encore dans l'obscurité, avançant sans faire de bruit sur le plancher, et s'assied au pied du lit. Si elle ne sentait son poids s'enfoncer dans le matelas, elle pourrait encore croire à un cauchemar. Mais Richard Dunn est bel et bien là, en chair et en os, alors qu'elle est totalement et irrémédiablement seule.

Il la contemple avec tendresse, et elle sent sa peau se révulser. Si elle criait, ou si elle tenait de s'enfuir, il risquerait de la tuer pour de bon. Or mourir en cet instant lui semble impossible ; jamais elle ne s'est sentie si intensément, si profondément vivante. Le sang tambourine dans ses veines ; tous ses nerfs tremblent, frémissant comme la mèche d'une charge. Elle s'efforce de décoller sa langue de son palais, en vain.

— Ce n'est pas la peine de prendre cet air effrayé, dit-il presque affectueusement.

Et puis elle se ressaisit : si elle continue à le faire parler, quelqu'un pourrait les entendre ou voir le rai de lumière sous la porte. Mme Brown souffre d'un sommeil léger, elle aussi ; peut-être est-elle-même déjà réveillée.

Angela avale sa salive.

— Comment êtes-vous entré ?

— Une fenêtre était ouverte au rez-de-chaussée, répond-il aimablement. Je ne suis pas un cambrioleur.

Une autre de ces pirouettes dont il usera au tribunal le cas échéant. Si elle survit jusque-là.

— Qu'avez-vous fait de Martha ? demande-t-elle d'une voix qui se veut calme et assurée.

— Ce que j'ai fait d'elle ? Ma foi, elle dort à la maison. Où voulez-vous qu'elle soit ?

— Pourquoi ? Pourquoi elle ?

— Allons. Êtes-vous envieuse ?

Son sourire la laisse de glace.

— Ma chérie, il fallait bien que j'attire votre attention. Je n'avais pas le choix.

Elle repense à la lettre estampillée *ABC* glissée dans le creux de sa main à Islington. *« Si vous refusez de me rencontrer, vous le regretterez, et tôt ou tard, vous et ceux qui vous sont chers en paieront les conséquences. »*

— Ce n'est pas faute de vous avoir prévenue, dit-il. J'ai proposé une rencontre, vous avez décliné.

— Je n'ai pas décliné.

— Vous avez omis de répondre, disons. Ne jouons pas sur le sens des mots.

Se sent-elle capable de crier ? Elle n'en est pas sûre, et n'ose pas essayer de peur que son cri ne meure dans sa gorge. Elle le voit se jetant sur elle pour écraser l'oreiller sur son visage.

— Je ne suis pas un scélérat, Angie.

— Que voulez-vous ?

— Je vous l'ai dit. Je veux vous parler.

Elle attend, tend l'oreille à un craquement du plancher : une domestique à l'étage, ou alors Mme Brown. Mais tout n'est que silence.

— Comment avez-vous réussi ? À devenir M. Bryant ?

Il a l'air heureux qu'elle ait découvert l'imposture.

— C'était l'aumônier à la Nouvelle Prison. Un jour je l'ai vu avec le roman *Martin Chuzzlewit* et j'ai engagé la conversation sur la littérature. Imaginez ma surprise quand j'ai découvert qu'il connaissait M. Dickens en personne. Bien évidemment, je connais bien Dickens, moi aussi, qui de façon tout à fait flatteuse s'est intéressé au fil des années à nos diverses épreuves et tribulations.

J'espère faire officiellement sa connaissance un de ces jours, d'homme à homme.

— Il vous aurait reconnu.

— Raison pour laquelle j'ai planifié mes visites en fonction des siennes.

— Comment ? Vous lui avez causé tant d'inquiétude. Il s'en veut de ne pas avoir découvert la supercherie.

— Personne ne devrait s'en vouloir. Nous sommes tous des agents libres.

— À part Martha, qui ignorait tout de la vérité. Est-elle au courant ?

— Je ne l'ai pas obligée à m'épouser.

— Mais vous l'avez trompée.

Il ne dit rien, se contente de hausser les épaules avec insouciance.

— Mais comment avez-vous fait ? répète-t-elle.

— J'ai découvert en parlant avec Bryant que Dickens lui avait demandé de prendre une aumônerie au sein d'une institution privée, et qu'il avait dû décliner parce qu'il partait en Europe. Bien évidemment, il n'a pas voulu dire où était cet endroit, mais un jour que j'avais mal à la gorge, brave homme qu'il est, il est allé me chercher un verre d'eau. En l'attendant, je suis tombé par le plus grand hasard sur un document comportant une signature bien connue, tout à fait célèbre même. J'ai fait mine de me pencher pour nouer mes lacets et les mots « Urania Cottage » ont attiré mon attention, tout comme, à ma grande surprise, votre nom. Un coup de chance, me suis-je dit. Je m'interrogeais sur les conditions de ce poste, et me suis dit que je devrais écrire à M. Dickens pour en avoir le cœur net.

— En vous faisant passer pour Bryant ? lance-t-elle d'une voix pleine de mépris.

— Je lui ai dit que je trouvais cette entreprise formidable : un refuge pour femmes déchues, que la société ne voit pas d'un bon œil, et leurs semblables non plus. Quelque chose d'inspiré.

— Puis vous l'avez évité.

— Il m'a répondu, une lettre expliquant qu'étant donné qu'il m'avait déjà montré le cottage, et qu'il était un homme très sollicité, je pouvais démarrer immédiatement. Il voulait un ultime entretien pour tout passer en revue, mais j'ai pris soin de lui donner des disponibilités uniquement pour les jours où il était absent. Pendant un temps, je l'ai suivi, afin de connaître ses habitudes et les jours auxquels il se rendait à Shepherd's Bush. J'ai compris qu'il s'y rendait en règle générale le samedi, et à partir de là j'ai organisé mes visites en fonction.

— Tout en continuant de correspondre par écrit afin qu'il ne se doute de rien. En mentant systématiquement.

— Nous avons échangé à propos des consignes. Il me transmettait ses préférences en matière de sermons et ainsi de suite. Il exigeait des rapports circonstanciés sur toutes les résidentes et j'étais ravi de lui rendre ce service.

— Vous lui avez dit que vous – M. Bryant – aviez décidé de ne pas partir en voyage, mais que votre maison allait être rénovée et que vous logiez chez un ami à Lambeth.

— Je vis réellement à Lambeth. Mais pas chez un ami. Avec ma chère et tendre épouse.

Il sourit et elle sent son estomac se tordre.

— Vous lui avez fait du mal ?

— Lui faire du mal ! Mon Dieu, quelle image avez-vous de moi ? Martha se porte bien. Fort bien. C'est une très bonne ménagère. Elle a reçu une éducation d'exception.

— Je ne vous crois pas.

— Tant pis.

Angela prend une inspiration tremblante.

— Que voulez-vous ? Vous ne m'avez pas répondu.

Il la fixe d'un regard parfaitement serein.

— Vous êtes une femme impressionnante, Angie. Que dit votre ami le duc à votre propos, déjà ? Que vous êtes en or ?

Elle lui lance un regard furieux.

— Vous avez volé ma lettre. Vous êtes entré chez moi par effraction.

— Je n'ai rien fait de tout cela.

— Dans ce cas, quelqu'un s'en est chargé pour vous.

— Un article de correspondance est arrivé en ma possession. Là encore, sans cambriolage ni violation de propriété.

— Comment l'avez-vous obtenu, si ce n'était pas vous ?

Il sourit.

— À votre place, je surveillerais plus rigoureusement les allées et venues à mon domicile. Vous péchez par excès de confiance, même si c'est là l'une de vos qualités les plus attachantes.

— Il doit s'agir du personnel dépêché par l'agence, dans ce cas, le soir du bal. Mes domestiques ne feraient jamais une chose pareille.

Il ne dit rien et continue de lui adresser son petit sourire exaspérant, comme si elle était une enfant capricieuse. La moindre conversation avec lui est une danse : il s'approche pour mieux s'éloigner de nouveau.

— Comment avez-vous fait pour m'éviter au cottage ?

La malice illumine ses traits.

— J'avais un homme de guet.

Elle attend qu'il développe.

— Un gamin des briqueteries. Il faisait le pied de grue dans la ruelle et me signalait quand vous ou les Brown étiez à l'intérieur. Je l'ai échappé belle à quelques reprises, mais il ne m'a jamais fait faux bond.

Elle secoue la tête.

— Vous ne m'avez toujours pas dit ce que vous vouliez. Vous n'avez pas épousé Martha parce que vous tenez à elle.

— Qu'est-ce que *vous* voulez, Angie ? articule-t-il avec lenteur. Je suis tellement content que nous ayons l'occasion de nous parler. Après toutes ces années.

— Je veux que vous me laissiez tranquille.

Il lâche un petit rire moqueur, faussement offensé.

— Que vous faut-il pour me laisser tranquille et libérer Martha ?

Elle le tient. Il baisse la bougie, et la lumière dessine des ombres sinistres sur son visage.

— Vous remboursez mes dettes, dit-il à mi-voix, et je vous libérerai.

— Combien ?

— Cinquante mille livres.

Elle le regard fixement, le souffle court.

— Vous les aurez.

Il sourit de toutes ses dents.

— Vous oubliez quelque chose, Angie. Je vous connais. Je connais les rouages de votre brillant esprit. Dès que l'argent aura quitté votre compte, vous ferez délivrer un mandat pour mon arrestation – et un de vos cavaliers perruqués me tombera dessus alors que je n'ai rien été d'autre que votre humble servant. Que je n'ai jamais exprimé rien d'autre que la plus grande dévotion.

— C'est tout ? souffle-t-elle. Cinquante mille livres et pas de poursuites ?

— Cinquante mille, en billets, non traçables. Déposés à la poste de Kennington Road à l'intention de Martha Gelder. Quand ce sera fait, vous récupérerez Martha. Et après ça, c'est *vous* qui me laisserez tranquille. Fini les avoués. Fini les avocats qui me fustigent au tribunal devant le monde entier.

C'est à cet instant qu'Angela se rend compte qu'il les considère véritablement comme des égaux, tous les deux coupables, aussi mauvais l'un que l'autre.

— Une dernière chose.

Il sourit encore et elle sent son estomac se retourner. Il lève une main, l'immobilise à deux pouces de son visage, et du bout du doigt suit le contour de sa joue, sa lèvre, sa mâchoire.

— Vous êtes encore plus belle de près. Mais je suis un homme marié, à présent. Je dois résister à la tentation.

Son cœur bat à se rompre.

— N'ayez crainte, ma chérie. Je veux seulement vous regarder. Ma chère et tendre Angie.

Ses yeux se repaissent de ses cheveux, de sa peau, de l'endroit où sa chemise de nuit plonge contre sa poitrine. Elle tremble de peur, de révulsion.

C'est alors que deux drames surviennent. Il fait un geste pour lui prendre le bras, et la bougie, qu'il tenait dans sa main gauche, tombe du bougeoir. Elle atterrit sur les couvertures, qui prennent feu instantanément, car la literie est si vieille qu'elle ressemble à de la paille.

Il recule d'un bond cependant qu'elle s'extirpe précipitamment de sous les draps. La panique se lit sur le visage de Dunn, lui donnant presque une expression innocente, enfantine, et l'espace d'un frêle instant ils se regardent et elle éprouve de la compassion pour lui. Il est évident qu'il n'avait pas anticipé cet accident. Déjà les flammes lèchent toute la surface du lit, dévorant les tissus avec une telle férocité qu'il n'y a rien à faire. En une minute, le matelas rugit comme une fournaise et elle crie « Au feu ! Au feu ! » plus fort qu'elle n'a jamais crié de sa vie, jusqu'à ce que sa gorge s'éraille, et tandis que toute la maisonnée descend munie de couvertures et de seaux de sable, elle continue à crier, comme une femme prise de folie obsessionnelle, et ce n'est qu'une fois le feu éteint, quand la chambre est saturée de fumée, de bruits de toux, d'exclamations d'inquiétude et de soupirs de soulagement qu'elle se rend compte qu'il a disparu, qu'il s'est évanoui, comme s'il n'avait jamais mis les pieds en ce lieu.

Chapitre 17

Golden Square

Il est un peu plus de six heures du matin lorsque Frank retourne au poste de police à la fin de son service. La fatigue lui donne des vertiges et il découvre avec mécontentement que le petit déjeuner ne sera pas prêt avant trente minutes. À ce moment-là, il dormira déjà. Il brosse ses bottes dans la remise, où la lumière faiblarde du matin filtre à travers les hautes fenêtres, quand l'inspecteur – le très austère inspecteur Clark, avec sa moustache noir de jais – vient lui parler.

— Chef, le salue Frank par automatisme en reposant sa brosse.

— Il y a une femme dehors qui demande à vous voir, annonce Clark.

— Vous avez son nom ?

L'inspecteur secoue la tête.

— Elle n'a pas voulu le donner. Ni un quelconque autre détail, d'ailleurs. Elle dit qu'elle ne veut parler qu'à vous.

— Bien, chef.

Frank n'a encore jamais eu de visite au poste. Il pourrait aussi bien s'agir d'une vagabonde ou d'une enfant abandonnée croisée pendant son service, qui le connaît par son prénom. Mais il n'a eu affaire à aucune femme au cours des huit dernières heures, pendant lesquelles il a plu à verse – les gens ont eu le bon sens de rester chez eux. Quelques nuits plus tôt, il a surpris un voleur en train de frapper à la porte d'un magasin de détail à côté de la teinturerie pour proposer une caisse volée pleine de clous en cuivre. Le frisson de l'action l'avait fait tenir pendant le reste de son service et jusqu'à celui d'après, mais la nuit dernière avait été monotone. Il avait repris son ancienne habitude, à essayer les portes et les fenêtres pour vérifier qu'elles étaient bien fermées, ce qui finissait par lui donner des allures de cambrioleur.

L'espace d'un instant, il se laisse aller à imaginer qu'il s'agit de Polly, et suit Clark à travers le poste d'un pas léger. Frank n'est pas sans savoir que le règlement interdit aux femmes l'accès au bâtiment, mais que cela vaut surtout pour les sœurs et les amoureuses. Jouxtant le bureau de l'inspecteur, une porte s'ouvre sur la cour et donne au-delà sur une petite rangée de boutiques. Au début, Frank ne remarque pas la silhouette efflanquée vêtue d'une cape qui se tient devant la vitrine de l'ébéniste. Quand il l'aperçoit, son cœur bondit dans sa poitrine. Il s'approche, et une main blanche soulève la capuche, laissant voir de beaux yeux sombres qui se fixent sur les siens, et dessous, une épaisse cicatrice argentée qui court de la narine au menton.

— Josephine ! s'écrie-t-il en se précipitant vers elle.

Mais elle n'a rien de son enthousiasme.

— Je ne savais pas à qui parler, dit-elle d'une voix étouffée. J'espérais vous trouver ici.

— Cela fait longtemps que vous attendez ? Où étiez-vous passée ?

Frank jette un œil derrière lui à Clark, qui observe la scène impassiblement depuis la porte.

— Vous pouvez venir avec moi ? demande-t-elle en le scrutant de ses yeux sombres pleins d'inquiétude.

Frank ne l'a pas vue depuis des mois. La retrouver ainsi à Wandsworth est irréel. Il se rend compte qu'il considère les filles d'Urania comme des poupées, qui n'ont de réalité qu'à l'intérieur de leur petit royaume.

— Où ça ?

— Savez-vous où habite Mlle Coutts ?

Frank est surpris mais ne laisse rien paraître.

— Oui, dit-il. Tout de suite ?

Elle hoche la tête et il accepte, oubliant sur-le-champ la faim et la fatigue. Les coups d'œil insistants que lance Josephine à Clark l'incitent à la prudence, et il s'empresse de dire à l'inspecteur qu'il s'agit d'une vieille amie qui a besoin de son aide.

— Quel genre d'aide ? gronde Clark.

— Elle refuse de préciser, mais on peut lui faire confiance, répond Frank, même s'il doute lui-même de ce qu'il vient d'avancer.

Il bénéficie d'une bonne réputation au sein de la division V : il est lanceur dans l'équipe de cricket, chef d'orchestre de la fanfare. Un jour, il a porté pendant plus d'un demi-mile un collègue constable qui avait été quasiment battu à mort par un ivrogne sur la grand-rue. Clark prend congé de lui avec un bref hochement de la tête et une note dans son carnet. Quand Frank retourne auprès de Josephine, elle désigne son uniforme d'un coup du menton et dit :

— Vous pouvez pas porter ça.

Frank s'apprête à lui rappeler qu'Angela sait pertinemment qu'il est constable dans la police, mais quelque chose l'en empêche, et il se dépêche d'aller se changer tandis que Josephine patiente en observant les deux côtés de la rue comme si elle attendait quelqu'un. Elle le guide en direction du nord et du fleuve, à un pas beaucoup plus rapide que celui d'un constable, mais sachant la distance qui leur reste à parcourir, Frank hèle une calèche et donne ses consignes au cocher. Ils prennent place à bord, l'un en face de l'autre, et Josephine regarde impatiemment par la fenêtre comme s'ils étaient coincés dans la circulation, quoique en raison de l'heure matinale leur trajet se fasse sans encombre.

— Où avez-vous logé pendant tout ce temps ? demande-t-il une fois que le cocher a payé le péage sur le pont et qu'ils reprennent de la vitesse.

— Ici et là. Covent Garden, Soho. Wandsworth, c'est loin de Soho.

— Oui, acquiesce-t-il.

Le cocher les dépose à l'angle de Piccadilly et de Stratton Street, et Frank lui demande d'attendre. Impossible de ne pas repérer la vaste demeure des Coutts. Les volets et les rideaux sont encore fermés en ce petit matin. Frank et Josephine s'approchent de la porte d'entrée, et Frank frappe promptement. Après un temps, un valet vient leur ouvrir en robe de chambre et pantoufles, et avec un immense dédain, les informe que sa maîtresse n'est pas à la maison.

Josephine serre le poing et le porte à son front.

— Savez-vous où elle est ?

Le valet fait semblant de ne pas entendre le désespoir dans sa voix et répond en regardant au-dessus de sa tête.

— Mlle Coutts rend visite à un parent et sera de retour demain.

Josephine se tourne vers Frank comme pour lui demander conseil. Bien évidemment, il n'a absolument aucune idée de ce qu'ils sont en train de faire, néanmoins il sort son carnet.

— Nous allons vous confier un message, dit-il en se tournant vers Josephine. Que… qu'est-ce que vous souhaitez dire ?

— Il va falloir faire autrement, murmure-t-elle, comme pour elle-même, les traits tirés.

Elle dit à Frank ce qu'il faut écrire, et il en prend note pendant que le valet attend impassiblement.

La note prête, le valet la lui arrache des mains et tire fermement la porte derrière lui. Ils retournent à leur calèche, en donnant au cocher la même adresse, et les roues se mettent en branle, direction Soho.

Ils descendent dans l'angle sud-ouest d'une place et Frank paie le cocher. Quand la calèche s'éloigne, Josephine va se poster dans le coin d'une rue latérale étroite, et observe du côté est de la place une maison dont la porte d'entrée est peinte en vert.

— Qu'est-ce qu'on fait maintenant ? demande Frank d'une voix légèrement désemparée.

— Emily est dans cette baraque, dit-elle.

Frank fouille sa mémoire, en se demandant où il a déjà entendu ce prénom ou pourquoi il devrait le connaître.

— Emily Gelder. La sœur de Martha, ajoute Josephine.

— Là-dedans ?

Puis il jette un œil à la place minable, à ces demeures autrefois grandioses qui ont été scindées en plusieurs chambres à louer.

— Est-ce que…

— Il faut qu'on la sorte de là, affirme Josephine.

Il la regarde d'un air abasourdi.

— Vous et moi ?

— Mais d'abord on attend que Mme Jenkins s'en aille.

— Mme Jenkins ?

— Elle sort quasiment tous les jours pour chercher des filles.

Frank est foncièrement dépassé par la situation.

— On devrait prévenir la division F, dit-il. Je suis constable, je ne peux pas me permettre d'entrer dans une maison close.

Josephine le regarde et rit, sans malice, et il se sent penaud.

— La division F connaît très bien Mme Jenkins, dit-elle.

Ils surveillent la maison pendant près d'une heure. Dans l'intervalle, un jeune homme aux cheveux noirs gominés en sort, descend les escaliers d'un pas dansant muni d'un panier et réapparaît quinze minutes plus tard avec le même panier rempli, recouvert d'un tissu qui dissimule soigneusement son contenu. Frank coule un regard en biais à Josephine pour voir sa réaction, mais elle regarde droit devant elle, les yeux plissés.

Trois quarts d'heure passent, puis Josephine se redresse, le menton contre sa poitrine tandis qu'une femme d'une cinquantaine d'années descend les marches d'un pas flâneur en s'enroulant dans un châle à franges. Une fois sur le trottoir, elle regarde à gauche puis à droite et se met en route vers le nord. Ils la suivent du regard et Frank est une fois encore stupéfait de constater que ce sont les individus les plus ordinaires qui sont les plus dangereux, les plus malveillants, ceux qui brûlent leurs enfants là où personne ne verra les marques, qui piègent des filles à peine sorties de l'enfance, en leur offrant un vêtement chaud, en leur proposant un lit pour passer la nuit.

— C'est elle, dit Josephine. Elle est partie.

Elle roule les épaules en arrière et pousse un soupir, tel un soldat prêt à engager le combat.

Soudain, Frank se rend compte que Josephine n'est pas au courant pour Martha. Le moment de lui annoncer la nouvelle passe sans qu'il s'en saisisse. Déjà, il la voit en train de marcher à grandes enjambées en direction de la maison. Il pourrait la retenir, lui dire d'attendre, après tout ils poireautent depuis près de deux heures, mais il écarte la réalité comme une toile d'araignée et emboîte le pas à Josephine, persuadé qu'il lui dira tout plus tard, au moment opportun.

Tandis qu'ils patientent sur le perron après que Josephine a frappé à la porte, Frank s'imagine qu'il porte encore son uniforme et se donne la contenance idoine.

La porte s'ouvre à la volée, et le beau jeune homme sourit.

— Josephine. Que me vaut ce plaisir ?

— Mme Jenkins est là ? demande-t-elle d'une voix légère et sérieuse à la fois.

— Non, dit-il avant de s'appuyer contre le chambranle et de croiser les bras dans une attitude possessive. C'est ton nouveau taulier ? demande-t-il en dévisageant Frank.

— Il fait un peu de comptabilité pour Mrs T. C'est pas pour Mme Jenkins que je suis venue, de toute façon. Nan m'envoie causer avec la fille qui est arrivée la semaine dernière.

L'homme fronce les sourcils, et il y a un silence.

— Entrez, finit-il par dire.

Il les devance dans le vestibule carré, qui sent le parfum, le vin aigre et une note de fébrilité, et hoche le menton en direction de la cage d'escalier.

Au premier étage, toutes les portes sont fermées sauf une, au bout du palier. Une fille à la chevelure bouclée d'un roux clair dort face à la porte, ses bras et ses épaules nus dépassant des couvertures. La lumière crue du jour qui filtre par la fenêtre déferle derrière elle dans l'obscurité, laissant voir un plancher poussiéreux et un plafond majestueux en plâtre, feuilles de vigne et glands à l'appui, vestige du faste d'antan. Une paire de chaussures de femme est posée devant la porte d'une chambre avec un bas dans l'une, et une bouteille de vin à moitié vide dans l'autre.

Ils gravissent les marches dans l'air de plus en plus étouffant, jusqu'au sommet des escaliers. Les dernières marches sont plus étroites, plus bancales, et les planches pourries craquent sous leurs pieds. Frank suit Josephine jusqu'à la chambre qui donne sur le jardin, où elle frappe discrètement à une porte et colle son oreille contre le battant.

Il n'y a pas de réponse et un instant plus tard, elle ouvre la porte adjacente, qui mène à une mansarde aménagée en placard, voisine de la chambre. L'espace est vide, le plafond incliné est recouvert de toiles d'araignées qui volettent comme des lambeaux fantomatiques. La porte de communication n'est pas fermée à clé, et Frank suit Josephine jusqu'à l'imposante chambre. Elle contient quelques vieux meubles ; un des tiroirs de la commode ne ferme plus et les volets de la fenêtre pendent de guingois. Au milieu du lit, sous les draps froissés, une fille est en train de se réveiller. Elle se dresse sur les coudes avec un air de profonde méfiance, laquelle s'évanouit à la vue de Josephine, qui dit à voix basse :

— Voici Emily.

Elle doit avoir seize ou dix-sept ans, fripée par le sommeil, en chemise de nuit sans manches. Elle fronce le nez, le même que Martha, moucheté de taches de rousseur.

Frank regarde Josephine avec émerveillement.

— Vous l'avez trouvée. Comment vous avez fait ?

Les yeux noirs de Josephine ne laissent voir aucune trace d'émerveillement. Elle tourne son regard vers

Emily d'un air presque résigné, et Frank comprend en cet instant ce qu'il savait déjà en la voyant devant le poste de police, à savoir qu'elle a perdu une partie de son âme pour en arriver là.

— Qui êtes-vous ? demande Emily.

— Je m'appelle Frank Holdsworth. Je suis constable. Ne vous inquiétez pas, vous ne risquez rien, s'empresse-t-il d'ajouter en voyant l'expression sur son visage. Je suis un ami de Josephine. Et de Martha.

— Vous connaissez Martha ?

— Oui.

— Elle m'en veut ?

Un silence incrédule.

— Pas du tout. Elle désespérait de vous retrouver. Elle se fait un sang d'encre.

Emily l'observe un instant.

— Pourquoi elle n'est pas venue ?

— Elle a pensé que ce serait mieux qu'on vienne vous chercher.

— Et ils sont au courant de ce que vous faites ? demande-t-elle avec un hochement du menton pour désigner le reste de la maisonnée.

Josephine lance un regard à Frank.

— Pas exactement, dit-il.

Emily est menue, on dirait une enfant, mais elle dégage une certaine rudesse. Elle les toise d'un air de défi, à moitié amusée.

— Vous croyez que Larry va nous laisser sortir d'ici ?

Frank jette un œil inquiet à Josephine, qui explique :

— Larry, c'est le taulier.

— À moins d'aligner quelques shillings, je ne sortirai certainement pas d'ici.

— Combien ? demande Frank.

L'expression d'Emily s'adoucit.

— Trop pour qu'ils donnent un prix. Ils font tout pour que ce soit impossible. Ils prétendent qu'on peut sortir d'ici moyennant finance, mais comment faire sachant qu'ils ne nous paient pas ? Et puis si on s'en va, ils finissent toujours par nous retrouver. Ils ont ramené une des filles de Deptford, je sais même pas où c'est. Elle a pas quitté sa chambre pendant quinze jours après ça.

— Cela fait combien de temps que tu es ici ? demande Frank.

— Une ou deux semaines.

— Où étais-tu avant ça ?

— Dans une autre maison. Je sais pas où exactement. Je voyais la cathédrale depuis la fenêtre.

— Leadenhall Market, dit Josephine, et Frank la regarde. Ils déplacent régulièrement les filles.

— Comment l'avez-vous retrouvée ?

Josephine pousse un soupir.

— Je vous raconterai plus tard comment j'ai atterri ici. Mais j'étais à Leadenhall, et quand j'ai frappé à la porte de la maison, j'ai entendu la tenancière crier son nom, puis lui donner une gifle. Quand je suis entrée, Emily pleurait, assise dans les escaliers. Sur le moment je n'ai pas vraiment fait attention, ce n'est qu'après que je me suis dit qu'elle avait l'air vraiment malheureuse et que moi je n'avais rien fait, et alors j'ai pensé à Martha. Je n'arrivais pas à comprendre pourquoi, jusqu'à ce que je me rende compte qu'elles se ressemblaient. Je me suis souvenue que cette horrible femme l'avait appelée Emily. Alors j'ai cherché une preuve et je l'ai trouvée, écrite noir sur blanc. Emily G. Si votre mère m'avait pas appris à lire, je l'aurais jamais vu.

Des bruits de pas traînants leur arrivent depuis les escaliers. Frank sent les poils de ses bras se hérisser ; l'espace d'un instant, il avait oublié où ils étaient et ce qu'ils s'apprêtaient à faire. Ils n'ont plus le temps de parler, et Frank redoute ce qui les attend.

La porte de la chambre d'Emily s'ouvre, et Mme Jenkins entre, une clé à la main. Un silence terrible s'abat sur la pièce tandis qu'elle regarde chacun tour à tour et lance :

— C'est l'heure des visites ?

Voyant Josephine se recroqueviller imperceptiblement, Frank redresse le buste devant la femme et déclare :

— Nous n'avons pas terminé de parler affaires.

Elle le toise et un frémissement de peur lui glace le sang.

— Je croyais que c'était *moi* qui m'occupais des affaires, dans cette maison. J'ai dû me tromper. C'est quoi le message de Nan, alors, hein ? lance-t-elle à Josephine qui a l'air à la fois effrayée et pleine de mépris.

— Elle veut qu'Emily aille à Dean Street, répond-elle.

— Ah bon ? C'est marrant, parce que je viens de la croiser sur Brewer Street, et elle ne m'a rien dit. Par contre, elle m'a informée que tu avais quitté la maison de Dean Street sans rien dire. Comme une voleuse en pleine nuit. Et te voici chez moi. Elle sera très intéressée de l'apprendre. Alors vous manigancez quoi, tous les deux ?

— Madame Jenkins, Emily a disparu de chez elle depuis des mois, dit Josephine. Sa famille la cherche. Elle veut rentrer. Pas vrai, Emily ?

Emily hoche la tête d'un air incertain, et Frank saisit à quel point elle a peur.

— Ha ! Ils n'en voudront plus, exulte Mme Jenkins. C'est nous sa famille, maintenant. Et une famille ça se serre les coudes. Elle ira nulle part.

— Madame Jenkins, intervient Frank. Vous ne la garderez pas ici comme une esclave.

— T'es qui, toi, d'abord ? demande-t-elle en le dévisageant. Je t'ai encore jamais vu.

— Je m'appelle Frank Holdsworth. Je suis constable à la police de Londres.

Elle écarquille les yeux avec une mine sardonique.

— Tu m'en diras tant ! Et il est où ton bâton, le condé ?

— Nous recherchons Emily depuis longtemps, afin qu'elle retrouve sa famille.

— Bien, ça suffit, dit-elle en claquant dans ses mains comme pour intimer le silence à une salle comble. Du balai, tous les deux. Vous allez arrêter de déranger mes filles pendant leur pause.

— Madame Jenkins…

— T'as entendu ce que je viens de dire ? Je ne crois pas une minute que tu sois de la police. Des constables, j'en connais, et t'en es pas un. Je veux que vous partiez avant de contrarier mes filles.

Frank se retourne et fouille dans la penderie de guingois à la recherche des vêtements d'Emily, mais il n'y a là aucun habit d'extérieur, que des chemises de nuit à fanfreluches en satin bon marché, rien contre le froid. Josephine retire sa cape et la pose sur les épaules d'Emily.

— Ha ! s'écrie de nouveau Mme Jenkins. Ça insiste. Larry !

Elle a beuglé le nom avec une telle puissance que le dénommé Larry pourrait tout aussi bien se trouver à trois pâtés de maisons de cette chambre.

Mais bientôt, le martèlement de pas lourds se fait entendre dans l'escalier, et un homme dépassant d'une bonne tête l'encadrement de la porte se plie en deux pour entrer dans la pièce. Frank à l'impression d'être face à un géant qu'on aurait cousu à partir de plusieurs bonshommes. Le nez est disproportionné par rapport au visage, qui jure avec les énormes yeux et les oreilles de tailles différentes. Quant à ses cheveux, ils sont coupés ras, laissant voir son crâne irrégulier.

Frank le regarde posément, puis s'adresse à la taulière, son cœur battant la chamade, sa main cherchant par automatisme sa matraque, pour se refermer sur le vide.

— Madame Jenkins, soyez raisonnable. Nous sommes des amis d'Emily, nous sommes venus pour la ramener chez elle.

— C'est marrant, ça, monsieur le condé, étant donné que j'avais dans l'idée que son chez-elle c'était ici, vu que c'est moi qui lui donne de quoi se vêtir, se nourrir et se loger. Et il me semble que je vous ai déjà demandé poliment par deux fois de partir, alors si vous avez du mal à comprendre la troisième fois, peut-être que Larry peut traduire pour vous.

— Vous voulez combien ? insiste Frank.

Mme Jenkins cligne des yeux d'un air abasourdi.

— Qui a dit qu'il y avait un prix ?

— Vous ou c'est tout comme. Combien, alors ?

— Il faudrait voir ça avec Mrs T.

— Qui ?

Mme Jenkins émet un son proche d'un aboiement.

— C'est qui ce clown ? Il connaît rien à rien, si ? Tu l'as déniché où ?

Frank lance un regard lourd de sens à Josephine.

— On a combien ?

Elle le regarde d'un air égaré.

— En tout ? s'exclame-t-il comme si elle avait répondu.

Elle ouvre la bouche puis la referme tandis qu'il sort de sa poche le petit porte-monnaie dont il se sert pour payer les péages des routes et des ponts. Il parcourt les quelques pas qui le séparent de la tenancière, laquelle lui tend sa paume à plat, les yeux brillants de convoitise. Il y dépose le porte-monnaie. Elle s'apprête à en défaire le nœud sous le regard absorbé de Larry, quand Frank se tourne imperceptiblement vers Josephine, et d'un mouvement de la tête lui indique la porte.

Tout à coup, une avalanche de pennies tombe par terre avec fracas, et Frank fonce tout droit vers la porte menant à la mansarde.

— Larry ! hurle Mme Jenkins.

Avec plus d'agilité qu'il ne semble possible chez un homme d'un tel gabarit, Larry soulève une chaise posée à côté de la porte et surgit sur le palier pour bloquer le passage à Frank. Mme Jenkins s'interpose devant l'autre entrée, le visage rouge de jubilation.

— O-ho, oh que non, monsieur le condé, glousse-t-elle, ses yeux luisant de haine. Larry vous laissera pas passer comme ça.

Frank sent le souffle de la chaise effleurer sa joue avant que Larry assène le premier coup. La sensation n'est pas sans lui rappeler la caresse du vent par une belle journée d'été, et il sent ses jambes se dérober sous lui tandis que sa tête s'emplit de plomb, ou de laine, ou de quelque chose d'approchant. Le plomb et la laine sont deux choses très différentes, songe-t-il tandis qu'il perd momentanément la vue, et que son épaule droite et sa clavicule s'embrasent sous l'effet de la douleur.

Il entend des bruits de pas sur le plancher, et quand Mme Jenkins lui donne un coup de pied, il se rend compte qu'il est à quatre pattes, en train de se relever ou de tomber, et que son oreille droite siffle. Il pose sa main contre, et sa paume en ressort écarlate.

Mme Jenkins le surplombe de toute sa hauteur, ses jupes nauséabondes lui effleurent les lèvres.

— Tu croyais pouvoir me berner, hein ? T'as pas idée de qui tu as mis en colère, monsieur le condé.

Une bottine s'enfonce dans son épaule meurtrie, et son bras droit cède, l'envoyant contre le mur. Cette mansarde est vraiment très exiguë, songe-t-il tandis que ses dents se referment sur la plinthe, et franchement elle ne sert pas à grand-chose. L'odeur nauséabonde est de retour et avec, une grosse bottine noire qui oblitère tout son champ de vision.

— Maintenant tu vas aller ramasser jusqu'au dernier de tes petits pennies minables et tu vas me débarrasser le plancher, si tu veux pas sortir d'ici les pieds devant, assène-t-elle.

Frank est de nouveau stupéfait de constater que le mal peut exister tranquillement derrière des portes peintes en vert tout ce qu'il y a de plus ordinaires, et que ce constat ne devrait plus le stupéfier, et que pourtant c'est encore le cas.

Il se traîne pour se relever, s'appuyant contre le mur en tenant la paume de sa main contre son oreille.

— Elle vaut combien, en vrai, Emily ? demande-t-il d'une voix haletante.

À travers les jambes de Larry plantées dans le sol comme deux troncs d'arbres, il aperçoit l'étroit couloir.

— Plus que tu peux te permettre avec ta paie de condé, crois-moi, mon garçon. T'es pas en posture de négocier. Maintenant lève-toi et arrête de me saloper mon plancher. Emporte cette garce minable avec toi. J'ai su que Josephine était rien qu'une fourbe dès l'instant où j'ai posé les yeux sur elle. Une fille avec une balafre pareille, on peut pas lui faire confiance.

— Vous êtes une esclavagiste, madame Jenkins, articule Frank non sans effort. Il ne vous manque plus qu'un champ de coton.

Larry fond sur lui comme une chauve-souris descendant en piqué de la corniche et le soulève par le col pour le plaquer au mur en lui soufflant son haleine désagréable en plein visage.

— T'as entendu la dame.

C'est un homme de peu de mots, mais ils sont efficaces, et avant qu'il comprenne ce qui se passe, Frank se retrouve sur ses pieds. C'est alors que retentit un cri dans la chambre.

— Elles sont passées où ?

Larry entre en trombe dans la chambre, et Frank se redresse contre le chambranle. Il entend le fracas d'une chaise, suivi d'un juron, et Mme Jenkins fait irruption dans le couloir.

— Elles sont où ? hurle-t-elle.

Frank sent son estomac se liquéfier tandis que Larry fixe sur lui son regard vide d'expression.

— C'est à cause de toi, ça, hein ?

— Quoi ? Elles ont pas fait ça ! Elles m'ont abandonné ? s'écrie Frank d'un air éberlué en regardant tout autour de lui.

Il en est à se demander s'il n'en fait pas trop quand Mme Jenkins réapparaît en poussant un rugissement de rage.

Il se dit qu'il peut encore tenter de s'en sortir, pendant que les deux autres tournent en rond dans la mansarde, et s'élance par la porte. Mais Mme Jenkins surgit devant lui, mains sur les hanches, tandis que Larry se matérialise à l'autre porte comme un spectre géant. Pour reprendre une expression imagée de ses collègues, Frank est bouché aux deux extrémités. Il calcule rapidement la distance qui sépare la fenêtre de la rue et écarte cette option, puis se souvient de la fenêtre tout au fond de la mansarde, qui ouvre, sauf erreur de sa part, sur le toit incliné. Il y a deux sorties, et deux obstacles qui vont avec. C'est seulement dans l'éventualité peu probable que Larry et Mme Jenkins fassent front au même endroit qu'une des deux échappatoires pourrait se libérer.

— John ! braille Mme Jenkins en direction de la cage d'escalier. John, va voir où sont passées ces deux traînées.

Une voix d'homme pose une question à un autre étage et se fait crier dessus en guise de réponse. Puis Mme Jenkins dirige toute la puissance de sa rage sur Frank et s'avance vers lui à pas lents. Sachant de quoi elle est capable, Frank est véritablement terrifié.

Avant d'avoir eu le temps d'évaluer la situation, Frank se précipite tête baissée sur Larry. Son crâne percute le ventre de la brute et il a l'impression d'avoir foncé droit dans un mur. Il retombe sur le flanc, sonné, et c'est à peine s'il sent le coup de poing qui l'envoie au tapis. Il se redresse, en se demandant pourquoi il ne remarque qu'à présent à quel point la pièce est de travers, car tout autour de lui est en train de glisser, et lui avec.

Il s'efforce de se souvenir de la localisation des sorties, des escaliers et de la fenêtre, mais tout semble loin et rebutant, alors qu'ici le plancher est doux et chaud, comme un lit de plumes, et il s'enfonce tandis qu'une immense paire de jambes s'avance vers lui. Sa vision se rétrécit, la pièce s'assombrit et il remarque les taches sur le pantalon : moutarde ou sauce, vieilles d'un ou deux jours.

On lui assène un coup ailleurs sur le corps – il ne saurait dire où parce qu'il vibre comme une entité, comme une ruche ; en réalité, c'est à peine s'il le sent. La nuit dernière, pendant sa ronde, il s'ennuyait, ça lui apprendra à avoir soif de danger, à se mettre en quête d'aventure, comme dans les histoires des *penny bloods* que lui et Edward avaient l'habitude de s'échanger.

Attends un peu que je raconte ça à Edward, se dit-il en souriant, puis un visage vient déranger ses pensées, un visage serein, pâle et familier, qui flotte dans l'encadrement de la porte tel un souvenir ou un rêve. La porte du grenier est trop étroite pour laisser passer la robe, laquelle est rayée noir et blanc, comme les bonbons à la menthe de son enfance. Edward les adorait, lui aussi ; peut-être qu'il va en acheter pour en donner aux filles, ses nièces, même si le bébé est trop petit pour en manger.

Tandis que les rayures noir et blanc clignotent dans son esprit, l'image de leurs adorables visages est la dernière chose qu'il emporte avec lui alors qu'il sombre dans le néant.

Chapitre 18

La ronde de nuit

Au quatrième jour, Martha commence à se dire qu'il ne va jamais rentrer quand soudain quelqu'un tambourine à la porte. Elle se redresse de sa position accroupie par terre, et se demande quoi faire des papiers éparpillés autour d'elle, puis décide qu'il ne sert à rien de les ranger. Elle se précipite dans les escaliers et trouve Mme Kenealy en train de batailler avec le verrou de l'entrée.

— Bonjour, madame, annonce l'homme trapu qui se tient sur le perron. M. Powell, des déménageurs Brotheridge, Taylor et Powell, pour retirer les affaires de M. Richard Bryant.

Martha s'avance d'un pas tandis que Mme Kenealy laisse échapper un petit bruit incrédule.

— Quelles affaires ? demande Martha en voyant le cheval et le chariot qui prennent tout l'espace dans l'étroite rue, ainsi que le jeune homme maigre qui tient les rênes et l'observe en silence.

Powell consulte une feuille tirée de sa poche.

— Un coffre de voyage, une collection de livres et des articles de petite taille, dont une montre, du linge de maison et une poêle en fonte.

— Quelle sale fripouille, s'exclame la vieille femme. Il devrait avoir honte.

Powell reste impassible.

— L'une de vous veut-elle bien m'indiquer où les trouver ?

— Je ne crois pas, répond Martha en se redressant de toute sa hauteur. S'il veut ses affaires, il n'a qu'à venir les chercher lui-même.

— Il a fait appel à nos services, mademoiselle.

— Pour les emporter où ?

Powell prend un air fuyant.

— Ça, je crains de ne pouvoir le dire, mademoiselle. Confidentialité client.

Prononcer ces quelques syllabes lui a demandé un effort certain et il hoche la tête, satisfait.

— Monsieur, je crains de ne pas vous laisser entrer dans cette maison à moins que vous ne me disiez où ces articles vont être transportés.

— Je vous l'ai dit, mademoiselle, je ne puis faire une chose pareille.

— C'est Madame Bryant. Ou peut-être Madame Dunn…

— C'est son mari, ce bonhomme qui l'a abandonnée, cet espèce de saleté de lâche de…

— Madame Kenealy, avertit Martha.

Le visage de Powell se décompose sous l'effet de la surprise.

— Oh, je vois, fait-il.

Il jette un œil à son comparse, qui hausse les épaules.

— Il doit y avoir un malentendu, reprend-il. Nous allons partir, madame. Toutes mes excuses pour le dérangement.

Le chariot s'en va sous le regard de Mme Kenealy qui, une main plaquée sur la bouche, étouffe un cri.

— Oh, Martha, qu'est-ce qu'on a fait au bon Dieu ?

Fulminant de rage et de confusion, fouettée par l'angoisse à l'idée d'avoir été abandonnée, quoique à l'issue d'un faux mariage avec un repris de justice, Martha bat en retraite dans les escaliers.

— Qu'est-ce que vous allez faire ? demande Mme Kenealy en se tordant les mains dans le vestibule. Oh, quelle affaire, il nous laisse dans un vrai pétrin.

Martha claque la porte de la chambre et pousse le coffre contre le montant.

Elle a passé les jours précédents à trier tous les documents que referme le grand coffre noir, élaborant une image en puzzle du royaume du mensonge que Richard Dunn a érigé, entretenu, et à présent abandonné. Elle se saisit du plan tracé à la main qu'elle était en train d'étudier quand les déménageurs l'ont interrompue et l'examine, en se demandant à quoi il renvoie. Il s'agit d'un plan au sol dessiné à la va-vite d'une grande demeure qui lui est inconnue ; pourtant Martha lui trouve quelque chose de familier, notamment son long couloir qui mène à une cage d'escalier…

Elle se rend compte qu'elle connaît cette topographie des lieux, cette maison, parce qu'elle n'en a fréquenté qu'une seule de ce genre, et qu'à moins que toutes les belles demeures soient conçues selon le même plan, il s'agit bel et bien de la même, avec sa salle à manger au bon emplacement et ses chambres qui donnent sur la terrasse, comme celle dans laquelle elle avait dormi. Et puis elle se souvient du visiteur nocturne dans sa chambre, de sa bougie au-dessus du lit, et elle a l'absolue certitude qu'il s'agissait de Richard Dunn.

Le plan comporte une marque à l'emplacement de la fenêtre de la chambre dans laquelle elle a dormi – mais pourquoi cherchait-il à approcher Martha ? Elle repense à cette effroyable journée, et se souvient que la première personne à s'être approchée de la fenêtre était Angela, qui lui avait montré les rosiers ; il devait être tapi au-dehors et avait dû penser par erreur qu'il s'agissait de la chambre d'Angela. Elle sait qu'il l'a instrumentalisée, mais ce dut être à ce moment qu'il avait jeté son dévolu sur Martha, quand il avait compris qui Angela avait pris sous son aile dorée.

Martha se sent si engourdie par la série de chocs des derniers jours qu'elle ne s'émeut pas plus que cela de cette nouvelle découverte. Elle poursuit sa réflexion et, au bout d'un moment, comme si une révélation avait dégagé la voie pour une autre, un fait lui apparaît tout à fait évident : le duc, Arthur, était le destinataire de la lettre d'Angela que Dunn a volée, et Angela est amoureuse de lui. Quand elles ont logé chez le duc, Dunn les a suivies. Pourquoi ? Pour voir si Angela dormait seule ou partageait son lit ? Elle se souvient de la chaleur dans la voix d'Angela dès qu'elle évoquait le duc, de l'expression sur son visage quand leur calèche avait remonté l'allée. Dunn devait être au courant de son affection pour le vieil homme, et avait décidé d'en user contre elle.

Il y a des lettres d'amour qu'il a écrites à Angela, composées pour son propre amusement, ainsi que des promesses d'argent et des petits poèmes grossiers. Son obsession pour Angela, Martha s'en rend compte, remonte à une bonne dizaine d'années ; la première fois que Dunn a été emprisonné pour trouble à l'ordre public, Martha n'était encore qu'une enfant. Des plans tracés à main levée, des cartes de Saint-Valentin, des déclarations d'amour et de chasteté, des coupures de journaux de *R.V. Dunn* au Middlesex Quarter Sessions – il y a là des centaines de pièces dont Martha commence à peine à saisir la signification.

Elle a passé ces dernières nuits enfermée dans cette pièce à passer au crible tous les documents à la lueur de la bougie, prenant à peine le temps de manger, pour lire, lire et lire encore tandis que devant ses yeux l'étendue de sa duperie, à défaut d'être plus claire, se déployait dans toute sa complexité. Manifestement, il avait recours à des faux noms, avec lesquels il descendait à l'hôtel dans des lieux lointains. Au moins, sa tentative de vendre la missive d'Angela au duc a été empêchée par tous les rédacteurs en chef de la place de Londres.

Mais l'arrivée des déménageurs l'a alarmée et elle sait qu'elle ne pourra pas poursuivre indéfiniment. Si Dunn revenait, il la neutraliserait en un clin d'œil. Il n'hésiterait peut-être pas à lui faire du mal. Elle repose le plan de la demeure du duc et s'emploie à ramasser tous les documents jonchant le sol à portée de main pour les jeter dans le coffre pêle-mêle, car le temps lui est compté et elle a vu ce qu'il y avait à voir.

Une fois tous les documents à l'intérieur, elle s'assied sur le couvercle et tente de faire le vide dans son esprit. Elle sait ce qu'elle doit faire à présent, car elle n'a pas d'autre choix.

Quand elle a terminé d'écrire, elle descend au rez-de-chaussée et tend la lettre à Mme Kenealy, qui la dévisage avec surprise.

— Allez-y maintenant, je vous en prie, dit-elle avec fermeté avant que la vieille dame lance une nouvelle salve de ses lamentations. Je la porterais bien en personne, mais je dois rester ici au cas où il reviendrait.

Les yeux chassieux de la logeuse se posent nerveusement sur ceux de Martha et cette dernière se demande si la vieille n'a pas fini par perdre la raison. Mais elle la voit enfiler son vieux châle dépenaillé et partir. Alors Martha prend soin de fermer tous les verrous à double tour, même si elle sait que cette précaution est futile.

Deux policiers montent désormais la garde devant Stratton Street : Ballard, qui était malheureusement retenu par une affaire de cambriolage pendant le triste incident de Highgate, et un brigadier de nuit du nom de Peppard. Josephine regarde par la fenêtre au moins dix fois par jour pour s'en assurer. Un soir, son cœur manque de flancher lorsqu'elle aperçoit une jeune femme en coiffe ressemblant à Nan en train de parler à Peppard à la lumière du bec de gaz. Mais quand elle tourne la tête, Josephine se rend compte qu'il s'agit d'une inconnue.

Elle est à Stratton Street depuis trois jours, où elle partage une chambre avec Emily, qui fait des cauchemars et se réveille très souvent en murmurant que quelqu'un vient pour la chercher. Peut-être qu'avec la proximité les rêves deviennent contagieux, parce que ceux de Josephine sont du même acabit : insaisissables, obscurs, dominés par un sentiment de danger. Bien qu'on leur ait assuré que toutes les mesures de protection étaient en place, Josephine a peur du voisinage de Soho et de la haute maison noire de Dean Street.

Bizarrement, et en dépit des cauchemars, Emily semble moins inquiète. Elle n'a montré aucun signe de désarroi en arrivant dans la grande demeure dorée d'Angela. On aurait dit une enfant quand elle avait gravi la cage d'escalier écarlate vêtue de sa chemise de nuit et d'une cape – elle semblait confiante comme une enfant peut l'être. Pendant plus de douze mois, on l'a déplacée d'un logis à un autre et Josephine se dit que ce ne doit être à ses yeux qu'une énième maison.

Pour quelqu'un qui n'a pas de chez-soi, elle se trouve bien à son aise ici, laissant traîner des pelures d'orange sur l'oreiller, des vêtements sur le tapis. Josephine se rend compte qu'Emily a l'habitude que les bonnes et femmes de ménage des maisons closes passent derrière elle. Ici, les bonnes sont aussi élégantes que discrètes, comme on leur apprenait à se comporter à Urania Cottage. Même si cette période de sa vie lui paraît très loin, Josephine ne peut s'empêcher de faire son lit au carré quand elles sortent, car elles n'ont rien d'autre à ranger ou à surveiller, seulement l'une l'autre.

Ce matin, elle fait sa toilette avec l'aiguière et la bassine, enfile une des robes qu'on a apportées d'Urania

Cottage, puis monte deux étages pour aller rejoindre Frank dans l'appartement du Dr et de Mme Brown ; il est alité dans un lit d'invalide devant la cheminée. En la voyant arriver, il fait mine de se redresser.

— Ne bougez pas, dit-elle en prenant place sur la chaise à côté de lui, laquelle est le plus souvent occupée, le plus généralement par Mme Brown ou Angela.

Mme Holdsworth lui rend visite quasiment tous les jours. La première fois, la directrice avait pleuré sans pouvoir s'arrêter, comme on pouvait s'y attendre. La peau de Frank disparaissait sous des tavelures bleues, pourpres, vertes et jaunes, et un de ses yeux boursouflés ne s'ouvrait plus. Le Dr Brown a recommandé de ne pas le déplacer, si bien qu'il restera à Stratton Street jusqu'à ce qu'il puisse de nouveau marcher et se nourrir. Pour l'heure, il peut tout au plus absorber de la gelée de cassis et Josephine a plus d'une fois surpris Mme Holdsworth en train de donner la becquée à son fils. Ces derniers mois ont affaibli Josephine ; elle se fait l'impression d'un fruit qu'on a laissé pourrir, piqué par des mouches. Mais la vision de Mme Holdsworth donnant à manger à la petite cuiller à son fils lui met du baume au cœur. C'est une image qui l'émeut et elle comprend qu'être témoin de l'amour peut être aussi enrichissant que d'en faire l'expérience.

— Vous pouvez arrêter de me prendre en pitié, maintenant, dit Frank en la regardant de son œil valide. Pourquoi avoir pitié de moi ? Je vis dans un palace, on m'apporte mes repas. Aujourd'hui, c'est pigeon au déjeuner. Et je reste au lit toute la journée.

Elle sourit à contrecœur.

Des jours durant, il a tenté d'atténuer la culpabilité qui taraude Josephine depuis qu'elle l'a abandonné dans la maison de Golden Square.

— C'est moi qui vous ai dit de fuir ! ne cesse-t-il de répéter.

Mais elle ne peut s'empêcher de penser qu'elle a réchappé aux portes de l'enfer en le laissant derrière elle.

— Est-ce qu'il va s'en sortir ? avait demandé Emily une fois dans la rue, en regardant les fenêtres du dernier étage.

— Évidemment, avait-elle menti en sentant son estomac se tordre.

Et puis Angela était passée dans son élégante calèche noire, et si Josephine n'avait pas jeté un œil à la vitre et vu son visage levé vers les grandes maisons, à la recherche de celle que Josephine décrivait dans sa note, elles se seraient ratées.

Angela avait mis les filles dans la calèche, direction Stratton Street. Là, elles avaient franchi le seuil devant un constable, puis on les avait fait entrer dans une immense pièce où elles avaient attendu dans un silence inquiet. Josephine avait tellement peur de surprendre le fracas de ces grosses brutes en train de défoncer la porte d'entrée qu'elle avait à peine réalisé où elle se tenait. Une vingtaine de minutes s'étaient écoulées, puis son cœur avait manqué de lâcher lorsqu'elle avait entendu du remue-ménage dans le vestibule. Elle s'était précipitée en bas, à temps pour découvrir deux valets qui transportaient le corps recroquevillé de Frank à l'intérieur de la maison.

Elle sut à la manière délicate qu'ils avaient de le tenir que Frank n'était pas mort, et elle avait presque pleuré de soulagement. Sous ses croûtes de sang séché, il avait l'air terriblement mal en point. La robe aux motifs noir et blanc d'Angela portait des traces de sang, Angela elle-même avait une marque rouge sur la joue après s'être frotté le visage et Josephine avait compris qu'elle avait pénétré seule dans cette maison pour sauver Frank, sans savoir à quoi s'attendre. Si Angela n'avait pas écourté sa visite en famille pour rentrer chez elle à l'heure du petit déjeuner, elle n'aurait pas trouvé leur note, et Frank serait mort.

Mais Frank avait seulement perdu connaissance et lorsqu'ils le déposèrent comme une offrande sur l'immense table de la salle à manger, le Dr Brown porta un petit flacon à ses lèvres avant qu'ils découpent ses vêtements. On envoya Josephine et Emily en cuisine, où la cuisinière leur donna du pain et du lait, comme à des nourrissons, ainsi qu'un bol de bouillon bien fort. Là, elles attendirent qu'Angela vienne les chercher.

Emily lui parla des grosses brutes, Larry, Preston et les autres, et Angela lui assura qu'elles avaient un constable qui montait la garde jour et nuit devant la maison. Josephine se demandait pourquoi Angela avait besoin d'un policier à son domicile, puis Angela posa les yeux sur elle, et elle détourna promptement le regard. Angela aussi avait peur de quelqu'un.

— Josephine, dit Angela en posant sa main sur la sienne. De qui avez-vous peur ? Est-ce des gens de la maison de Golden Square ?

Josephine secoua la tête.

— De quelqu'un d'autre ? Quelqu'un pour qui vous avez travaillé ?

Elle imagina Nan en train de biffer son nom tandis que Mrs T fumait en silence dans le salon sous le regard vide de ses fistons au crâne lisse qui la suivaient des yeux dès qu'elle bougeait, comme s'ils avaient affaire à un chat errant.

Elle hocha la tête.

D'autres policiers vinrent à la maison : l'inspecteur Clark avec ses moustaches noires comme du charbon et un constable de Wandsworth. Ils s'assirent autour de Frank pendant environ une heure avant de repartir avec le même air impassible qu'ils avaient à leur arrivée.

Avec les Brown, Frank, Angela et ses nombreux domestiques, les allées et venues sont nombreuses, donnant à la maison de Stratton Street des allures de grand hôtel. Chaque matin, Emily et Josephine se réveillent avec une joyeuse flambée dans la cheminée, et un instant plus tard les bonnes apportent le petit déjeuner sur un plateau d'argent : du porridge à la crème, une pile de toasts et du thé. Pourtant, Josephine n'arrive pas à en profiter et décline toutes les propositions de promenade du Dr et de Mme Brown. Plus d'une fois, en entrant dans leurs appartements, elle a surpris une conversation solennelle entre Angela et Mme Brown et de temps à autre, un homme glabre et fade du nom de Parkinson monte les consulter et repart avec la mine aussi grave que les policiers.

— Frank, il faut que je quitte Londres, lui annonce Josephine en portant un verre d'eau à ses lèvres.

Frank a encore les mains bandées ; plusieurs de ses doigts sont brisés.

— Et moi donc, répond Frank. Je n'ai aucune envie d'être transféré à la division F.

Ses traits s'adoucissent.

— Ne soyez pas si inquiète. Le vieux bonhomme monte la garde sur le perron et il doit y avoir un millier de pièces dans cette maison. S'ils viennent nous chercher, on n'aura qu'à jouer à cache-cache.

Un coup léger retentit à la porte, et Emily entre. Elle porte une robe en popeline verte, et Josephine croit se souvenir de l'avoir vue sur Hannah Parsons. Personne ne leur a dit combien de temps elles allaient passer à Stratton Street. Personne ne lui a dit où elle irait ensuite.

— Comment vous sentez-vous ? demande Emily en s'asseyant à côté d'eux.

— Mieux que jamais, répond Frank avec entrain.

Son regard se fait plus sérieux tandis qu'il scrute les traits d'Emily.

— Je voulais te poser une question et tu peux ne pas me répondre, dit-il avant de déglutir. Mais je voulais te demander ce qui s'était passé à Reading. Pourquoi es-tu partie et comment as-tu atterri dans ce… à Soho ?

Le visage d'Emily s'assombrit et elle tourne la tête vers la fenêtre.

Josephine, qui connaît l'histoire, s'installe plus confortablement dans le fauteuil.

— La plus jeune fille des Bushey, Veronica, elle… elle a seulement un an de moins que moi. Mais elle n'est pas comme les autres filles de son âge. Elle est comme une enfant. Son frère et sa sœur sont partis pour leurs études, et comme elle n'a pas de gouvernante, elle avait l'habitude de me suivre partout. J'imagine qu'elle devait s'ennuyer. Elle restait avec moi et elle me parlait pendant que je travaillais, et elle me montrait ce qu'elle avait fait ou trouvé. Elle passait son temps à ramasser toutes sortes de choses ; des fleurs et des plantes dans le jardin, des insectes qu'elle rangeait dans des boîtes à bijoux. À chaque fois qu'ils mouraient, elle pleurait comme si elle ne l'avait pas vu venir. La nuit, elle venait dans ma chambre quand elle faisait des cauchemars ou qu'elle n'arrivait pas à dormir. Le maître et la maîtresse, ils étaient fréquemment absents, en Europe ou à Londres, alors c'était souvent juste elle et moi. Les domestiques avaient envie de la protéger, d'une certaine manière. Elle ne nous dérangeait jamais. Parfois, elle passait la journée dans la cuisine. La cuisinière lui donnait de quoi l'occuper ; elle aidait à préparer des biscuits, ou alors elle faisait des dessins sur la grande table, ce genre de choses. Ça ne plaisait pas à Mme Bushey, mais elle était rarement dans les parages.

Emily, le visage figé, étreint la couverture de Frank.

— L'hiver où je suis partie, tout le monde était à la maison : le maître et la maîtresse avec les enfants. Monsieur Anthony avait invité deux amis de Cambridge.

» Veronica s'est entichée de l'un d'eux. Elle a commencé à le suivre partout, à rêvasser à son sujet, à aller lui parler tout le temps. Monsieur Anthony était gentil avec elle. Patient. Mais tout le monde s'amusait de la situation, et son ami, qui s'appelait Stanhope, donnait l'impression de ne pas s'en préoccuper. Mais sa manière à elle de se comporter avec lui – ça sortait pas de nulle part. J'ai su que quelque chose n'allait pas.

Elle plisse les yeux et regarde par-delà la fenêtre. Ils sont au dernier étage de la maison, et seul le ciel se déploie derrière le carreau.

— Et donc une nuit, j'ai attendu. Dans l'escalier de service. Un peu après minuit, Stanhope est allé dans la chambre de Veronica. Il s'est avancé à pas de loup sur le palier, comme un voleur, et il est entré. Je ne sais pas depuis combien de temps il faisait ça, mais soudain j'ai compris. Au début, elle ne s'intéressait pas à lui, et puis… (Elle déglutit avec difficulté, puis continue son récit :) Je l'ai pris à partie. Le bruit a tiré le maître du lit, puis la maîtresse, et puis tout le monde. Stanhope m'a accusée de raconter des histoires. Il a prétendu qu'il était sorti chercher un verre d'eau quand je l'avais agressé. Veronica n'a rien dit, mais personne ne lui a posé de questions. Il avait été pris en flagrant délit, et pourtant c'est sur moi que tout est retombé. Mme Bushey – je sais qu'elle m'a crue. Je le voyais sur son visage. Et pourtant c'est elle qui m'a renvoyée le lendemain.

— Et ensuite, que s'est-il passé ?

— Ensuite, je suis venue à Londres. Je ne savais pas où était Martha – cela faisait des mois que nous étions sans nouvelles – alors j'ai voulu trouver Mary. J'avais son adresse, mais je n'avais encore jamais mis les pieds à Londres. J'ai pris la malle-poste et je suis descendue dans un endroit bondé – j'ignore où c'était. J'ai traîné un moment, et j'ai dû me perdre, même si je n'ai jamais vraiment su où je me trouvais. Je me suis dit que quelqu'un allait m'aider à trouver Orchard Street, mais personne n'avait l'air de connaître. Je devais avoir l'air désespérée, parce qu'une femme m'a abordée, et quand j'ai dit que je venais de débarquer à Londres et que je cherchais la pâtisserie de ma sœur sur Orchard Street, elle a dit : *Ah, oui, je vais t'emmener chez quelqu'un qui connaît*. Et elle m'a emmenée dans une maison à Soho, une grande maison noire où vivait une jeune femme. La jeune femme se faisait appeler Nan.

» Nan m'a donné du vin, de l'eau et de la nourriture, et je lui en ai été reconnaissante, car j'avais fait un long voyage. Elle m'a dit qu'elle connaissait ma sœur, que c'était une de ses amies, qu'avant elles étaient voisines. Elle a dit qu'elle ne l'avait pas vue depuis plusieurs mois. Mais elle a précisé que je me trouvais très loin de son domicile et m'a demandé si j'avais besoin d'un logement. Je lui ai répondu que oui, mais que je n'avais pas d'argent, alors elle m'a dit que je pourrais loger chez sa tante en attendant de trouver du travail et qu'elle m'amènerait à Orchard Street le lendemain matin.

Emily a un rire amer.

— Elle était si convaincante. Je savais que Londres était une grande ville, mais je l'ai crue. Et c'est comme ça que je l'ai suivie jusqu'à une maison à quelques pas de là. Elle m'a donné un dernier verre avant que j'aille me coucher, et elle y avait ajouté quelque chose, parce que quand je me suis réveillée, il y avait un monsieur avec moi et… et voilà. C'est comme ça qu'elles font. Elles prennent des filles, des jeunes filles de la campagne qui cherchent du travail, des jeunes filles qui arrivent à Londres pour rejoindre leur famille, des filles qui n'ont personne, et elles nous mettent aux enchères. Et avant qu'on devienne trop proches de nos clients, elles nous déplacent dans une autre maison où elles recommencent la même chose. Certaines filles disparaissent sans qu'on sache ce qu'elles deviennent. Vendues sur des navires, peut-être. À moins qu'on les envoie ailleurs pour avoir leurs bébés. J'étais devenue amie avec une fille, dans une des maisons de Whitechapel. Je savais que c'était Whitechapel parce qu'un jour j'ai vu une lettre. Elle s'appelait Lily. On savait quand on allait être déplacées ; en règle générale on nous prévenait quelques jours avant. Mais Lily n'avait rien dit à ce propos. Et puis soudain, elle a disparu. Personne ne voulait me dire où elle était. Je me raconte qu'elle s'est enfuie mais, la plupart du temps, celles qui tentaient de prendre la fuite était rattrapées et revenaient. Alors elles devaient travailler deux fois plus dur et on leur donnait deux fois moins à manger. On les entendait pleurer à travers les cloisons.

Elle se laisse aller contre le dossier de sa chaise en poussant un soupir. Frank garde les yeux rivés sur le dessus de son lit, absorbé dans un silence troublé.

— Je suis désolé que tu aies vécu tout ça, finit-il par dire.

— Tu crois que Martha va venir aujourd'hui ? lui demande-t-elle.

Josephine observe la réaction de Frank. Il leur cache quelque chose à propos de Martha, parce qu'à chaque fois que son nom est évoqué, il devient fuyant et demande un verre d'eau ou qu'on retape son oreiller.

— Il faudra demander à ma mère, répond-il avant de s'éclaircir la gorge. L'une de vous pourrait-elle entrouvrir la fenêtre ?

Emily se lève pour s'en occuper. Elle ne soupçonne rien. Josephine n'a pas encore eu l'occasion d'interroger Frank. Elle reste sur ses gardes : la vérité lui fait peur.

Elle propose de faire un chocolat chaud, les laisse tous les deux et referme la porte de la chambre, s'immobilisant un instant dans le couloir pour se ressaisir, les paupières closes, la main appuyée contre le papier peint froid. Cette maison, ce havre, n'est qu'un hôtel,

tel qu'elle le pensait. Or les gens ne vivent pas à l'hôtel, songe-t-elle. Ils finissent toujours par en partir.

— Madame Cridge ? Madame Cridge ?

Mme Holdsworth se précipite d'une pièce à l'autre en enfilant sa coiffe. Elle finit par trouver la directrice adjointe en train de faire l'inventaire du cellier, son large dos courbé sur les pots de tapioca et de flocons d'avoine. La femme se redresse en poussant un grognement.

— Madame Cridge, je vous laisse veiller au grain pendant un moment, vous voulez bien ? Je dois partir immédiatement pour Londres. Je serai de retour pour le souper.

La nouvelle recrue d'Urania Cottage repose son crayon en clignant des yeux d'un air perplexe.

— Quelque chose ne va pas ?

La directrice adjointe a pris son poste depuis un peu plus de quinze jours, et comme le veut l'expression consacrée, une paire de mains supplémentaire a considérablement allégé la charge de travail de Mme Holdsworth. Mme Cridge était auparavant à la Maison de la Charité, où elle a passé une année à s'occuper du logement, de la nourriture et des médicaments pour les sans-abri. C'est une femme placide et compétente, dotée d'une énergie infatigable et de la force d'une bête de somme, et Mme Holdsworth est tout à fait satisfaite d'elle. Quelle que soit la personne que le comité décide d'élire pour la remplacer, Mme Holdsworth a la certitude qu'avec Mme Cridge au poste d'adjointe, les filles seront entre de bonnes mains. Cette certitude lui enlève un poids, d'autant plus que son fils est en voie de guérison et elle envisage son futur emploi au poste de directrice de pavillon au General Lying-In Hospital sur York Road avec plus de sérénité. Elle se réjouit de travailler au contact des nouveau-nés. La tâche sera plus ardue avec les mères, mais elle aura une équipe d'infirmières à son service et ne sera pas obligée d'endosser les responsabilités toute seule.

— Non, non. Ne vous inquiétez pas pour moi.

Mme Holdsworth tient à peine en place tant elle est anxieuse. Elle termine de nouer sa coiffe.

— Il nous faut du maranta, et il ne reste plus beaucoup de riz, dit-elle à moitié partie de la cuisine.

— Mme H ? flotte une voix depuis le petit salon. Qu'est-ce que j'utilise pour…

— Demandez à Mme Cridge, coupe-t-elle en enroulant son châle à ses épaules. Je rentrerai plus tard.

Elle descend l'allée du jardin au petit trot, vérifie une fois encore qu'elle a bien son porte-monnaie dans sa poche. La grille émet son petit grincement avant de se refermer avec un bruit sec, mais déjà elle s'enfonce dans la ruelle aussi vite que ses pas peuvent la porter.

Chapitre 19

Le pavillon d'été

— Elle vient d'où, ta cicatrice ?

Emily et Josephine sont allongées sur le dos, leurs visages séparés de quelques pouces à peine. Le souffle d'Emily projette des volutes entre leurs deux visages, à la lueur de la maigre bougie qui brûle sur la coiffeuse.

Josephine sourit.

— Quoi ? fait Emily.

— Les gens me posent tout le temps la question.

— Oh, désolée.

— Non, ça ne me dérange pas.

Emily cligne des yeux dans la semi-pénombre.

— C'est mon père. Les gens croient toujours que c'est une histoire horrible, comme une bagarre ou qu'il a essayé de me tuer. Mon père était fossoyeur. Il cassait la terre avec une pioche, et je me suis approchée dans son dos. Il ne savait pas que j'étais là. Ce n'était pas sa faute. Il disait toujours qu'il faut s'approcher d'un fossoyeur comme on s'approche d'un cheval, par-devant, jamais par-derrière. J'avais oublié.

— Je parie qu'après ça tu t'en es souvenue.

Elles rient et bavardent encore quelques minutes, puis la bougie s'éteint.

Dans l'obscurité, Josephine sent la peur la gagner. Elle pourrait aussi bien être sur la couchette de Tothill que sur l'étroite couche de Dean Street. Elle essaie de s'imaginer à Urania Cottage, avec le lit de Martha sur sa droite et celui de Polly dans l'angle.

La plupart des nuits, Emily et elle veillent pendant des heures et bavardent. Elle a raconté à Emily toute l'histoire d'Urania, qui pour elle est indissociable de Martha, si bien que tous les récits et toutes les anecdotes finissent par la concerner. Elle sait au fond de son cœur que Martha n'est plus là-bas. Elle le sait quand elle observe les visages de Frank, de Mme Holdsworth et d'Angela, qui détournent le regard ou marmonnent quelque chose pour changer de sujet dès qu'Emily parle d'elle. Elle sait qu'ils ne diront rien à sa jeune sœur jusqu'à ce qu'elle soit en sécurité à Urania Cottage, tant le risque qu'elle s'enfuie est grand ; elle se retrouverait happée par le courant sombre qui a manqué de l'engloutir.

Josephine ne peut s'empêcher de s'imaginer le pire, et cette seule pensée lui donne l'impression de se noyer. Alors, quand le soir tombe, que la peur et l'inquiétude se manifestent, elle pense à Martha, qui est partout à Urania Cottage : dans les broderies du papier peint, dans le duvet qu'elle étreignait contre son cou la nuit. Elle est dans le jardin, où les petits pois et les fèves qu'elle a plantés vont pousser ; elle est dans la cuisine, où son travail consciencieux est scellé dans des confituriers et brille dans le fond immaculé des casseroles. Elle est dans le velours décoloré du fauteuil dans lequel elle prenait place pour faire ses travaux de couture.

Elle sait qu'Emily finira par retrouver sa sœur, où qu'elle soit.

Le matin, une bonne frappe à la porte alors qu'elles s'habillent et les informe que Mlle Coutts les convie au petit déjeuner. Comme si elles avaient été convoquées par la reine en personne, elles descendent l'escalier à pas lents et arrivent dans la vaste salle du petit déjeuner, où Angela les attend, seule. Elles prennent place en face d'elle et on leur sert leur porridge, comme de coutume. Angela se fait servir un œuf sur un coquetier en argent.

— Aujourd'hui, nous allons nous rendre à Urania Cottage, dit-elle en les regardant tour à tour.

— Moi ? dit Josephine.

— Oui.

— Ils me reprendront dans la maison ?

Angela est déconcertée par sa question.

— Évidemment.

Josephine a l'impression qu'un rayon de soleil vient de passer par la fenêtre tant son soulagement est immense. Les larmes lui piquent les yeux, et elle rit, d'un rire si léger et chaleureux que les autres sourient.

— Vous ne pensiez pas y retourner ? lui demande Angela. Où comptiez-vous aller ?

— Je ne sais pas, répond-elle en toute sincérité, peinant à retenir ses sanglots.

En une minute, elles sont prêtes à partir, car elles n'ont rien à préparer. Elles prennent soin de ranger la chambre et, avant de partir, Josephine entrouvre la fenêtre, comme pour laisser quelque chose s'échapper ; peut-être la peur et le doute qui habitaient avec elle entre ces murs. Elle gravit les escaliers à la suite d'Emily pour aller dire au revoir à Frank. Elle se sent légère, malgré la tristesse qui l'attend.

Elles font le trajet vers l'ouest avec Angela et Mme Brown, empruntant les mêmes routes que quelques mois plus tôt avec Mme Holdsworth, et Josephine sent un vif émoi à la perspective de retrouver la directrice, qui est assurément dans le même état qu'elle. Elle n'est pas fière de la manière dont elle a quitté le cottage, et ne s'attendait pas à revoir Mme Holdsworth un jour.

Mais tandis que la masse des piétons se disperse et que Westminster laisse sa place à la campagne, son anxiété s'envole presque tout à fait. Mrs T, Nan, Mme Jenkins, les hautes maisons minables ; tout est loin, très loin de ces grands ciels et de ces vastes étendues de pâturages, à tel point que leur existence semble presque inconcevable. Elle les imagine s'évaporer comme de la brume dans les rayons du soleil, et s'autorise à pousser un long soupir. Emily est enthousiaste, et ne cesse de regarder par la vitre de la calèche. Josephine ne peut s'empêcher de la trouver naïve ; en vérité, elles pourraient l'emmener n'importe où, dans un endroit encore pire que cette horrible maison de Leadenhall Market. Soudain, elle se sent maussade, d'humeur taciturne, et quand la calèche bifurque à gauche pour remonter la ruelle avant de ralentir enfin devant Urania Cottage, elle a les nerfs en pelote, les mains glacées, car elle vient de se rendre compte qu'elle n'a aucune envie de partager Emily avec quiconque.

Les chevaux s'immobilisent et le cocher descend ouvrir la portière. Josephine hésite entre rester terrée dans cet intérieur de cuir et prendre ses jambes à son cou. Mais les deux options sont aussi ridicules l'une que l'autre. Angela la regarde avec un sourire entendu, comme si elle pouvait lire dans ses pensées.

La grille émet son grincement familier, et Emily pousse un cri avant de dégringoler de la calèche, parce que sur le perron, souriante, qui les salue d'un geste de la main, se tient Martha.

Elle porte une robe à carreaux lilas, et ses cheveux sont soigneusement bouclés. Sous le regard stupéfait de Josephine, Emily se jette au cou de sa sœur. Elles ne forment alors plus qu'un enchevêtrement de bras, de cheveux et de mains, tandis que derrière Martha une femme de haute taille qui leur ressemble à toutes les deux les étreint, sans qu'on sache plus où commence l'une et où se terminent les autres.

Au manoir du duc, le parc est de toute beauté au début de l'été, quand la lumière transforme la surface de la rivière en un miroir et que les arbres oscillent telles des dames au bal. Angela arrive à l'heure du déjeuner et demande à descendre à l'écurie, informant le cocher qu'elle voudrait faire quelque pas.

C'est une journée radieuse et elle remonte l'allée jusqu'au parc où elle discerne au loin sa veste rouge au-dessus de sa jument arabe. Elle met les mains autour de ses yeux en visière et attend qu'il la remarque. Quand il la voit, il s'arrête un instant avant de la rejoindre au petit trot et d'arriver à sa hauteur dans un nuage de poussière.

— Que me vaut l'honneur ? demande-t-il en mettant pied à terre.

— Si nous marchions ? répond-elle.

Pris au dépourvu, il accepte et elle attend qu'il laisse son cheval à l'écurie avant de l'emmener à la rivière. Ils parlent de tout et de rien – de son voyage, du temps qu'il fait – tout en longeant le cours d'eau, puis ils s'arrêtent un instant sur l'élégant pont avant de traverser la fraîcheur du bois pour regagner le pavillon d'été. L'agréable petit chalet est d'une propreté immaculée, toujours prêt à accueillir des invités, avec des bûches empilées à côté de la cheminée, du papier à lettres sur le bureau et des étagères emplies de livres. Par une nuit dégagée, le duc y installe parfois son lit de camp et un télescope pour observer les étoiles, après quoi il lui envoie les croquis qu'il a esquissés des constellations. Ils ont pris place en ce lieu bien des fois, devant les portes grandes ouvertes, tels des pionniers dans la prairie, pour observer les biches et les faisans. Elle prend conscience du charme que peut avoir une existence simple, et se rend compte que la sienne est bien compliquée.

Le duc ouvre les portes et dispose deux chaises sur le plancher peint de la véranda.

— Voulez-vous que je fasse porter du café ? demande-t-il.

À quelques pas de là, elle abaisse son ombrelle, la replie et l'appuie contre la façade de la maison.

— Vous êtes changée, remarque-t-il en la scrutant de près.

Elle ne dit rien, reste debout.

— Qu'est-il advenu de cet homme ? L'a-t-on retrouvé ?

— Non, dit-elle. J'ai le sentiment qu'il ne va pas venir me déranger de sitôt, mais avec lui on ne sait jamais.

— Oh ? fait le duc avant d'ajouter sur un ton espiègle : Qu'avez-vous fait ?

Angela lève les yeux vers la cime des arbres qui oscillent paisiblement.

— Je lui ai donné quelque chose. Et j'ai pris quelque chose en retour.

Il y a un silence.

— Combien ?

— De quoi éponger ses dettes. Le montant n'aura pas la même signification selon les gens.

Le duc s'assied.

— Vous ne pouvez pas le laisser gagner.

— Au contraire, j'ai le sentiment d'avoir remporté cette partie. L'avenir nous le dira.

— Vous ne vous asseyez pas ?

Elle reste debout, immobile, les mains serrées sur le dossier de la chaise.

— Je respecte votre décision de ne pas m'épouser. Je ne vous poserai plus la question.

Il hausse un sourcil épais et dit :

— Et que me vaut cet honneur ?

Elle sourit malgré elle.

— Je ne sais si je dois être déçu ou pas, observe-t-il. Je crois l'être.

— Je renoncerai à une condition, ajoute-t-elle.

— Laquelle ?

Elle décolle sa langue de son palais et déglutit.

— Je veux que vous me montriez quelque chose.

Il la regarde d'un air interrogateur.

— Je veux que vous me montriez ce que cela fait.

Son visage s'assombrit d'incompréhension et comme elle ne dit plus mot, il demande :

— Ma chère ? Ce que quoi fait ?

— Ça, dit-elle.

Elle a la bouche sèche, le souffle court. Son cœur bat la chamade.

— Je vous demande de me montrer.

— Je ne comprends pas.

Elle s'avance lentement vers lui, le regard brillant, la tête étourdie, comme si elle avait bu trop de champagne. Il l'attend, les yeux rivés sur elle dans un mélange de surprise et d'incrédulité, et, à son grand soulagement, de désir. Elle prend sa main, la porte à ses lèvres et l'embrasse tendrement. Puis elle se penche et dépose un baiser sur son oreille, avant de descendre lentement le long de sa joue jusqu'à la commissure de ses lèvres.

— Angie, dit-il.

— Chut.

Ils s'embrassent doucement, puis avec une soif de plus en plus forte, leurs mains étreignant visage, taille, dos, jusqu'à ce que l'urgence les pousse à agir. Elle le précède dans le pavillon d'été et referme la porte derrière eux.

Chapitre 20

Le *Calcutta*

JANVIER 1849

La journée aurait difficilement pu être plus humide que ça. Dans l'après-midi, le train entre dans Gravesend et la pluie torrentielle qui a éclaté sur Londres les suit depuis l'est, détrempant routes, parapluies, chapeaux, malgré le liséré de ciel pâle au-dessus des épais nuages mouvants. Elles descendent de leurs compartiments respectifs et jouent des coudes pour se retrouver les unes les autres ainsi que leurs bagages sur le quai bondé. Quand tout le monde est rassemblé et trempé jusqu'aux os, elles montent à bord des embarcations.

Parmi elles, il y a un journaliste qui lutte vaillamment tandis que le papier se transforme en gélatine, et tente désespérément de protéger son carnet sous son manteau, mais il finit par jeter l'éponge et le ranger dans sa poche tandis que le bateau les achemine à la rame vers le *Calcutta*. Quelqu'un fait un commentaire sur le fait qu'ils se languiront du temps anglais, et tout le monde rit, car la tension est à son comble. Le manque de sommeil et le gallon de café qu'elles ont avalé tandis que la maisonnée émergeait du chaos ce matin-là leur donne à toutes un air éberlué et inquiet. Celles qui tournent le dos au navire ne cessent de jeter des coups d'œil par-dessus leur épaule pour vérifier qu'il approche.

C'est aujourd'hui que Martha, Emily et Polly embarquent pour l'Australie. Josephine est l'unique résidente d'Urania Cottage ayant eu le droit de les accompagner pour leur dire au revoir, et si dans quelques heures elle secouera son parapluie et rangera ses vêtements trempés par la pluie dans le vestibule de Shepherd's Bush, elle a l'air tout aussi surexcitée et angoissée que les autres. Martha est bien soulagée que son amie soit là, qu'elle les ait accompagnées pour la première partie de leur voyage, même si elle a davantage l'impression d'une fin que d'un début. Elle est surtout contente qu'elles n'aient pas encore à faire leurs adieux, même si Josephine doit les rejoindre en Australie dans quelques mois.

On les fait monter à bord du navire, où la visibilité est encore plus mauvaise, et elles ont le sentiment de pénétrer dans une grotte ou un tunnel. Une masse noire de corps se rassemble comme des papillons de nuit sous les lanternes pour montrer leurs papiers. Les quatre filles sont accompagnées par Mme Holdsworth, Frank, M. Dickens et le journaliste. Quand la foule se disperse, ces deux derniers s'éloignent pour explorer les lieux, tandis que les autres partent en quête de l'entrepont. Le navire sent le propre, les copeaux de bois et d'autres senteurs exotiques : une pincée de sel et d'épices, de cordes neuves, une note claire de bois de santal, le souvenir d'un rivage lointain. Le reste n'est que tonneaux et caisses, couchettes et draps qu'on secoue, lits et planchers qu'on s'approprie, malles, paquets et bagages de toutes sortes qui envahissent l'espace, bouchent la passerelle et tombent des râteliers au moindre roulis. Le *Calcutta* tient ferme et accueille la vie qui se répand à son bord.

Les femmes dégotent trois couchettes dans un coin calme à l'avant du navire, déposent leurs affaires et font le tour de ce qui sera leur maison au cours des six prochaines semaines. Leurs compagnes et compagnons de voyage ont entre sept jours et soixante-dix ans : ce sont des couples d'agriculteurs, des dessinateurs, des vendeuses, des bonnes. Certains sont seuls, d'autres par deux ou en groupes qui se sont formés vingt minutes plus tôt sur le quai. Tout ce petit monde est animé, joyeux, débordé, soulagé d'être ici et impatient de partir. Une jeune fille pleure en disant au revoir à sa grand-mère ; un homme aux moustaches bouclées se tient au hublot dans une attitude pensive, mais il n'y a rien d'autre à contempler si ce n'est le brouillard.

Elles se mettent au travail. Polly, plus silencieuse qu'à son habitude, défait sa malle tandis que Mme Holdsworth sort d'un sac de voyage leurs bols, tasses et assiettes. Frank aussi est silencieux, lèvres serrées tandis qu'il pousse leurs malles de l'épaule et les aide à étendre des draps en guise de rideaux. Emily et Josephine empilent des produits d'épicerie dans une caisse qu'elles glisseront sous le lit. Martha est en train d'ajuster les bouts de tissus qui protègent les flacons de médicaments lorsqu'on lui tape sur l'épaule.

Josephine se tient devant elle, une expression indéchiffrable sur le visage. D'un mouvement de la tête, elle lui fait signe de la suivre.

Martha lui emboîte le pas jusqu'à la passerelle. Josephine prend ses mains dans les siennes.

— Je pars avec toi, annonce-t-elle.

Sa voix est douce et calme au milieu du brouhaha, mais Martha l'entend aussi clairement que si le pont avait été désert.

— Quoi ?

— Polly ne part pas. Je prends sa place.

— Comment ça ?

— Elle reste, pour Frank. Pour être avec lui. Pour l'épouser. Elle a changé d'avis.

— Mais…

— Elle m'a donné ses papiers. Je prends sa place.

— Frank est d'accord ?

— Bien sûr que non. Il n'est pas au courant. Il pense qu'elle part.

— Mme Holdsworth ne voudra jamais…

— Je sais, c'est pour ça qu'on ne va rien lui dire. Au moment des au revoir, je ferai semblant de partir avec eux et de me perdre dans la foule. Ils croiront que j'ai pris un autre bateau. Polly se glissera derrière eux et les retrouvera à quai quand il sera trop tard pour revenir en arrière.

— Mais tes affaires…

— Je n'en ai pas besoin. J'aurai celles de Polly.

Le cœur de Martha bat si violemment qu'elle a peur de défaillir.

— Mme Holdsworth… elle va se sentir trahie.

— Tu comprends bien qu'on ne peut pas lui dire.

Le sang de Martha bouillonne dans ses veines tandis qu'elle jette un œil à Polly de l'autre côté du pont, en train de secouer draps et taies d'oreiller pour faire les lits, l'air impénétrable. Comme elle lui avait paru timide quand elle avait posé son sac de toile sur le couvre-lit d'Urania Cottage. Comme elle était brisée. À présent, quand bien même elle reste frêle, elle s'est musclée, et son visage a bruni à la faveur des travaux de jardinage. Martha se rend compte à quel point la petite fille sortie de l'hôpital a changé.

Quelques pas plus loin, Frank se tient immobile, la corde d'une des caisses à la main, et la regarde.

— Tu ne pourras pas te faire passer pour quelqu'un d'autre, dit Martha.

Josephine hausse les épaules.

— Je serai Polly Miller le temps de la traversée. Après je serai moi-même.

— Et Polly, elle va faire quoi ? Elle va vivre où ?

— Je vois mal Mme Holdsworth mettre sa belle-fille à la porte.

— Mais et…

— Martha ?

Josephine serre sa main et lui sourit.

— C'est fait. On s'est mises d'accord. J'allais vous rejoindre de toute façon.

Le comité avait décrété, après tout ce qui s'était passé, que Martha, Emily et Polly seraient les premières à émigrer. Josephine suivrait après avoir parfait son instruction, accompagnée de deux ou trois autres filles. Même si Josephine allait lui manquer, Martha avait été soulagée d'être une des premières à partir. Après les événements récents, l'autre bout du monde ne lui semblait pas encore assez loin.

Le matin qui avait vu l'arrivée des déménageurs chez Richard Dunn, Mme Kenealy avait porté la lettre pour Mme Holdsworth au bureau de poste. Martha était restée près de la malle, comme si en son absence elle risquait de s'envoler comme une montgolfière. Le soir même Mme Holdsworth se présentait à la petite maison de Lambeth. Martha savait qu'elle avait découvert quelque chose de trop démesuré et de trop dangereux pour le balayer sous le tapis, et elle savait aussi que Mme Holdsworth saurait quoi en faire.

Ce fut le cas. Elle fit venir une calèche, et Martha et elle acheminèrent le coffre jusqu'à Stratton Street, puis on lui fit descendre les marches jusqu'à la cave, où il resta sous clé. Martha attendit dans la voiture, les yeux rivés sur les fenêtres dorées, persuadée d'avoir vu une silhouette familière derrière les stores.

Mme Holdsworth ne lui dit pas immédiatement qu'on avait retrouvé Emily, tant elle était soulagée que Martha soit de retour, et inquiète pour sa santé. Martha avait beau se sentir bien, quand la réalité de ce qu'elle avait traversé la rattrapa, elle sombra dans un profond abattement moral. Elle se reposa dans son ancien lit d'Urania Cottage aux bons soins de Polly et d'une ribambelle de nouvelles résidentes – nouvelles pour elle, en tout cas ; certaines logeaient ici depuis déjà trois semaines et connaissaient la maison aussi bien qu'elle. Elle constata avec joie que les cheveux de Lucinda avaient repoussé et qu'elle arborait une jolie coupe courte. Frances s'était découvert un don pour la pâtisserie et Mary-Ann rédigea pour la première fois de sa vie une lettre à l'intention d'une tante, et éclata en sanglots en recevant la réponse.

Elle ignorait où Richard Dunn s'en était allé, mais elle savait qu'il n'avait pas totalement disparu. Angela vint lui rendre visite pendant sa convalescence. Mme Holdsworth les rejoignit, et elles bavardèrent jusque tard dans la nuit. Angela avait bon espoir que la perspective d'une condamnation pour incendie criminel l'incite à rester encore longtemps caché. Sans parler d'une malle pleine de preuves démontrant sa supercherie. Martha leur raconta son calvaire et elles finirent en larmes.

Mais tout ceci remonte à plusieurs mois maintenant et depuis, Martha s'est libérée de l'identité de Mme Bryant, quoique fausse depuis le début. Frank trouva l'église qui les avait mariés à Lambeth et découvrit que Dunn avait signé le registre de mariage du nom de Richard Bryant, qui n'existe pas. Angela s'en occupa, mettant son avocat sur l'affaire, et en un clin d'œil, le mariage de Martha disparut. Elle trouva la force de tout laisser derrière elle et finit par se jeter à corps perdu dans la routine d'Urania Cottage, grâce à la présence de ses sœurs et de ses amies.

La nuit dernière, leur dernière en Angleterre, Angela leur rendit visite avec Mme Brown et une montagne de présents : un trousseau de linge de maison, comme si elles venaient de se marier, du cacao de luxe, du papier à lettres épais couleur crème. Mme Holdsworth désapprouva en soupirant qu'elles allaient devoir trouver de la place dans les bagages, mais quand plus tard Martha la surprit en train de pleurer devant les paquets et les malles pleines à craquer, elle la persuada de garder le cacao pour la maison.

La directrice avait fini par refuser le poste à la maternité quand Angela l'avait suppliée de rester. Les filles s'étaient rassemblées sous les fenêtres du cottage pour pouvoir espionner la conversation. Angela annonça que Mme Holdsworth et Frank avaient fait montre d'une telle loyauté envers la maison et ses résidentes qu'elle ne pourrait jamais trouver de remplaçante plus dévouée. Mme Holdsworth avait fait semblant de réfléchir, mais avait accepté en moins d'une minute, et les deux femmes s'en étaient retournées dans le petit salon pour fêter la nouvelle autour d'une tasse de thé. Tandis qu'elles bavardaient plaisamment, une dispute avait éclaté dans l'arrière-cuisine, et Mme Holdsworth y avait mis un terme sans se lever ni poser sa tasse.

Martha est encore sonnée par la nouvelle lorsqu'elle rejoint le groupe. Mille et une questions se bousculent dans sa tête, mais quand elle regarde son amie et sa sœur qui rient et plaisantent ensemble, ses doutes s'évaporent. Elle serre Polly dans ses bras, puis Frank, qui ne s'y attendait pas, et bientôt l'heure des adieux a sonné.

Partout sur l'entrepont les gens s'embrassent. Le journaliste arrive en compagnie de M. Dickens, qui se précipite sur les filles avec son allégresse et son énergie habituelles, étreignant leurs bras avant de déposer de vigoureux baisers sur leurs joues comme si elles étaient ses propres filles. Mme Holdsworth prend tour à tour chaque visage entre ses mains, comme pour les graver dans sa mémoire, tandis que les larmes inondent ses joues. Les ultimes adieux se font dans un enchevêtrement de mains et d'embrassades, et pas un seul visage ne repart sec tandis que le groupe se sépare tendrement.

Au bruissement du papier qui crisse contre ses côtes, Martha regarde les voyageurs s'éloigner sur la passerelle, dépassant tonneaux et poutres, seaux et bagages. Quand ils disparaissent de son champ de vision, elle sort l'enveloppe qu'elle a gardée dans le plus grand secret pendant des mois pliée à l'intérieur de son exemplaire de *Van Diemen's Land* sur l'étagère de sa chambre, et aujourd'hui tout contre sa peau. Elle contient cinquante mille livres en billets de banque. Elle n'en a parlé à personne et peut-être ne le fera-t-elle jamais, même si elle ne gardera pas l'argent pour elle. Peut-être trouveront-elles du travail, peut-être pas. Pour l'heure, cela n'a pas d'importance.

Quand Mme Kenealy lui avait tendu l'enveloppe qui l'attendait au bureau de poste, Martha s'en était saisie avec surprise, pensant qu'il s'agissait peut-être là des confessions de Richard Dunn. Elle avait réussi à en dissimuler le contenu à sa logeuse et s'était enfermée dans sa chambre, tremblante de la tête aux pieds.

Depuis ce jour, elle s'attend à ce que quelqu'un vienne la réclamer, prétende qu'on la lui a volée, car qui a bien pu lui léguer cette fortune ? Certainement pas Richard Dunn, qui passe sa vie à tenter d'échapper à ses dettes. Seule Angela peut se séparer d'une telle somme, mais elle n'en a jamais parlé à Martha – et pourquoi l'aurait-elle déposée dans un bureau de poste de Lambeth ? Elle n'a pas cherché trop longtemps à savoir qui lui avait envoyé cet argent, car quelle que soit sa provenance, l'enveloppe était à son nom, ce qui voulait dire qu'il lui était destiné.

Une fois leurs effets rangés, Martha, Josephine et Emily enfilent leur manteau et montent sur le pont supérieur pour faire leurs adieux à l'Angleterre. Le sol se soulève légèrement pour les accueillir tandis que le navire, impatient de prendre la mer, tire sur son ancre. Les conditions météorologiques ont empiré et elles s'avancent vers les écoutilles, tandis que des rideaux de pluie s'abattent sur la coursive, offrant l'image d'un portail s'ouvrant sur un autre monde.

Martha agrippe la rambarde d'une main et ses jupes de l'autre. Elle lève le visage vers le ciel et s'élance.

Remerciements

Chez Bonnier, je suis très reconnaissante aux personnes suivantes d'avoir porté *Le Refuge des femmes perdues* jusqu'à la publication et au-delà : Ellie Pilcher, Rob Power, Holly Milnes, Justine Taylor, Francesca Russell, Eleanor Stammeijer, Vincent Kelleher, Stuart Finglass, Mark Williams, Kevin Hawkins, Jeff Jamieson, Jennie Harwood, Robyn Haque, Alan Scollan, Andrea Tome, Stacey Hamilton, Laura Makela, Jenny Richards, Lucy Dundas et Alex Riddle. Je remercie tout particulièrement mon éditrice, Sophie Orme, qui ne faiblit jamais dans son soutien et son enthousiasme. Je me sens très chanceuse d'être publiée par elle pour la quatrième fois.

Je remercie également Margaret Stead, Katie Lumsden et Michelle Bullock.

Je suis reconnaissante à Jenny Hartley, Claire Tomalin, Edna Healey et Diana Orton pour leur travail sur Dickens, Urania Cottage et Angela Burdett-Coutts. J'ai puisé mes recherches et mon inspiration dans leurs livres, et je suis toujours étonnée de l'énergie et de l'effort nécessaires à la rédaction d'un ouvrage de non-fiction.

Je remercie mon mari Andy pour son soutien, ses encouragements et ses talents culinaires.

Un merci tout particulier à ma mère Eileen, mon père Stuart, Karen, Jon, Keith, Caroline et Victoria, qui se sont tous occupés de mon bébé pour que je puisse écrire ce roman.

Je dédie ce roman à feu mon beau-père Keith, qui me manque beaucoup.

Composition et mise en pages
Nord Compo à Villeneuve-d'Ascq

#lisez engagé!
www.lisez.com
Pour plus d'information :
Imprimé sur du papier issu de forêts gérées durablement.

Imprimé en France par MAURY IMPRIMEUR
en août 2025
N° d'impression : 286134

POCKET – 92, avenue de France, 75013 Paris

S35140/01